JN304316

ギリシャ棺の秘密

エラリー・クイーン
越前敏弥・北田絵里子＝訳

角川文庫
18014

THE GREEK COFFIN MYSTERY
1932
by Ellery Queen
Translated by Toshiya Echizen and Eriko Kitada
Published in Japan
by Kadokawa Shoten Co., Ltd.

ギリシャ棺の秘密

——ある推理の問題

M・B・Wに
感謝の念をもって

目次

登場人物

ゲオルグ・ハルキス　美術商。
ギルバート・スローン　ハルキス画廊の支配人。
デルフィーナ・スローン　ハルキスの妹。
アラン・チェイニー　デルフィーナの息子。
デミー（デメトリオス）　ハルキスの従弟《いとこ》。
ジョーン・ブレット　ハルキスの秘書。
ジャン・ヴリーランド　ハルキスの出張代行員。
ルーシー・ヴリーランド　ジャンの妻。
ナシオ・スイザ　ハルキス画廊の理事。
アルバート・グリムショー　前科者。
ワーズ医師　イギリス人眼科医。
マイルズ・ウッドラフ　ハルキスの弁護士。
ジェイムズ・J・ノックス　富豪の美術愛好家。
ダンカン・フロスト　ハルキスの主治医。

スーザン・モース夫人　ハルキス家の隣人。
ジェレマイア・オデル　配管工事請負業者。
リリー・オデル　ジェレマイアの妻。
ジョン・ヘンリー・エルダー　牧師。
ハニウェル　教会堂管理人。
ウィークス　ハルキス家の執事。
シムズ夫人　ハルキス家の家政婦。
ペッパー　地方検事補。
サンプソン　地方検事。
コーヘイラン　地方検事局付きの刑事。
サミュエル・プラウティ医師　検死官補。
エドマンド・クルー　建築専門家。
ユーナ・ランバート　筆跡鑑定係。
〝ジミー〟　指紋鑑定専門家。
トリッカラ　ギリシャ語通訳。
フリント、ヘス、ジョンソン、ピゴット、ヘイグストローム、リッター　捜査課の刑事。
トマス・ヴェリー　部長刑事。

ジューナ　クイーン家の召使。
リチャード・クイーン警視
エラリー・クイーン

まえがき

本書『ギリシャ棺の秘密』に序文を寄せるにあたって、わたしは格別の喜びを感じている。というのも、そもそもこの作品を世に出すことに、エラリー・クイーン氏自身が尋常ならざる難色を示していたからだ。

クイーン氏の小説の読者諸氏は、おそらく既刊の序文を読んでご存じかと思うが、リチャード・クイーン警視の息子エラリーの実体験に基づく回想が小説という形に生まれ変わることになったのは、まったく偶然のきっかけによる――それもクイーン父子が、当人たちの言うように、栄誉に満足してイタリアへ隠居したあとのことであった。しかし、わたしがエラリーを口説き落として第一弾*の出版を認めさせ、最初の〝クイーンの事件簿〟を本にまとめてからは、万事が順調に運び、ときに扱いにくいこの青年をおだてて、彼の父がニューヨーク市警察本部刑事部の警視だったころの冒険談をさらに小説化することが、なんの支障もなくできていたのである。

ならば、なぜクイーン氏はハルキス事件の回想録の出版に抵抗を示したのか？　それには興味深い理由がふたつある。まず第一に、このハルキス事件が起こったとき、クイーン氏は警視の権威という庇護《ひご》のもと、非公式の捜査官として歩みだしたばかりであったこと、そして、当時はまだ、定評ある分析推理法を確立していなかったことがあげられる。そして第二に——こちらのほうが強力な理由にちがいないが——エラリー・クイーン氏が、このハルキス事件では最後の最後まで徹底的に屈辱を味わわされたせいだ。どんなに謙虚な人間であれ——エラリー・クイーンは謙虚とは言いがたい人間であり、それは本人も堂々と認めるだろう——おのれの失敗を好きこのんで世に知らしめようとはしないものだ。世間に恥をさらされたことのあるエラリーにとって、それは汚点となっていつまでも残っていた。「いやだね」エラリーはきっぱりと言った。「たとえ活字のうえでも、あんな忸怩《じくじ》たる思いをするのは二度とごめんだ」

ハルキス事件（『ギリシャ棺の秘密』と題してここに発表する事件）はけっして最悪の失敗ではなく、最大の成功だったと、われわれ——出版社の面々とわたし——が指摘してはじめて、クイーン氏は心を揺るがせた。エラリー・クイーンはどこか人間味に欠けていると誹謗《ひぼう》してきた皮肉屋たちに向けて、実はそんなことはないのだとわたしは声を大にして言いたい……。しまいには、エラリーも両手をあげて降参した。

エラリーを後日のあの輝かしい連勝の道へと導いたのは、このハルキス事件での手ごわい障害の数々だったと、わたしは信じて疑わない。この事件が解決するまで、エラリーは試練の炎にさらされ、そして……。

しかし、ここで読者諸氏の楽しみを減じるのは無作法というものだろう。事件の細部まで知りつくす者のことばを、どうか信用していただきたい。わたしの熱のこもった賛辞を、本人は寛大に受け入れてくれると思うが――これはエラリーがその鋭敏な頭脳をみごとに活用した事件であり、『ギリシャ棺の秘密』は、あらゆる角度から見て、エラリー・クイーンの冒険談のなかでも傑出した作品である。

楽しい知の探険を！

J・J・マック

一九三二年二月

（原注）

＊『ローマ帽子の秘密』（フレデリック・A・ストークス社、一九二九年）

≪現場周辺図≫

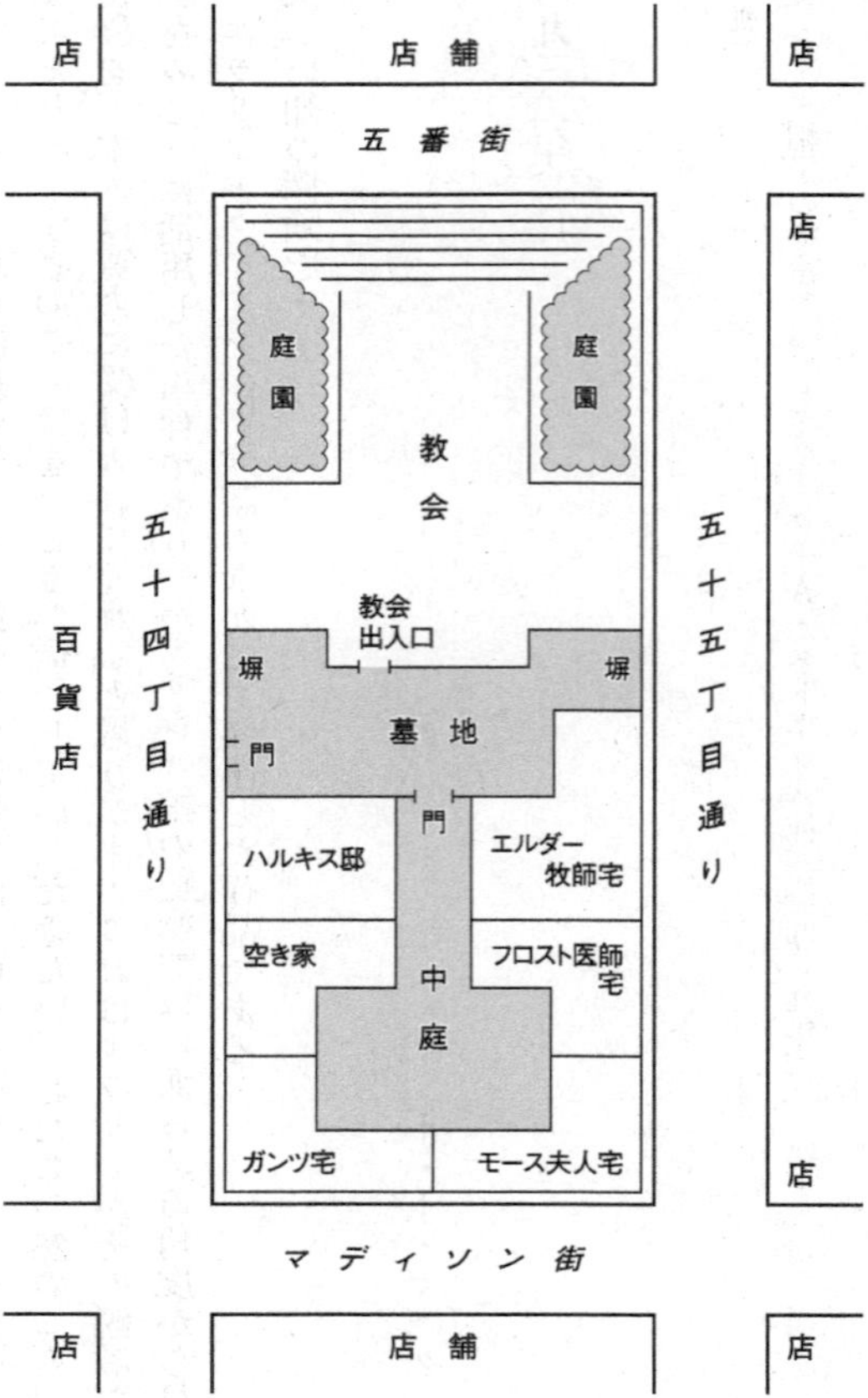
店
店　舗
店
五　番　街
店
庭園
庭園
教会
五十四丁目通り
百貨店
五十五丁目通り
教会
出入口
塀
塀
墓　地
門
門
ハルキス邸
エルダー
牧師宅
空き家
フロスト医師
宅
中
庭
ガンツ宅
モース夫人宅
店
マ　デ　ィ　ソ　ン　街
店
店　舗
店

≪ハルキス邸の見取図≫

A — ハルキスの書斎
B — ハルキスの寝室
C — デミーの寝室
D — 台所
E — 二階への階段
F — 食堂
G — 客間
H — 玄関広間

一　階

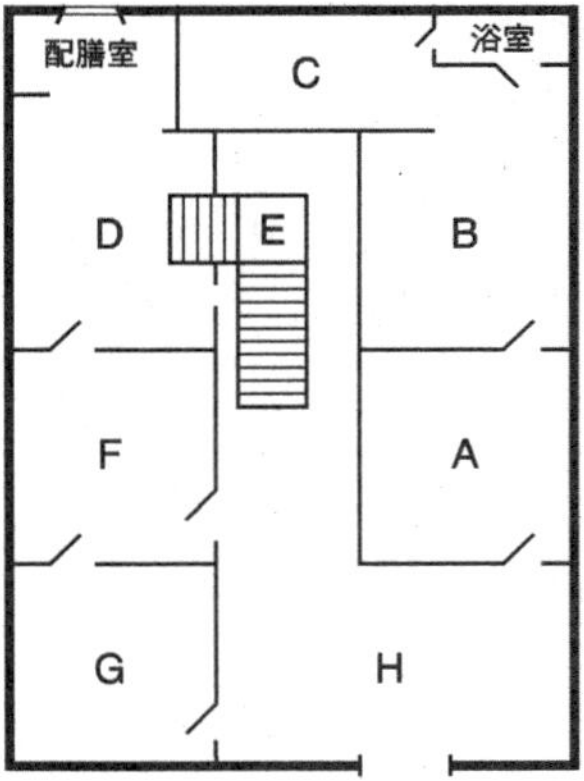

J — 使用人部屋
K — 浴室
L — ヴリーランド夫妻の部屋
M — スローン夫妻の部屋
N — ジョーン・ブレットの部屋
O — ワーズ医師の部屋
P — チェイニーの部屋
Q — 第二客用寝室

屋根裏部屋には
間仕切りなし

二　階

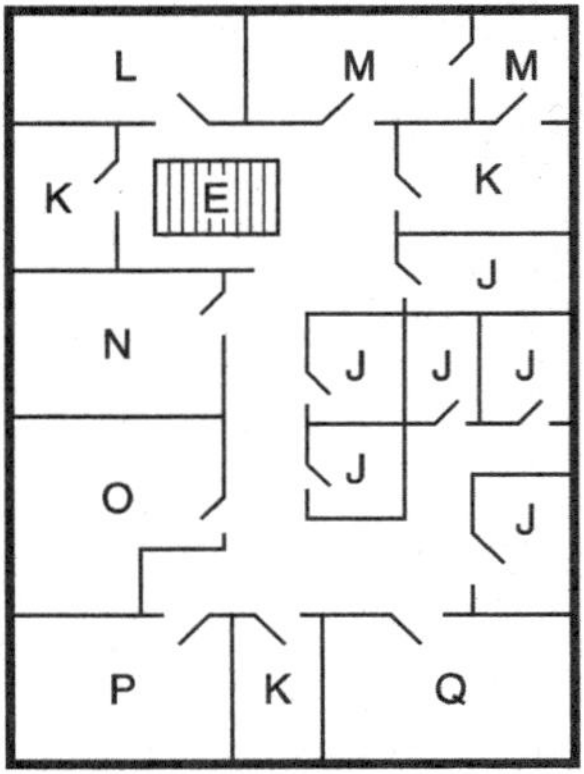

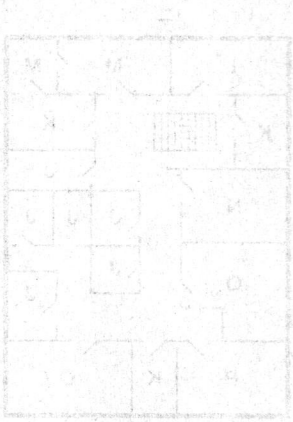

第一部

「科学、歴史学、心理学をはじめ、事象の分析に思考を応用することが求められるあらゆる種類の探究においては、物事が見かけどおりでない場合が多々ある。アメリカの著名な思想家ローウェルは言った――〝慎重な懐疑心はよき批評家のいちばんの特性である〟と。これとまったく同じことが犯罪学の研究者についても言えるとわたしは思う……（中略）……

人間の心というのは、おぞましく、ひねくれたものだ。どの部分であれ、ひずみが生じると――たとえそれが、現代精神医学のどんな機器でも検知できないほどわずかなひずみでも――困った結果を招きがちだ。動機を定義できる者がいるだろうか。激情なのか。心理作用なのか。

思い出したくもないほど長い年月にわたって、脳の予測不能な霧のなかに手を突っこんできたわたしから、こう忠告しよう。目を使え。神が与えたもうた小さな灰色の細胞を使え。だが警戒は怠るな。犯罪行為には、型はあるが論理はない。混乱を収拾し、混沌《こんとん》から秩序を引き出すのが諸君のつとめだ」

――ミュンヘン大学のフローレンツ・バッハマン教授による応用犯罪学講座、閉講の辞より（一九二〇年）

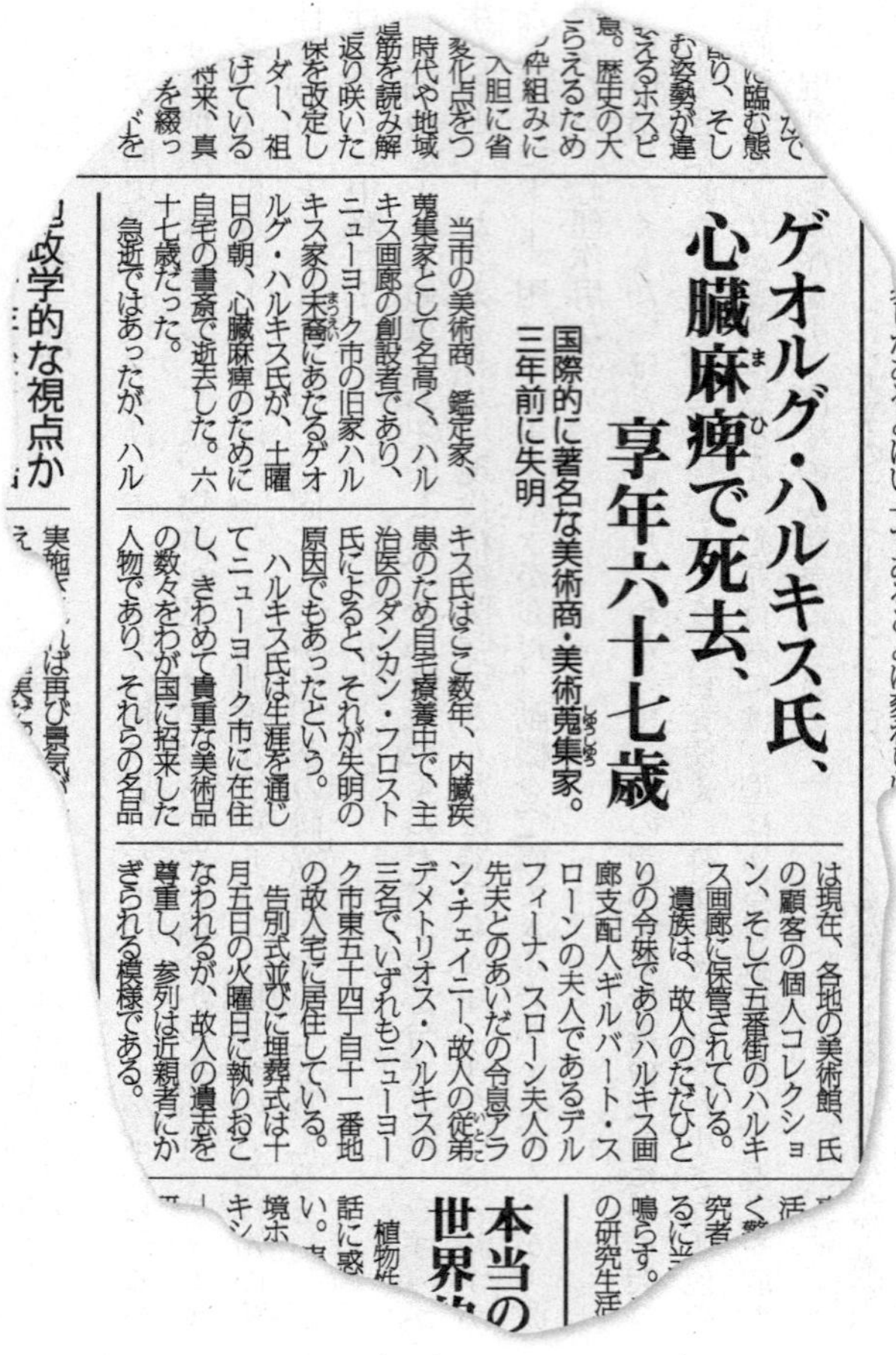

ゲオルグ・ハルキス氏、心臓麻痺《まひ》で死去、享年六十七歳

国際的に著名な美術商・美術蒐集《しゅうしゅう》家。三年前に失明

当市の美術商、鑑定家、蒐集家として名高く、ハルキス画廊の創設者であり、ニューヨーク市の旧家ハルキス家の末裔《まつえい》にあたるゲオルグ・ハルキス氏が、土曜日の朝、心臓麻痺のために自宅の書斎で逝去した。六十七歳だった。

急逝ではあったが、ハルキス氏はここ数年、内臓疾患のため自宅療養中で、主治医のダンカン・フロスト氏によると、それが失明の原因でもあったという。

ハルキス氏は生涯を通じてニューヨーク市に在住し、きわめて貴重な美術品の数々をわが国に招来した人物であり、それらの名品は現在、各地の美術館、氏の顧客の個人コレクション、そして五番街のハルキス画廊に保管されている。

遺族は、故人のただひとりの令妹でありハルキス画廊支配人ギルバート・スローンの夫人であるデルフィーナ、スローン夫人の先夫とのあいだの令息アラン・チェイニー、故人の従弟《いとこ》デメトリオス・ハルキスの三名で、いずれもニューヨーク市東五十四丁目十一番地の故人宅に居住している。

告別式並びに埋葬式は十月五日の火曜日に執りおこなわれるが、故人の遺志を尊重し、参列は近親者にかぎられる模様である。

1
墓

ハルキス事件は、最初の一小節から陰鬱《いんうつ》な音色を響かせていた。はじまりは、あとにつづく展開を考えれば奇妙に似つかわしいことに、ひとりの老人の死であった。その老人の死を基調として、対位法を用いたかのように難解な死の行進曲が奏でられたが、罪なき者の死を悼む旋律は聞かれずじまいだった。やがて、その調べはオーケストラのごとく音量を増していき、最後の忌まわしい音色が消え去ったのちもしばらく、不気味な葬送曲の残響がニューヨークの人々の耳朶《じだ》をとらえていた。

言うまでもないが、ゲオルグ・ハルキスが心臓麻痺で没したときには、だれひとりそれが殺人交響曲の出だしの主旋律だとは思いもせず、当然ながらエラリー・クイーンもそれと気づかなかった。実のところ、エラリーに関して言えば、その盲目の老人の亡骸《なきがら》が、いたって適切な方法で、だれもが永眠の地と考えてしかるべき場所におさめられた三日後、ある事実によって否応《いやおう》なしに注意を引きつけられるまでは、ハルキスが死んだことを知っていたかどうかすら疑わしい。

ハルキスの死亡を最初に報じた各紙の記事に欠けていたのは――それらの記事は新聞をまったく読まないエラリーの目にはふれなかったが――ハルキスの墓の風変わりな立地に関する記述だった。それは古きニューヨークの風物の珍しい側面を示すものだった。東五十四丁目十一番地に建つ、褐色砂岩造りの古びたハルキス邸は、豊かな伝統を誇る教会の隣にあった。五番街の通りに面したその教会は、五番街とマディソン街にまたがる地区の半分を占め、北は五十五丁目通り、南は五十四丁目通りに接している。ハルキス邸と教会堂とのあいだにある教会墓地は、市内でも特に古い私有の埋葬地のひとつである。故人の遺骸《いがい》はそこに葬られることになっていた。ハルキス家は、ほぼ二百年にわたってこの教会の教区民であったため、市の中心地への埋葬を禁じた公衆衛生条例による制限を受けなかった。五番街の摩天楼の陰で永遠《とわ》の眠りにつく権利が、教会墓地の地下埋葬室のひとつを一族が代々所有してきたことによって確保されていたというわけだ。埋葬室の入口は地面より三フィート低いので通行人からは見えず、墓地の芝生に墓石はいっさい立てられていなかった。

葬儀は静かに、涙もなく、内々におこなわれた。防腐処置ののち夜会服を着せられ、黒光りのする大きな棺《ひつぎ》におさめられた故人の遺体は、ハルキス邸の一階にある客間の棺台に安置されていた。儀式を執りおこなったのは隣の教会の牧師、ジョン・ヘンリー・エルダー師だが、このエルダー師というのは、説教や洞察に富んだ社会批判が、ニューヨークの新聞にかなりの紙面を割いて掲載されるほどの人物である。式の最中は、故人宅の家政婦のシムズ夫人がいかにも派手な卒倒を演じたほかには、これといった騒ぎもなく、取り乱す者もいなかった。

ただ、故人の秘書のジョーン・ブレットがのちに語ったとおり、何かがおかしかった。もしかするとその印象は、医学者がまったくたわごとと否定したがる、女性特有の鋭い勘によるものだったかもしれない。けれどもジョーンはそれを、繊細かつ独特なイギリス流に〝張りつめた空気〟と形容した。だれが緊張をもたらしていたのか、その緊迫感が——実際にあったとして——だれに起因していたのかについては、ジョーンも明言できなかったか、あえて明言を避けた。ともあれ表向きには、慎《つつ》ましくも深い悲しみとともに、万事が滞りなく進行した。簡素な葬儀が終わったとき、家族の面々とわずかばかりの友人や使用人たちは列をなして棺の脇を歩き、亡骸に最後の別れを告げてからしずしずと各自の席へもどった。故人の妹デルフィーナは打ちしおれて泣いていたが、涙をひと粒こぼしてはハンカチで押さえ、ため息をつくといった具合に、淑女然としていた。デミー以外の名で呼ぶことをだれも思いつかないデメトリオスは、うつろで知性の欠けたまなざしを棺のなかへ向け、冷たくなった従兄《いとこ》の穏やかな顔に見入っているようだった。デルフィーナの夫ギルバート・スローンは、妻のふっくらした手をやさしくなでていた。故人の甥《おい》アラン・チェイニーは、少し赤い顔をして上着のポケットに両手を突っこみ、虚空をにらんでいた。ハルキス画廊の理事ナシオ・スイザは、一分の隙もない葬儀用の正装姿で、もの憂げに片隅に立っていた。故人の顧問弁護士ウッドラフは洟《はな》をかんでいた。すべてがごく自然で平穏だった。やがて、神経質な顔をした銀行家タイプのスタージェスという葬儀屋が、助手たちに指示を出して、棺の蓋《ふた》をすみやかに釘《くぎ》で閉ざした。残すところは、最後の葬列を組むという陰鬱な作業のみとなった。アラン、デミー、スローン、スイザの四人が棺台のかたわらの位置につき、例のごとくまごついたのち、棺を肩にかつぎあげ、葬儀屋スタージェスの入念な検査に合格した。エルダー師が祈りを唱え、葬列はおごそかに屋敷を出ていった。

ところでジョーン・ブレットは、のちにエラリー・クイーンが認めたように、非常に目端の利く若い女性だった。ジョーンが〝張りつめた空気〟を感じたというのなら、それはきっと存在したのだろう。だがその空気を発していたのは――だれなのか？　人物まで特定するのは至難の業だった。ヴリーランド夫人と並んで葬列のしんがりをつとめた、顎《あご》ひげのあるワーズ医師だったかもしれない。棺をかついでいた面々だったかもしれないし、ジョーンのすぐ後ろを歩いていた参列者だったかもしれない。さらに言えば、その源は、シムズ夫人がベッドでむせび泣いていたり、執事のウィークスが故人の書斎でぼんやりと顎をさすっていたりといったなんでもない出来事の集まり、つまり屋敷そのものだったとも考えられる。

もちろん、それが参列者たちの歩みを妨げることはなかったようだ。葬列は五十四丁目通りに面した正面玄関からではなく、裏口から出て、五十四丁目通りと五十五丁目通りにはさまれた六軒の家の私有地である細長い中庭を進んでいった。そして左へ折れ、中庭の西側の門をくぐって墓地にはいった。五十四丁目通りに群がっていたおおぜいの通行人や野次馬はしてやられた気分だったろうが、そういう輩《やから》がいるからこそ、葬列は中庭を通ったのである。見物人たちは上端のとがった鉄柵《てっさく》にしがみついて、格子のあいだから小さな墓地をのぞきこんだ。中には新聞記者やカメラマンもいたが、みな妙に無口だった。悲劇の主役たちは観衆に目もくれなかった。何もない芝の上を蛇行していく葬列を、地面に掘られた長方形の穴と几帳面《きちょうめん》に盛った土を囲む別の小集団が迎えた。ふたりの墓掘り人――スタージェスの助手――と、教会堂の管理人ハニウェルだ。そして、ひとりぽつねんと、ひどく時代遅れの黒いボンネットをかぶり、涙で濡《ぬ》れた目をぬぐう小柄な老婦人も立っていた。

例の緊迫感は、ジョーン・ブレットの勘を信じるなら、まだつづいていた。

しかしそのあとも、それまでの経過と同じく、不自然なところはなかった。慣例どおりに儀式の準備が調い、前にかがみこんだ墓掘り人が、地中に横たわる錆《さ》びついた古い鉄扉の取っ手をつかんであける。よどんだ空気がかすかに流れ出る。古い煉瓦《れんが》でふちどった地下埋葬室へ棺が静かにおろされる。墓掘り人ふたりが急《せ》いた小声でことばを交わしながら、棺をゆっくりと動かして地表からは見えない片側に寄せ、地下埋葬室の数多い壁龕《へきがん》のひとつへそっと押しこむ。鈍い響きとともに鉄扉が閉じられ、土と芝がその上にもどされる……。

そしてどういうわけか、後日ジョーン・ブレットが確信を持って述べた印象によると、その瞬間に張りつめた空気が消え失《う》せたという。

2　捜索

消え失せた、と言っても、それは葬送をすませた一同がまた中庭を通って屋敷へもどってきて、ほんのしばらく経つまでのあいだにすぎなかった。

そこで緊迫感はふたたび姿を現し、それにともなって立てつづけに恐ろしい出来事が起こったが、その原因が判明するのはずっと先のことになる。

つぎに起こることの最初の予兆となったのは、故人の弁護士マイルズ・ウッドラフが発したことばだった。この時点での状況はエッチング版画さながらにくっきりと見える。エルダー師は、小ぎれいな装いで聖職者ぶった、やけに気忙《きぜわ》しげな教会堂管理人のハニウェルを従えて、遺族を慰めるべくハルキス邸にもどってきていた。涙で目を濡らして墓地で葬列を迎えた小柄な老婦人は、屋敷へ引き返す一行に抜け目なく加わって客間へもぐりこみ、陰気くさい商売道具の片づけに追われる葬儀屋のスタージェスと助手たちのそばで、役目を終えた棺台を粗探しでもするかのようにじろじろながめていた。だれもこの小柄な老婦人を招じ入れたわけではなく、頭の弱いデミーがかすかな嫌悪をこめて婦人を見つめているほかには、おそらくだれもその存在に気づいていなかった。ほかの面々は椅子に腰をおろすか、もの憂げに歩きまわるかしていた。ことばを交わす者もあまりなく、葬儀屋と助手たちのほかはみな手持ち無沙汰《ぶさた》な様子だった。

ご多分に漏れずそわそわしていたマイルズ・ウッドラフは、埋葬のあとの気詰まりなひとときをどうにかやり過ごそうと、これといった目的もなく故人の書斎へはいっていった、とのちに語っている。執事のウィークスが少しあわてて腰をあげた。一瞬うとうとしていたらしい。ウッドラフは手を振って、沈んだ気分でそのまま漫然と部屋を横切り、ふたつの本棚のあいだの、ハルキスの金庫が埋めこんである壁のほうへと歩いた。そこで壁金庫のダイヤルをまわして錠の番号を合わせ、円形の重い小さな扉をあけたのは、まったく無意識の行動だったと本人はあとで主張している。それを探すつもりだったわけでもなく、ましてや消失に気づくことになろうとは思いもしなかった、と。何しろウッドラフは、葬列が屋敷を出ていくわずか五分前にそれを目にし、手でふれさえしていたのだから！　とはいえ現に、手ちがいにせよ故意にせよ、それが手提げ金庫ごと消えていることにウッドラフは気づいたのであり、この発見が前ぶれとなって、例の張りつめた空気がよみがえり、〈ジャックの建てた家〉（マザーグースの歌。出来事がいくつも積み重なっていく）さながらに、つぎつぎと恐ろしい出来事を引き起こすことになった。

消失に気づいたウッドラフは、いかにもこの男らしい反応を見せた。いきなりウィークスのほうを振り返り、正気を疑われてもおかしくない剣幕で「この金庫にさわったのか」と怒鳴ったのだ。ウィークスがしどろもどろに否定すると、ウッドラフは息を荒くした。向きになって追及したが、何を言わせたいのか自分でもさっぱりわかっていなかった。

「いつからそこにすわっている？」

「お弔いの列が墓地へ出ていってからずっとです」

「きみがそうしているあいだに、この部屋へはいった者はいたか」

「猫の子一匹、見かけておりません」いまやウィークスはすくみあがっていて、ピンクの禿《は》げ頭の後ろの、耳にかかる綿状の白い巻き毛をひどく震わせている。きまじめな老執事の目には、ウッドラフの居丈高な態度がどこか恐ろしげに映った。相手の大きな図体《ずうたい》と赤ら顔としゃがれ声に威圧されて、ウィークスは泣きだす寸前だった。

「眠っていたじゃないか！」とウッドラフが一喝した。「わたしがさっきこの部屋にはいったとき、居眠りしていただろう！」

ウィークスは小さく哀れな声で言った。「少しうとうとしていただけです。ほんとうでございます。片時も眠りこんではおりませんでした。あなたがはいっていらっしゃったのにも、すぐに気づきましたでしょう？」

「まあ……」ウッドラフは威勢をゆるめた。「たしかにそうだったな。スローンさんとチェイニーさんに、すぐここへ来るように言ってくれ」

ふたりの男が困惑顔ではいってきたとき、ウッドラフは救世主のような物腰で金庫の前にたたずんでいた。そして証人をゆっくり攻める得意の流儀で、ふたりを無言で迎えた。どこがどうとは言えないものの、スローンの様子がおかしいことはすぐにわかった。アラン青年のほうは、いつものようにしかめ面で、近くまで来ると息が強烈にウィスキーくさかった。ウッドラフはことばを惜しまず長広舌を振るった。開いた金庫を指さし、両人に疑《うたぐ》り深いまなざしを向けながら、ひたすらまくし立てた。スローンはライオンを思わせる頭を横に振った――人生の盛りで勢いのあるこの男は、最新流行のきざな装いでめかしこんでいる。アランも口は開かず、気のないていで痩《や》せた肩をすくめた。

「よかろう」ウッドラフは言った。「わたしはそれでかまわん。だが、この件は徹底的に追及するつもりだ、諸君。いますぐ」

ウッドラフは得意の絶頂にあったらしい。家じゅうの者を、有無を言わさず書斎に呼び集めた。驚くべきことに、参列者たちがハルキス邸にもどってから四分と経たないうちに、ウッドラフはその全員を――葬儀屋のスタージェスとその助手たちまでも！――呼びつけ、男女を問わずすべて尋問しながら、金庫から何も持ち出していない、朝から金庫には近づいてもいないといった返答に、とりあえず納得してみせていた。

ジョーン・ブレットとアラン・チェイニーがふと同じ考えにとらわれたのは、そんな芝居がかった、いささか滑稽《こっけい》なひとときのことだった。ふたりは同時に入口へ突き進んで、ぶつかり合いながら書斎を飛び出し、玄関広間へ駆けこんだ。ウッドラフはしゃがれ声を張りあげて、わけもわからずふたりを追っていった。アランとジョーンは手を貸し合って広間のドアを解錠し、急いで玄関へ出ると、施錠されていないドアを開いて、いくぶん面食らっている往来の人だかりの前に立った。ウッドラフがあわててあとにつづく。ジョーンがよく通るアルトの声で「ここ三十分ほどのあいだに、この家にはいったかたはいらっしゃいませんか」と呼びかけるや、アランも「どなたかいませんか」と叫び、ウッドラフも思わずそれにならった。歩道沿いの掛け金のかかった門に記者の一団がもたれかかっていて、ひとりのたくましい青年がきっぱりと「いないよ！」と言った。別の記者が「どうかしたのかい？　いまからでもおれたちを中へ入れてくれたらどうだ――何もさわったりしないぜ」と南部訛《なま》りでゆっくりと言い、往来の野次馬たちからまばらな拍手があがった。無理もないが、ジョーンは頬を紅潮させ、赤褐色の髪に無意識に手をやって意味もなくなでつけていた。「この家から出ていった人は？」とアランが叫ぶと、「いない！」という返事がいっせいに返ってきた。人々を前にして自信がぐらついたウッドラフは、咳払《せきばら》いをして、腹立たしげにジョーンとアランを邸内へ追い入れたのち、中からドアを閉めてきっちりと施錠した——こんどは部屋と玄関の両方を。

けれども、ウッドラフは動揺を引きずる性質《たち》ではなかった。残った者たちがかすかに期待をこめて待つ書斎へ引き返すと、たちまち自信を取りもどした。つぎからつぎへとみなを質問攻めにしていったが、ほぼ家じゅうの全員が金庫の解錠番号を知っているのがわかったときには、失望のあまり、歯をむいてうなりださんばかりだった。

「わかった」ウッドラフは言った。「よかろう。このなかのだれかが一杯食わそうとしているようだ。だれかが嘘をついている。だが、すぐに見つけてやるぞ。すぐにだ。それは約束しよう」一同の前を行きつもどりつする。「わたしにも、きみらに負けないくらいの頭はある。これはわたしのつとめだ——いいか、つ、と、め、なんだよ」並んだ人形のように、みながうなずく。「この家の者全員を身体検査する。いますぐ。ただちに」うなずきが止まった。「むろん、この案に反対の者もいるだろう。わたしだって気は進まない。それでもやる。わたしの鼻先であれが盗まれたからにはな、この鼻先で」ここで、深刻な状況にもかかわらず、ジョーン・ブレットが忍び笑いをした。実のところ、ウッドラフの鼻の先端はかなりひろがっているからだ。

隙のない装いのナシオ・スイザが薄笑いを浮かべた。「おいおい、ウッドラフ。これはちょっと大げさなんじゃないか？　案外簡単に説明のつく問題かもしれないぞ。きみは大騒ぎしすぎているんだ」

「ほう、スイザ、きみはそう思うのか」ウッドラフはむっとした視線をジョーンからスイザへと移した。「身体検査をするという案が気に召さんと見える。なぜだろうな」

スイザはくすりと笑った。「ここは法廷か？　ウッドラフ、落ち着いたらどうだ。いまのきみはまるで、首をちょん切られたニワトリだ。ことによると――」辛辣《しんらつ》に言う。「葬儀の五分前に壁金庫のなかに手提げ金庫があったというのは、きみの見まちがいだった可能性もある」

「見まちがい？　本気でそんなことを？　このなかのひとりが盗賊だと判明したら、見まちがいなどではなかったとわかる」

「とにかく」スイザは白い歯をむいて言った。「ぼくはこんな横暴なやり方には反対だ。けどまあ――調べてみたらいい――この体を」

もはやあとへ引けないところまで来た。ウッドラフは完全に度を失っていた。激昂《げきこう》し、スイザのつんととがった鼻の下で、握りしめたこぶしを震わせながらわめき立てる。「ああ、わからせてやるとも！　横暴なやり方ってものをな！」そして、最初からそうすべきだったことを実行した――故人の机の上にあった二台の電話機のひとつをつかんで、夢中でダイヤルをまわし、姿の見えない質問者に対してつっかえながら用件を伝えたのだ。力まかせに受話器をもどしたあと、敵意もあらわにスイザに言い放った。「きみが身体検査をされるかどうか、じきにわかるぞ。地方検事サンプソンの指示により、この屋敷にいる者は全員、検事局から人が来るまで、一歩たりとも敷地の外へ出てはならん！」

3 謎

　地方検事補のペッパーは愛想のよい青年だった。ウッドラフが電話をかけてから三十分後、ペッパーがハルキス邸に足を踏み入れたとたんに物事が円滑に進みはじめた。この青年は人の口を開かせることに長《た》けていたが、これは機嫌とりの効用を知っているがゆえで、しがない法廷弁護士ウッドラフはそうした才覚を具《そな》えていなかった。ウッドラフ自身、ペッパーと少し話しただけで気分がほぐれたのに驚いたほどだった。ペッパーに同行してきた、葉巻を吸っている丸顔の人物――コーヘイランという名の地方検事局付きの刑事――にはだれひとり注意を払っていなかった。というのも、この男はペッパーの指示で書斎の入口に控え、完全に存在感を消し去って黒い葉を吸っていたからだ。

　ウッドラフは大柄なペッパーをすぐに部屋の隅へいざない、葬儀のいきさつを勢いこんで話した。「さて、こういうことなんだよ、ペッパーくん。この屋敷のなかで葬列の準備が整う五分前に、わたしはハルキスの寝室にはいった」――書斎にあるもうひとつのドアのほうをぞんざいに指さす――「そしてハルキスの手提げ金庫の鍵《かぎ》を持ってここへもどってきて、壁の金庫を開き、中の手提げ金庫をあけた。その中身をわたしはこの目で見た。ところがいまは――」

「中身はなんだったんですか」

「話していなかったか？　興奮しているせいだな」もちろんそうだとペッパーは言わずにとどめ、ウッドラフは汗ばんだ顔をぬぐった。「ハルキスの新しい遺言状だよ！　新しいものだぞ！　手提げ金庫に新しい遺言状がはいっていたのはまちがいないんだ。手にとってみたし、たしかにわたしの封印がしてあった。それを手提げ金庫にもどして鍵をかけ、壁の金庫にしまって施錠してからこの部屋を出たんだが……」

「ちょっと待ってください、ウッドラフさん」情報を引き出したい相手にはしっかり〝さん〟をつけて呼ぶのがペッパーのいつもの流儀だった。「手提げ金庫の鍵を持っている人はほかにもいるんですか」

「いないよ、ペッパーくん、ただのひとりも！　手提げ金庫の鍵はあれひとつしかない。つい先日、ハルキスが自分でそう言っていた。その鍵は寝室の彼の服のなかにあったんだが、手提げ金庫と壁金庫を施錠したあと、わたしはそれを自分のポケットにしまった。現にわたしのキーケースにつけてある。このとおり」ウッドラフは尻《しり》ポケットを探ってキーケースを取り出した。震える手で小ぶりの鍵をひとつ選び出してはずし、ペッパーに手渡す。「これはずっとわたしのポケットにあったと誓ってもいい。このわたしからくすねるなど、だれにもできるものか！」ペッパーがしかつめらしくうなずく。「そもそも、そんな時間はほとんどなかった。わたしが書斎を出てまもなく葬列の支度がはじまったし、そのあとは埋葬式だ。わたしは屋敷へもどって、あれは虫の知らせだったのか、またここへ来て金庫をあけた――するとどうだ、遺言状のはいった手提げ金庫が消えているじゃないか！」

ペッパーは舌を鳴らして同情を示した。「持ち出した人間に心あたりは？」

「心あたり？」ウッドラフは室内をねめまわした。「心あたりは山ほどあるが、証拠がなくてね！　ところでだ、ペッパーくん。いまの状況を説明しよう。第一に、わたしが手提げ金庫のなかの遺言状を見たときにこの屋敷にいた連中は全員、いまもここにいる。屋敷を離れたきりの者はひとりもいない。第二に、葬列に加わった連中はひとかたまりになってこの屋敷を出て、ひとかたまりで中庭を抜けて墓地へ向かい、その間ずっとみないっしょだったと考えられるし、墓地でわれわれを迎えた数人以外には外部の者とも接触していない。第三に、屋敷へもどってきた葬列には、墓地にいた外部の者たちも交じっていて、いまここにいる」

ペッパーの目が光った。「すこぶる興味深い状況ですね。つまり、もし元の葬列にいただれかが遺言状を盗んで外部の者に手渡したとしても、まったく意味がないわけです。遺言状を墓地か帰路のどこかに隠すなどしないかぎり、ここで外部の者たちの身体検査をすれば見つかるんですから。実におもしろいですよ、ウッドラフさん。それで、あなたのおっしゃる外部の者というのはどの人たちですか」

ウッドラフは古めかしい黒のボンネットをかぶった小柄な老婦人を指さした。「あれがそのひとりだ。スーザン・モース夫人とかいう、中庭を囲む六軒の家のひとつに住んでいる偏屈なばあさんでね。ご近所さんだよ」ペッパーがうなずくと、ウッドラフはエルダー師の陰に震えながら立っている男を指さした。「それからあの、縮みあがっている小男――隣の教会堂の管理人のハニウェルだ。その並びのふたりは墓掘り人で、あそこにいる葬儀屋のスタージェスに雇われている。ここで第四の点だが、われわれが墓地にいたあいだ、この屋敷に出入りした者はひとりもいない――屋敷の外に張りついていた記者連中にわたし自身が訊《き》いてたしかめたんだよ。そのあとこの手で玄関を施錠したから、それ以後はだれも出入りできなくなっている」

「ますます厄介ですね、ウッドラフさん」ペッパーは言ったが、同時に怒声が聞こえたので後ろを振り返ると、いつにも増して顔を赤くしたアラン・チェイニー青年が、脅しつけるようにウッドラフに人差し指を突きつけていた。

「そちらは？」ペッパーは尋ねた。

アランが怒鳴った。「いいですか！　その男の言うことは信じちゃいけません。記者たちにたしかめたのはそいつじゃない。ジョーン・ブレットが訊いたんです――そこにいる、ブレットさんが。そうだろう、ジョーニー」

冷ややかと言ってもよいほど凛《りん》とした顔つきのジョーンは、背が高くすらりとしたイギリス人らしい体型で、気高い顎《あご》と、澄みきった青い瞳《ひとみ》と、角度によっては勝ち気に見える鼻の持ち主だった。ジョーンはチェイニーの向こうにいるペッパーのほうへ視線を向けながら、よく響く明瞭《めいりょう》で冷たい声で言った。「また酔ってらっしゃるのね、チェイニーさん。わたくしのことをジョーニーなんて呼ばないでいただきたいわ。その呼び方は大きらい」

アランはどんよりしたまなざしで、気になる相手の肩を見やった。ウッドラフがペッパーに言った。「また飲んでいるようだな――あれはアラン・チェイニー、ハルキスの甥《おい》で――」

ペッパーは「ちょっと失礼」と言って、ジョーンのほうへ歩み寄った。ジョーンは少々引きしまった顔で迎える。「記者たちに尋ねるというのはあなたの思いつきだったんですか、ブレットさん」

「ええ、そうですわ！」ジョーンの両頬がほんのり赤く染まった。「といっても、チェイニーさんも同時に思いついたのです。わたくしたちはいっしょに駆け出して、ウッドラフさんはあとからついてきました。あんな大酒飲みの若者が、いかにも紳士らしく女性に花を持たせるなんて、びっくりで……」

「まったくですね」ペッパーは微笑んだ——ペッパーの微笑みはいつでも婦人を魅了する。「ところでブレットさん、あなたのお立場は——」

「ハルキスさんの秘書……でした」

「どうもありがとう」ペッパーは、しょげているウッドラフのもとへもどった。「さて、ウッドラフさん、お話の途中でしたが——」

「余さずひととおり説明しようとしていたんだよ、ペッパーくん」ウッドラフは咳払《せきばら》いをした。「さっき言いかけていたのは、埋葬していたときにこの屋敷のなかにいた人間はふたりだけだということで、まず家政婦のシムズ夫人は、ハルキスが死んだショックで卒倒して以来、自室で寝こんでいる。それから執事のウィークスは、われわれの留守中ずっとこの書斎にいたんだが——ここがちょっと信じがたいところで——だれもはいってこなかったと言い張っている。あの男がずっと金庫の番をしていたことになるわけだ」

「なるほど。これで少しは先へ進めそうですね」ペッパーはそっけなく言った。「ウィークスのことばを信用していいなら、盗難の推定時刻を少しばかりはっきりさせることができます。つまり盗難は、あなたが遺言状を見たあと、会葬者たちが屋敷を出るまでの五分ほどのあいだにおこなわれたことになる。簡単に片がつきそうだ」

「簡単だと？」ウッドラフは半信半疑で言った。

「そうですとも。コーヘイラン、こっちへ」一同の当惑したまなざしを浴びながら、刑事がのっそりと部屋を横切ってくる。「いいかね。いまから盗まれた遺言状を探す。これから言う四つの場所のどこかにあるはずだ。この邸内に隠されているか、いま邸内にいるだれかが身につけているか、中庭の私道のどこかに落ちているか、墓地のなかで見つかるかだ。一か所ずつ片づけていこう。検事を電話で呼び出すから、ちょっと待機していてくれ」

ペッパーは地方検事局の電話番号をまわし、サンプソン地方検事に手短に報告をすませると、もみ手をしながらもどってきた。「地方検事は警察を応援によこすと言っています。なんと言っても、これは重大な犯罪ですから。ウッドラフさん、ぼくとコーヘイランが中庭と墓地を調べてくるあいだ、この部屋にいる全員を監視する全権をあなたに委任します。しばらくご辛抱願います、みなさん！」一同は呆気《あっけ》にとられてペッパーを見つめた。みなの顔に浮かんでいるのは、迷いと疑問と困惑の表情だ。「ぼくの代わりにウッドラフさんがここにいます。みなさんもどうぞ協力してください。どなたもここからお出にならないように」ペッパーとコーヘイランはすみやかに部屋を出ていった。

十五分後にふたりが空手でもどったころには、書斎の面々に四人の新顔が加わっていた。クイーン警視配下の眉《まゆ》の濃い大男トマス・ヴェリー部長刑事と、その部下のフリント刑事とジョンソン刑事、それにがっしりと肉づきのよい女性巡査だった。いつものごとく冷静で判断に慎重なヴェリーが部屋の隅でペッパーと話しこむあいだ、ほかの者たちは無関心にすわって待っていた。

「中庭と墓地は調べたんだな？」ヴェリーがうなるように言った。

「はい。ですが、もう一度そちらでも調べていただいたほうがいいかもしれません」ペッパーは言った。「念のために」

ヴェリーがふたりの部下に何やら指示し、フリントとジョンソンは出ていった。ヴェリーとペッパーとコーヘイランは順序立てて邸内の捜索をはじめた。いまいるハルキスの書斎から取りかかり、つぎに故人の寝室と浴室、さらにはその向こうのデミーの寝室を調べていく。そしてもどってくると、ヴェリーは物も言わずにふたたび書斎の探索をはじめた。金庫のなかや電話の載った故人の机の抽斗《ひきだし》を探り、壁に並んだ書棚の本もくまなく調べる……。壁のくぼみに置かれた小卓の上の湯沸かしやこまごました茶の道具に至るまで、何ひとつ見落とさず、固く閉まった湯沸かしの蓋《ふた》を大まじめな顔ではずして中をのぞきこんだ。ヴェリーはぶつぶつ言いながら書斎から玄関広間へ移り、そこから客間、食堂、台所、裏の配膳室《はいぜん》へと捜索範囲をひろげていった。葬儀屋のスタージェスがすでに分解をすませた儀式用の飾り物は特に念入りに調べたが、何も見つからなかった。三人は二階へ移動し、シムズ夫人の聖なる私室だけは避けて、すべての寝室を西ゴート族の大移動さながらの勢いで踏査した。そのあと、そろって屋根裏部屋へのぼり、塵《ちり》の雲を舞いあげながら古いチェストや保管箱を引っ掻《か》きまわした。

「コーヘイラン」ヴェリーは言った。「地下室はまかせた」火の消えた葉巻をいじましくくわえていたコーヘイランが、重い足どりで地下へおりていく。

「やれやれ、部長刑事」荒く息をついてペッパーが言い、ヴェリーとふたりで屋根裏部屋のむき出しの壁にもたれた。「例のいやな仕事もやるしかないようですね。まったく、あの連中の身体検査などしたくなかったのに」

「こんな汚れ仕事のあとだ」ほこりまみれの指を見おろしながら、ヴェリーが言った。「喜んでやるとも」

ふたりは一階へおりた。フリントとジョンソンが帰ってきた。「成果は？」ヴェリーが低い声で尋ねた。

小柄で風采《ふうさい》のあがらない、むさ苦しい白髪頭のジョンソンが鼻をこすって言った。「まったく何も。さらに困ったことに、若い娘をひとり見つけまして——女中か何かです——中庭の向こう側の家のね。裏の窓から葬式を見物して、そのあとずっと中庭をうろついてたらしいんです。で、部長刑事、その娘によると、墓地から葬列がもどったあと、この屋敷の裏口から出てきた人間はふたりだけだとか――たぶんペッパーさんとコーヘイランでしょう。ほかにはだれも、中庭に面したどの家の裏口からも出てこなかったそうです」

「墓地はどうだった？」

「そちらも成果なしです」フリントが言った。「墓地の五十四丁目通り側の鉄柵《てつさく》の外に、新聞記者どもが張りついていました。連中が言うには、葬式のあと、墓地では人っ子ひとり見かけていないそうです」

「コーヘイラン、そっちは？」ようやくまた葉巻に火をつけたコーヘイランは顔をほころばせていた。そのまるい顔を大きく横に振る。ヴェリーはぼそりと言った。「おい、へらへらしている場合か、ぼんくらめ」そして部屋の中央につかつかと進み出た。頭をそらし、観兵式に臨む軍曹さながらの大声をあげる。「ご静聴を！」

一同は居住まいを正し、いくらか疲れを忘れた顔つきになった。アラン・チェイニーは部屋の隅にうずくまって両手で頭をかかえ、静かに体を揺すっていた。スローン夫人はお義理の涙をとうに拭《ふ》きとっていて、エルダー師でさえ期待のこもった表情を浮かべている。ジョーン・ブレットは不安げなまなざしでヴェリー部長刑事を見つめていた。

「よく聞いてください」ヴェリーは険しい声で言った。「みなさんの気分を害するのはむろん本意ではありませんが、わたしには職務があり、それを遂行するつもりです。これから、この屋敷にいる全員の身体検査をおこない――必要とあらば裸になってもらいます。盗まれた遺言状のありかとして唯一考えられるのは――ここにいるだれかの衣服のなかですから。賢明なみなさんなら、ほんのお遊びと思ってくださるでしょう。コーヘイラン、フリント、ジョンソン――男性陣を頼む。それから、きみ」がっしりした女性巡査のほうを振り返る。「ご婦人がたを客間へお連れして、ドアを閉めたらすぐに取りかかれ。それと、忘れるな！　この人たちから何も見つからないときは、二階の家政婦とその部屋も調べるんだぞ」

書斎はたちまち、ひそひそ話と、さまざまなぼやきと、気弱な抗議の声でざわついた。机の前で退屈そうにしていたウッドラフは、気の毒にと言いたげにナシオ・スイザを見やった。するとスイザはにやりと笑い、最初の犠牲者となるべくコーヘイランの前へ進み出た。女性たちがばらばらに部屋を出ていったところで、ヴェリーは電話を手にした。「警察本部か……ジョニーにつないでくれ……ジョニーか？　エドマンド・クルーをいますぐ東五十四丁目十一番地によこしてくれ。急ぐんだ。ただちに手配しろ」ペッパーとウッドラフが控えるかたわらで、ヴェリーは机に寄りかかり、三人の刑事が無遠慮な手つきで容赦なく徹底的に男たちの体を調べあげるのを淡々と見守った。ヴェリーは急に小さく体を動かした――エルダー師が不服も唱えずつぎの犠牲者になろうとしている。「牧師さま……おい、フリント、やめるんだ！　あなたの検査は差し控えましょう、牧師さま」

「そんなお気づかいは無用ですよ、部長刑事」牧師が答えた。「あなたのお立場からすれば、わたしもほかのかたがたと同じくらい疑わしいはずですから」ヴェリーの険しい顔に浮かんだ逡巡《しゅんじゅん》の色を見て、牧師は微笑んだ。

「わかりました。ではあなたの目の前で、わたしがみずから検査しましょう」ヴェリーは聖職者の着衣に不敬にも手をかけることはためらったものの、牧師自身がポケットをすべてひっくり返して衣服をゆるめ、フリントの手をとって体を調べさせるあいだ、鋭く目を光らすことは怠らなかった。

女の巡査がのっそりと引き返してきて、何も出なかったとぶっきらぼうに報告した。女性陣――スローン夫人、モース夫人、ヴリーランド夫人、それにジョーン――はそろって顔を赤らめ、男たちの目を避けている。「上の階の太った女性――家政婦ですか？――あの人もシロです」巡査は言った。

沈黙が流れた。ヴェリーとペッパーは陰気そうに顔を見合わせた。ヴェリーはありえない事実にぶつかって苛立《いらだ》ちはじめ、ペッパーは穿鑿《せんさく》好きな輝く瞳《ひとみ》の奥で考えをめぐらせていた。「どこかで何かがおかしくなっている」ヴェリーが荒い声で言った。

「きみ、ぜったいに何もなかったんだろうな」

女性巡査はただ鼻を鳴らした。

ペッパーがヴェリーの上着の襟に手をかけた。「あのですね、部長刑事」穏やかな声で言う。「おっしゃるとおり、とんでもない異常事態なんでしょうが、ここで絶望することはありません。この屋敷には、われわれがまだ見つけていない隠し戸棚か何かがあるのかもしれない。もしあるなら、建築が専門のクルーさんがきっと見つけてくれますよ。つまるところ、われわれは最善を尽くし、できることはすべてやったんです。それに、この人たちをいつまでも引き留めておくわけにもいきません、特に、ここの住人でないかたがたは……」

ヴェリーは荒っぽく絨毯《じゅうたん》を蹴《け》りつけた。「まったく、こんなざまじゃ、警視に殺されるよ」

すみやかに処置がとられた。ヴェリーは後ろへさがり、ペッパーが丁重に告知した――外部の者はもう帰ってもよいが、屋敷の住人が建物を離れる場合は、正式な許可を得て、身体検査をその都度受けるように、と。ヴェリーは女性巡査と若くたくましいフリントに指で合図すると、先に立って玄関広間へ出ていき、正面ドアのかたわらにいかめしく陣どった。のろのろとそちらへ歩いていったモース夫人が、怯《おび》えて小さく悲鳴をあげる。「もう一度このご婦人を調べてくれ、きみ」ヴェリーは巡査に命じた。そしてエルダー師にはおざなりの笑顔を見せたが、教会堂管理人のハニウェルにはみずからまた検査をした。そのあいだにフリントが、葬儀屋のスタージェスとふたりの助手、それに迷惑顔のナシオ・スイザを再度調べた。

一回目の検査と同様、成果はなかった。

外部の者たちが帰ったあと、屋敷の外の玄関ドアと石段の下にある地下室の表口の両方が見える場所でフリントを見張りに立たせ、ヴェリーは足音荒く書斎へもどった。屋敷の裏口の、中庭へ通じる木の階段のてっぺんにはジョンソンを配置し、中庭に通じる地下室裏口の外へコーヘイランを行かせた。

ペッパーはジョーン・ブレットと真剣に話しこんでいた。かなり酔いの覚めたチェイニー青年が、髪を掻《か》きむしりながらペッパーの背中をにらんでいる。ヴェリーはウッドラフに向かって、骨張った指を振ってみせた。

4　噂話

　エドマンド・クルーは、学者ばかを絵に描いたような人物で、目がどんよりして鼻柱の目立つ、哀れを誘うほど馬に似た面相の持ち主だったので、ジョーン・ブレットは声を出して笑いそうになるのを難儀してこらえた。しかし、クルーが声を発するなり、その衝動はたちまちおさまった。

「この屋敷の持ち主は？」クルーの声は火花を発する電波のごとく、きりりと鋭かった。

「あの世行きになった男だ」ヴェリーが言った。

「もしかしたら」ジョーンがおずおずと言った。「わたくしがお役に立てるかもしれません」

「築年数はどのくらいですか」

「ええと、それは――存じません」

「なら、けっこうです。わかるかたは？」

スローン夫人が小ぶりのレースのハンカチで澄まして鼻をかんだ。「それは——そう、八十年は経っていますわ」

「改築していますよ」アランが勢いこんで言った。「たしかです。建てなおしたんですって。何度も。伯父《おじ》から聞きました」

「どうもはっきりしないな」クルーが不満げに言った。「設計図は残っていますか」

一同は、どうだろうという顔で視線を交わした。

「では」クルーが間を置かずに言う。「何かご存じのかたは？」

だれもいないようだった。が、そのとき、美しい唇をすぼめていたジョーンが小声で言った。「あの、ちょっとお待ちになって。ご入り用なのは青写真や何かでしょうか」

「そう、それです、お嬢さん。どこにありますか」

「たしか……」ジョーンは考えこんだ。愛らしい小鳥のようにうなずきながら、故人の机のほうへ向かう。ペッパーが愉快そうに小さく笑い、ジョーンはいちばん下の抽斗《ひきだし》を掻きまわしたすえ、黄色い書類がはみ出ている古ぼけた厚紙のファイルを持ってきた。「古い支払いずみ請求書のファイルです。きっとこのなかに……」その読みはあたっていた。というのも、白い紙に添付してある折りたたんだ青写真一式がすぐに見つかったからだ。「これでよろしいでしょうか」

クルーはジョーンの手からその紙束を受けとると、机に歩み寄って、鼻先をつけんばかりに青写真をにらみはじめた。幾度かうなずいたのち、いきなり身を起こして青写真をつかみ、物も言わずに書斎を出ていった。

立ちこめる霧のように、しらけた空気がふたたび部屋を包んだ。

「きみもいっしょに聞いてくれ、ペッパー」ヴェリーがペッパーを脇へ呼び、ウッドラフの腕をなるべく穏やかにつかんだ。それでもウッドラフは青ざめている。「さて、いいですか、ウッドラフさん。遺言状を何者かが持ち去った。それには理由があるはずだ。しかも新しい遺言状だったそうですね。で、それが消えたとなると、だれかが損失をこうむるとでも？」

「それは――」

「しかしですね」ペッパーが考えこみながら言った。「犯罪がおこなわれたことは別として、ぼくにはそれほど深刻な事態だとは思えないんです。ウッドラフさん、あなたの事務所にある新しい遺言状の控えで、故人の遺志はいつでも確認できるでしょうしね」

「とんでもない」ウッドラフはそう言って鼻を鳴らした。「できるものか。いいかね」周囲に目を配りながら、ふたりを近くへ引き寄せる。「われわれには故人の遺志をたしかめる術《すべ》がないんだ！　そこがおかしなところでね。つまりこういうことだ。ハルキスの元の遺言状は先週金曜日の朝まで有効だった。書かれていた条項も簡明だ。

ギルバート・スローンがハルキス画廊を相続する——所有者になるだけではなく、美術骨董《こっとう》品の商売も担う。それから、信託財産をふたつ設ける——ひとつはハルキスの甥《おい》のチェイニーのぶん、もうひとつは、あそこにいる頭の弱い従弟《いとこ》のデミーのぶんだ。屋敷と身のまわり品は妹のスローン夫人に遺贈する。あとはありきたりだが——シムズ夫人とウィークスと使用人たちに現金を遺贈する旨のことと、美術館などに寄付する品の細目も記してあった」

「遺言執行人はだれになっていましたか」ペッパーが尋ねた。

「ジェイムズ・J・ノックス氏だ」

ペッパーは口笛を吹き、ヴェリーはわずらわしげな顔をした。「あの億万長者のノックスですか。美術マニアの」

「まさしく。あの人はハルキス画廊の上得意だったし、遺言執行人に指名したほどだから、友達付き合いもしていたんだろうな」

「たいした友達だな」ヴェリーが言った。「きょうの葬式にはなぜ現れなかったんだろう」

「おやおや、部長刑事」ウッドラフは目をまるくして言った。「新聞を見ていないんですか。ノックス氏は大物だ。ハルキスが亡くなったと知らされて葬儀に出るつもりだったが、間際になってワシントンへ呼ばれたんです。けさの話ですよ。新聞によると、大統領がじきじきに呼び出したんだとか——連邦の財政にかかわる件で」

「いつもどる予定なんだ」ヴェリーはきつい調子で訊《き》いた。

「だれも知りませんよ」

「まあ、たいして重要なことじゃありません」ペッパーが言った。「それより新しい遺言状の内容はどうなんですか」

「新しい遺言状か。うむ」ウッドラフはいわくありげにつづけた。「そこが不可解なところなんだ。先週木曜の夜中にハルキスから電話がかかってきてね。新しい遺言状の草稿を作って、あすの朝——つまり金曜の朝——持ってこいと言っていた。問題はここからだ。新しい遺言状は、元の遺言状ほぼそのままの内容で、変更は一か所だけ。ハルキス画廊の相続人たるギルバート・スローンの名前を消して、新しい名前を書き入れるためにそこを空欄にしておけという指示があった」

「スローンの名前を？」ペッパーとヴェリーは本人のほうをこっそりうかがった。スローンはムネタカバトさながらに、無表情で夫人の椅子の後ろに控え、片方の手を震わせながらぼんやり宙を見つめている。「ウッドラフさん、つづきを」

「それでわたしは、金曜の朝いちばんに新しい遺言状を作成し、それを持って午前のまだ早い時分にここへ駆けつけた。ハルキスはひとりでいた。ふだんのあの人は、かなり頭の固い偏屈者で——冷淡で気むずかしい、事務的な人間と言ってもいいが——

あの朝は何かそわそわしていた。とにかく、ハルキスはわたしを見るなり、はっきりこう言った。画廊の新しい相続人の名前はだれにも、これまで尽くしてくれたきみにも、教えるわけにはいかん、とね。わたしはハルキスが空欄に名前を書きこめるよう、遺言状を目の前にひろげた——ところが、あの人はその紙を持ってわたしの背後にまわり、部屋の反対側まで行ったんだ！——そこでどうやら、新しい相続人の名前を書き入れた。それから自分で吸取器をあてて、そそくさとそのページを閉じると、ブレット嬢とウィークスとシムズ夫人を呼んで署名の証人に立て、自分で遺言状に署名してから、わたしに手伝わせて封印を施し、壁の金庫にしまってある小さい手提げ金庫に遺言状をおさめたあと、手提げ金庫と壁の金庫を自分で施錠した。そんなわけで——新しい相続人の名前はハルキス以外のだれも知らないんだ」

ヴェリーとペッパーは黙して考えこんだ。やがてペッパーが尋ねた。「元の遺言状の条項を知っていたのはだれですか」

「だれもかれもだ。屋敷じゅうの話題だったんだから。ハルキスも頓着《とんちゃく》していなかった。新しい遺言状についても、内容を書き改めたことを伏せておけとは特に言わなかったし、わたしも隠し立てする理由はないと思った。当然、署名に立ち会った人間には知られていたわけで、あの三人が屋敷じゅうにふれまわっただろう」

「すると、スローンも知っているんだな」ヴェリーが声をとがらせた。

ウッドラフがうなずいた。「そりゃあそうさ！　実のところ、あの日の午後わたしの事務所にやってきたが――そのときにはもう、ハルキスが新しい遺言状に署名したことを明らかに聞き及んでいて――その変更で自分も何か影響を受けるのかどうかを知りたがっていた。そこでわたしは、きみの代わりにだれかが画廊の相続人になったが、その人物の名前はハルキス本人しか知らないと言ってやった。するとスローンは――」

ペッパーが目を光らせた。「それはまずいな、ウッドラフさん、そんなことを話す権利はあなたにはなかった」

ウッドラフは消沈して言った。「いや、その、ペッパーくん、それはそうかもしれん……だが、わたしの推測では、新しい相続人はスローン夫人で、その場合スローンは夫人を通して画廊を手に入れることになるから、結局何も損はしないと思ったんだ」

「それにしたって」ペッパーは棘《とげ》のある声で言った。「倫理にもとる行為ですよ。思慮がなさすぎる。まあ、話してしまったものはもうどうしようもないですね。ところで、葬儀の五分前に手提げ金庫のなかの新しい遺言状を見たとき、新しい相続人がだれかわかったんですか」

「いや。葬儀がすんでから開封するつもりだったのでね」

「それが本物の遺言状だったのはたしかですか」

「まちがいない」

「新しい遺言状には破棄条項がありましたか」

「あった」

「なんだ、それは」ヴェリーがうさんくさそうに尋ねた。「どういう意味だ」

「われわれにとってはひどい頭痛の種です」ペッパーが言った。「新しい遺言状に破棄条項を加えるのは、遺言人にそれ以前のすべての遺言を破棄する意図があることを明確にするためです。つまり、新しい遺言状が見つかろうが見つかるまいが、古い遺言状は先週金曜の朝で効力を失ったことになるんですよ。さらに」おごそかに言い添える。「われわれが新しい遺言状を見つけることができず、画廊の新しい相続人を確認できない場合、ハルキスは遺言を残さずに死んだものと見なされます。いや、参りましたね！」

「それはつまり」ウッドラフが陰気に言った。「ハルキスの財産を、相続法に基づいて厳正に分配しなくてはならないということだ」

「なるほどな」ヴェリーが低い声で言った。「するとスローンというやつは、新しい遺言状が見つからないかぎり、どう転んでも自分の取り分にありつけるわけだ。ハルキスにいちばん近い肉親は妹のスローン夫人だからな……うまくできてる！」

幽霊のように音もなく書斎へ出入りしていたエドマンド・クルーが、青写真を机にほうり投げて三人に近づいてきた。「どうだ、エディー」ヴェリーが訊いた。

「何も見つからない。見せかけの壁板も、隠し戸棚もない。ふたつの部屋をひそかに行き来するための壁の隙間もない。天井も床も頑丈にできている――もとからそういう造りだったらしい」

「くそっ！」ペッパーが言った。

「いや、まったく」建築の専門家のクルーはつづけた。「だれかが身につけているのでないかぎり、この屋敷のなかに遺言状はないと断言してもいい」

「でも、あるはずなんです！」ペッパーがいきり立って言った。

「ないものはないんだよ、若いの」クルーはそう言い捨てて歩き去り、ほどなく玄関ドアが勢いよく閉まる音が聞こえた。

しばらくだれも口をきかなかったが、その沈黙にまさることばはなかった。何を思ったか、ヴェリーが足音高く書斎を出ていき、数分ののちに、いっそう険しい顔をしてもどってきた。どうしようもない無力感が巨体からあふれ出ている。「ペッパー」ヴェリーはむっつりと言った。「お手あげだ。いま、中庭と墓地を自分で調べてきたんだ。なんの成果もない。遺言状は破棄されたとしか考えられない。きみはどう思う？」

「思いついたことがあるんです」ペッパーが言った。「ただの思いつきですけどね。まずは検事に相談しなくては」

ヴェリーは握りしめた両手をポケットに突っこみ、戦場を見まわした。「いやはや」あきらめの口調で言う。「八方ふさがりとはな。みなさん、聞いてください」一同はずっと耳をそばだてていたが、待ちくたびれてすっかり気力を失い、犬のような目でヴェリーを見つめるだけだった。「屋敷から引きあげるとき、この書斎と向こうのふた部屋を閉鎖するつもりです。いいですね。だれもはいってはいけません。ハルキス氏の寝室にも、デメトリオス・ハルキスの寝室にもいっさい手をふれないで――現状のままにしておいてください。それからもうひとつ。屋敷への出入りは自由にしてくださってけっこうですが、身体検査をその都度受けてもらいますから、妙な真似はなさらないように。以上です」

「あのう」だれかが間の抜けた声を発した。ヴェリーの顔がゆっくりとそちらへ向く。ワーズ医師が進み出た――古代の預言者のような顎《あご》ひげをたくわえているが、体つきは類人猿を思わせる中背の男だ。内斜視気味の明るい淡褐色の目で、からかうようにヴェリーを見つめている。

「なんでしょう」ヴェリーは敷物の上でいかめしく身構えた。

医師はにこやかに言った。「あなたのご指示で、この家のみなさんはたいした不便をこうむらないでしょうが、部長刑事さん、わたしはたいそう心苦しい立場に置かれます。わたしはこの家の客人にすぎません。それなのに、忌中のご一家にいつまでも厄介になっていろとおっしゃるのですか」

「失礼だが、あなたは何者ですか」ヴェリーはのっそりと近寄った。

「ワーズと申します。イギリス国民で、国王陛下の忠実なるしもべです」ひげの男は目をきらめかせて答えた。「わたしは医者で——専門は眼科です。この数週間、ハルキスさんを診察していました」

ヴェリーは低くうなった。ペッパーがそばへ来て何やら耳打ちする。ヴェリーがうなずき、ペッパーが言った。「ワーズ先生、あなたにもこの家のかたがたにも、ご迷惑をかけるつもりはもちろんありません。お発《た》ちになるのはまったく自由です」微笑みながらつづける。「当然、最後の手続きは踏んでいただきますが、ご異存ないでしょうか——ご出発の前に、お荷物と体をすっかり調べさせていただきますが」

「異存ですって？　もちろんありません」ワーズ医師はふさふさした褐色のひげをいじりながら言った。「それはそれとして——」

「あら、まだお発ちにならないで、先生」スローン夫人が甲高い声で言った。「こんなつらいときに、わたしたちを残してお帰りになるなんて。先生はとてもご親切だったし……」

「ええ、そうしてくださいな、先生」別の声がかかった。大柄できりりとした女性——肌の浅黒い、はっきりした顔立ちの美女——が胸の奥から発した声だった。医師は会釈し、小声で何かことばを返す。ヴェリーが憎々しげに尋ねた。「そちらはどなたです？」

「ヴリーランドの妻ですわ」警戒するように目が光り、声が少しかすれた。そして、ハルキスの机の端に所在なげに腰かけていたジョーンまでが、笑みを浮かべまいとしながら、青い目でワーズ医師のたくましい肩甲骨を感心するように見あげた。「ヴリーランドの妻です。ここの住人です。夫はハルキスさんの出張代行員――でした」

「わかりませんね。なんですか、その――出張代行員というのは？　ご主人はいまどこに？」

夫人は血相を変えた。「なんという物言いですの！　そんな無礼な口をきく権利はありません！」

「お静かに。質問に答えてください」ヴェリーはいっそう冷ややかな目を向けた。こうなったときのヴェリーの目の冷たさは生半可ではない。

夫人は怒りのおさまらぬ声でぼそりと言った。「主人は――主人はカナダのどこかにおります。美術品購入のための出張で」

「探してはみたんです」ギルバート・スローンが唐突に口をはさんだ。ポマードでなでつけた黒い髪、小ぶりに整えた口ひげ、下にたるみのあるうるんだ目が、不釣り合いに放埒《ほうらつ》な印象を与えている。「探してはみたんですよ――最後に連絡をよこしたときには、カナダのケベックを拠点に、噂で聞いた古い手織り絨毯《じゅうたん》がどこで手にはいるのかを尋ねまわっていました。まだ向こうからは音沙汰《おとさた》がありませんが、いちばん最近泊まっていたホテルに伝言を残してあります。まあ、ゲオルグの死亡記事は新聞で見るでしょう」

「見ない可能性もある」ヴェリーがさらりと言った。「わかりました。ところでワーズ先生、もうしばらく滞在なさるんですか」

「みなさんが引き留めてくださっているので――そうします。ええ、喜んで」ワーズ医師は後方へさがり、堂々とたたずむヴリーランド夫人のそばにうまく落ち着いた。

それをひそかに見ていたヴェリーは、ペッパーに合図してふたりで玄関広間へ向かった。ウッドラフもあわててあとにつづいたので、ふたりの踵《かかと》を踏みつけるところだった。三人はもつれ合うように書斎を出て、ペッパーが慎重に外からドアを閉めた。ヴェリーはウッドラフに訊《き》いた。「さてどう思う、ウッドラフ？」

ヴェリーとペッパーは戸口でウッドラフと向かい合っていた。弁護士はとがった声で言った。「どう思うも何も。ペッパーくんはさっき、まずい判断をしたと言ってわたしを責めた。だから疑惑の余地がないようにしておきたい。わたしも身体検査をしてもらおう、部長刑事。きみの手でね。あの部屋では検査されなかったから」

「いや、そんなふうに受けとらないでくださいよ、ウッドラフさん」ペッパーがなだめにかかった。「ぼくはけっして――」

「けっこうな考えだと思うぞ」にこりともせずにヴェリーが言った。そして前置きもなく、ウッドラフの衣服を叩《たた》いたりさすったりつまんだりしはじめた。申し出た当人も、そこまでするかという顔をしている。さらにヴェリーは、弁護士がポケットに入れていた書類にも一枚残らず目を通した。そこでようやく、つかんだ獲物を放した。

「きみは潔白だ、ウッドラフ。さあ行こう、ペッパー」

屋敷の外へ出ると、筋骨たくましい私服刑事のフリントが、歩道の門のそばで根気よく粘っている残り少ない記者たちと冗談を言い合っていた。ヴェリーはフリントと、裏口にいるジョンソンと、屋敷に残してきた女性巡査のそれぞれに、交替要員をよこすと約束してから門の外へ出た。記者たちがブヨの群れのようにヴェリーとペッパーにたかった。

「狙いはなんです、部長刑事」

「何があったんだい」

「ちょっとぐらいネタをくれたっていいじゃないか！」

「おい、ヴェリー、いつもいつもそんな顔をしてるもんじゃないぜ」

「だまっていたら、いくら分け前が出るんだ」

ヴェリーはがっしりした肩にかけられた記者たちの手を払いのけ、ペッパーとともに、歩道脇で待っていたパトカーに逃げこんだ。

「警視にどう報告したらいいんだ」車が動きだすと、ヴェリーは悔しげに言った。「このぶんじゃ、頭に一発お見舞いされるな」

「警視というのは？」

「リチャード・クイーン警視だ」ヴェリーは運転手の血色のよい首筋をむっつりとにらんだ。「まあ、できるだけのことはやった。屋敷は一種の包囲状態にある。これから部下をひとり送りこんで、金庫の指紋を調べさせる」

「それは大いに助けになるでしょうね」ペッパーもいまや快活さを失い、神経質に爪を噛《か》んでいた。「ぼくもたぶん、地方検事にとっちめられるだろうな。ハルキス邸には目を光らせておくつもりです。あすも行って様子を見てきますよ。われわれがああやって行動を制限したせいで、屋敷のまぬけな連中が騒ぎだしでもしたら――」

「ああ、最悪だ」ヴェリーが言った。

5　調べ残し

十月七日、陰鬱《いんうつ》きわまりないその木曜日の朝、サンプソン地方検事が捜査会議を招集した。そしてエラリー・クイーンが、のちに〝ハルキス事件〟として知られるようになるこの不可解な難事件と正式に対面したのもこの日だった。まだ若く、生意気だったころのエラリーである。*しかも当時はまだ、ニューヨーク市警との信頼関係を築いていなかったため、リチャード・クイーン警視の令息という特別な身分にもかかわらず、無用な出しゃばり者と見なされていた。それどころか、灰色の髪を持つ経験豊富な警視その人さえ、エラリーが純粋な理論を実地の犯罪捜査にうまく結びつけられるのかどうかに、灰色の疑問を持っていたふしがある。しかしながらエラリーは、まだ荒削りながら推理力を発揮して二、三の事件の謎を解いたことがあったので、サンプソン地方検事が招集をかけたときには、自分も当然発言権を得られるものと図々《ずうずう》しくも決めてかかっていた。

実のところ、エラリーはゲオルグ・ハルキスの死について何も聞かされていなかったし、ましてや遺言状が盗まれたことなど知る由もなかった。それゆえ、自分以外の全員が答を知っているような質問を連発して、地方検事をわずらわせた。後年のような辛抱強さをまだ身につけていなかったサンプソンは、明らかに苛立《いらだ》っていた。警視もこれには閉口し、はっきりしたことばでたしなめたので、エラリーは少々きまり悪そうに、上等な革張りの椅子に沈みこんだ。

みな、ひどくむずかしい顔をしていた。まずサンプソンがいた。検事としてはまだ駆け出しで、痩《や》せ形《がた》のわりに馬力があり、働き盛りで明るい目をした、やる気じゅうぶんの男だが、捜査にかかるまではごく単純に見えた今回の事件が意外に手ごわいことに少なからずとまどっていた。それからペッパー。サンプソンの部下のひとりで、政治的判断で任用された頭脳明晰《めいせき》なこの男は、がっしりした健康そうな体に失望の色をにじませている。それより年長のクローニンもいた。赤毛で神経質なこの主席検事補は、犯罪に関して検事やペッパーよりもはるかに高い見識を具《そな》え、子馬のような俊敏さと老馬のような判断力を併せ持つ、検事局の古株だ。そしてリチャード・クイーン警視もいた。老年にさしかかったいま、肉のそげた小さな顔と、豊かな銀髪と口ひげのせいで、かつてないほど鳥を思わせる。古風なネクタイを好み、小柄で細い体つきでありながら、猟犬並みのしなやかさを内に秘め、正統派の犯罪学の該博な知識を持っている。いまは愛用の褐色の嗅《か》ぎ煙草入れを苛立たしげにもてあそんでいた。

それから、もちろんエラリー自身もいた——いまは一時的におとなしくしている。考えを述べるときは鼻眼鏡を振りかざしてレンズをきらめかせ、微笑むときは顔じゅうをほころばせた——その顔は美形の誉れ高く、品のある面長の輪郭と、大きくて澄んだ思慮深い目が印象に残る。ほかの点では、母校の思い出をまだ引きずった青年たちとそう変わらず、長身で贅肉《ぜいにく》のない、肩の張った体軀《たいく》は運動選手に見えなくもない。このときエラリーはサンプソン地方検事をじっと観察していて、見られている本人は明らかに落ち着かない様子だった。

「さて諸君、われわれはいま、よくある難題にぶつかっている」サンプソンが低い声で言った。「手がかりはいくつもあるのに、ゴールが見えないというやつだ。ところでペッパー、対処に困るような事実をほかにも何か発見したかね」

「これといって重要なことは何も」ペッパーが沈んだ声で言った。「もちろん、例のスローンという男には探りを入れてみましたがね——ひとりになったところをつかまえました。ハルキスの新しい遺言で割を食うことになる唯一の人間ですからね。ところがスローンは牡蠣《かき》みたいに口を閉ざして——きのうはまったく話そうとしませんでした。どうしたものでしょうね。証拠がひとつもないなんて」

「方法はいくつかある」警視がぼそりと言った。

「たわごとはよせ、Q」サンプソンがすかさず言った。「あの男に不利な証拠は、ひとかけらもないんだ。理論上スローンには動機があるからといって、ただの嫌疑だけで、ああいう立場の人間を脅しつけることはできんぞ。ほかにはどうだ、ペッパー」

「ヴェリー部長刑事もぼくも、まったくお手あげでした。あの屋敷を世間から隔離しておく権利などわれわれにはないし、部長刑事はゆうべ、部下ふたりを引きあげさせるほかなかった。ぼくはどうにもあきらめがつかなかったんで、自分の勘を信じて夜通し張りこんでいました——屋敷の者たちは気づきもしなかったと思いますけど」

「何かつかんだのか」クローニンが興味津々で尋ねた。

「ええ、まあ」ペッパーは口ごもった。「あることを見るには見たんです……いや、しかし」あわてて言い添える。「別に重要ではないと思います。あの人は立派な女性だし——悪いことのできる人では——」

「いったいだれのことを言っているんだ、ペッパー」サンプソンが問いただした。

「ブレット嬢。ジョーン・ブレットです」ペッパーはしぶしぶ答えた。「夜中の一時に、彼女がハルキスの書斎をうろついているのを見かけました。もちろん、あの部屋にいたのはよくない——だれも近づくなと、部長刑事がはっきり申し渡していたんですから……」

「死せる神秘の男の、美人秘書か」エラリーがもの憂げに言った。

「ああ、そうだ。それでまあ」ペッパーの口調はいつになく歯切れが悪い。「その、彼女は少しばかり金庫をいじって――」

「なんだと！」警視が言った。

「……ただ、探し物は見つからなかったようです。しばらく書斎の真ん中に、なんと言うか、立ちつくしていましたから。あのネグリジェ姿はよかったな。そのあと床をひと蹴《け》りして出ていきました」

「質問はしたのか」サンプソンが不機嫌に言った。

「いいえ、しませんでした。いえ、その、不自然な点は何もないと思ったもので」ペッパーが両手をひろげて弁解をはじめると、サンプソンは冷ややかに言った。「きみは美人に弱いのをどうにかしなくてはならんな、ペッパー。どう考えてもその女には質問すべきだし、しゃべらせるべきだろう、まったく信じられん！」

「そのうちわかるさ、ペッパー」クローニンが笑いながら言った。「わたしも一度、柔らかいすべすべの腕を首に巻きつけられたことが――」

サンプソンが目を吊《つ》りあげた。ペッパーは耳の後ろを真っ赤にして何か言いかけたが、結局ことばを呑《の》みこんだ。

「ほかにまだあるか？」

「あとは現状の報告だけ。コーヘイランがまだハルキス邸に詰めていますし、女性巡査も同様です。屋敷を出る者全員の身体検査をふたりでつづけています。コーヘイランが記録をつけていまして」ペッパーは胸ポケットを探り、すり減った鉛筆でぞんざいに殴り書きされた、皺《しわ》だらけの紙切れを取り出した。「われわれが引きあげた火曜日以降に、あの屋敷を訪れた人間のリストです。ゆうべまでのぶんがそろっています」

サンプソンはその紙を引ったくって内容を読みあげた。「エルダー師、モース夫人――これは例のばあさんだな？　ジェイムズ・J・ノックス――すると、ワシントンからもどったのか。クリントック、エイラーズ、ジャクソン、これは記者連中。それから、このふたりはだれだ、ペッパー――ロバート・ピートリーとデューク夫人というのは？」

「ふたりとも故人の上得意ですよ。弔問に来たんです」

サンプソンはリストを無造作に握りつぶした。「ところでペッパー、きみの弔問も必要になりかねないぞ。遺言状が消えたとウッドラフから電話があったとき、きみがこの事件を担当したいと申し出たから、わたしはチャンスをやったんだ。くどくど言いたくはないが、ブレット嬢がどれほどの美貌《びぼう》の主であろうと、そこに目がくらんで職務上の判断を誤るようでは、きみを担当からはずすことも考えなくてはな……。まあ、小言はこのぐらいにしよう。きみはこの事件をどう見ている？　何か考えはあるか」

ペッパーはごくりと唾《つば》を呑んだ。「はずされるのは勘弁願いたいです……。それで、検事、ひとつ思うところがありまして。さまざまな事実から考えて、こんなことはありえないんです。遺言状はあの屋敷にあるはずなのに、見つからないなんて。ばからしい！」サンプソンの机を平手で叩《たた》いた。「たったひとつの事実のせいで、ほかの何もかもが成り立たなくなっている。その事実とは――ウッドラフが葬儀の五分前に金庫のなかの遺言状を見たことです。しかも、検事――それを裏づけるのはウッドラフ自身のことばだけですよ！　言いたいことはおわかりでしょう」

「要するに」警視が考えこみながら言った。「その時間に遺言状を見たというのはウッドラフの嘘だと言いたいんだな？　つまり、遺言状は葬儀前の五分間ではなくもっと前に盗まれていて、犯人は怪しまれる危険のないうちにそれを屋敷の外で処分したのかもしれないと」

「そのとおりです、警視。いいですか――理屈優先で考えるんです。遺言状がどこへともなく消えるなんて、おかしいでしょう？」

「だが、どうしてちがうとわかるんだね？」サンプソンが反論した。「ウッドラフの言うとおり、遺言状がその五分のあいだに持ち出されて、燃やされるか壊されるかしたのではないと」

「でも、サンプソンさん」エラリーが穏やかに言った。「手提げ金庫を跡形もなく燃やしたり壊したりするのはむずかしいのでは？」

「それもそうだな」サンプソンはつぶやいた。「手提げ金庫はいったいどこへいったんだ」

「だから、ぼくの言うとおり」ペッパーが勝ち誇ったように言った。「ウッドラフが嘘をついているんです。遺言状も手提げ金庫も、あの男が見たという時間には金庫になかったんですよ」

「しかし、わからないな」警視が声高に言った。「なぜだ？　なぜ嘘をつく必要がある？」

ペッパーは肩をすくめた。エラリーが愉快そうに言った。「みなさんはだれひとり、この問題に正当な取り組み方をなさっていませんね。これはまさに、よく分析して、あらゆる可能性を検討すべき問題なのに」

「そう言うきみは、分析ずみなんだろうな」サンプソンがむっとして言った。

「それは——ええ、もちろん。ぼくの分析だと、興味深い——いや、実に興味深い説がひとつの可能性として導き出されます」エラリーはいまや姿勢を正し、笑みを浮かべていた。警視は嗅《か》ぎ煙草をひと吸いしたきり、だまっている。ペッパーは聞く気満々で身を乗り出し、いまはじめてその存在に気づいたかのように、しげしげとエラリーを見つめている。「では、これまでの事実を再検討させてください」エラリーは歯切れよく言った。「この件について、相反するふたつの可能性があることはおわかりでしょう。ひとつは、新しい遺言状が現時点で存在しない可能性、もうひとつは、新しい遺言状が現時点で存在する可能性です。

ひとつ目の可能性を考えてみましょう。遺言状が現存しないとするなら、葬儀の五分前に金庫のなかにあるのを見たというウッドラフの話は嘘で、遺言状はそれより前にひとりまたは複数の何者かによって破棄されていて、そのときにはすでになかったということになる。あるいは、ウッドラフの話が真実だとすれば、遺言状はウッドラフが見たあとで、その五分のあいだに盗まれて破棄されたことになる。この場合、泥棒は遺言状を破るか燃やすかして、その残骸《ざんがい》を浴室やトイレで流してしまうことができたでしょうね、おそらく。しかし、手提げ金庫がどこにも見あたらないとなると、さっきぼくが指摘したとおり、この破棄説には無理が生じます。手提げ金庫のかけらも見つからないんですから。すると手提げ金庫はどこにあるのか。たぶん持ち去られたんでしょう。だとしたら、遺言状も破棄されずに手提げ金庫ごと持ち去られたと考えるのが自然です。ただ、ウッドラフが真実を言っているのなら、そうした状況下で手提げ金庫を持ち去るのはとうてい不可能です。したがって、ひとつ目の可能性については、これで行きづまりということになる。いずれにせよ、もし遺言状がほんとうに破棄されたのなら、これ以上どうすることもできない」

「それで」サンプソンが警視を振り返って言った。「きみからの助言はその程度か。

ありがたいね、まったく」怒りの表情でエラリーのほうに向きなおる。「そんなことはわれわれもわかっている。要するに何が言いたいんだ」

「警視殿」エラリーは悲しげに父親に言った。「息子のことをこんなふうに侮辱させておいていいんですか。失礼ながら、サンプソンさん、あなたは結論を急《せ》かしすぎるし、そういうのが推理を台なしにするんです。まあ、ひとつ目の推論は要点が見えにくいので、ひとまず脇へ置いて、つぎをやっつけましょう——すなわち、遺言状が現存する可能性だ。して、その手がかりは？——ああ、ここがいちばんおもしろいところです。よく聞いてくださいよ、みなさん！　屋敷を出て葬儀に参列した者はひとり残らずもどってきた。屋敷に残っていたのはふたりだけ——そのうちのひとり、ウィークスは金庫のある書斎をずっと離れなかった。葬儀のさなかに屋敷にはいった者はひとりもいない。そして、屋敷の住人にも会葬者にも、外部の者と接触する時間はなかった。墓地で遺言状を渡された者がいたとしても、その人物も屋敷へもどったはずだ」

「しかも」エラリーは早口でつづけた。「遺言状は、屋敷のどこにも見あたらず、屋敷の者たちも身につけておらず、中庭の通路にも墓地にもなかった！　そこでぼくはみなさんに請い、訴え、切にお願いしたい」いたずらっぽい目つきで締めくくる。

「どうかぼくに対して、この意義深い質問をしてください——葬儀のために屋敷を出ていったけれど、もどってこなかったうえに、遺言状の紛失がわかってからも調べられていない唯一のものは何か、と」

サンプソンが言った。「ばかなことを。何もかも調べたんだ。知ってのとおり、徹底的にな。きみもわかっているだろう」

「うん、それはたしかだ、エラリー」警視が静かに言った。「見落としはひとつもない――それともおまえは、さっき聞いた説明が呑みこめなかったのか」

「ああ、まさか、信じられない！」エラリーは嘆いた。「どうしてこうも、見る目のない人たちがそろったものか……」そしてやんわりと言った。「ひとつありますよ、お偉い先輩がた。棺ですよ、ハルキスの遺骸をおさめた！」

それを聞いて、警視は目を白黒させ、ペッパーは厭《いと》わしげに喉《のど》を鳴らし、クローニンは高らかに笑い、サンプソンはぴしゃりと額を叩いた。エラリーは得意げに相好を崩した。

ペッパーが最初にわれに返り、エラリーに笑い返した。「鋭いな、クイーンくん。実に鋭い」

サンプソンがハンカチを口にあてて咳払《せきばら》いした。「いや――あれだ、Q、前言は取り消すよ。つづけてくれ、エラリー」

警視は無言だった。

「さて、みなさん」エラリーはもったいぶって言った。「理解あるかたがたが相手だと、ぼくも話し甲斐《がい》がある。この推論も傾聴に値しますよ。葬儀の準備も最終段階にはいったころ、どさくさにまぎれて金庫をあけ、遺言状のはいった手提げ金庫を取り出し、客間のなかで隙をうかがって、その小さい金庫を棺の内張り布か、ハルキス氏の死装束か何かの下に滑りこませる。盗人はそのぐらいのことならたやすくできたでしょうね」

「なるほどな」クィーン警視はつぶやいた。「遺言状を遺体といっしょに埋めてしまえば、破棄したも同然だ」

「そうなんだよ、父さん。すぐにも埋められる予定の棺のなかに隠すだけで同じ目的をとげられるんだから、遺言状を破棄するまでもないだろう？　ハルキス氏は自然死だったから、あの棺は最後の審判の日までふたたびあけられることはないと考えていい。よって――遺言状は、焼き捨てて灰を下水に流したのと同じくらいきれいに、この世から葬り去られたんだ。

そして、この説には心理的な裏づけもある。ひとつしかない手提げ金庫の鍵《かぎ》は、ウッドラフが携帯していた。ゆえに、葬儀の参列者が屋敷を出ていく前のわずか五分のあいだに盗人が手提げ金庫をあけるのはまず無理だった。かと言って、遺言状入りの手提げ金庫を持って歩くなんてことは——無理というより、考えもしなかったはずだ。何しろかさばるし、危険が大きすぎる。だから《アロール》、みなさん《ムシュー》、手提げ金庫と遺言状はたぶんハルキスの棺のなかにあるでしょう。この説がもし参考になったら、せいぜい役立ててくださいよ」

クイーン警視が小さな足ですっくと立ちあがった。「ただちに掘り出すのが筋だろうな」

「そのようだな」サンプソンがふたたび咳払いして警視を見つめた。「エラリーの——

——えへん！——エラリーの言うとおり、遺言状が棺のなかにあるかどうかは疑問だがね。ウッドラフがやはり嘘をついているのかもしれない。それでも棺をあけてたしかめてみる必要はある。きみはどう思う、ペッパー」

「ぼくは」ペッパーはにこやかに言った。「クイーンくんのすばらしい分析は、まさに核心を突いていると思いますよ」

「よし。あすの朝に掘り出せるよう段取りをつけてくれ。きょうじゅうにやらなきゃならん理由もあるまい」

ペッパーは顔を曇らせた。「すんなりとはいかないかもしれませんよ、検事。なんと言っても、殺人容疑に基づく発掘ではありませんからね。どうやって判事の了承を得れば——」

「ブラッドリーのところへ行け。あの人はこういうことに融通がきくほうだし、わたしからもあとで電話しておく。心配は要らんよ、ペッパー。さあ、ぐずぐずするな」

サンプソンは電話に手を伸ばし、ハルキス邸の番号を呼び出した。「コーヘイランを頼む……コーヘイラン、こちらはサンプソンだ。あすの朝に全員集まってもらいたいと屋敷の者たちに伝えてくれ……。そう、ハルキスの遺体を発掘する予定だと言ってかまわん……。掘り出すんだよ、ばか！　……だれだって？　そうか、じゃあ代わってくれ」受話器を胸にあてて警視に言う。「ノックスがいる——あのノックスだ……。もしもし、ノックスさん？　地方検事のサンプソンです……。ええ、このたびはとんだことで。ご愁傷さまです……。実は、事情があって故人の遺体を掘り出さねばなりません……。それが、どうしても必要でして……。は？　……むろん申しわけなく思っていますよ、ノックスさん……。とにかく、この件についてはご心配なく。粗相のないようじゅうぶん注意しますから」

サンプソンは静かに受話器を置いて言った。「ややこしいことになったな。ノックスは紛失した遺言状の執行人に指名されている。もし遺言状が見つからず、画廊の新しい相続人が確認できないとなると、執行人も不要ということになる。ハルキスは遺言せずに死んだものと見なされるんだ……。それでノックスは動向を気にしているらしい。あす、遺言状が棺のなかから発見されなければ、ノックスが遺産管理人に任命されると見るべきだろうな。ノックスはいま、あの屋敷でウッドラフと話をしている。遺産の下調べというやつだ。きょうはずっといると言っていた。これだけ熱心にやるとは、ずいぶん親切な男だな」

「ノックス氏も発掘に立ち会うんですか」エラリーが尋ねた。「億万長者と呼ばれる人と一度会ってみたかったんだ」

「無理だそうだ。あすの朝早く、また街を出ないといけないらしい」

「またひとつ少年時代の夢が破れたよ」エラリーは肩を落とした。

(原注)

＊『ギリシャ棺の秘密』は、すでに出版されているクイーンのどの事件譚よりも時期的には前に位置づけられることをご承知願いたい。エラリーがこの事件に取り組んだのは、大学を卒業してまもない時期である――J・J・マック

6　発掘

かくしてエラリー・クイーン氏は、十月八日の金曜日、ハルキス悲劇の出演者たちや、捜査の現場、そしてジョーン・ブレット嬢が数日前に感じた〝張りつめた空気〟――エラリーが特に興味を引かれたもの――とはじめて接した。

その金曜日の朝、ハルキス邸の客間には、ひどく沈んで不安げな面々が集合していた。そしてペッパー地方検事補とクイーン警視の到着を待つあいだ、図らずもエラリーは、色白だが血色のよい長身のイギリス人美女と話しこむことになった。

「あなたがあのブレットさんですね」

「あら」ブレット嬢はそっけなく言った。「わたくしのことをご存じなんですね」いつ凍りついてもおかしくない澄んだ青い目に、かすかな笑みが浮かんでいる。

エラリーはにこやかに言った。「厳密にはそうじゃありません。あなただとわかったのは、ぼくの血が騒いだせいだとは思いませんか」

「まあ。血気盛んでいらっしゃるのね」ブレット嬢は白い手を慎《つつ》ましく膝《ひざ》の上で重ね、ウッドラフとヴェリー部長刑事が立ち話をしているドアのあたりを横目で見やった。「あなたは警察のかた？」

「その完全なる影と言うべきかな。高名なるクイーン警視の息子、エラリー・クイーンです」

「影だなんて、ずいぶんとご謙遜《けんそん》ですわね、クイーンさん」

エラリーは相手の背の高さや率直さ、感じのよさを、男としての目でとくとながめた。「いずれにせよ」エラリーは言った。「あなたが〝影《シェード》〟などと呼ばれることはけっしてないんでしょうね」

「クイーンさんたら！」ブレット嬢は居住まいを正して微笑んだ。「わたくしの容姿を遠まわしにけなしてらっしゃるのね？」

「アスタルテ（豊穣と多産の女神）の亡霊《シェード》か！」エラリーはつぶやいた。ブレット嬢が頬を染めるほど、つくづくとその体に見入る。「実は、いまはじめて思いあたりました」

ふたりしてその言い草に笑い、ブレット嬢がこう言った。「わたくしはそれとは別の影《シェード》を帯びていますのよ、クイーンさん。とても霊感が強いんです」

こういう次第で、エラリーは思いがけず、葬儀の日の張りつめた空気について知ることになった。しばらくして、ブレット嬢にことわって父とペッパーを迎えに立ったときにも、また新たな緊張が湧き起こった。アラン・チェイニー青年が殺気立った目でエラリーをにらみつけていたからだ。

ペッパーと警視のすぐあとから、フリント刑事が汗まみれのずんぐりした初老の男を引っ立ててきた。

「だれだ、こいつは」ヴェリー部長刑事が客間の入口に立ちはだかって大声で言った。

「屋敷の者だそうです」フリントはその男の太く短い腕をつかんで言った。「どうしましょうか」

警視がコートと帽子を椅子にほうり投げて歩み寄った。「どなたかな」

その男はまごついていた。太り肉《じし》の小柄なオランダ人で、大きくカールした白い髪と、紅でも差したような薔薇《ばら》色の頬の持ち主だ。いまやその頬をふくらませ、いっそう困った顔になっていた。ギルバート・スローンが部屋の奥から声をかけた。「だいじょうぶですよ、警視さん。うちの出張代行員のジャン・ヴリーランドです」その声は平板で妙によそよそしかった。

「ああ」警視はその男を無遠慮に見つめた。「ヴリーランドさんかね」

「ええ、ええ」ヴリーランドはあえぎあえぎ言った。「そうです。いったい何事なんだ、スローン。このかたがたは？　わたしはハルキスが……。家内はどこだろう」

「ここよ、あなた」うわずった甘い声とともに、ヴリーランド夫人が入口に現れた。小男は妻のほうへ駆け寄り、額にせっかちにキスして――夫人はやむなく腰をかがめたが、その際立った目に一瞬苛立《いらだ》ちの色が浮かぶ——帽子とコートをウィークスに渡すと、その場に突っ立って不思議そうに部屋を見まわした。

警視が尋ねた。「いまごろやっと帰ってきたのはどういうわけです、ヴリーランドさん」

「ゆうべ、ケベックのホテルにもどったら」ヴリーランドはなおも苦しげに息をしながら言った。「電報が届いていたんです。ハルキスが死んだなんてまったく知りませんでした。寝耳に水ですよ。これはなんの集まりですか」

「これからハルキス氏の遺体を掘り出すんです、ヴリーランドさん」

「ええっ？」ヴリーランドは動揺した面持ちになった。「じゃあ、わたしは葬式にも出そこねたわけか。まったく！　しかし、なぜ掘り出すことに？　もしや——」

「とにかく」ペッパーがじりじりして言った。「警視、そろそろはじめたほうがいいのでは？」

一同が墓地に着くと、教会堂管理人のハニウェルが、埋葬のとき長方形に土を掘り起こした芝生の前をそわそわと行きつもどりつしていた。ハニウェルが位置を示すと、ふたりの男が手に唾《つば》を吐いてシャベルを持ちあげ、力いっぱい掘りはじめた。

だれも口をきかなかった。女たちは屋敷に残っていた。事件に関係のある男たちで立ち会っているのは、スローンとヴリーランドとウッドラフだけだ。スイザはそんな見物はごめんだときっぱりはねつけ、ワーズ医師は肩をすくめ、アラン・チェイニーはジョーン・ブレットの小ぎれいなスカートのそばに頑《かたく》なに張りついていた。クイーン父子とヴェリー部長刑事は、新たに登場した男——痩《や》せ形《がた》で背が高く、黒々と頬ひげをたくわえ、怪しげな安葉巻をくわえて、足もとに黒い鞄《かばん》を置いている——とともにたたずみ、墓掘り人たちの力仕事をながめていた。五十四丁目通りに面した鉄柵《てっさく》の外では、記者連中が並んでカメラを構えている。通りには、野次馬が集まらないよう配された警官たちの姿がある。中庭の柵の後ろから執事のウィークスが遠慮がちにのぞき見し、その柵に刑事たちがもたれている。中庭に面した家の窓からは住人たちが顔を出し、よく見ようと首を伸ばしていた。

三フィートほどの深さで、シャベルが鉄にぶつかって音を立てた。墓掘り人たちは、下っ端の海賊が財宝を掘り出すかのようにせっせと土を掻《か》きのけ、地下埋葬室へ通じる水平な鉄の扉を露出させた。仕事を終えたふたりは、浅い穴から跳び出してシャベルに寄りかかった。

鉄の扉が引きあけられた。そのとたん、例の葉巻をくわえた長身の男が大きな鼻をぴくつかせ、何やら暗号めいたことばを口のなかでつぶやいた。そして前へ進み出ると、とまどいの視線が集まるなか、膝を突いて穴に顔を近づけ、においを嗅《か》いだ。片手をあげ、よろよろと立ちあがって、警視に鋭く言う。「何か生ぐさいぞ！」

「どういうことだ」

この葉巻をくわえた長身の男が、無意味に騒ぎ立てたり的はずれな発言をしたりしないことを、クイーン警視はそれまでの経験から知っていた。それはニューヨーク郡検死官補のサミュエル・プラウティ医師で、きわめて賢明な紳士だった。エラリーは鼓動が速まるのを感じた。ハニウェルは完全にすくみあがっている。プラウティ医師は警視に答を返さず、墓掘り人にただこう言った。「穴にはいって新しい棺を持ちあげてくれ。そうしたらわれわれが引っ張りあげる」

墓掘り人ふたりは注意深く暗い穴へおりていった。それからしばらく、しゃがれ声のやりとりと、土をこする靴音が聞こえていた。やがて、黒光りのする大きな棺が徐々に見えてきた。大急ぎで器具が装着され、指示が与えられる……。

そしてようやく、口をあけた墓穴の横の地面に棺が置かれた。

「あの人はフランケンシュタイン博士を思い出させるな」エラリーがプラウティ医師を見ながら、ペッパーにつぶやいた。だが、ふたりとも笑いはしなかった。

プラウティ医師は猟犬のように鼻をひくつかせていた。しかし、いまでは全員が、胸の悪くなる異臭を嗅ぎとっていた。悪臭は刻一刻とひどくなる。スローンの顔から血の気が引いた。ハンカチを取り出して思いきり鼻をかむ。

「この忌々しい遺体には防腐処置をしたのかね」プラウティ医師が棺の上に身をかがめて訊《き》いた。だれも返事をしなかった。墓掘り人ふたりが蓋《ふた》のねじ釘《くぎ》をゆるめにかかる。ちょうどこの劇的な瞬間に、五番街では、無数の自動車のクラクションが耳障りな不協和音を奏ではじめた——悪臭漂うその現場にあつらえ向きの、冥土《めいど》の伴奏だ。そして棺の蓋が取りのけられた……。

身の毛もよだつ、信じがたいひとつの事実が、たちまち明らかになった。そして、それこそが墓の悪臭の源だった。

というのも、防腐処置を施されたゲオルグ・ハルキスの死体の上に、男の死体が——手脚がねじれ——死斑《しはん》で皮膚が青くなった腐りかけの状態で——詰めこまれていたからだ。ふたつ目の死体が！

死の容赦ない恐ろしさによってすべてが押しのけられ、時間そのものも停止して、この世が醜悪な場所となるのは、こういう瞬間だ。

その刹那《せつな》、全員が活人画のなかの人物と化した——微動だにせず、ことばを失い、見開いた目にまぎれもない恐怖の色を走らせている。

やがてスローンが吐き気を催し、膝《ひざ》をがくがく震わせて、ウッドラフの肉厚の肩に子供のようにすがりついた。ウッドラフもジャン・ヴリーランドも息を詰めたまま——

―ハルキスの棺にもぐりこんだ忌まわしい死体をただ見つめていた。

プラウティ医師とクイーン警視が茫然《ぼうぜん》と顔を見合わせた。警視は声もあげずに前へ進み出て、ハンカチで鼻をかばいながら、豪気にも棺のなかをのぞきこんだ。

プラウティ医師の指が鉤爪《かぎづめ》のごとく曲がり、せわしく動きだした。

エラリー・クイーンは胸をそらして空を見あげた。

「他殺だ。絞め殺されている」

プラウティ医師が簡単に調べただけで、それだけのことがわかった。医師はヴェリー部長刑事の手を借りて、死体をどうにかひっくり返した。被害者はうつ伏せの状態でハルキスの亡骸《なきがら》の肩に頭を載せていたが、これでみながその顔を拝めるようになった――目は深く落ちくぼみ、茶色がかって乾ききった眼球が露出している。しかし、顔自体は人間とわかる外見をとどめていた。点々と散った鉛色の死斑の下に浅黒い皮膚が見える。鼻は、いまはややつぶれた感じになっているが、生前は鋭くとがっていたにちがいない。顔の輪郭や皺《しわ》も、腐敗のせいでふくれてまるみを帯びているが、崩れる前はやはりごつごつしていたはずだ。

クイーン警視が押し殺した声で言った。「おや、この面《つら》はどこかで見た気がするぞ」

ペッパーが警視の肩越しに死体の顔をじっとのぞきこんだ。小声で言う。「ぼくもですよ、警視。もしや――」

「遺言状と手提げ金庫はありましたか」エラリーがかすれた声で淡々と尋ねた。

ヴェリーとプラウティ医師が棺に手を突っこんで、内張りをなでたり引っ張ったりした……。「ない」ヴェリーが不快そうに言った自分の両手を見て、ズボンの腿《もも》でそっとぬぐう。

「いまはそれどころじゃない！」警視が怒鳴った。立ちあがって、小柄な体を震わせている。「いや、おまえの推理はみごとだぞ、エラリー！　まさに名推理だ！　棺をあければ遺言状が見つかるなんてな……。ふん！」鼻を鳴らす。「トマス！」

ヴェリーがのそのそやってきた。警視がその耳に何やらつぶやく。ヴェリーはうなずいて歩きだし、中庭の門のほうへ向かった。警視が鋭い声で言った。「スローン、ヴリーランド、ウッドラフのお三方、屋敷へもどってください。いますぐです。このことはだれにも漏らさないように。おい、リッター！」柵にもたれていたたくましい刑事があたふたと中庭を横切ってくる。「記者どもを追い払え。連中にいま嗅ぎまわられてはかなわん。さあ早く！」リッターは墓地の五十四丁目通り側の門めがけて飛んでいった。「管理人のきみ――名前はなんと言ったかな。それと、そこのふたり。蓋をもとにもどして、この忌々しい――こいつを屋敷へ運ぶんだ。さあ行こう、先生。仕事にかかるぞ」

7　証拠

クイーン警視には、おそらくニューヨーク市警のどの幹部よりもよくやり方を心得ている仕事があった。

五分と経たないうちに、ハルキス邸はふたたび包囲状態に置かれ、間に合わせの鑑識部屋と化した客間の床に、定員の倍の死体がはいった棺がおろされた。ハルキスの書斎は集会場として利用され、すべての出入口に見張りがつけられた。客間へ通じるドアは閉めきられ、その扉板にヴェリーが広い背中をもたせかけていた。コートを脱いだプラウティ医師が、棺のなかの第二の死体にかかりきりになっている。書斎では、ペッパー地方検事補が電話のダイヤルをまわしている。それぞれに何かの使命を帯びた刑事たちが、せわしく屋敷を出入りしていた。

エラリー・クイーンは父親と向き合って、互いに弱々しい微笑を交わした。「まあ、ひとつたしかなことがある」警視が唇をなめて言った。「おまえの勘が、ともすれば永久に明るみに出なかったであろう殺しを暴いたことだ」

「あの気味の悪い顔が夢に出てきそうだ」エラリーはつぶやいた。目を赤く充血させ、手にした鼻眼鏡をまわしつづけている。

警視は嗅《か》ぎ煙草をうまそうに深く吸った。「そいつの顔をもうちょっとどうにかしてくれないか、先生」落ち着き払ってプラウティ医師に言う。「身元特定のために、屋敷の者たちに見せたいんだ」

「じきにできるよ。どこに置く？」

「棺から出して床に横たえたほうがいいな。トマス、毛布を持ってきて、顔だけ見えるように包んでくれ」

「バラの香水か何かを持ってきて、このひどいにおいをごまかさないとな」プラウティ医師がおどけて言った。

予備検死が一段落つき、ふたり目の男の死体が見苦しくない程度に手早く整えられたあと、びくついて青い顔をした者たちが列を作って客間にはいり、また出ていったが、死人の顔に見覚えのある者はひとりもいないようだった。たしかですか？――ええ。そんな男は見たこともない、とだれもが言った。あなたもですか、スローンさん？　ああ、知らない！――スローンはひどく気分が悪そうで、死人を見るだけで吐き気を催すらしく、握りしめた小瓶入りの気つけ薬を何度も嗅いでいた。ジョーン・ブレットは意志の力で懸命に目を凝らし、見覚えがないかと考えていた。ベッドで横になっていたシムズ夫人もウィークスとひとりの刑事に連れてこられ、何が起っているのかわからないまま、死人の異様な顔をこわごわと見つめたが、しばらくして急に悲鳴をあげて失神し、ウィークスと刑事たちが四人がかりで二階の部屋にかつぎあげることになった。

屋敷の者たちは全員がハルキスの書斎へもどされた。警視とエラリーは、プラウティ医師ひとりを死人といっしょに客間に残し、急いで一同を追いかけた。ひどく興奮したペッパーが、ドアのところで落ち着きなく待ち受けていた。

ペッパーは目を輝かせていた。「難問が解けましたよ、警視！」力のこもった低い声で言う。「あの顔はどこかで見た気がしていたんです。それに警視がどこでご覧になったかもわかります――犯罪者台帳ですよ！」

「ありうるな。なんというやつだった」

「実はいま、以前――つまり、サンプソン地方検事のもとに来る前に――ぼくと組んでいた弁護士のジョーダンに電話したところです。あの男の名前がわかるかと思いまして。案の定、ジョーダンが記憶をよみがえらせてくれました。あれはアルバート・グリムショーという男です」

「グリムショー？」警視は一瞬考えて言った。「美術品か何かの偽造犯じゃなかったか」

ペッパーがにやりとした。「よくご記憶でしたね、警視。でもそれは、やつの犯した数ある違法行為のひとつにすぎません。ジョーダン・アンド・ペッパー法律事務所をやっていた五年ほど前、あの男の弁護をうちで担当したんです。結果は負けで、ジョーダンによると、やつは五年の刑を食らったとか。ということは、檻《おり》のなかから出たばかりだったはずです！」

「なるほど。シンシン刑務所か」

「そうです！」

三人は書斎へはいった。全員の視線が集まる。警視はひとりの刑事に向かって言った。「ヘス、急いで本部へもどって、アルバート・グリムショーの記録を調べてくれ、偽造罪でこの五年間シンシンにいたやつだ」刑事は出ていく。「トマス」ヴェリーがのっそりと進み出る。「刑務所を出てからのグリムショーの行動を、だれかに洗わせろ。どのぐらい前に釈放されたのか調べるんだ――行儀よくしている期間が多少はあったかもしれない」

ペッパーが言った。「地方検事にも電話して、新たな展開があったと報告しておきました。こっちの件はぼくにまかせると言われました――自分は例の銀行の調査で忙しいからと。で、死体は身元を特定できるものを何か身につけていましたか」

「いや、何も。雑多な小物が少々、硬貨が二、三枚、それに古ぼけた空の財布ぐらいだ。衣類にも名前の縫いとりひとつなかった」

　エラリーがジョーン・ブレットと視線を合わせた。「ブレットさん」穏やかに言う。

「さっき、あなたが客間で死体を見ていたとき、どうもそんな気がしたんですが……あの男を知ってるんでしょう？　なぜ見たこともないなんて言ったんですか」

　ジョーンは顔を赤らめ、悔しげに床を踏んだ。「クイーンさん、失礼じゃありません？　わたくしはそんな……」

　警視が冷ややかに尋ねた。「知っているのかね。知らんのかね」

　ジョーンは唇を嚙《か》んだ。「話せば長くなります。それに話したって意味がないと思いますわ、あの人の名前も知らないんですから……」

「意味があるかどうかを正しく判断するのは警察の仕事です」きびしく実直な口調でペッパーが言った。「何か知っているのに言わないと、ブレットさん、情報隠匿の罪に問われますよ」

「あら、そうですの？」ジョーンは頭をつんとそらした。「でもペッパーさん、わたくしは何も隠してはいません。ちらっと見ただけでは、確信が持てなかったんです。だって顔が――あんな……」そう言って身震いする。「いま考えてみると、やはり見かけたことがある気がします。一度――いえ、二度ですわ。ただ、先ほど申しあげたとおり、名前は存じません」

「見かけたというのは、どこで？」警視の口調は険しく、ジョーンが若く美しい女性であることなどまったく意に介していない様子だ。

「この屋敷のなかですわ、警視さん」

「ほう！　いつですか」

「くわしくお話しします」ジョーンはわざとひと呼吸置き、自信を少し取りもどした。そしてエラリーに愛想よく微笑みかけたので、エラリーは励ますようにうなずいてみせた。「あの人を最初に見かけたのは、先週の木曜の夜でした」

「九月三十日ですね」

「はい。夜の九時ごろ、玄関先に現れたんです。何度も申しあげたとおり、名前は──」

「グリムショー。名前はアルバート・グリムショーです。つづきを、ブレットさん」

「女中があの人を招き入れたとき、わたくしはたまたま玄関広間を通りかかって……」

「女中というのは？」警視が訊《き》いた。「この屋敷で女中はひとりも見かけていないが」

「あら！」ジョーンは驚いた顔をした。「それにしても──わたくしとしたことが！──ご存じないのも当然ですわね。この屋敷には女中がふたりいたのですけれど、ふたりとも無知で迷信深かったので、ハルキスさんが亡くなった日に、どうしても暇をもらいたいと言ったのです。ここを〝死の館〟呼ばわりする始末で、無理に引き留めることもできませんでした」

「そうなのかね、ウィークス」

　執事は無言でうなずいた。

「ブレットさん、それでどうなったんです。そのあとも何か見ましたか」

ジョーンはため息をついた。「いいえ、たいしたものは。女中がそのグリムショーという人を案内してハルキスさんの書斎へはいり、また出てきたことぐらいです。あの夜見たのはそれだけでした」

「その男が帰るのを見ましたか」ペッパーが口をはさんだ。

「いいえ、ペッパー……さん」ジョーンが名前の後半をことさら長く発音して〝怒りん坊《ペッパラー》〟に聞こえたので、ペッパーはむっとして顔をそむけた――検察官にあるまじき感情的な面を隠そうとするかのように。

「で、二度目にあの男を見かけたのはいつです、ブレットさん」警視が尋ねた。その目はほかの面々にも抜かりなく注がれていた。みな、前のめりになって耳をそばだてている。

「二度目にあの人を見かけたのは、翌日の夜――つまり先週金曜の夜でした」

「それはそうと、ブレットさん」エラリーが妙な口調で横槍《よこやり》を入れた。「あなたはハルキスさんの秘書だったんでしょう?」

「そうですわ、クイーンさん」

「そして、ハルキスさんは目が不自由で、何をするにも助けが必要だったんですよね」

ジョーンは不満げな顔で言った。「目は不自由でしたけれど、他人の助けはほとんど必要ありませんでしたわ。それが何か？」

「その、ハルキスさんは、木曜に来客があることをあなたに言っていなかったんでしょうか――あの男が夜に訪ねてくることを。約束を取りつけるように頼まれもしませんでしたか」

「ああ、そういうこと！　……ええ、おっしゃいませんでした。木曜の夜に来客があるなんて、ひとことも。わたくしにはまったく予期せぬ訪問でした。それどころか、ハルキスさんにとってもそうだったようですわ！　とにかく、話をつづけさせてください」ジョーンは自然のままの濃い眉《まゆ》を片方だけ巧みに吊《つ》りあげて、若い娘なりの苛立《いらだ》ちをみごとに伝えた。「みなさん、すぐに話の腰を折るんですもの……。ええと、金曜はちがったんです。金曜の夜のお食事のあとで――十月一日のことですけれど、クイーン警視さん――ハルキスさんはわたくしを書斎へお呼びになって、とても慎重な指示をなさいました。とても慎重なご指示です、警視さん、それに――」

「さあ、さあ、ブレットさん」警視がたまりかねて言った。「よけいな演出はけっこうですから」

「あなたが証言台に立っているとしたら」やや辛辣《しんらつ》にペッパーが言う。「まちがいなく好ましからざる証人と見なされますよ、ブレットさん」

「まさか、そんな」ジョーンはつぶやいた。そしてハルキスの机にわざわざ腰をおろし、スカートを心持ち引きあげて脚を組んだ。「いいですわ。模範的な証人になりましょう。こういう姿勢ならそれらしいかしら、ペッパーさん……。あの夜、客人がふたり来る予定だとハルキスさんはおっしゃいました。それも遅い時間になると。ハルキスさんによると、お客さまのひとりは、人目を忍んでの訪問だとのことでした。つまり――そのかたは身元を隠しておきたいとお望みなので、だれにも姿を見られないよう注意してくれとおっしゃるんです」

「妙だな」エラリーがつぶやいた。

「そうでしょう?」ジョーンは言った。「ここまではよろしいですね。わたくしはそれからまた、そのふたりの客人をみずから招き入れて、使用人たちに気づかれないように案内し、それがすんだら休むようにと指示されました――誓って、そのとおりですわ! それにハルキスさんは、そのふたりの殿方との用件はきわめて内密なものだともおっしゃったので、もちろんわたくしは何もお尋ねせず、いつもどおり秘書の領分をわきまえて、ご指示に従いました。従順で魅力あふれる娘でございましょう、旦《だん》那《な》さま」

警視が眉を寄せたが、ジョーンは取り澄まして目を伏せた。「おふたかたは十一時にお見えになりました。そしておひとりは、前の夜にひとりで来られたかただとひと目でわかりました――あのグリムショーとかいう男のかたです。もうひとりの謎の紳士は、目から下を隠しておられたので、お顔は見えませんでした。中年か、それよりご年配のようにお見受けしましたけれど、ほんとうにそれぐらいしか申しあげられませんわ、警視さん」

クイーン警視は鼻を鳴らした。「あなたの言うその謎の紳士は、われわれの見るところ非常に重要な人物のようだ、ブレットさん。もっとくわしく特徴を教えてもらえませんか。どんな服装でしたか」

ジョーンは片脚をぶらつかせて思案した。「厚いコートを着て、ずっと山高帽をかぶっていましたが、コートの型とか色はまるで思い出せません。それに、わたくしがお話しできるのはほんとうにこれきりなんですのよ。あなたがたのおっしゃる――」

身震いして言う。「あの恐ろしいグリムショーさんについては」

警視はかぶりを振った。見るからにあきれた顔をしている。「いま問題にしているのはグリムショーのことじゃないんだ、ブレットさん！　さあ、さあ。その二番目の男について、ほかにも何か話せることがあるでしょう。その夜、何か変わった出来事はありませんでしたか――何か、その男につながる手がかりになりそうなことが」

「まあ、驚いた」ジョーンは笑って、すらりとした脚を蹴《け》り出した。「法と秩序の番人であるあなたがたは、ずいぶんしつこいのね。いいですわ――シムズ夫人の猫の一件まで大事《おおごと》とお考えになるのなら……」

エラリーが興味深そうに言った。「シムズ夫人の猫だって？　そそられる響きだな！　うん、それはひょっとすると大事かもしれない。そのおどろおどろしい話をくわしく聞かせてください、ブレットさん」

「いいわ。シムズ夫人は、ふてぶてしくていたずらな猫を飼っているんです。名前はトッツィー。トッツィーはいつでも、かわいい子猫が立ち入ってはいけない場所に、ちっぽけな鼻先を突っこもうとしますの。あの――おわかりになります？　クイーンさん」ジョーンは警視の目が険しく光るのを見て、ため息をつき、後悔するように言った。「ほんとうに、警視さん、わたくしは――無知な田舎娘じゃないんです。ただ――いまは、いろんなことがこんがらがってしまって」そこでだまりこみ、魅力的な青い目に、強い不安の――恐怖ともとれる――色を浮かべる。「不安のせいね、たぶん」力なく言った。「それに不安を感じると、気持ちとは裏腹に、青くさいお転婆娘みたいに笑いだしてしまう……。ほんとうにそうなってしまうんです」そこで唐突に話をもどす。「その、目から上だけを出していた謎の人物ですけれど、わたくしがドアをあけると、先に立って玄関広間へはいろうとしました。グリムショーさんはその少し後ろのかたわらにいました。シムズ夫人の猫はたいてい、二階の夫人の寝室にいるのですけれど、いつの間にか玄関広間へおりてきて、正面ドアのすぐ前の通り道に寝そべっていたんです。だからその謎の人物は、ドアがあいて中へ踏み出そうとしたとたん、片足を宙に浮かして、転びそうになりながら猫をよける羽目になったんです。あの猫ったら、ちゃっかり敷物の上に寝そべって、音も立てずに顔を洗っていたんですよ。その人がちっちゃなトッツィーを踏みつけまいとして、軽業師みたいな真似をするまで、わたくしはトッツィーが——〝娼婦《トッツィー》〟なんて、シムズ夫人にお似合いの名前でしょう？　——そこにいたなんて、気づきもしませんでした。もちろん、そのあと追い払いましたけれどね。それからグリムショーさんがはいってきて、〝ハルキスと約束がある〟とおっしゃったので、わたくしはおふたりを書斎へお連れしました。これがシムズ夫人の猫の一件ですわ」

「あまり参考になる話ではないな」エラリーは言った。「で、その顔を隠した男は——何かしゃべったんですか」

「それが、失礼きわまりない人で」ジョーンは少しいやな顔で言った。「ひとこともしゃべらないばかりか——だって、わたくしが女中でないことは見てわかったでしょうにね——わたくしが書斎の入口まで案内して、ノックをしようとしたら、押しのけて自分でドアをあけたんですのよ！　ノックもなしに、グリムショーさんといっしょにさっさと中へはいって、わたくしの鼻先でドアを強く閉めたんです。あまりにかちんときて、ティーカップを噛《か》み砕いてしまいそうでした」

「驚いたな」エラリーはつぶやいた。「するとその男は、たしかにひとこともしゃべらなかったんですね」

「たしかですわ、クイーンさん。申しあげたとおり、わたくしは腹を立てて二階へあがりかけました」ジョーン・ブレット嬢のきわめて激しい気性が露呈したのは、このときだった。これから言おうとしている何かが心の内の怒りの源泉にふれたらしく、きらきらした目を曇らせたかと思うと、十フィートも離れていない壁にもたれて両手をポケットに突っこんでいるアラン・チェイニー青年のほうへ、憎々しげな視線を投げた。「そのとき、いつも施錠してある玄関ドアの鍵《かぎ》をがちゃがちゃいじる音が聞こえたんです。階段の途中で振り返ると、なんてことでしょう！　朦朧《もうろう》としたアラン・チェイニーさんが、千鳥足で玄関広間にはいってくるじゃありませんか」

「ジョーン！」アランが非難をこめてつぶやいた。

「朦朧とした？」警視がとまどい顔で訊《き》き返した。

ジョーンは大きくうなずいた。「ええ、警視さん、朦朧としていました。こう言ってもいいですわ――ほろ酔い、いい気分、泣き上戸、正体を失う。あの夜のチェイニーさんの状態を表す言いまわしは、この国に三百ぐらいあるでしょうね。ひとことで言うなら、〝ぐでんぐでん〟ですわ！」

「ほんとうかね、チェイニーさん」警視は問いただした。

アランは苦笑した。「驚くにはあたりませんよ、警視さん。どんちゃん騒ぎするときはたいがい、何もかも忘れてしまうんです。だから覚えてませんけど、ジョーンが言うなら――ええ、そうだったんでしょう」

「ええ、そのとおりですのよ、警視さん」つんと顎《あご》をあげて、ジョーンが言い放った。「お酒くさくて、みっともなく酔っていましたわ――よだれまみれになって」チェイニーをにらみつける。「それでわたくし、あの醜態では、ひと騒ぎ起こすんじゃないかと心配になったんです。ハルキスさんから、物音を立てないように、騒がしくしないようにと言われていましたし――選択の余地がほとんどなかったのはわかってくださるでしょう？　チェイニーさんがいつものぼんやりした調子で笑いかけてきたので、わたくしは階段を駆けおり、あの人の腕をしっかりとつかんで、家じゅうの者を起こしてしまわないうちに二階へ連れてあがったんです」

デルフィーナ・スローンが、ひどく取り澄まして椅子の端に腰かけたまま、息子からジョーンへと目を移した。「まあ、ブレットさん」嫌味な口調で言う。「なんとお詫《わ》びしたらいいのかしら、そんなご面倒を……」

「あとにしてください！」警視が鋭い目でにらんだので、夫人はあわてて口をつぐんだ。「それから？　ブレットさん」アランは床が抜けてこの場から消えてしまいたいと言いたげな顔で壁にもたれている。

ジョーンはスカートの生地をつまんでよじった。「やっぱり」やや興奮のおさまった声で言う。「話さなければよかったわ……。とにかく」顔をあげ、挑みかかるように警視を見た。「わたくしはチェイニーさんを二階のご自分の部屋へお連れして——ベッドにはいるのを見届けました」

「ジョーン・ブレット！」スローン夫人が青筋を立て、うわずった声で言った。「アラン・チェイニー！　あなたたちまさか——」

「服を脱がせてまではいませんわ、スローン夫人」ジョーンは冷ややかに言った。「そういうことをほのめかしていらっしゃるのならね。ちょっとお説教はしましたけれど」ただの秘書ではなく母親のつとめだろうと言わんばかりの口調だ。「実のところチェイニーさんは、すぐにおとなしくなりました。おとなしくなったというのは、単に——わたくしがベッドに寝かせたあと、ひどい吐き気を催したということで……」

「要点からそれていますよ」警視がたしなめた。「ふたりの客について、ほかにも何か見ましたか」

ジョーンの声は小さくなっていた。床の敷物の模様に見入っているかのようだ。

「いいえ。わたくしは一階へおりたんです——生卵をとりに——チェイニーさんの気分が少しはよくなるかと思いまして。台所へ行く途中にこの書斎の前を通ったとき、ドアの下の隙間から明かりが漏れていないのに気がつきました。それで、わたくしが二階にいるあいだにふたりはお帰りになって、ハルキスさんもお休みになったのだろうと思いました」

「この書斎の前を通ったということだが——あなたがふたりを案内してからどのくらい経っていましたか」

「むずかしいですわ、警視さん。たぶん三十分ほどかと」

「すると、そのあとはもうふたりを見ていないんですね」

「ええ、警視さん」

「それが先週金曜の夜——つまり、ハルキス氏が死んだ前夜だというのはたしかですね？」

「たしかです、クイーン警視さん」

そこで会話は完全に途切れ、気まずい沈黙が深まっていった。ジョーンは赤い唇を噛みしめ、だれとも目を合わせまいとしている。アラン・チェイニーは苦悶《くもん》の表情を浮かべている。スローン夫人は、ほっそりした体を『不思議の国のアリス』の〝赤の女王〟ばりにこわばらせ、魅力の薄れた顔を引きつらせている。部屋の向こう側の椅子に脚を投げ出してすわったナシオ・スイザが、もの憂《アンニュイ》げにため息をつく――黒っぽいヴァン・ダイクひげのとがった先端が非難がましく床を指している。ギルバート・スローンは気つけ薬を嗅《か》いでいる。ヴリーランド夫人はメドゥーサさながらの目つきで、老いた夫の薔薇《ばら》色の頬をにらんでいる。なごやかな雰囲気は微塵《みじん》もなく、ワーズ医師も周囲の重苦しい空気のせいか、その顎ひげに劣らず鬱陶《うっとう》しい物思いに沈んでいる。ウッドラフでさえ意気消沈のていだった。

エラリーの冷静な声が一同の目をあげさせた。「ブレットさん、先週金曜の夜にこの屋敷にいたのは、正確に言って、だれでしたか」

「はっきりとは申しあげられませんわ、クイーンさん。もちろん、女中ふたりがすでに寝支度をしていましたし、シムズ夫人も部屋に引きあげていましたけれど、ウィークスさんは外出していました――あの夜は非番だったのでしょうね。あとは、その、チェイニーさんぐらいで、ほかのかたがたについてはわかりかねます」

「いや、けっこう。こちらですぐ調べますから」警視が不機嫌に言った。「スローンさん！」大声で呼ばれたので、スローンは面食らって色つきの小瓶を取り落としそうになった。「先週金曜日の夜、あなたはどこにいました？」

「ああ、画廊にいました」スローンはあわてて答えた。「残って仕事をしていたんです。深夜になることもよくあります」

「うむ」警視は嗅ぎ煙草入れを探りながら言った。「それで、何時ごろ屋敷へもどりました？」

「いえ、いえ！　わたしひとりでした」

「だれかいっしょにいましたか」

「ああ、夜半をだいぶ過ぎてからです」

「ハルキス氏のふたりの訪問客について、あなたは何か知っていましたか」

「わたしが？　いえ、まったく」

「それは妙だな」警視は言い、嗅ぎ煙草入れをしまった。「ゲオルグ・ハルキス氏というのは、なんと言うか、謎に包まれた人物らしい。それから、スローン夫人――あなたは金曜の夜どこにいましたか」

夫人は青ざめた唇をなめ、せわしくまばたきした。「わたくしですか？　二階で休んでおりました。兄の訪問客のことは何も存じません――何も」

「寝たのは何時です」

「十時ごろ部屋へ引きあげました。わたくし――頭痛がしたものですから」

「頭痛ですか。うむ」警視はヴリーランド夫人のほうを振り向いた。「あなたはどうです、ヴリーランド夫人。先週金曜の夜は、どこで何をしていましたか」

ヴリーランド夫人は曲線美を誇る大柄な体を起こして、あだっぽく微笑んだ。「オペラを観にいっておりましたわ、警視さん——オペラを」

エラリーは「なんのオペラだ」と嚙《か》みつきたい衝動に駆られたものの、ぐっとこらえた。やたらに色気を振りまくこの女は、香水——まちがいなく高級品——のにおいをさせていたが、吹きつける加減というものを知らないらしい。

「おひとりで？」

「お友達とですわ」夫人は甘ったるく微笑んだ。「そのあと〈バルビゾン〉で遅い夕食をいただいて、午前一時ごろに帰ってまいりましたの」

「屋敷へはいったとき、ハルキス氏の書斎に明かりがついているのに気がつきましたか」

「そういう記憶はございません」

「一階でだれか見かけたということはありませんか」

「墓場のように真っ暗でしてね。幽霊すら見かけておりませんわ、警視さん」夫人は喉《のど》の奥から音を発して笑ったが、釣られて笑いだす者はいなかった。スローン夫人が椅子の上でますます身を硬くした。ヴリーランド夫人の無神経な冗談が許せないらしい。

警視は口ひげを引っ張りながら考えこんでいたが、ふと目をあげたとき、ワーズ医師の明るい褐色の目が自分に注がれているのに気づいた。「ああそうだ、ワーズ先生」愛想よく言う。「あなたは？」

ワーズ医師は顎ひげをいじっていた。「あの晩は劇場にいましたよ、警視さん」

「劇場。そうですか。すると、夜中になる前に帰ってきたんですね」

「いいえ、警視さん。劇場を出てから一、二軒、店を梯子《はしご》したんです。実のところ、ここへもどったのは夜半をだいぶ過ぎてからです」

「おひとりだったんですか」

「そうです」

警視は嗅ぎ煙草をまたひとつまみし、その指の上で小さな目を鋭く光らせた。ヴリーランド夫人は冷たい微笑を浮かべ、過剰なほどに目を見開いてすわっている。ほかの面々はみな少し退屈しているようだ。職業柄、何千という人間を尋問してきたクイーン警視は、捜査官としての特別な勘――嘘を見破る直感――が発達していた。ワーズ医師のあまりによどみない受け答え、それにヴリーランド夫人の緊張した態度には、何か裏がありそうだ……。

「あなたは事実を話していませんね、先生」警視はさらりと言った。「むろん、言いにくいのはわかります……。先週金曜の夜は、ヴリーランド夫人とごいっしょだったんじゃありませんか」

夫人は息を呑《の》み、ワーズ医師は濃い眉《まゆ》を吊《つ》りあげた。ジャン・ヴリーランドはまるまるとした小さな顔に苦悩の色をにじませ、途方に暮れて医師から妻へと視線を走らせた。

ワーズ医師がいきなり笑いだした。「ご明察ですよ、警視さん。そのとおりです」夫人に軽くうなずいて言った。「お許しくださいますか、ヴリーランド夫人」夫人は気の立った雌馬のように頭をそらす。「おわかりでしょう、警視さん、夫人の行動が変に誤解されてはまずいと思ったんです。たしかにわたしは、ヴリーランド夫人に付き添って〈メトロポリタン歌劇場〉と〈バルビゾン〉へ行きましたが――」

「おいおい！　よくも――」ヴリーランドが早くも抗議の声をあげた。

「聞いてください、ヴリーランドさん。やましいところはまったくない夜だったんです。それにまちがいなく、非常に楽しい夜でもありました」ワーズ医師は老いたヴリーランドの浮かない顔をじっと見つめた。「奥さんは長いことあなたが留守なのでひどくさびしがっていらっしゃったし、わたし自身もニューヨークには友人がいない――わたしたちが親しくなるのは自然なことだと思いませんか」

「それでも、わたしはいやだな」ヴリーランドは子供っぽく言った。「まったく気に食わんよ、ルーシー」よたよたと歩いていき、口をとがらせながら、太く短い人差し指を夫人の目の前で振った。夫人はふらついて、椅子の肘掛《ひじか》けにつかまった。そこで警視が、口を閉じているようヴリーランドに命じたので、夫人は椅子にへたりこんで、屈辱に耐えながら目を閉じた。ワーズ医師は広い肩をかすかに震わせている。部屋の反対側では、ギルバート・スローンが気つけ薬をまたひと嗅ぎし、スローン夫人の無表情な顔にはわずかに生気がもどった。警視は眼光鋭くひとりひとりの顔を見ていった。その目がデメトリオス・ハルキスのよろよろした姿をとらえた……。

デミーは、その呆《ほう》けたような表情を除けば、醜い顔もひょろりと痩《や》せこけた体も、従兄《いとこ》のゲオルグ・ハルキスとそっくりだった。大きくうつろな目は見開かれたままで、厚い下唇はだらりと垂れさがっている。後頭部は平らに近く、並はずれて大きな頭蓋《ずがい》骨《こつ》は形がいびつだ。デミーは音も立てずにふらふらと歩きまわり、だれとも話さず、部屋にいる者たちの顔を近眼の人間がするようにのぞきこみながら、大きな手を異様に規則正しく握ったり開いたりしていた。

「おい――そこの、ハルキスさん！」警視が声をかけた。デミーはなおも書斎のなかをさまよいつづけている。「耳が聞こえないのか？」警視はじれて、だれにともなく尋ねた。

ジョーン・ブレットが言った。「いいえ、警視さん。ただ英語がわかりませんの。ギリシャ人ですから」

「ハルキス氏の従弟《いとこ》だったな」

「そうです」アラン・チェイニーがだしぬけに言った。「でも、ここが足りないんでわけでね」

す」意味ありげに自分の形のよい頭に手をやる。「精神医学的に言って、愚鈍という

「それはなんとも興味深い」エラリー・クイーンが静かに言った。「〝愚鈍《イディオット》〟というのはギリシャ語から派生したことばで、語源は〝イディオテス〟――古代ギリシャの社会においては、単に官職に就いていない無学な人間のことを示したんです。愚かという意味ではまったくなかった」

「でもまあ、現代英語の意味においては、ばかですよ」アランはうんざりして言った。

「伯父《おじ》は十年ほど前にこの人をアテネから呼び寄せたんです――デミーは向こうにいる最後の身内でした。ハルキス家の人間のほとんどは、少なくとも六世代前からアメリカ人なんです。デミーはどうやっても英語が覚えられなくてね――母親の話では、ギリシャ語でも読み書きはできないらしい」

「それでも、話を聞く必要があるんだがな」警視は少々消沈して言った。「スローン夫人、この男はあなたにとっても従弟にあたるんでしょう?」

「そうですわ、警視さん。かわいそうなゲオルグが……」夫人は唇をわななかせ、いまにも泣きだしそうになる。

「まあ、まあ」警視はあわてて言った。「あなたはこの男のことばがわかりますか? つまり、ギリシャ語にせよなんにせよ、この男のしゃべっていることばを話せるんで

すか」

「ちょっとした会話程度なら、なんとか」

「では、先週金曜の夜の行動について質問してください」

スローン夫人は深く息をついて立ちあがると、ドレスの皺《しわ》を直し、ひょろりと背の高いデミーの腕をつかんで、力いっぱい揺すった。デミーはまごつきながらゆっくりと振り向き、夫人の顔を心配そうにのぞきこんだのち、にっこり笑って夫人の手をとった。夫人が「デメトリオス！」とはっきり呼ぶと、また笑みを浮かべた。夫人は喉につっかえるような外国語でしゃべりはじめる。それを聞いたデミーは声をあげて笑い、夫人の手を強く握りしめた。デミーの反応は子供並みにわかりやすかった――母国語を聞けたのがうれしくてたまらないのだ。デミーも夫人と同じ異国のことばで、やや舌足らずに答を返したが、その声は太くてざらついていた。

スローン夫人が警視のほうに向きなおった。「あの夜は十時ごろ、ゲオルグにベッドへ追いやられたと言ってますわ」

「この人の寝室はハルキス氏の寝室の向こうでしたね」

「ええ」

「ベッドにはいったあと、この書斎から何か物音が聞こえたかどうか、訊《き》いてもらえますか」

ふたたび耳慣れないことばが交わされた。「あの、何も聞こえなかったそうです。すぐに寝入って、ひと晩じゅう目を覚まさなかったとか。デミーは子供みたいに眠りますのよ、警視さん」

「書斎でだれかを見たということもないんですね」

「だって眠っていたんですよ、警視さん、どうやってそんなことを？」

デミーは楽しげに、だが少し不思議そうに、夫人から警視へと視線を移した。警視はうなずいた。「ありがとうございます、スローン夫人。いまのところはこれでけっこうです」

警視は机にもどって電話の受話器を取りあげ、ダイヤルをまわした。「もしもし！クイーンだ……。おい、フレッド、刑事裁判所に出入りしているギリシャ語通訳の名前はなんと言ったかな……。えっ？　トリッカラ？　ト・リッ・カ・ラだな……よし。その男をすぐつかまえて、東五十四丁目十一番地へよこしてくれ。わたしを訪ねるよう伝えろ」

警視は乱暴に受話器を置いた。「みなさん、ここでわたしを待っていてください」そう言って、エラリーとペッパーを手招きし、ヴェリー部長刑事に軽くうなずいて、大股《おおまた》でドアのほうへ向かった。デミーは子供のような驚きの色を顔に浮かべて、出ていく三人の姿を目で追った。

三人は絨毯《じゅうたん》を敷きつめた階段をのぼり、ペッパーの合図で右へ曲がった。そこからさほど遠くないドアをペッパーが指さし、警視がノックする。「どなた？」と、女のびくついた涙声が返ってきた。

「シムズ夫人？　クイーン警視です。ちょっとはいってもいいですか」

「どなたですって？　ああ、あの！　ちょっとお待ちを。ちょっとだけ！」あたふたとベッドをきしませる音と衣《きぬ》ずれの音につづいて、女の荒い息づかいと苦しげなあえぎが聞こえた。「さあどうぞ、おはいりください」

警視が大きく息を吐いてからドアをあけた。中へはいったとたん、三人は恐ろしい化け物を目にした。シムズ夫人のむっくりした肩から、古ぼけたショールが垂れている。白髪交じりの髪は乱れ放題で、固く編んだ束があちこちから突き出しているさまは、王冠をつけた自由の女神を思わせなくもない。顔は赤く腫《は》れて、涙の跡がついており、古めかしい揺り椅子にすわって体を揺するたびに、堂々たる胸が盛りあがった。むくんだ大きな足がスリッパに包まれている。酷使されたその足のそばには、歳をとったペルシャ猫が寝そべっていた――どうやらこれが大胆不敵なトッツィーらしい。

三人はしかつめらしく部屋の奥へ進んだが、それを見守るシムズ夫人の目つきが怯《おび》えた牛にあまりにそっくりで、エラリーははっとした。

「気分はどうです、シムズさん」警視が愛想よく問いかけた。

「それはもう、ひどい気分です」シムズ夫人はますます速く椅子を揺らした。「客間にあった、あの恐ろしい死体はだれなんです？　あれには——心底ぞっとしました」

「ほう、すると前に見た覚えはないんですね」

「わたしが？」家政婦は金切り声で言った。「とんでもない！　わたしが？　見覚えなんてあるものですか！」

「わかった、わかりました」警視はあわてて言った。「ところでシムズさん、先週金曜の夜のことを覚えていますか」

涙で湿ったハンカチを鼻に押しあてながらも、目つきはまともになってきている。

「先週金曜の夜？　ハルキスさまが亡くなられた——前日の夜ですね。ええ、覚えております」

「それはよかった、何よりです。あなたは早くベッドにはいったということだが——まちがいありませんか」

「はい、さようです。ハルキスさまご自身から言いつけられました」

「ほかにも何か言っていましたか」

「いいえ、大事なことは何も。お訊きになりたいのはそういうことでしょう？」家政婦は鼻をかんだ。「わたしをただ書斎へお呼びになって——」

「あなたを呼んだ？」

「ええ、呼び鈴を鳴らして。旦那《だんな》さまの机には、一階の台所に通じるブザーがついておりますので」

「それは何時のことですか」

「時間ですか。あれは――」家政婦は皺の多い唇をすぼめて考えこんだ。「たしか十時四十五分くらいでした」

「夜のそんな時間に？」

「ええ、こともあろうに！　そうなんです。それでお部屋へ参りますと、水のはいった湯沸かしと、三人ぶんのカップに受け皿と、ティーバッグをいくつか、それにクリームとレモンとお砂糖をすぐに持ってこいとおっしゃいました。いますぐに、と」

「あなたが書斎へはいったとき、ハルキス氏はひとりでしたか」

「ええ、そうです。おひとりで、気の毒な旦那さまはしっかりと机に向かっていらっしゃいました……。それを思うと――思うだけで――」

「いや、よしなさい、シムズ夫人」警視は言った。「それからどうなりました？」

シムズ夫人は涙を拭《ふ》いた。「わたしはすぐにお茶の道具を運んで、机のそばの小さいテーブルに並べました。そうしたら、言いつけたものを全部持ってきたかと、旦那さまがお尋ねになって――」

「へえ、それは変だな」エラリーがつぶやいた。

「いいえ、ちっとも。ほら、旦那さまは目がご不自由でしたから。それで旦那さまは、いつになくきつい声で――申しあげておきますと、ちょっと気が立っておられるようでしたが――こうおっしゃいました。〝ジムズさん、きょうはもう寝なさい。いいね?〟それでわたしは〝そういたします、ハルキスさま〟と言って、まっすぐ自分の部屋へあがって休みました。それで全部です」

「あの夜、来客があることを、あなたは何も聞かされていなかったんですか」

「わたしがですか?ええ、何も」シムズ夫人はまた鼻をかんで、ハンカチでごしごし拭いた。「どなたかお見えになるのはもちろん察しがつきましたけどね。カップ三客やら何やらをご用意しましたし。でも、あれこれお尋ねする立場ではございませんので」

「むろんそうでしょう。するとあの夜、あなたは訪問客をまったく見ていないんですね」

「ええ、警視さん。申しあげたとおり、わたしはすぐに部屋へあがってベッドにはいりました。あの日はリューマチの痛みがひどくて、疲れていたんです。このリューマチは――」

トッツィーがむっくり起きてあくびをし、顔を洗いはじめた。

「ええ、ええ。よくわかります。さしあたってはこれでけっこうです、シムズさん。ご協力どうも」警視が言い、三人はそそくさと部屋を出た。階段をおりながら、エラリーは考えこんでいた。ペッパーが興味ありげにエラリーを見て言う。「何を考えて……」

「ペッパーさん」エラリーは言った。「これはぼくの悪い性分でね。四六時中、考えをめぐらせている。バイロンが『チャイルド・ハロルドの巡礼』で――あのすばらしい第一篇を覚えているでしょう？　――〝人生を蝕《むしば》むもの――それは悪しき思考〟といみじくも唱えている。ぼくはそれに取り憑《つ》かれてるんです」

「へえ」ペッパーはあいまいに言った。「それはまた興味深いな」

8　他殺？

　クイーン父子とペッパーの三人がふたたび書斎へはいろうとしたとき、玄関広間の向こうの客間から話し声が聞こえた。警視は何事かと急いでそちらへ歩み寄り、ドアをあけて中をのぞいた。目を鋭く光らせ、躊躇《ちゅうちょ》なく踏みこんでいく警視に、ペッパーとエラリーはおとなしく付き従った。見ると、プラウティ医師が葉巻をくわえて窓から墓地をながめており、もうひとりの男が――三人とも見覚えのない男だ――悪臭を放つグリムショーの死体のまわりをうろついていた。男は即座に姿勢を正し、プラウティ医師に物問いたげな視線を送った。プラウティはその男をクイーン父子とペッパーに手短に紹介した。「こちらはフロスト医師、ハルキス氏の主治医だ。いま見えたところだよ」そしてまた窓辺へもどった。

　ダンカン・フロスト医師は、五十歳を過ぎたぐらいの身ぎれいで風采《ふうさい》のよい人物で、五番街の北部やマディソン街、ウェストサイドあたりの住人の健康管理を担う、如才なく堅実な開業医そのものだった。医師は何やら丁重につぶやいて、もとの場所へさがり、ふくれあがった死体を興味津々で見おろした。

「さっきわれわれの見つけたものを調べていたようですな」警視が声をかけた。

「ええ。とても興味深いです。実に興味深い」フロスト医師は答えた。「それに、まったくわけがわかりません。いったいどうして、こんな死体がハルキス氏の棺にもぐりこんだのか」

「それがわかれば、われわれもほっとするんですがね」

「なんたって、ハルキス氏が埋葬されたとき、この死体はなかったにちがいないんですから！」ペッパーが軽い調子で言った。

「でしょうね！　だから不思議で仕方がないんです」

「プラウティ先生によると、あなたはハルキス氏の主治医だったそうですね」警視が唐突に訊《き》いた。

「そのとおりです」

「この男を前に見たことはありますか。治療したことは？」

フロスト医師は首を横に振った。「まったく見覚えがありません、警視さん。ハルキス氏との付き合いはずいぶん長いんですがね。実は、わたしの住まいはここの裏庭のすぐ向かいなんです――五十五丁目通り側の」

「どのくらい経ちますか」エラリーが尋ねた。「この男が死んでから」

窓際にいたプラウティが陰気な笑みを浮かべて振り返り、ふたりの医師は目配せを交わした。「それなんだが」プラウティは低い声で言った。「フロスト先生とわたしは、きみらがはいってくる直前まで所見を述べ合っていたんだ。外見を調べただけでは判断しがたい。断定する前に、死体を裸にして内臓も見たい」

「かなりちがうはずです」フロストが言った。「ハルキス氏の棺に入れられる前、死体がどこに保存されていたかによって」

「そうか」エラリーがすかさず言った。「じゃあ、死後三日以上は経ってるんですね。ハルキス氏の葬儀があった火曜日よりも前に死んだわけだ」

「そういうことです」フロストが答え、プラウティがぞんざいにうなずいた。「死体の外的変化は、最低でも三日は経過していることをたしかに示しています」

「死後硬直はとうに終わっていて、二次弛緩《しかん》が認められる。死斑《しはん》も完全に出ているようだ」プラウティが気むずかしい声で言った。「服を脱がさなくても、そこまでは言える。死体の前面は特にそうだ——うつ伏せの状態で棺にはいっていたからな。着衣の圧迫が加わった個所や、とがった角や硬い面に接していた部分は、いくぶん死斑が薄くなっている。まあ、そんなのは瑣末《さまつ》な点だが」

「ということはつまり——」エラリーが促した。

「いま言ったことはどれもたいして意味がない」プラウティは答えた。「正確な死亡日時を決定するにはな。たしかにこの死斑は、少なくとも死後三日、場合によってはその倍の日数が経過した腐敗の程度を示している。だが解剖してみないことにはなんとも言えん。さっきふれたほかの点は、最低ラインを確定しているにすぎないんだ。死後硬直が終わっていること自体は、死後一日から一日半、あるいは二日が経過していることを示す。二次弛緩は第三段階だ——ふつう、死の直後に最初の弛緩がはじまって、全身が軟化する。それから硬直がはじまる。その硬直が終わると二次弛緩が起こり、筋肉の緊張がまたゆるむんだ」

「うむ、だがそれだけでは——」警視が言いかけた。

「もちろん」フロストが口をはさんだ。「ほかにもありますよ。たとえば、腹部に緑の変色が見られます——腐敗の最初の徴候のひとつですが——それと、腐敗ガスによる特徴的な膨張も」

「それは死亡日時を決定する参考にはなるが」プラウティが言った。「ほかにも考慮すべきことがたくさんある。この死体が棺に入れられる前に、いくらかでも通気のいい乾燥した場所に保存されていたとしたら、腐敗は通常ほど速く進まない。さっき言ったとおり、少なくとも死後三日。断言できるのはそこまでだ」

「わかった、わかった」警視がもどかしそうに言った。「腹をほじくり返して、死後どのくらい経っているのかをできるだけ正確に教えてくれ、先生」

「ところで」ペッパーが突然口を開いた。「ハルキスの死体はどうでしょう。異状なしですか？　つまり、ハルキス氏の死因に不審な点は何もないんでしょうか」

警視はペッパーをまじまじと見つめ、小さな膝《ひざ》を叩《たた》いて叫んだ。「いいぞ、ペッパー、もっともな質問だ……。フロスト先生、あなたは主治医としてハルキスの遺体を診たんでしょう」

「診ました」

「では、死亡診断書もお書きになった」

「そのとおりです」

「死因に何か不審な点は？」

フロストは身構えた。「あのですね、警視さん」冷ややかに言う。「ハルキス氏の死因がほかに考えられるのに、わたしが公式な所見を心臓病としたなどとお考えなんですか」

「合併症は？」プラウティがぼそりと言った。

「死亡時には何も。しかし、ハルキス氏は長年のあいだ病に苦しんでいました。少なくとも十二年以上、性質《たち》の悪い代償性肥大を患っていました――僧帽弁に欠陥があるせいで、心臓が肥大するんですよ。さらに悪いことに、三年ほど前、悪性の胃潰瘍《いかいよう》がいくつかできましてね。心臓があああいう状態では手術もできず、静脈注射による治療を施しました。ところが大出血が起こって、失明を招く結果になったんです」

「そういう条件下で失明するのはよくあることなんですか」エラリーが好奇心から尋ねた。

　プラウティが言った。「われらが自慢の医学をもってしても、それについてはほとんど解明できていないんだ、クイーンくん。よくあるとは言えないが、胃潰瘍や胃癌が原因の大出血のあとで失明することはたまにある。なぜかはだれにも説明できないがね」

「とにかく」うなずきながらフロストがつづけた。「意見をくれた専門医もわたしも、失明が一時的な症状であることを切に望みました。そうした失明は、発症するときと同じく原因は不明ながら、自然に治ることがあるんです。しかしハルキス氏の場合は症状が残り、視力が回復することはありませんでした」

「いまのはたしかに興味深い話だが」警視が言った。「われわれとしては、ハルキスが心臓が悪いせいで死んだのではない可能性のほうが、もっと気になるんだが――」

「診断書に記した死因の信憑性《しんぴょうせい》を疑っていらっしゃるのなら」フロストはぴしゃりと言った。「ワーズ先生にお尋ねになったらいいですよ。先生は、わたしがハルキス氏の死亡を正式に宣告したとき、その場にいらっしゃいましたから。暴力の痕跡《こんせき》も、芝居じみた状況もいっさいなかったんです、クイーン警視。潰瘍治療のための静脈注射を受けていたうえに、きびしい食餌《しょくじ》制限を守らざるをえなかったことで、いっそう心臓に負担がかかっていた。それればかりか、わたしが休養を指示したのに、ハルキス氏はそれを無視して画廊の監督をつづけていました。たとえ、スローンさんとスイザさんの助けを借りる形であってもね。単純に、心臓がもたなかったんですよ」

「しかし――毒物は？」警視は食いさがった。

「中毒症状はいささかもなかったと断言できます」

警視はプラウティに手で合図して言った。「ハルキスの解剖もしたほうがよさそうだな。確証がほしい。すでにひとりが殺されているんだ――フロスト先生には失礼だが、もうひとりも殺されたのではないと、なぜ言いきれる？」

「ハルキスの解剖は問題なくできるんですか」ペッパーが懸念を口にした。「防腐処置がしてあるのに」

「少しも支障はない」プラウティが答えた。「防腐処置のために重要な臓器を取り去ったりはせんからね。異状があれば、かならず見つける。実のところ、防腐ずみのほうがやりやすいんだ。おかげで死体の状態が保たれている――腐敗の徴候もまったくない」

「どうやら」警視が言った。「ハルキスの死をめぐる状況をもう少し調べる必要があるな。このグリムショーというやつの手がかりもそこにあるかもしれない。先生、死体ふたつについてはよろしく頼む」

「いいとも」

フロスト医師が帽子とコートを身につけ、どこかよそよそしく帰っていった。警視がハルキスの書斎にもどると、本部の指紋係が室内を忙しく検査していた。指紋係は警視の姿を見るや、目を輝かせて駆け寄った。

「何か出たか、ジミー」警視は小声で尋ねた。

「たくさん出ましたが、重要なものはひとつもありません。ここは指紋でいっぱいです。どこもかしこも。一週間ずっと、人の出入りが絶えなかったんでしょうね」

「そうか」警視はため息を漏らした。「できるだけやってみてくれ。それから、玄関広間の向こうの客間へ行って、小さいほうの死体の指紋をとってきてもらえないか。グリムショーという男らしい。本部から指紋原簿を持ってきているかね」

「もちろん」ジミーは急いで部屋を出ていった。

フリント刑事がはいってきて、警視に報告した。「死体保管所の車が来ました」

「連中を入れてやれ。ただし、ジミーが客間で仕事を終えるまで待つように言うんだ」

五分ほどして、指紋係が満足げな顔で書斎にもどってきた。「あれはグリムショーです、まちがいありません」指紋係は言った。「指紋が原簿とぴったりです」そこで顔を曇らせた。「ついでに棺も調べてみたんですが」忌々しげに言う。「指紋だらけなんですよ。何もとれやしません。きっと町じゅうのやつらがあれに手をかけたんでしょう」

写真技師たちが静かなフラッシュで室内を満たしていた。書斎は小さな戦場と化している。プラウティ医師が別れの挨拶《あいさつ》をしにきた。ふたつの死体と棺が台車に載せられて屋敷から運び出された。ジミーと写真技師たちが出ていく。そして警視は、唇をなめながらエラリーとペッパーを書斎へ呼び入れ、ドアを閉めた。

9　時系列

大きなノックの音がしたので、ヴェリー部長刑事はドアを一インチあけた。うなずいたのち、ひとりの男を中へ入れ、またドアを閉める。

その新たな来訪者は、ずんぐりむっくりで脂光りした男だった。それが例のギリシャ語通訳のトリッカラだと知ったクイーン警視は、先週金曜日の夜の行動について、さっそくデミーに質問させた。

アラン・チェイニーがさりげなくジョーン・ブレットのそばの椅子へ移った。大きく息を吸ってから、おずおずとささやく。「どうやら、母のギリシャ語通訳の腕は警視に信用されなかったらしい」――言うまでもなくジョーンに話しかける口実だったが、すげないまなざしを返され、チェイニーは力なく微笑んだ。

一瞬、デミーの目が知的な色を帯びた。人に関心を寄せてもらった経験がほとんどないらしく、そのせいで、なんとなく晴れがましい気分になったのだろう。ぼんやりした顔がほころび、つかえ気味のギリシャ語もさっきより早口になった。

「この人が言うには」トリッカラが見た目に劣らず脂ぎった声で告げた。「あの夜は従兄《いとこ》にベッドへ追いやられたので、何も見聞きしなかったそうです」

通訳の隣でひょろ長い体を道化のように揺らしているデミーを、警視はしげしげと見つめた。「では、翌日の朝起きたとき、何があったか訊《き》いてみてくれ——土曜日、つまり先週の土曜日、従兄が死んだ日だ」

トリッカラは耳障りなギリシャ語をひとしきりデミーに浴びせた。デミーは目をしばたたきながら、通訳よりたどたどしいギリシャ語で答えた。通訳は警視に向きなおった。「その朝は、従兄のゲオルグが隣の寝室から呼ぶ声で目を覚ましたそうです。それから起きて服を着たあと、隣の寝室へ行き、従兄が起きて服を着るのを手伝ったと言ってます」

「何時だったか訊いてくれ」

短いやりとり。「午前八時半だったそうです」警視は指示した。

「どうしてまた」エラリーがだしぬけに尋ねた。「このデミーがゲオルグ・ハルキスに服を着させてやらなきゃいけなかったんだろう。ブレットさん、ハルキス氏は目が不自由でも介助は必要なかったと、さっきおっしゃいませんでしたっけ」

ジョーンがきれいな曲線を描く肩をすくめた。「ああ、クイーンさん、ハルキスさんは、目が不自由なことにひどく引け目を感じてらっしゃったんです。もともと気丈でいらっしゃったから、失明したせいでふつうの生活が送れなくなったことを認めようとすらなさいませんでした。だから画廊の経営に関しても、それまでどおり自分が監督していくと言って聞かなかったんです。この書斎や寝室のものにも、いっさい人にさわらせないよう徹底なさってね。ハルキスさんが失明されてから亡くなるまで、ここの椅子ひとつさえ、いつもある位置から動かした者はいません。そうしておけば、あらゆるもののありかがわかって、この小さなつづき部屋のなかでは、目が見えるようにすいすい動きまわれますからね」

「けどそれでは、ぼくの質問の答になっていませんよ、ブレットさん」エラリーが穏やかに言った。「いまのお話からすると、ベッドから起きあがったり服を着たりする程度のことで人の手を借りるのは、本人がいやがりそうに思いますがね。着替えはもちろん、ひとりでできたんでしょう？」

「ずいぶん鋭いんですのね、クイーンさん」ジョーンは微笑んだ。アラン・チェイニーがいきなり立ちあがって、もといた壁際へもどる。「そうお思いになりますよね。デミーさんが言っているのは、ハルキスさんがベッドから出たり服を着たりに実際に手を貸したということではないと思いますわ。実は、ハルキスさんがどうしてもご自分でできない、人の助けを要することが、ひとつあったんです」

「どんなことです」エラリーは鼻眼鏡をもてあそびつつ、目を光らせた。

「着るものを選ぶことですわ！」ジョーンが得々として言った。「あのかたはとにかく好みがやかましくて、服装にも特別こだわっていらっしゃいました。ところが、目が不自由だと、毎日のお召物をご自分では選べません。それでデミーさんがいつも服を選んでさしあげていたんです」

自分への質問をわけのわからぬ横槍《よこやり》で中断され、ぽかんとしていたデミーが、ほうっておかれたと感じたのか、突然ギリシャ語でまくし立てた。トリッカラが通訳した。

「話をつづけたがってますよ。従兄のゲオルグの着替えは予定表どおりにやったと言ってます――」

クイーン父子が同時に口をはさんだ。「予定表どおり？」

ジョーンが笑った。「わたくしがギリシャ語を話せたらいいのですけれど……。デミーさんはハルキスさんのややこしい身支度の習慣を、どうしても覚えきれなかったんです。申しあげたとおり、ハルキスさんは着るものにうるさいかたで――山ほどスーツを持っていらっしゃって、毎日ちがうものをお召しになっていました。毎日ちがうスーツ一式を。もしデミーさんが難なく衣服のお世話をできれば、話は簡単だったでしょう。でも、あのとおり頭が弱い人ですし、ハルキスさんは、毎朝いちいち指図して一式をそろえさせる手間を省くために、一週間ぶんのスーツの組み合わせをギリシャ語で書いた予定表を用意して、デミーさんがそれを読めばいいように工夫なさったんです。それなら、かわいそうなデミーさんの頭にもそう負担にはなりません。ただ、その予定表が絶対ということではなく、その日の組み合わせを変更したくなったときは、ギリシャ語を使って口頭でデミーさんに指示なさいました」

「その予定表は、同じものを繰り返し使っていたんですか」警視が尋ねた。「つまり、一週ごとに新しい予定表を作っていたのかということだが」

「いえいえ！　それは七日ぶんの予定表で、毎週使いまわしてらっしゃいました。スーツがくたびれてくると――と言いますか、ハルキスさんが手でさわってくたびれたとお感じになると、だれのことばも頑として聞き入れず、そのくたびれたスーツに見切りをつけて、そっくり同じものを出入りの仕立屋に作らせるんです。装身具や靴なども同じようになさっていました。そういうわけで、予定表の内容はハルキスさんが失明してからずっと変わっていないんです」

「おもしろいな」エラリーがつぶやいた。「それなら、寝間着も予定表に細かく書いてあったのでは？」

「いいえ。ハルキスさんは毎晩決まったものをお召しでしたし、そちらはデミーさんも覚えていられましたから、予定表には書いてありませんの」

「なるほど」警視がうなるように言った。「トリッカラ、つぎに何が起こったのかをそいつに訊いてくれ」

トリッカラの両手が二、三度大きく弧を描き、口からことばが飛び出した。デミーの顔に生気がよみがえる。そしてようやく朗らかにしゃべりだし、ついには、気圧《けお》されたトリッカラが額を拭《ふ》きながらさえぎった。「予定表どおりに従兄のゲオルグの服をそろえたと言ってます。ふたりで寝室を出て書斎へはいったのは朝の九時ごろだったそうです」

ジョーンが口を開いた。「毎朝九時に、書斎でスローンさんと打ち合わせをなさる習慣だったんです。スローンさんとその日のお仕事の話をすませて、それからわたくしが口述筆記をすることになっていました」

トリッカラがことばを継いだ。「それについて、この人は何も言ってません。従兄がこの机についたあと、自分は外出したとか。何を言おうとしているのか、よくわからないんです、クイーン警視。医者がどうとかいう話らしいが、支離滅裂で。どうも頭がおかしいようですね」

「うむ、そうらしい」警視がぼやいた。「ああ、参ったな。ブレットさん、この男が通訳に何を言おうとしているのか、わかりませんか」

「たぶん、精神科のベローズ先生のところへ診察を受けにいったことを話そうとしているんでしょう。ハルキスさんはいつも、デミーさんの症状をなんとか改善できないかとお考えだったんです。まったく望みはないと何度も言われていらっしゃったのですけれどね。ベローズ先生は興味をお示しになって、ギリシャ語のわかる人を雇い、ここから二、三ブロック先の診療所で診察をつづけてくださっているんです。デミーさんは月に二度、土曜日に通院していましたから、あの日もきっと先生のところへうかがったんでしょう。とにかく、午後五時に帰ってきました。ハルキスさんが午前中に亡くなられたので、午後はもうてんやわんやの騒ぎで、デミーさんに知らせようとはだれも思い及びませんでした。ですから、デミーさんは帰宅するまで、ハルキスさんが亡くなったのを知らなかったんです」

「なんとも悲しいことですわ」スローン夫人がため息をついた。「かわいそうなデミー！　わたくしが話して聞かせると、ひどく取り乱して、子供みたいにめそめそ泣きました。頭が弱いなりに、ゲオルグが大好きだったのね」

「ご苦労、トリッカラ。ここにいるようデミーに言って、きみも待機していてくれ。あとでまた、デミーに訊きたいことが出てくるかもしれない」警視はギルバート・スローンのほうを向いた。「先週土曜の朝、デミーのつぎにハルキス氏を見たのはあなたということになりますね、スローンさん。いつもどおり、九時にここでお会いになった？」

スローンは神経質に空咳《からせき》をした。「正確には、ちがいます」かすかな作り笑いを浮かべて言う。「たしかに、毎朝九時きっかりにこの書斎でゲオルグと会うことになっているんですが、先週の土曜日は寝過ごしてしまって——前日の夜、画廊での仕事が特別遅くまでかかったものですから。そういうわけで、ここへおりてきたときには九時を十五分過ぎていました。ゲオルグはちょっと——そう、わたしが待たせたので苛々《いらいら》していたようです。ものすごく不機嫌そうだった。ここ二、三か月はことさら怒りっぽくなっていましてね。たぶん、思うように動けないことが苦になってきていたんでしょう」

クイーン警視は、嗅《か》ぎ煙草をほっそりした鼻にあててひと吸いし、落ち着き払って尋ねた。「その朝、この部屋へはいってきたとき、何か異変に気がつきましたか」

「どうだったかな……いや、特に何も。すべていつもどおりでした。正常、と言っていいでしょうね」

「ハルキス氏はひとりでしたか」

「ええ、ひとりでした。デミーは出かけた、と言っていましたよ」

「あなたがここにいたあいだにどんなことがあったか、正確に話してもらえますか」

「重要なことは何もありませんでしたよ、警視さん、保証します——」

警視はぴしりと言った。「全部話していただきます。何が重要で何がそうでないかは、こちらで判断しますから！」

「つくづく思うんですが」ペッパーがひとこと言った。「ここにいるかたがたは全員、どんなことも重要と考えないようですね、警視」

　エラリーが軽快な口調でつぶやいた。「ヴィー・マヘン・ヴィアス、ダス・アレス・フリッシュ・ウント・ノイ――ウント・ミット・ベドィトゥン・アオホ・グフェリッヒ・ザイ?*」

　ペッパーが目を白黒させた。「えっ?」

「ご機嫌なときのゲーテさ」エラリーは大まじめに言った。

「いいから、こいつはほうっておけ……。まあたしかに、みなさんには態度を改めていただきたいものだな、ペッパー」警視はスローンをにらみつけた。「さあさあ、スローンさん、つづきを。洗いざらい話してください。ハルキス氏が咳払いしたなんてことでもけっこう」

　スローンはうろたえた様子だ。「そう言われても……ええと、わたしたちは大急ぎで当日の仕事の打ち合わせをしました。ゲオルグは販売や収蔵品よりも、何かほかのことに気をとられているようでした」

「その調子で!」

「わたしに向かって、とんでもなくぞんざいな口をきくんです。あれにはまったく、かちんときましたよ、警視さん。ひどいと思ったので、本人にそう言ってやりました。ええ。ゲオルグは怒っているときのくぐもった声で、いいかげんな詫《わ》びを言いました。

自分でも度が過ぎたと思ったんでしょう、そのあといきなり話題を変えましたから。着けていた赤いネクタイをいじりながら、だいぶ穏やかな声でこう言うんです。〝このネクタイは型崩れしているようだ、ギルバート〟むろん、単なる話のネタでしょうね。ぼくはこう請け合いました。〝そうかな、ゲオルグ、まだじゅうぶんきれいだよ〟するとこう返された。〝いや、よれよれだ――さわると張りがないんだよ、ギルバート。ここを出ていく前に念押ししてくれないか。バレットの店に電話して、これと似たような新しいタイを何本か注文するように〟バレットというのはゲオルグがひいきにしている洋品屋です――〝していた〟と言うべきか……。まあ、ゲオルグはいつもそんなふうなんです。ネクタイはちっともくたびれていませんでしたが、服装を異常に気にするんですよ。いや、こんなことがお役に立つのか――」スローンはいぶかしげだった。

警視が口を開く前に、エラリーが唐突に言った。「それから？　スローンさん。部屋を出る前にハルキスさんに念押ししたんですか」

スローンは目をしばたたいた。「もちろんです。ブレットさんが証明してくれますよ。覚えているでしょう、ブレットさん」不安そうに尋ね、ジョーンのほうを振り向く。「ゲオルグとわたしがあの日の打ち合わせを終えかけたころ、あなたは書斎へはいってきて――口述筆記をするためにそのまま控えていましたね」ジョーンが力強くうなずく。「そら、ね？」スローンは勝ち誇ったように言った。「そのときちょうど念押ししようとしていたんです。それで出がけにこう伝えました。〝さっき頼まれたから言うが、ゲオルグ、ネクタイの注文を忘れずに〟ゲオルグはうなずいて、わたしは屋敷を出ました」

「では、その朝あなたとハルキス氏とのあいだで起こったことは、それで全部ですね」警視は尋ねた。

「ええ、全部です。何もかもお話ししたとおりです――一言一句までね。わたしは画廊へ行く前にほかへ立ち寄って――ダウンタウンで取引相手と会う約束がありましたから――二時間後に画廊に着きました。そこではじめて、従業員のベーム嬢から、わたしが屋敷を出てまもなくゲオルグが死んだと知らされたんです。ここにいるスイザくんが、すでに屋敷へ駆けつけていました。わたしもすぐ帰宅しました――ご存じのように、画廊はほんの二、三ブロック先のマディソン街にあるので」

ペッパーが警視に小声で話しかけ、エラリーもそこへ頭を突っこんで、三人は即席の会合を持った。警視がうなずき、目を光らせてスローンのほうを向く。「スローンさん、さっきあなたは、先週土曜の朝この部屋で何か異変に気づかなかったかという質問に、いいえと答えた。数分前にあなたもお聞きになったブレットさんの証言によると、われわれが死体で発見したアルバート・グリムショーが、ハルキス氏が亡くなる前夜、身元をひた隠しにした謎の人物といっしょにここへやってきたらしい。わたしが言いたいのはつまり、その謎の人物こそが重要な手がかりになりそうだということです。よく考えてください。その朝、この書斎のなかで、たとえば机の上などに、いつもは見かけないようなものが何かありませんでしたか。その謎の人物が残していったかもしれないもの――その人物の身元を割り出す糸口になるかもしれないものが」

スローンは首を左右に振った。「そういうものは記憶にありませんね。わたしは机のすぐ前にすわっていました。もしゲオルグの持ち物でないものがあれば、気がついたはずです」

「ハルキス氏は、前夜に来客があったことについて、あなたに何か言いましたか」

「いいえ、ひとことも」

「わかりました、スローンさん。では、控えていてください」スローンは安堵《あんど》の息をつきながら、夫人の隣の椅子にぐったりすわりこんだ。警視は血色の悪い顔におおらかな笑みを浮かべ、親しげにジョーン・ブレットを手招きした。「ところで、お嬢さん」父親のような声で言う。「これまでのところ、あなたは非常に役に立ってくれている――頼りになる証人だ。とても興味深い。あなたの話も聞かせてもらえませんか」

ジョーンの青い目が妖《あや》しく光った。「警視さんたら、見え透いたことを！　申しあげておきますけど、わたくしは身上書《ドシエ》も持っておりませんのよ。一介の使用人で、故国《くに》で言う〝小間使い〟にすぎませんもの」

「おやおや、こんな立派なお嬢さんがねえ」警視はつぶやいた。「それでも──」

「それでも、わたくしのことをすっかりお知りになりたいんですね」ジョーンは微笑んだ。「いいですわ、クイーン警視さん」ジョーンはまず、まるい膝頭《ひざがしら》の上でスカートを整えた。「わたくしの名はジョーン・ブレット。この一年ちょっと、ハルキスさんにお仕えしておりました。いまは品のないニューヨークことばのせいで少し乱れておりますが、この英国訛《なま》りでたぶんお気づきのとおり、これでもいちおう──イギリス生まれの淑女ですわ！　つまらない上流気どりですけれどね。わたくしは、ロンドンでお仕えしていた、イギリスの権威ある美術商のアーサー・ユーイング卿《きょう》からご紹介いただいて、ハルキスさんのところへ参りましたの。アーサー卿はハルキスさんの評判を耳になさって、わたくしにとても立派な推薦状を書いてくださいました。時期もちょうどよかったんです。ハルキスさんはぜひとも補佐を必要としていらっしゃったもので、そば仕えの秘書として、ほんとうに驚くほどの好条件で雇い入れてくださいましてね。美術の知識がある点も決め手になったんだと思います」

「ううむ。そういうことを聞きたかったわけでは──」

「まあ！　もっと個人的なことですの？」ジョーンは口をすぼめた。「ええと、承知しました。わたくしは二十二歳で——適齢期を過ぎてしまいましたわ、警視さん——右のお尻《しり》に赤い痣《あざ》があって、アーネスト・ヘミングウェイにこわいくらい心酔していて、この国の政治は古くさいけれど、この国の地下鉄はすばらしいと思っています。これでご満足《スラ・スフィ》?」

「あのね、ブレットさん」警視はげんなりした声で言った。「年寄りをからかってどうするんです。わたしは先週土曜の朝に起こったことを知りたいんだ。その朝この部屋で、前夜訪れた謎の人物の身元を示すようなものをあなたは見かけませんでしたか」

ジョーンはまじめな顔で首を横に振った。「いいえ、警視さん。見かけていません。いつもと何も変わらないようでした」

「どんなことがあったか話してください」

「ええと……」ジョーンは薄赤い下唇に人差し指をあてた。「スローンさんのお話のとおり、おふたりの打ち合わせがすむ前に、わたくしは書斎へはいりました。スローンさんが、ハルキスさんにネクタイの件で念を押すのを聞きましたわ。そしてスローンさんがお出かけになったあと、十五分ばかりハルキスさんの口述筆記をいたしました。それがすんでから、わたくしはこう申しあげたんです。〝ハルキスさん、こちらでバレットの店に電話して、新しいネクタイを注文しておきましょうか〟。すると、

〝いや、自分で電話する〟とお答えになりました。それから、封をして切手も貼ってある封筒を差し出して、すぐポストへ投函《とうかん》するようにとおっしゃいました。これにはちょっと驚きましたわ――お手紙のたぐいはすべて、わたくしがいつもご用意していましたから……」

「手紙ですか」警視は興味を示した。「宛名はだれになっていましたか」

ジョーンは眉《まゆ》を寄せた。「申しわけありません、警視さん。それはわかりませんわ。特に注意して見なかったものですから。タイプライターで打ったのではなく、ペンで書いてあったように記憶しています――当然ですわね、ここにはタイプライターがないんですもの――でも……」肩をすくめる。「とにかく、わたくしが手紙を持っておいとましかけたとき、ハルキスさんは電話を手にとっていらっしゃいました――あのかたはずっと、交換手に番号をつないでもらう旧式の電話機をお使いで、ダイヤル式のほうはわたくし専用でしたの――それから、洋品屋のバレットの番号をお伝えになるのが聞こえ、わたくしは手紙を投函しにいきました」

「それは何時でしたか」

「たしか九時四十五分でした」

「そのあと、生きているハルキス氏に会いましたか」

「いいえ、警視さん。それから三十分後、わたくしが二階の自室にいたとき、下の階からだれかの悲鳴が聞こえたんです。急いでおりていくと、シムズ夫人が書斎で気を失っていて、ハルキスさんが机のところで亡くなっていました」

「すると、ハルキス氏は九時四十五分から十時十五分のあいだに死んだんですね」

「そう思います。わたくしのあとからヴリーランド夫人とスローン夫人も駆けおりてきて、ハルキスさんの体を調べ、大騒ぎしはじめました。おふたりをやっとのことで落ち着かせ、気の毒なシムズさんの介抱をお願いしてから、すぐにフロスト先生と画廊に電話したんです。そのあとウィークスが屋敷の裏手からはいってきて、フロスト先生も驚くほど短時間でお見えになりました──ちょうどワーズ先生も見えましたわ、寝坊して起きてこられたんだと思いますけれど──それからフロスト先生が、ハルキスさんの死亡を宣告なさったんです。ほかにわたくしたちができることは、シムズ夫人をなんとか二階へあげて正気づけることぐらいでした」

「なるほど。ブレットさん、ちょっと待っていてください」警視はペッパーとエラリーを脇へ引っ張っていった。

「どう思う、きみたちは」警視は注意深く尋ねた。

「目鼻がつきそうですね」エラリーがささやいた。

「どうしてわかる」

エラリーは古ぼけた天井を見あげた。ペッパーが頭を掻《か》いて言った。「いままでに知りえたことだけじゃあ、何もわかるもんですか。土曜日にあったことは、遺言状を探していたときから全部把握していますが、ぼくにはさっぱり……」

「まあね、ペッパーさん」エラリーが小さく笑った。「おそらくあなたはアメリカ人だから、バートンが『憂鬱症《ゆううつ》の解剖』のなかで引用している中国の格言の、三番目の部類にはいるんでしょうね。すなわち、〝われわれヨーロッパ人には目がひとつしかなく、中国人にはふたつあり、ほかの世界じゅうの人間は何も見えていない〟というやつですよ」

「たわごとはよせ」警視がたしなめた。「よく聞いておけ、ふたりとも」そのことばには断固とした響きがあった。ペッパーは少し青ざめ、不安をにじませながらも胸を張った。その表情からして、覚悟を決めたのだろう。ジョーンは机の端に腰かけて、辛抱強く待っている。雲行きを察していたとしても、そんなそぶりはまったく見せていない。アラン・チェイニーはいっそうぴりぴりしていた。

「いまにわかる」警視はそう締めくくった。そして一同のほうへ向きなおり、淡々とジョーンに問いかけた。「ブレットさん、ひとつ変な質問をさせてもらいますよ。この前の水曜の夜――つまりおとといの夜は、正確にどんなふうに過ごしましたか」

書斎のなかは、墓場のごとく静まり返った。敷物の上に長い脚を投げ出していたスイザでさえ、耳をそばだてた。うろたえているジョーンに、陪審員さながらのきびしい目が注がれる。クイーン警視がくだんの質問を発したとたん、ぶらぶら揺れていたジョーンの細い脚は動きを止め、やがて全身が凍りついた。そしてまた脚が揺れだしたかと思うと、ジョーンは軽い調子でこう答えた。「あら、警視さん、別に変な質問ではありませんわ。その前の数日はいろいろあったので——ハルキスさんのご逝去で取りこんでいましたし、お葬式の準備やら当日の緊張もあって——わたくし、すっかり参っていたんです。それで水曜の午後、息抜きにセントラル・パークをぶらついたあと、早めに夕食をいただいて、そのあとすぐ部屋へ引きあげました。一時間ほどベッドのなかで本を読んで、十時ごろに明かりを消しました。それで全部です」

「ぐっすり眠るほうですか、ブレットさん」

ジョーンはかすかに笑って言った。「ええ、とても」

「その夜も、朝までぐっすり眠りましたか」

「もちろん」

警視はペッパーのこわばった腕に手をかけて言った。「ではこのことをどう説明しますか、ブレットさん。午前一時ごろ——水曜の夜半を一時間過ぎたころ——あなたがこの部屋をうろついてハルキス氏の金庫をいじっていたのを、このペッパーくんが目撃しているんだが」

沈黙にこめられた衝撃が、それまでは雷鳴程度だったとするなら、いまは天地鳴動の域に達していた。しばらくのあいだ、だれもまともに息をしなかった。チェイニーが泣きだしそうな形相でジョーンから警視へと視線を移し、まばたきをしたのち、ペッパーの蒼白《そうはく》な顔を憎々しげにねめつけた。ワーズ医師が、もてあそんでいたペーパーナイフを取り落としたが、その手つきのまま動きを止めた。

ジョーン自身は、その場にいただれよりも平静を保っていた。微笑みを浮かべ、ペッパーに向かって言う。「わたくしがこの書斎をうろついていたとおっしゃるの、ペッパーさん？　――わたくしが金庫をいじっていたと？　勘ちがいでは？」

「まあまあ、ブレットさん」クイーン警視がジョーンの肩を軽く叩《たた》いた。「時間稼ぎをしたところで、いいことはありませんよ。ペッパーくんに、あなたを嘘つき呼ばわりするような恥ずかしい真似をさせないでもらいたい。そんな時間に、ここで何をしていました？　何を探していたんですか」

困ったように苦笑しながら、ジョーンはかぶりを振った。「でも、警視さん、あなたがたがなんの話をしていらっしゃるのか、ほんとうにわからないんです！」

警視は意味ありげにペッパーを一瞥《いちべつ》した。「ブレットさん、われわれが話しているのはただ……。おい、ペッパー、きみは幽霊を見たのか、それともやはり、ここにいるお嬢さんだったのか」

ペッパーは絨毯《じゅうたん》を蹴《け》りながらつぶやいた。「あれはブレット嬢でした、まちがいなく」

「ほらね、お嬢さん」警視は穏やかにことばを継いだ。「ペッパーくんは確信を持っているようだ。ペッパー、ブレットさんがどんなものを着ていたか覚えているか」

「よく覚えています。パジャマの上下に部屋着をはおっていました」

「部屋着の色は？」

「黒でした。ぼくは、向こうにあるあの大きな椅子にすわって、うつらうつらしていたんです。こちらの姿は見えなかったでしょうね。ブレットさんはきわめて用心深く、忍び足ではいってきて、ドアを閉め、机の上の小さなランプのスイッチを入れました。その明かりのおかげで、着ているものや、していることが見えたんです。ブレットさんは金庫の中身を調べていました。はいっている書類を一枚残らず」言い分を伝えきったペッパーはよほど満足したのか、最後のことばをひと息に発した。

ジョーンのほうは、ことばが継がれるにつれて青ざめていった。不安そうに唇を嚙《か》み、目には涙が浮かんでいた。

「いまの話は事実ですか、ブレットさん」警視が冷静に尋ねた。

「あの――わたくしは――いいえ、ちがいます！」ジョーンは声を荒らげ、手で顔を覆っていきなり泣きだした。するとチェイニー青年が絞り出すように悪態をつきながら躍り出てきて、ペッパーの清潔な襟にたくましい両手をかけた。「おい、この大嘘つき！」と猛《たけ》り叫ぶ。「罪もないお嬢さんを陥れやがって――」ペッパーは顔を真っ赤にして、チェイニーの手を振りほどいた。ヴェリー部長刑事が巨体ながらすばやい動きでチェイニーに駆け寄り、力強く腕をつかんで青年をひるませた。

「おいおい、きみ」警視が穏やかな声で言った。「そう熱くなるな。別に何も――」

「薄汚い罠《わな》だ！」ヴェリーの手のなかで身をよじりつつ、チェイニーはわめいた。

「すわっていろ、小僧っ子が！」警視は怒鳴りつけた。「トマス、その暴れん坊を隅へ連れていって見張ってくれ」ヴェリーはいつになくうれしそうな顔つきでうなずき、チェイニーを部屋のいちばん奥の椅子まで軽々と追いやった。チェイニーは腰をおろしたが、まだぶつぶつ言っている。

「アラン、やめて」ジョーンの低く押し殺した声が、みなをぎくりとさせた。「ペッパーさんのおっしゃったことはほんとうです」すすり泣きで声を詰まらせる。「わたくし――わたくし、水曜の夜更けにこの書斎にいました」

「それでいいんだ、お嬢さん」警視が朗らかに言った。「つねに真実を語ることです。それで、何を探していたんですか」

ジョーンは沈んだ声のまま、早口でしゃべりだした。「その――それを認めてしまうと、弁解がむずかしいだろうと思ったんです……実のところ、むずかしいですわ。わたくしは――そう、あの夜一時ごろに目を覚まして、ふと思いつきましたの。遺言執行人と言ったかしら、あのノックスさんが、ハルキスさんのお持ちだった証券などの一覧をご所望になるかもしれないと。それでわたくしは——その表を作成しようと一階へおりていって——」

「夜中の一時にですか、ブレットさん」警視は皮肉っぽく言った。

「ええ、ええ。でも金庫にあった証券類を見ているとき、はっとわれに返ったんです。こんな非常識な時間に、なんてばかなことをしているのかしらって。それで、出したものを片づけて二階へあがり、ベッドにもどりました。そういうことですの、警視さん」ジョーンは両頰を薔薇《ばら》色に染め、敷物にじっと目を落としていた。チェイニーは呆気《あっけ》にとられてジョーンを見つめ、ペッパーはため息を漏らした。

警視はかたわらにいたエラリーが腕を引っ張っているのに気づいた。「どうした」声を落として尋ねる。

だがエラリーは軽く微笑み、ふつうの声で言った。「じゅうぶん弁明できていますよ」得心しているふうだ。

警視は少しのあいだ硬直していた。ややあって言う。「うむ、そうだな。ああ——ブレットさん、あなたはいささか動揺しているから、気分転換が必要だ。よかったら二階へ行って、シムズ夫人にすぐおりてくるよう伝えてもらえませんか」

「それはもう——喜んで」ジョーンは聞こえるか聞こえないかの声で答えた。そして机の端から滑りおり、エラリーにちらりと感謝のまなざしを向けたのち、急いで書斎を出ていった。

ワーズ医師が物思わしげにエラリーの顔をうかがっていた。

衣《きぬ》ずれの音のする部屋着に身を包み、しなびた足もとに愛猫のトッツィーを従えたシムズ夫人が、堂々と登場した。ジョーンがドアのそばの――チェイニー青年のそばの――椅子にそっと腰かけたが、チェイニーはそちらに見向きもせず、シムズ夫人の白髪頭の艶《つや》光りしたてっぺんを一心に見つめていた。

「ああ、シムズさん。どうぞこちらへ。かけてください」警視が大声で言った。夫人は悠然とうなずいて、大仰に腰をおろす。「さて、シムズさん。ハルキス氏が亡くなった、先週土曜の朝の出来事を覚えていますか」

「覚えています」家政婦がそう言って身震いすると、たるんだ肉がいっせいにさざ波を立てた。「覚えていますとも、警視さん。きっと死ぬまで忘れませんよ」

「そうでしょうね。ではシムズさん、その朝のことを話してもらえますか」

シムズ夫人は、老いた雄鶏が時を作る活力を奮い起こそうとするかのように、肉づきのよい肩を何度かあげさげした。「わたしは十時十五分にこの部屋へ参りました。お掃除とか、前の夜にお出ししたお茶の道具をさげるとか、そういうことをしに――

それが朝の日課なんです。ドアをあけてはいっていきましたら――」

「あの――シムズさん」うやうやしい声でエラリーが言ったので、家政婦の厚ぼったい唇にたちまち小さな笑みが浮かんだ。感じのよい青年だこと、とでも言いたげに。「あなたがそんなことまでなさっていたんですか」その口調には、まさかシムズ夫人のような立場の人が、そんな雑用をさせられているなんて、という響きがあった。

「ハルキスさまのお部屋だけなんですよ」家政婦はあわてて説明した。「ハルキスさまは若い女中ふたりを毛嫌いしてらっしゃったもので――生意気なばか娘ども、などとお呼びになって。それで、旦那《だんな》さまのお部屋まわりはわたしが片づけることになっていたんです」

「おお、ではハルキスさんの寝室の片づけも、いつもあなたが?」

「はい、それにデミーさまのお部屋もです。それで、先週土曜の朝も、その仕事をするつもりでした。ところがお部屋にはいったら――」胸を激しく波打たせて言う。「お気の毒なハルキスさまが机にうつ伏せに――つまり、顔を机に伏せていらっしゃったのです。眠ってらっしゃるのだと思いました。それで――おお、神よ！　――旦那さまの手にさわると、それはそれは冷たかったので、揺り起こそうとしてみまして。そのあと悲鳴をあげました。覚えているのはそこまでです、聖書に誓って」そこで家政婦は、いまの話を信じてもらえたかどうか案じるように、エラリーを見やった。

「つぎに気がついたときには、ここにいるウィークスさんと女中のひとりが、わたしの顔を軽く叩《たた》いたり、気つけ薬を嗅《か》がせたり、あれやこれやしていて、そこが二階の自分のベッドだとわかりました」

「ということは、シムズさん」エラリーがまたうやうやしい口調で言った。「あなたはこの書斎のなかのものにも、寝室のなかのものにも、その日はまったく手をふれなかったということですね」

「はい、そういうことです」

エラリーは警視に何やら耳打ちした。警視はうなずいて言った。「この屋敷にお住まいの、ブレットさん、スローンさん、デメトリオス・ハルキスさん以外で、先週土曜の朝、まだ生きているハルキス氏に会ったかたはいませんか」

全員が大きくかぶりを振った。ためらう様子はまったくなかった。

「ウィークス」警視は言った。「先週土曜の朝九時から九時十五分のあいだに、ハルキス氏の部屋にはいったということはないかね」

ウィークスの両耳の上の綿毛が震えた。「わたくしがですか？　ございません！」

「念のためお尋ねしますが」エラリーが小声で言った。「シムズさん、七日前にハルキスさんが亡くなってから、何かこの部屋のものにさわりましたか」

「指一本ふれておりません」家政婦は声を震わせて答えた。「ずっと具合が悪かったものでして」

「辞めていった女中たちは？」

ジョーンが遠慮がちに言った。「さっきお話ししたと思いますけど、クイーンさん、女中ふたりは、ハルキスさんの亡くなった当日に暇をとったんです。この部屋へ足を踏み入れることすらいやがって」

「あなたはどうですか、ウィークスさん」

「さわっておりません。葬儀のあった火曜日までは、何もかもそのままにしてありましたし、葬儀のあとは、いっさい手をふれないよう釘《くぎ》を刺されておりましたから」

「それはすばらしい！　ブレットさん、あなたはどうです」

「わたくしはほかの用事に追われていましたから、クイーンさん」ジョーンは小声で言った。

エラリーはぐるりと全員に目を走らせた。「先週の土曜日以後、この部屋のものにさわったかたはいませんか」返事がない。「なおさらすばらしい。つまり、現場の保存状況は申し分ないようです。女中たちが即刻辞めてしまったために家事の手《メナージュ》が足りなくなり、家政婦のシムズ夫人は臥《ふ》せっていたので何もさわっておらず、ごたついているなかでは、だれも掃除に手がまわらなかった。おまけに、火曜日の葬儀のあと、遺言状が盗まれたことが判明したので、ペッパーさんの指示により、この部屋はその後も荒らされなかったわけです」

「葬儀屋の人たちがハルキスさんの寝室で仕事をしましたわ」ジョーンがおずおずと申し立てた。「お支度を――埋葬のための死装束のお支度を」

「それとクイーンくん、遺言状探しのとき」ペッパーも口をはさんだ。「全部の部屋を徹底的に調べたが、何か持ち出したり、派手に荒らしたりはしてないと請け合えるよ」

「葬儀屋の人たちは勘定に入れなくてよさそうですね」エラリーは言った。「トリッカラさん、そこにいるデミーさんにたしかめてもらえますか」

「わかりました」トリッカラとデミーがまた聞き苦しい会話をはじめた。トリッカラの訊《き》き方は鋭くて荒っぽかった。デミーはたるんだ顔をみるみる蒼白《そうはく》にして、つっかえながら唾《つば》を飛ばしつつギリシャ語で答えた。「どうもはっきりしません、クイーンさん」トリッカラが困惑顔で言った。「従兄《いとこ》が死んでからは、どちらの寝室にも足を踏み入れてさえいないと言いたいらしいんですが、ほかにも何かあるようで……」

「差し出がましいようですが」ウィークスが口をはさんだ。「デミーさまのおっしゃりたいことはおおかた見当がつきます。ご覧のとおり、デミーさまはハルキスさまが亡くなったことにひどく動揺していらっしゃるので――子供が死をこわがるようなものでしょうね――ハルキスさまの寝室の奥の、ご自分の寝室で寝るのをいやがられたんです。それでわたくしどもは、スローンの奥さまのお言いつけに従って、二階の空いた女中部屋のひとつをデミーさまのためにご用意しました」

「デミーはそこにこもっておりましたの」スローン夫人が深く息をついた。「兄が亡くなって以来、水から出た魚みたいにもがいています。かわいそうなデミーにはときどき、ほんとうに手を焼きますわ」

「確認してもらえますか」エラリーがまったくちがった声で言った。「トリッカラさん、土曜日からずっと寝室にこもっていたのかどうか、デミーさんに訊いてください」

トリッカラが訳すまでもなく、デミーはこわごわと否認した。縮みあがってよろめきながら隅へ引っこみ、そこに突っ立って爪を嚙《か》みながら、怯《おび》えた獣のような目であたりを見まわす。エラリーはその姿を見て考えこんでいた。

警視が、褐色の顎《あご》ひげをたくわえたイギリス人医師のほうを向いて言った。「ワーズ先生、さっきダンカン・フロスト先生と話をしたとき、ハルキス氏が亡くなった直後にあなたが死体を診たとうかがいましたが、まちがいないですか」

「まちがいありません」

「死因についての、あなたの専門家としての所見は？」

ワーズ医師は褐色の濃い眉《まゆ》を吊《つ》りあげて言った。「フロスト先生が死亡診断書にお書きになったのとまったく同じ所見です」

「けっこうです。では先生、個人的なことを二、三うかがいます」警視は、嗅ぎ煙草をひと嗅ぎして、やさしげな笑みを浮かべた。「あなたがどういういきさつでこの屋敷へ来ることになったのか、説明してもらえますか」

「たしか」ワーズ医師は無頓着《むとんちゃく》に言った。「ついさっき、ちょっとお話ししたように思いますがね。わたしはロンドンの眼科専門医です。待ちに待った休暇でニューヨークに滞在していたところ、ブレットさんがホテルにわたしを訪ねてきて――」

「またブレット嬢ですか」警視はジョーンを鋭く一瞥《いちべつ》した。「どういうわけで――お知り合いだったとか？」

「ええ、ブレットさんの前の雇い主のアーサー・ユーイング卿《きょう》を通じてね。わたしはアーサー卿の軽いトラコーマを治療したことがあって、それであの若いご婦人と知り合ったんです」医師は言った。「わたしがニューヨークに来たことを新聞記事で見たブレットさんが、旧交をあたためようとホテルまでいらっしゃって、そのときハルキスさんの目を診てもらえないかと持ちかけてくれたんです」

「そうなんです」ジョーンが少々あわて気味に言った。「ワーズ先生がこちらにいらっしゃっているのを渡航者情報欄で知ったもので、ハルキスさんに先生のことをお話しして、一度診察していただいてはとお勧めしましたの」

「むろん」ワーズ医師はつづけた。「わたしの本拠はイギリスですし――いまではすっかりホームシックですが――せっかくの休暇中にまで仕事をするのは、最初は気が進まなかったんです。でもブレットさんの頼みとなるとことわりづらくて、結局引き受けました。ハルキス氏はとても親切で――アメリカ滞在中はぜひ客としてこの屋敷で過ごしてくれとおっしゃいました。そういうわけで、亡くなるまでの二週間ちょっと、患者としてあの人を診ることになったんです」

「ハルキス氏の失明の性質については、フロスト先生やほかの専門医の見立てに同意なさいますか」

「ええ、同意します。二、三日前、ここにいるやり手の部長刑事さんとペッパーさんにもそうお話ししたと思いますよ。実は、胃潰瘍《いかいよう》や胃癌の出血が引き起こす黒内障――完全な失明――については、まだほとんど解明されていないんです。とは言っても、医学者の立場から見て非常に興味深い事象ですし、刺激を与えることで視力を自然回復させられないものか、独自の方法をいくつか試しました。しかしどれも成功しなかった――最後に精密検査をしたのは一週間前の木曜日でしたが、ハルキス氏の病状にはなんの変化も見られませんでした」

「ところで先生、あのグリムショーという男には――棺のなかにいたふたり目の男ですが――ほんとうに見覚えがないんですか」

「ええ、ありませんよ、警視さん」ワーズ医師はうんざりした様子で答えた。「もっと言えば、ハルキスさんの個人的な事柄についても、訪問者についても、捜査に関係するとあなたがお考えのどんなことについても、わたしは何も知りません。いま関心があるのは、イギリスへ帰ることだけです」

「そうですか」警視はそっけなく言った。「つい先日はそんなふうに思っていらっしゃらなかったようですがね……。そう簡単には帰国できませんよ、先生。これはいまや、殺人事件の取り調べなんですから」

警視はひげ面の医師にそれ以上の抗弁を許さず、アラン・チェイニーに矛先を転じた。チェイニーの受け答えはぞんざいだった。いいえ、これまでの発言に付け加えることは何もありません。いいえ、グリムショーにはまるで見覚えがありません。さらにはこんな憎まれ口を叩《たた》いた——その男を殺した犯人が見つからなくても、ぼくはちっともかまいませんけどね。警視は少々おどけて眉を吊りあげ、こんどはスローン夫人に質問した。結果は期待はずれだった——夫人も息子と同様、何も知らなかったし、息子以上に無関心だった。スローン夫人が気にかけているのは、せめて形だけでも家庭に秩序と平穏を取りもどすことだけだった。ヴリーランド夫人とその夫、ナシオ・スイザ、それにウッドラフからも、やはり求める答は得られなかった。グリムショーを知っていた者も、前に見たことがある者も、ひとりもいないようだった。この点に関しては特に、執事のウィークスをきびしく追及したが、ウィークスは自信を持ってこう答えた。ハルキス家に勤めて八年になるが、グリムショーがこの屋敷へやってきたのは先週がはじめてで、そのときでさえ自分は姿を見ていない、と。

ナポレオンを思わせる小柄な警視は、そこがおのれのエルバ島であるかのように、絶望のていで部屋の真ん中に立ちつくしていた。その目は錯乱せんばかりにぎらついている。白髪交じりの口ひげの下から、矢継ぎ早に質問が飛び出す。葬儀のあと、屋敷のなかで不審な行動をどなたか目撃しましたか？　いいえ。葬儀以後、どなたか墓地へ行きましたか？　いいえ。葬儀以後、墓地へはいっていく人間をどなたか見かけましたか？　これにもまた、否定のことばが口々に叫ばれる――いいえ！

クイーン警視が歯がゆそうに手指を曲げるのを見て、ヴェリー部長刑事がそばへ歩み寄った。警視はもはや忍耐力を失っていた。ヴェリーが静まり返った墓地へ出向いて、教会堂管理人のハニウェルや、エルダー師をはじめとする教会の職員たちをひとりずつ尋問することになった。葬儀以後、墓地で何か気になる動きを目撃していないかをたしかめる。加えて、中庭の向かいの牧師館及び、中庭に裏口を並べているほかの四軒の住人と使用人にも聞きこみをおこなう。夜中に墓地へ忍びこんだ容疑者をだれかが見ている可能性もあるので、聞き落としは許されない。

上司の癇癪《かんしゃく》には慣れているヴェリー部長刑事は、冷ややかな笑みを浮かべ、勇んで書斎を出ていった。

警視は口ひげを噛んだ。「エラリー！」父親ぶって不機嫌に言う。「おまえはそこで何をやっている」

息子はなかなか返事をしなかった。何か気にかかるものを見つけたらしい。エラリーは特に考えもなしに――そして場ちがいもはなはだしいことに――ベートーヴェンの交響曲第五番「運命」の主旋律を口笛で吹きながら、部屋の壁の細いくぼみに置かれた小卓の上の、なんの変哲もない湯沸かしをながめていた。

(原注)

＊「いかにすべきであろう、すべてが目新しく意義深く――そのうえ人心にかなうようにするには」――ゲーテ『ファウスト』舞台での前劇、第十五行より

10　前兆

ところでエラリー・クイーンは、好奇心の強い青年だった。彼はもう何時間も、ごくかすかな心の疼《うず》きに――何かが起こりそうな漠たる予感に――形をなさない夢のような感覚に――とらわれていた。ひとことで言えば、決定的な何かがいまにも見つかりそうな気がした。だから書斎をうろつきまわって、人の行き来の邪魔をし、家具をつつきまわし、本を物色し、厄介者になっていた。すでに二度、さして目を留めることもなく湯沸かしの載った小卓の前を通っていたが、三度目にはほんの少し鼻をうごめかした――はっきり知覚できるにおいではなく、違和感のあるほのかなにおいに反応したのだ。眉をひそめてしばらく見入ったのち、湯沸かしの蓋《ふた》をとって中をのぞきこむ。どんな中身を予想していたにせよ、少なくとも異様なものははいっていなかった。目がとらえたのは水だけだった。

にもかかわらず、顔をあげたエラリーは目を輝かせ、満足げに思考に口笛の伴奏をつけはじめて父親を苛立《いらだ》たせた。警視の質問は無視された形になったが、代わりにエラリーは、いつもの歯切れのよい口調でシムズ夫人に声をかけた。「先週土曜の朝、あなたがハルキスさんの死体を発見なさったとき、お茶の道具の載ったこの小卓はどこにありましたか」

「場所ですか？　お机のそばです、いまあるところではなく。前の夜、ハルキスさんのお言いつけでわたしがその位置に置いたのです」

「そうなると」エラリーは一同のほうを振り向いた。「土曜の朝よりあと、どなたがこの小卓を壁のくぼみへ動かしたんでしょう」

それに答えたのはまたもやジョーン・ブレットで、いまや深い疑惑の色を帯びた一同の目が、またもやジョーンのすらりとした立ち姿に集まった。「わたくしですわ、クイーンさん」

警視が眉《まゆ》をひそめたが、エラリーは父に笑顔を向けてから言った。「あなたでしたか、ブレットさん。いつ、どうして移したのかを聞かせてもらえますか」

ジョーンは少し困った顔で笑った。「なんだかどれもこれもわたくしのしわざみたいですわね……。葬儀の日の午後は、みなさんが遺言状探しに駆けまわって、この書斎はごった返していましたでしょう？　あの小卓が机のそばにあって邪魔になっていたので、壁のくぼみへ動かしただけのことです。悪気はちっともなかったんですのよ」

「もちろんそうでしょう」エラリーは寛大に言って、また家政婦のほうを向いた。

「シムズさん、先週の金曜の晩にお茶の支度をしたとき、ティーバッグはいくつ用意しましたか」

「少しだけです。たしか六袋でした」

警視が無言で身を乗り出し、ペッパーもそれにならった。ふたりは怪訝《けげん》な顔で小卓を見た。古びた小ぶりのテーブルそのものは、どちらの目にも、特別変わったものとは映らなかった。大きな銀の盆が載せてあり、その上に電気湯沸かしのほか、三人ぶんのティーカップと受け皿とスプーン、銀の砂糖壺《つぼ》、使われずにしなびたレモン三切れが載った皿、それに未使用のティーバッグ三袋が載った別の皿、黄色く固まったクリーム入りの銀器が置かれている。どのカップにも紅茶の滓《かす》が沈殿し、どのカップのふちのすぐ下にも茶渋がある。銀のスプーンの先は、どれも汚れて輝きが見られない。どの受け皿にも、茶色い汁をにじませたティーバッグひと袋と、干からびた使用ずみのレモンひと切れが載っている。警視とペッパーの目に留まったのは、それくらいのものだった。

息子の気まぐれな言動には慣れている警視も、ついにしびれを切らした。「いったい何が――」

「オウィディウス（ローマの詩人）のことばを信じることです」エラリーはくすりと笑った。「〝耐え忍べ、しからばこの苦しみは、いずれ益をもたらす〟」そう言って、また湯沸かしの蓋を持ちあげて中をのぞき、肌身離さず持ち歩いている携帯道具箱＊からガラスの小瓶を取り出すと、湯沸かしの注ぎ口から古くなった水を瓶のなかへ二、三滴垂らし、湯沸かしの蓋をもどしたのち、瓶に栓をして、ふくらんだポケットにしまった。さらに、ますます呆気《あっけ》にとられた一同の視線を浴びながら、小卓から銀の盆を持ちあげて一式を机の上へ移し、満足げに息をついた。そこで何か思いついたのか、唐突にジョーン・ブレットに尋ねた。「この前の火曜日にこの小卓を動かしたとき、この盆の上のものをさわるか、何か手を加えるかしましたか」

「いいえ、クイーンさん」ジョーンはしおらしく答えた。

「よかった。というより、申し分ありません」エラリーは威勢よく手をこすり合わせた。「いや、みなさん、けさは少しばかりくたびれましたね。元気回復のために何か飲み物でも……？」

「エラリー！」警視がすげなく言った。「物には限度というものがある。そんなことをしている暇があるか、そんな——」

エラリーは沈痛なまなざしで父親を刺し貫いた。「父さん！　あなたはコリー・シバー（イギリスの劇作家、俳優）がひと台詞《せりふ》まるごと費やして褒めたたえたものを、言下に否定するんですか。〝お茶よ！　まろやかで、控えめで、老練にして尊き飲み物よ。舌を這《は》わせ、笑顔で心をなごませ、心を開かせ、目配せで心をとろかす女のごとき飲み物よ〟」ジョーンが忍び笑いを漏らし、エラリーは軽く一礼した。隅に立っていたクイーン警視の配下の刑事が、ごつごつした手で口を覆って仲間にささやいている。「これが殺人の捜査とは恐れ入ったな」クイーン父子は湯沸かしの上で視線を交わし、警視は不機嫌を忘れた。そして〝息子よ、ここはまかせた。好きにしろ〟とでも言うように、静かに身を引いた。

エラリーの考えが決まったらしい。愛想もなくシムズ夫人に言う。「新しいティーバッグを三つと、きれいなカップと受け皿とスプーンを六組、それに新鮮なレモンとクリームを持ってきてください。急いで《ヴィトマン》、家政婦さん《マダム・ラ・グーヴェルナント》。さあ早く！」

シムズ夫人は息を呑《の》み、鼻を鳴らして、悠然と部屋を出ていった。エラリーは楽しげに湯沸かしの電気コードをつかんで、机の周辺を探し歩き、横手にあったコンセントにコードを挿した。シムズ夫人が台所からもどってきたころには、湯沸かしのガラス蓋の下で湯が煮え立っていた。死んだような静けさのなか、エラリーはシムズ夫人の持ってきたティーバッグを入れもせずに、湯沸かしの口をあけて、沸騰した湯をカップに注ぎはじめた。五つ目のカップが満たされかけたところで、湯沸かしが空になり、そこでペッパーがいぶかしげに言った。「しかしクイーンくん、その水は古くなっているよ。一週間以上そこに入れっぱなしだったはずだ。まさか飲むつもりじゃないだろうね……」

エラリーはにやりとした。「うっかりしたな。もちろん飲みはしませんよ。シムズさん」小声で言う。「すみませんが、この湯沸かしを持っていって、新しい水でいっぱいにしてきてください。ついでにきれいなカップも六つお願いします」

　この青年に対するシムズ夫人の心証は露骨に変わっていた。エラリーのうつむいた顔をにらみつけるその目には、怒りがたぎっている。エラリーは湯沸かしを手にとって、シムズ夫人に押しつけた。家政婦が台所へ行ってしまうと、エラリーは大まじめに、古い水を沸かした湯のはいった三つのカップに、使用ずみの黄ばんだティーバッグをひとつずつ浸した。スローン夫人が小さく嫌悪の声をあげた——この驚くべき異端児は、まさかあれをふるまうつもりじゃないでしょうね！　エラリーはその怪しげな儀式をさらにつづけた。使用ずみの三つのティーバッグが古い湯によく浸《つ》かったころ、汚れたスプーンでひとつひとつ強く押して茶を搾り出す。シムズ夫人が新しい盆にきれいなカップと受け皿一ダースと湯沸かしを載せて、書斎へもどってきた。「これで間に合うことを祈るばかりですわ、クイーンさん」皮肉っぽく言う。「カップはもうありませんから！」

「文句なしですよ、シムズさん。あなたは最高級の宝石だ。すてきな言いまわしでしょう？」エラリーはティーバッグを押したり突いたりする手をいっとき休めて、湯沸かしのコードをコンセントに挿しこみ、そしてまた圧搾の儀式にもどった。そこまで骨折ったにもかかわらず、出涸《でが》らしのティーバッグからは、うっすらと紅茶の色のついた液が抽出されただけだった。エラリーはこれでわかったというように満足げにうなずき、湯沸かしの新しい水が沸騰するのを辛抱強く待って、シムズ夫人が新たに並べたカップに湯を注ぎはじめた。六番目のカップに注ぎ終えたところで湯沸かしが空になり、エラリーはため息とともにつぶやいた。「シムズさん、どうやらもう一度、湯沸かしに水を入れてきてもらわないといけないようです――何しろ大人数ですから」しかし、こんなばかげた紅茶休憩に加わろうとする者は――イギリス人のジョン・ブレットとワーズ医師も含めて――だれもおらず、エラリーはカップで大混雑した机の上を残念そうにながめながら、ひとりでお茶を飲んだ。

ありていに言って、落ち着き払ったエラリーに向けられるまなざしは、そこにいるほぼ全員の心の内をことばよりも雄弁に物語っていた――エラリーの知能は突如、デミーと同じレベルまで低下してしまったらしい、と。

（原注）

＊ エラリー・クイーン著『フランス白粉《おしろい》の秘密』（フレデリック・A・ストークス社、一九三〇年）参照。

11　予定

エラリーはハンカチで上品に口もとをぬぐって、空になったカップを置き、なおも笑顔のままでハルキスの寝室のなかへ消えた。警視とペッパーが、ともにうんざりした顔でついていった。

ハルキスの寝室は、広く薄暗く窓のない、盲人向きの部屋だった。エラリーはスイッチをひねって明かりをつけ、この新たな探険場所を見渡した。部屋はひどく散らかっていた。ベッドは乱れたまま整えられていない。ベッドのそばの椅子には男物の衣類が山積みになっている。少々胸の悪くなるにおいがこもっている。

「たぶん」エラリーは部屋の奥にある古い脚つきのチェストに歩み寄りながら言った。「防腐処置用の薬品か何かだな。エドマンド・クルーの言ったとおり、この家は古くて造りも頑丈だけど、換気の必要性についてはろくに考えられてないよ」エラリーはいっさい手をふれずに、チェストをしげしげとながめた。それから、ひとつため息をついて、抽斗《ひきだし》を調べはじめた。いちばん上の抽斗で、何か興味を引かれるものを見つけたらしい。二枚の紙をつかんで取り出し、その一枚をおもしろそうに読みだしたのだ。警視が「こんどは何を見つけた？」と訊《き》きながら、ペッパーとともにエラリーの肩越しに首を伸ばした。

「いや別に、例の予定表だよ、われらがデミーが従兄《いとこ》に身支度をさせるのに使ってた」エラリーは言った。見ると、二枚のうち一枚は外国語で書かれ、もう一枚には、そっくり同じ内容が英語で書かれている。「ぼくの学問知識でもじゅうぶんわかる」エラリーはつづけた。「こっちのちんぷんかんぷんのは、堕落した現代ギリシャ語だってことがね。教育とはなんとありがたいものか！」ペッパーも警視も、にこりともしなかった。エラリーはまたため息をついて、英語のほうの予定表を読みあげはじめた。内容はこうだ。

月曜日——灰色のツイード地のスーツ、黒のワークブーツ、灰色の靴下、薄灰色のシャツ、付属のカラー、灰色のチェックの模様のネクタイ。

火曜日——濃茶のダブルのスーツ、茶のコードバンの靴、茶の靴下、白のシャツ、赤の木目模様のネクタイ、正装用のウィングカラー、薄茶のゲートル。

水曜日——薄灰色地に黒の細縞《じま》のシングルのスーツ、黒のとがった爪先の靴、黒の絹の靴下、白のシャツ、黒のボウタイ、灰色のゲートル。

木曜日――紺の粗織りウーステッド地のシングルのスーツ、黒のワークブーツ、紺の絹の靴下。白地に紺の細縞のシャツ、紺の水玉模様のネクタイ、そろいのソフトカラー。

金曜日――薄茶のツイード地のひとつボタンのスーツ、茶の石目仕上げの靴、薄茶の靴下、薄茶のシャツ、付属のカラー、薄茶と茶の縞模様のネクタイ。

土曜日――濃灰色の三つボタンのスーツ、黒のとがった爪先の靴、黒の絹の靴下、白のシャツ、緑の木目模様のネクタイ、ウィングカラー、灰色のゲートル。

日曜日――紺のサージ地のダブルのスーツ、黒の角張った爪先の靴、黒の絹の靴下、濃紺のネクタイ、ウィングカラー、固すぎない胸もと切り替えのシャツ、灰色のゲートル。

「で、それがどうかしたのか」警視が尋ねた。

「どうかしたのか？」エラリーは鸚鵡《おうむ》返しに言った。「たしかに、それをたしかめないと」ドアのほうへ行って、書斎をのぞきこむ。「トリッカラさん！　ちょっと来てくれませんか」ギリシャ語の通訳がすぐさま寝室にやってきた。「トリッカラさん」エラリーはギリシャ語の書かれた紙を差し出しながら言った。「なんと書いてあります？　声に出して訳してください」

トリッカラは従った。訳されたことばは、エラリーがいましがた警視とペッパーに読み聞かせた英語の予定表の内容とぴったり一致していた。

エラリーはトリッカラを書斎へ帰したのち、脚つきチェストのほかの抽斗をしゃかりきに調べはじめた。目を引くものは何もないかに見えたが、三番目の抽斗から、薄くて細長い未開封の小包が見つかった。宛名は〝ニューヨーク市、東五十四丁目十一番地、ゲオルグ・ハルキスさま〟となっている。左上の隅に〈バレット洋品店〉と印刷され、左下の隅には〝速達便〟のスタンプが押されている。エラリーは包み紙を破った。中身は、どれも似たような赤の木目模様のネクタイ六本だった。エラリーは包みをチェストのてっぺんにほうり投げ、どの抽斗にも興味を引かれるものはもうなさそうだったので、隣のデミーの寝室へ移動した。こちらは、裏の中庭を見おろす窓がひとつついた、せま苦しい部屋だった。天井はむき出しで、病院のベッドのような高い粗末な寝台と、鏡台と、衣装戸棚と、椅子一脚があるだけの、隠者のねぐらを思わせるしつらえだ。その部屋からは使っている者の個性がまったく感じられなかった。

エラリーは軽く身震いしたが、そんな寒々しい雰囲気にめげることなく、デミーの鏡台の抽斗を念入りに調べた。唯一エラリーの好奇心を掻《か》き立てたのは、ハルキスのチェストにあったのとまったく同じギリシャ語の予定表で——それがカーボン紙による写しであるのを、すぐに見比べてたしかめた。

エラリーはハルキスの寝室へ引き返した。警視とペッパーはすでに書斎へもどっていた。いまやフル回転のエラリーは、衣類の積みあげられた椅子へまっしぐらに進み寄った。載っているものをひとつひとつ見ていく——濃灰色のスーツ、白のシャツ、赤のネクタイ、ウィングカラー。椅子の下には、灰色のゲートルひと組と、黒い絹の靴下を詰めたとがった爪先の黒い靴があった。エラリーは何やら思案顔で、唇を鼻眼鏡で軽く叩《たた》いていたが、やがて部屋を横切って大きな衣装戸棚の前へ行った。扉をあけて中を引っ掻きまわす。吊《つる》してあるのは、ふだん用のスーツ十二着のほかに、タキシードが三着、正装用の燕尾服《えんびふく》が一着。扉の裏のネクタイ掛けには、何十本ものネクタイが色も柄も関係なしに並んでいる。戸棚の足もとにはシューキーパーを入れた靴が何足も置かれ、その脇にスリッパがいくつか散らばっている。エラリーは、スーツ掛けの上の棚に置いてある帽子がやけに少ないのに気づいた——正確には、中折れ帽と山高帽とシルクハットの三つだけだった。

エラリーが衣装戸棚の扉を閉め、チェストの上からネクタイの包みをとって書斎へもどると、ヴェリーが警視と声をひそめて話をしていた。警視が顔をあげて物問いたげに息子を見た。エラリーは安心させるように微笑み、まっすぐ机に歩み寄って、電話機のひとつを手にした。番号案内を呼び出して短い会話を交わし、番号を復唱して、間を置かずにその番号をダイヤルする。電話の向こうの相手に矢継ぎ早の質問を浴びせたのち、エラリーは満面の笑みを浮かべて受話器を置いた。いま葬儀屋のスタージェスに一点ずつ特徴を伝えてたしかめたところでは、ハルキスの寝室の椅子の上にあった衣類はすべて、スタージェスの助手が故人の服を脱がせて、そこに置いたものらしい。つまり、それらはハルキスが死亡時に着用していた衣類であり、死体に防腐処置を施すために全部脱がせ、本人の持っていた二着の燕尾服のうちの一着を埋葬に向けて着せたということだった。

エラリーは手にした包みを振りながら快活に言った。「どなたか、これに見覚えはありませんか」

ふたりから反応があった——ウィークスと、お定まりのジョーン・ブレットだ。エラリーは彼女に同情の笑みを向けたが、まずは執事に声をかけた。「ではウィークスさん、これについてどんなことを知っているんですか」

「それはバレットからの小包でございますね」

「そうです」

「それは先週土曜の午後遅く、ハルキスさんが亡くなられた数時間あとに届いたものです」

「あなた自身が受けとったんですか」

「はい、さようです」

「それをどうしました？」

「わたくしは――」ウィークスはぎくりとした様子だ。「ええ、たしか玄関広間のテーブルに置きました」

エラリーの微笑が消えた。「玄関広間のテーブルですか。たしかですね？　あとで、どこかほかの場所へ移したりはしてませんね？」

「ええ。移しておりません」ウィークスはおどおどしている。「実を申しますと、旦那《だんな》さまが亡くなられてからのごたごたで、いまあなたがお持ちになっているのを見るまで、その小包のことはすっかり忘れておりました」

「妙だな……ではブレットさん、あなたは？　神出鬼没のこの包みとはどういうご関係ですか」

「先週土曜の午後遅く、玄関広間のテーブルの上にそれが置いてあるのを見ました。わたくしが知っているのはほんとうにそれだけですわ」

「さわりましたか」

「いいえ」

エラリーは急に真剣になった。「さて、みなさん」集まっている一同に向かって静かな声で言った。「ここにいるどなたかが、玄関広間のテーブルからこの包みをとって、ぼくがいまこれを見つけた、ハルキス氏の寝室にあるチェストの三番目の抽斗《ひきだし》に入れたはずです。それはどなたですか」

答える者はいなかった。

「ブレットさんのほかに、これが玄関広間のテーブルに置いてあるのを見た覚えのあるかたは？」

返答はない。

「ならけっこう」エラリーはぴしゃりと言った。そして警視に歩み寄り、包みを手渡した。「父さん、このネクタイの包みをバレットの店に持っていって、確認すべきだよ――だれが注文したのか、だれが配達したのか、そういったことをね」

警視は気のない顔でうなずき、指を曲げて部下の刑事のひとりを招いた。「エラリーの言うことを聞いていたろう、ピゴット。さあ行ってくれ」

「このネクタイのことを確認するんですか、警視」ピゴット刑事は顎《あご》をさすりながら言った。

ヴェリーが目を怒らせて、薄い胸に包みを押しつけてきたので、ピゴットはきまり悪そうに咳払《せきばら》いをして、足早に部屋を出ていった。

警視が小声で尋ねた。「ほかにも何かめぼしいものはあったか」エラリーはかぶりを振った。口の両端に、困ったように皺《しわ》を寄せている。警視が鋭く手を打ち合わせたので、みながはっと居住まいを正した。「きょうはここまでにしましょう。みなさんにご了承願いたいことがひとつあります。先日は盗まれた遺言状の捜索でご不便をかけました——とはいえ、もろもろの観点から言ってあの件はきわめて重要というほどではなかったので、みなさんの行動についてはあまり制限していません。しかし、いまはあなたがた全員が、殺人事件の捜査にどっぷり浸《つ》かっています。正直なところ、われわれにもまだ全貌《ぜんぼう》がつかめていない。わかっているのは、殺された男が前科者であり、この屋敷に二度も不可解な訪問をしていて、二度目には別の男といっしょだったということだけです。その人物は極力身元を隠し通そうとし——そして成功した」

警視は一同を険しい目で見まわした。「殺された男が、自然死した別の男性の棺に詰められた状態で見つかったという事実によって、この犯罪は複雑なものになっている。しかもその棺は、この屋敷のすぐ隣に埋められていたのです。

このような状況のもとでは、あなたがた全員が容疑者となりえます。なんの疑いなのか、なぜ疑わしいのかは、神のみぞ知る。しかしこれははっきり言える——あなたがたはひとり残らず、事件解決の見通しが立つまで、わたしの監視下に置かれます。みなさんのうち、スローンさんやヴリーランドさんのように、避けられない業務があるかたは、平常どおり仕事をなさってかまいません。ただし、いま名前をあげたおふたりも、いつでも連絡がつくよう、呼び出しにも応じられるようご留意願いたい。スイザさん、あなたは帰宅してかまいませんが、やはり呼び出しに応じられるようにしてください。ウッドラフさん、あなたもむろん放免しよう。ほかのみなさんは、わたしが放免を言い渡すまで、この屋敷を離れるときはかならず、行き先をはっきり告げて許可を得るように」

警視はすっかりいらついていて、四苦八苦してコートを着た。口を開く者はいなかった。警視はつぎつぎ指示を出し、フリント刑事とジョンソン刑事を筆頭に、何人もの部下を邸内に配置した。ペッパーはコーヘイランに、持ち場にとどまるよう伝えた——地方検事局代表として検察の利益を守るというわけだ。ペッパー、ヴェリー、エラリーもコートを身につけ、四人でドアのほうへ向かった。

部屋を出る間際、警視は振り返って一同を見まわした。「みなさんにいまここではっきり伝えます」たいそう意地の悪い口調で言う。「あなたがたが気に入ろうと気に入るまいと——わたしには同じことだ！　ではごきげんよう！」警視は足音高く退場し、エラリーはくすくす笑いながら最後に出ていった。

12　事実

その晩のクイーン家の夕食は、陰鬱《いんうつ》な集いとなった。西八十七丁目の褐色砂岩造りの建物の三階にあるアパートメントは、このころはまだ新しく、玄関にももう少し風格があり、居間もさほど古色を帯びていなかった。そして家事全般をこなすジューナ少年も、まだほんとうに子供だったたし、後年身につけることになる慎みがやや欠けていたから、アパートメントはなごやかで明るい雰囲気に満ちていたと言ってよいはずだ。しかし、その夜はちがった。警視の悲観的感情《ヴェルトシュメルツ》が、部屋という部屋に棺の覆いのごとく垂れこめていた。警視はいつも以上に頻繁に、いつも以上に苛々《いらいら》と嗅《か》ぎ煙草を吸い、エラリーが話しかけてもぞんざいに短いことばを返すだけで、おろおろするジューナを憤然とこき使い、異様に落ち着きなく居間と寝室を行き来していた。警視の機嫌は、客がやってきても直らなかった。エラリーが夕食に招いた者たちだったが、ペッパーの物思いに沈んだ顔も、サンプソン地方検事の問いかけるような疲れた目も、部屋を満たす藍色《あいいろ》に沈んだ空気に化学変化を起こしはしなかった。

そういうわけで、ジューナが食欲をそそる料理を黙々と給仕し、みなはそれを黙々と平らげていった。四人のうちエラリーだけが平静を保っていた。いつもどおりよく味わって食べ、ジューナに肉の焼き加減を褒め、プディングについてディケンズのことばを、コーヒーについてヴォルテールのことばを引用した……。

サンプソンはナプキンで口をぬぐうなり、こう言った。「おい、Q、例によって、困惑・困窮・困憊《こんぱい》の三拍子がそろったようだな。ろくでもない難事件というやつだ。で、どんな具合なんだ」

警視は荒々しく輝く目をあげた。「そこにいる息子に訊《き》け」コーヒーカップに鼻先をうずめる。「この展開を楽しんでいるようだから」

「深刻にとらえすぎなんだよ、父さん」エラリーはうまそうに煙草を吹かしながら言った。「むずかしい点はいくつかあるけど、だからと言って――」胸いっぱいに煙を吸いこんで吐き出す。「解決不能というわけじゃない」

「なんだって?」三人がいっせいにエラリーを見つめた。警視は驚きに目を見開いている。

「そう急《せ》かさないで、後生ですから」エラリーはつぶやいた。「こういうときはついつい、古めかしいことばづかいになってしまうな。サンプソンさんの好みじゃないのはわかっていますけどね。それに、満腹のときに理屈をこねるのは趣味じゃなくて。

ジューナ、いい子だから、コーヒーのおかわりを頼むよ」サンプソンが断固として言った。「だがエラリー、何か知っているなら話してくれ！　どういうことなんだ」

エラリーはジューナからマグカップを受けとった。「時期尚早ですよ、サンプソンさん。いまはやめておきましょう」

サンプソンはいきなり立ちあがって、敷物の上をせわしなく歩きはじめた。「またその手か！　いつもそれだ！　〝時期尚早ですよ〟とはね！」種馬のように鼻息を荒らげる。「ペッパー、どういう状況なのか教えてくれ。最新情報は？」

「それが、検事」ペッパーが言った。「ヴェリー部長刑事がいろいろ訊き出しましたが、ぼくの見るところ、どれもたいして役に立ちそうにないんですよ。たとえば、教会堂の管理人のハニウェルが言うには、墓地には昔から鍵《かぎ》がかかっていないけれど、本人も助手たちも、葬儀以後、不審なものは何も見ていないそうです」

「別に悔しがることでもなかろう」警視がぼそりと言った。「墓地も中庭も、だれかが見まわりをしているわけじゃない。何度でも人に見られずに出入りできたはずだ。夜中は特にな。ふん！」

「近所の住人たちはどうだ」

「もっとあてはずれでした」ペッパーは答えた。「ヴェリー部長刑事が漏らすところなく報告しています。ご存じのとおり、五十五丁目通り沿いの家の南側と五十四丁目通り沿いの家の北側はすべて、あの中庭に面しています。五十五丁目通り沿いの家を、東から順に言うと、マディソン街の角にあたる十四番地は、スーザン・モース夫人の――葬儀に出ていたあの変わり者のおばあさんの――住まいです。十二番地はハルキス氏の主治医だったフロスト医師の家で、十番地はエルダー師が住んでいる、教会付属の牧師館です。五十四丁目通り沿いの家に移りますと、東から順に、マディソン街の角の十五番地はルドルフ・ガンツ夫妻の……」

「引退した精肉加工業者だったな」

「そうです。そしてガンツ夫妻の家と十一番地のハルキス邸のあいだが十三番地で――板を打ちつけた空き家になっています」

「持ち主は？」

「そう躍起になるな。内輪の集まりじゃないか」警視がうなるように言った。「あの家はジェイムズ・J・ノックス氏のものだ。盗まれた遺言状の執行人に指名されていた、例の億万長者のな。いまはだれも住んでいない――ただの古い不動産だ。何年か前にはノックス氏が住んでいたが、山の手へ引っ越してからはずっと空き家になっている」

「登記を調べてみたんですが」ペッパーが説明した。「当然ながら、抵当にはいってはいませんし、売りに出されてもいません。何か思い出があって手放さずにいるんじゃないでしょうか。なんというか、古色蒼然《こしょくそうぜん》とした館ですよね——ハルキス邸に劣らず古びていて——建てられたのも同じころですし。

まあ、それはさておき、いま言った家の住人のだれからも——持ち主からも、使用人からも、一軒にいた客たちからも——ヴェリーさんはめぼしい情報を得られませんでした。あの中庭へは、ふたつの通りに面したどの家の裏口からでも出入りできますが、マディソン街からは、モース宅かガンツ宅のどちらかの地下室を通らないかぎり出入りできません。それから、五十四丁目通りにも、マディソン街にも、五十五丁目通りにも、あの中庭へ出られる通路は一本もありません」

「要するに」サンプソンがしびれを切らして言った。「その二軒の家か、教会か、墓地のどれかを通り抜けなければ、中庭へは出入りできない——そういうことだな」

「そうです。墓地について言えば、中へはいる方法は三つだけ——教会の裏口か、中庭の西のはずれの門か、柵《さく》にひとつだけ設けてある出入口か——ですが、柵の出入口というのは実に高い門で、墓地の五十四丁目通り側についています」

「それも意味のないことだ」警視が不服そうに言った。「そこは重要じゃない。重要なのは、ハルキスの葬儀以後、夜中にしろいつにしろ、墓地に出入りしなかったかというヴェリーの質問に、だれもが否定の答を返したことだ」

「いや」エラリーが穏やかに口をはさんだ。「モース夫人はちがうよ、父さん。あの人のことを忘れてるね。毎日午後の墓地で、眠っている死者の上をうろつくのが夫人の楽しみらしいって、ヴェリーが言ってたじゃないか」

「そうです」ペッパーが言った。「でも、夜には行かないと言っていますね。それはそうと、検事、あの近所の住人は全員があそこの教会区民です。むろんノックス氏を除いてね。あの人は正確には住人じゃありませんし」

「カトリックではある」警視が言った。「かよっているのは、ウェストサイドの格調高い大聖堂だがな」

「ところで、ノックスはどこにいる」地方検事が尋ねた。

「けさ、また街を出たんだ。はっきりした行き先はわからない」警視は言った。「トマスに捜索令状を請求させたところだ——ノックスがもどるまで待っていられないし、なんとしてもハルキス邸の隣のあの空き家を検分したいからな」

「おわかりでしょう、検事」ペッパーが説明した。「あのノックスの空き家にグリムショーの死体が隠してあったと警視はにらんでいるんですよ。ハルキスの葬儀がすんで、棺にあれを詰められるようになるまでのあいだ」

「いい線だな、Q」

「とにかく」ペッパーがつづけた。「ノックスの秘書が御大の居所を明かそうとしないので、令状が必要になったんです」

「重要ではないかもしれないが」警視が言った。「見落としがあっては胸くそ悪いからな」

「立派な行動原理《プリンキピオ・オペランディ》だね」エラリーがくすくす笑った。

父親はひどく冷たく不愉快そうなしかめ面をエラリーに向けた。「おまえというやつは――自分が利口だと思っているようだな」力なく言う。「さて……。いいかな、諸君。空き家の件については、ひとつ問題がある。グリムショーがいつ殺《や》られたのか――死後どのくらい経つのかが――まだ正確にわかっていない。それはまあ、解剖によってかなりはっきりするだろう。いまの段階でも、あの空き家を怪しむ根拠はある。グリムショーが殺されたのがハルキスの死亡よりもあとだったとすると――死体が見つかった場所から考えて――ハルキスの棺にグリムショーの死体を突っこむことはあらかじめ計画されていたことになる。わかるか？　その場合、ハルキスの葬儀がすんで棺が使えるようになるまでのあいだ、あの空き家は犯人がグリムショーの死体を隠しておくのにうってつけの場所だったはずだ」

「なるほど、だが別の見方もあるぞ、Q」サンプソンが異を唱えた。「解剖の結果が出ないことにはなんとも言えないが、グリムショーが殺されたのがハルキスの死亡より前だったとしよう。その場合、犯人はハルキスが死ぬことも、グリムショーの死体をハルキスの棺に突っこむ機会が訪れることも予想しえないから、どこであれ、殺した現場に死体を隠しておくほかなかったはずだ――そして、グリムショー殺害の現場があの隣の空き家だったと考える理由はひとつもない。なんにせよ、グリムショーがいつ死体になったのかわかるまでは、その線を攻めても埒《らち》が明かんぞ」

「つまり」ペッパーが考えこみながら言った。「ハルキスが死ぬ前にグリムショーが絞殺されていた場合、死体はおそらくその犯行現場に隠してあったということですか？　そしてハルキスが死んだのを知った犯人が、その棺にグリムショーの死体を突っこもうと思い立って、五十四丁目通り側の柵の出入口から死体を墓地へ運びこんだと？」

「そういうことだ」サンプソンはきっぱりと言った。「ハルキス邸の隣の空き家は十中八九、この殺人には無関係だろう。こんな推測自体が的はずれだと思うな」

「そんなに的はずれでもないですよ」エラリーが穏やかに言った。「それはさておき、あなたがたが材料もそろえずにシチューをこしらえようとしているのは、ぼくの貧弱な頭でもわかりますよ。辛抱して解剖の結果を待ったらどうですか」

「待つ――待つのか」警視が不平を漏らした。「そのあいだに歳を食ってしまう」

エラリーは笑った。「チョーサーの詩を信じるなら、歳を食うのはまぎれもない強みなんだよ、父《パードレ》さん。『鳥の議会』を覚えてるかい？　〝古き畑より、年々歳々新しき小麦が生ずると人の言うように〟」

「ほかに何かあるか、ペッパー」サンプソンが訊《き》いた。エラリーの発言は歯牙《しが》にもかけなかった。

「あとは通常の報告です。ハルキス邸と墓地から通りを隔てた向かいにあるデパートのドアマンに、ヴェリーが質問しました。五十四丁目通りに面した出入口に一日じゅう立っている男です。パトロール中の警官にも質問したそうです。ふたりとも、葬儀以後の日中に不審な動きは見ていないということでした。夜勤のパトロール警官もやはり何も見ていませんが、自分の知らないうちに死体が墓地へ運ばれた可能性もないとは言えないと認めています。墓地が見える場所で夜勤をしていたデパートの従業員はひとりもいません。夜間の警備員はずっと屋内にいるそうです。そんなところですかね」

「こんなふうにじっと手をこまぬいていたら、頭がおかしくなりそうだ」警視はつぶやき、暖炉の火の前で、背筋の伸びた小柄な体を投げ出した。

「ラ・パシアンス・エタメール、メ・ソン・フリュイ・エ・ドゥー」エラリーがつぶやいた。「引用で言うと、こういう気分だな」

「やれやれ」警視は嘆いた。「息子を大学までやった結果がこれか。親を見くだすような口をきいて。いまのはどういう意味だ」

「〝忍耐は苦し、されどその実は甘し〟」エラリーはにやりとした。「フロッグが言ったことばだ」

「ん――なんだ？　蛙《フロッグ》？」

「ああ、冗談のつもりだろう」サンプソンが気怠《けだる》げに言った。「それはフランス人《フロッグ》のことだと思う。たしかルソーのことばだ」

「よくご存じで、サンプソンさん」エラリーが調子づいて言った。「あなたはたまに、驚嘆に値する知性の片鱗《へんりん》を見せますね」

13 尋問

一夜明けた土曜日の朝――まばゆい十月の太陽の輝く日――クイーン警視の消沈した心は著しい回復を見せた。気力がよみがえった直接の原因は、サミュエル・プラウティ医師が、ハルキスと殺された男の解剖所見をみずから届けにきたことだった。

サンプソン地方検事は、人まかせにできない案件で検事局に縛りつけられていたため、代理として部下のペッパーを警察本部の警視の執務室によこしていた。プラウティ医師がその日一本目の葉巻をくわえてはいっていくと、警視とペッパーとヴェリー部長刑事、そして期待をみなぎらせたエラリーが待ちかまえていた。

「やあ、先生。さて、どうだい」警視が大声で言った。「何がわかった」

プラウティはひょろ長い体をジャックナイフさながらに折りたたんで、いちばん居心地のいい椅子にすわり、茶化すようにもったいをつけて言った。「きみたちはハルキスの死について正確なところを知りたいんだろうな。その点については何も問題なしだ。フロスト医師の死亡証明書には、まさしく事実が書かれていた。ごまかしはいっさいなし。ハルキスは性質《たち》の悪い心臓病で、ポンプが音《ね》をあげたんだ」

「毒物の痕跡《こんせき》はなかったかね」

「針の先ほどもな。まったく異常なしだ。さて、ふたつ目の死体だが」プラウティは気がはやるあまり歯ぎしりをした。「すべての徴候がハルキスよりも先に死亡したことを示している。説明は長くなるぞ」にやりと笑う。「いろんな条件があって、なかなか断定はしにくいんだがな。このケースでは、体熱の喪失から判定できることはたいしてない。だが、遺体の筋肉の変化とあの完全な変色の具合から多少のことはわかる。表皮と腹部中央の緑の変色は、細菌の化学作用によるもので、かなり進行していた。遺体の内外に及ぶ灰色の腐敗斑《はん》の数と部位から見て、ゆうべまでにおよそ七日経過していたと考えられる。腐敗ガスによる膨張、口腔《こうこう》や鼻腔から噴出した粘液、気管内部の腐敗、胃と腸と脾臓《ひぞう》に見られるいくつかの徴候――これらすべてが、死後七日ほど経過した遺体の状態にあてはまる。皮膚の緊張もそうだが、ただし膨張のひどい部位では弛緩《しかん》がはじまっていた――腐臭のするガスがたまり、比重の低下した腹部だ――というわけで、アルバート・グリムショー氏は、きのうの朝発掘される六日半前に殺されたと言える」

「つまり」警視が言った。「グリムショーは、先週金曜の夜から土曜の早朝にかけてのわずか数時間のあいだに絞殺されたことになるわけだ」

「そのとおり。もろもろ考え合わせると、腐敗の進行がふつうよりも少々遅かったようだ。まあ、ハルキスの棺に詰めこまれる前に、空気の少ない乾燥した場所に置いてあったとわかれば、驚くにはあたらないがね」

　エラリーが不快感をあらわにした。「あまり気持ちのいい話じゃないな。ぼくらの不滅の魂が、そんな脆弱《ぜいじゃく》な肉体に宿ってるなんて」

「おやおや、あっという間に腐ってしまうからかね」プラウティは愉快そうに言った。「では、ひとつ慰めてやろう。女性の子宮は、死後七か月も原形をとどめていることがある」

「それで慰めになったと――」

　警視があわてて言った。「特に疑問はないが、先生、グリムショーは絞殺ということでまちがいないね」

「ああ。素手で絞められたんだ。指の跡がくっきり残ってる」

「先生」エラリーが椅子の背に深くもたれ、のんびりと煙草を吹かして言った。「ぼくが渡したあの古い水のサンプルから、何かわかりましたか」

「ああ、あれか！」プラウティは面倒そうに答えた。「硬水にはかならず塩分が――おもにカルシウム塩だが――含まれている。知ってのとおり、わが国の飲料水は硬水だ。だから、沸騰させると塩分が凝結する。水の化学分析は簡単で、沸騰させた水かそうでないかは、凝結したものを調べればすぐにわかる。きみがサンプルとして持ってきた湯沸かしのなかの古い水は、一度沸騰させたもので、あとから生水を注《つ》ぎ足した形跡もまったくなかったと断言できるよ」

「あなたの科学知識に感謝します、先生」エラリーはささやいた。

「よしてくれ。ほかに何かあるかい」

「もうない。助かったよ、先生」警視が言った。

プラウティはコブラがとぐろをほどくように、葉巻の煙を吐きながら警視の部屋を出ていった。

「さて、現状分析といこう」警視が口を切り、威勢よく手をこすり合わせた。覚え書きを見ながら言う。「このヴリーランドという男だが、ケベック出張については、鉄道の職員、切符の半券、宿泊者名簿、出発時刻などから確認がとれた。ええと……デメトリオス・ハルキス。こいつは一日じゅう、ベローズ医師の診察室にいた――先週の土曜日の話だ……。ハルキス邸で検出された指紋の報告――これは役に立たないな。たくさんの指紋に混じって、グリムショーのも書斎の机の上から見つかっている。屋敷のだれもかれもが一度はあの机に手をふれたらしい。特に遺言状を自分たちで探したときにな。棺についていた指紋――これもだめだ。ぼやけたのもはっきりしたのも、山ほど検出されたが、あの棺が客間に置いてあったときには屋敷じゅうの人間がまわりにいたわけだから、指紋があったというだけでその主を犯人扱いするわけにもいかない……。トマス、ピゴットはバレットの店で何かつかんだのか」

「話は全部合っています」ヴェリーが答えた。「ピゴットは電話で注文を受けた店員を見つけました。その店員が言うには、たしかにハルキス本人が――何度も電話で話したことがあるので、ぜったいにまちがいないそうですが――先週土曜日の午前中に電話をかけてきて、赤い木目模様のネクタイを六本注文したそうです。時間も、注文品の柄も合っています。バレットの配達人が持ち帰った受領証には、ウィークスのサインがありました。すべて証言どおりです」

「どうだ、これでおまえも満足だろう」警視が意地悪くエラリーに言った。「なんの役に立つのかはさっぱりわからんが」

「空き家の件はどうなりました？　部長刑事」ペッパーが尋ねた。「令状は無事に入手できたんですか」

「そっちも全滅だ」警視はこぼした。

「令状は手にはいったが、空き家を捜索したリッターの報告によると、何も見つかりそうにないようだ」ヴェリーがうなるように言った。「中はがらんどうで――地下室に壊れた古い保管箱がひとつ転がっているほかには、家具も見あたらないらしい。何も見つかりっこないとリッターは言っている」

「リッターは、ね」紫煙に目をしょぼつかせながら、エラリーがつぶやいた。

「では、つぎ」警視がもう一枚の紙切れをつまみあげて言った。「グリムショーの身上書だ」

「ああ、あの男に関してどんな事実が出てきたか、よく聞いてこいと検事に言われましたよ」ペッパーが言った。

「いろいろ出てきたぞ」警視は険しい顔で言った。「殺される前の火曜日にシンシン刑務所から釈放されている――つまり九月二十八日だ。良好な受刑態度による刑期の短縮はなし――知ってのとおり、偽造罪で五年の刑に服していた。ぶちこまれたのは犯行に及んでから三年後――見つからなかったんだ。前歴によると、十五年ほど前にも、案内係をしていたシカゴ美術館から絵画か何かを盗もうとして、二年間食らいこんでいる」

「それですよ、ぼくが言ってたのは」ペッパーが言った。「偽造はやつの犯した悪事のひとつにすぎないんです」

ずっと耳をそばだてていたエラリーが言った。「美術館での窃盗？ それはちょっとできすぎた偶然だと思いませんか。これは大物美術商の事件だし、美術館での窃盗というのは……」

「何かありそうだな」警視がつぶやいた。「それはそれとして、九月二十八日以後のやつの足どりだが、シンシンを出たあと、この街の西四十九丁目のホテルへ来ている——〈ホテル・ベネディクト〉という三流の安宿だが——そこに本名のグリムショーで投宿していた」

「偽名を使わなかったんですね」ペッパーが口をはさんだ。「面の皮の厚いやつだ」

「ホテルの従業員には質問したのかい」エラリーが尋ねた。

ヴェリーが横から答えた。「日勤のフロント係からも、支配人からも、めぼしい話は聞けなかった。だが、夜勤のフロント係を呼び出しておいたから——じきにここへ来るはずだ。そいつなら何か知っているかもしれない」

「グリムショーの行動については、ほかにも何かあるんですか、警視」ペッパーが尋ねた。

「ああ、大ありだ。西四十五丁目のもぐりの酒場に女といたのを目撃されている——やつのなじみの場所のひとつだ——釈放された翌日、先週水曜の夜にな。シックは来ているか、トマス」

「外にいます」ヴェリーが立ちあがって部屋を出た。

「シックってだれだい」エラリーが尋ねた。

「酒場の主人さ。古狸だ」

ヴェリーが赤ら顔のがっしりした大男を連れてもどってきた。〝バーテンダーあがり〞でございと愛嬌《あいきょう》たっぷりの顔に書いてある男だ。ずいぶんびくついていた。

「お、おはよう、警視さん。いい天気だね」

「まあな」警視は無愛想に言った。「すわれよ、バーニー。二、三訊《き》きたいことがある」

シックは汗だくの顔をぬぐった。「ここじゃ、おれ個人の問題は何もしゃべらなくていいんだろう、警視さん」

「なんだ？　酒のことか。そんなことは訊かないさ」警視は机をこつこつ叩《たた》いた。

「いいか、よく聞いてくれ、バーニー。われわれの調べでは、先週水曜の夜、刑務所を出たばかりのアルバート・グリムショーという前科者が、おまえの店に行ってる。そうだな？」

「そうらしいね、警視さん」シックはもぞもぞ身じろぎした。「殺された男だろう？」

「話がわかってるじゃないか。その夜、やつは女連れだったらしい。それについてはどうだ」

「ああ、警視さん、そのことだが」シックはわざとらしく声をひそめた。「どうにもならないさ。だれなのかわからないんだ——見たことない女だった」

「どんな女だ」

「重量級の、でかいブロンド女だ。でっぷり肉がついてた。歳は三十五ってところかな。目尻《めじり》にカラスの足跡があった」

「つづけろ。それでどうなった」

「ええと、ふたりは九時ごろ――宵の口の、まだそんなに忙しくない時間に店に来て――」ひとつ咳《せき》をする。「で、腰をおろして、グリムショーが一杯注文した。女のほうは何も要らないと言った。まもなくふたりは罵《のの》り合《し》いをはじめて――ありゃ大喧嘩《おおげんか》だったね。何を言ってるのか聞きとれないくらいだったけど、女の名前はちらっと耳にはいった――リリーって呼んでたよ。女を言いくるめて何かやらせようとしてるみたいだったが、相手はけんもほろろでね。とにかく、女はいきなり立ちあがって、あの野郎を置き去りにしてった。グリムショーは頭にきたみたいで――ひとりでぶつぶつ言ってたな。それから五分か十分ぐらいいて、そのうちにいなくなってた。おれが知ってるのはそんなとこだよ、警視さん」

「リリーって名の、ブロンドの大女だな？」警視は小さな顎《あご》をつまんで、じっと考えこんだ。「わかった、バーニー。グリムショーは水曜の夜以降にもまた来たか」

「いいや。誓ってもいいよ、警視さん」シックは即答した。

「ご苦労だった。帰っていいぞ」

シックはいそいそと立ちあがって、小走りで執務室を出ていった。

「ブロンドの大女を追っかければいいんですね」ヴェリーが低い声で言った。

「すぐにかかってくれ、トマス。その女はたぶん、やつが食らいこむ前にかかわりのあった情婦だろう。喧嘩するほどの間柄なら、自由の身になって一日やそこらで引っかけた女ではないはずだ。やつの記録を調べろ」

ヴェリーは出ていった。しばらくすると、涙ぐんで目をきょときょとさせている青ざめた若者を追い立ててもどってきた。「こいつはベル、〈ホテル・ベネディクト〉の夜勤のフロント係です、警視。さあ、さあ、その椅子へ。だれも嚙《か》みつきやしないって」ヴェリーはベルを強引にすわらせ、上から見おろした。

警視はヴェリーに対し、行ってよいと手ぶりで示した。「だいじょうぶだ、ベル」やさしく声をかける。「緊張しなくていい。われわれは少しばかり情報がほしいんだ。〈ホテル・ベネディクト〉で夜勤をはじめてどれくらいになる?」

「四年半です」ベルは膝《ひざ》に載せた中折れ帽を指でひねりまわしている。

「九月二十八日からは、ずっと勤務していたのか」

「はい、警視さん。ひと晩も欠かさず――」

「アルバート・グリムショーという宿泊客を知っていたかね」

「はい、知ってました。五十四丁目の教会の墓地で、た、他殺死体で見つかったと新聞に出てた人ですね」

「そうだ、ベル。話が早くて助かるよ。その男の宿泊手続きをしたのかね」

「いえ、警視さん。それは日勤の係が」

「それならなぜ、その男を知っている」

「それがおかしな話なんですよ、警視さん」ベルはいくぶん緊張を解いていた。「あの人が泊まってた週のある夜、なんだか——その、妙な出来事があって、それで覚えてるんです」

「どの夜のことだね」警視は真剣に尋ねた。「何があった」

「あの人がうちに泊まって二日後の夜です。先週木曜の……」

「ほう！」

「その夜、あのグリムショーという人に五人も来客があったんです。それも、三十分ほどのあいだに」

警視の態度はあっぱれだった。椅子にもたれ、ベルの証言などたいして重要でもないかのような顔をして、嗅《か》ぎ煙草をひとつまみ吸う。「つづけて、ベル」

「あの木曜の夜十時ごろ、グリムショーさんが男をひとり連れて、通りからロビーへはいってくるのが見えました。ふたりで——早口で話してたんです、急いでる様子で。内容は聞きとれませんでした」

「グリムショーの連れはどんな風貌《ふうぼう》だった」ペッパーが尋ねた。

「よくわからないんです。顔をすっかり隠して——」

「ほう！」警視がまた言った。

「──すっかり隠してたんです。人に見られたくないみたいに。もう一度会ったら見分けられるかもしれませんけど、自信はないです。とにかく、ふたりはエレベーターのほうへ向かって、そのあとぼくは見かけてません」

「ちょっと待ってくれ、ベル」警視は部長刑事のほうを向いて言った。「トマス、夜勤のエレベーター係を引っ張ってこい」

「もう呼んであります、警視」ヴェリーが言った。「そろそろヘスが連れてくるはずです」

「よし。つづけていいぞ、ベル」

「そう、さっき言ったとおり、それが夜の十時ごろのことです。そのすぐあとに──というか、グリムショーさんと連れのかたがまだ下でエレベーターを待っているあいだに──グリムショーさんに会いたいと言って、男の人がひとりフロントにやってきました。部屋番号を教えてくれと言うんです。それでぼくは〝でしたら、いまご本人があちらに〟と言ったんですが、ちょうどエレベーターが来て、ふたりは乗りこんでしまいました。だから〝お部屋は三一四号室です〟と教えました。それがグリムショーさんの部屋番号だったんでね。その人はちょっと態度がおかしくて──ぴりぴりした様子でしたけど、とにかくエレベーターのほうへ行って、箱がおりてくるのを待っていました。うちは一台あるだけあるんです」ベルは珍妙なことばづかいで言った。

「ちっぽけなホテルですから」

「それで？」

「ええと、それから一分ほどして、女の人がロビーをうろついてるのに気づいたんですけど、その人もやっぱり、ぴりぴりした様子で。そのうちフロントへ来て、〝三一四号室の隣の部屋は空いていませんか〟と言いました。前の客が部屋番号を尋ねるのを聞いたんじゃないでしょうか。なんか変だな、といったん思ったら、いろんなことが怪しく思えてきました。その女性は荷物を何も持ってなかったんで、なおさらです。たまたま、グリムショーさんの隣の三一六号室は空いてました。ぼくは鍵《かぎ》をとって大声で〝フロントだ！〟とベルボーイを呼んだんですが、その女性は、ボーイは必要ない、ひとりであがっていくからと言いました。それで、ぼくの渡した鍵を持ってエレベーターに乗っていったんです。そのときにはもう、さっきの男の人は上へあがってました」

「その女はどんな風貌だった」

「ああ――あの人なら見分けられると思います。小柄な中年の女性です」

「なんという名前で宿泊手続きを？」

「J・ストーン夫人です。筆跡をごまかそうとしてましたね。わざとのたくったような字を書いて」

「金髪だったかね」

「いいえ、ちがいます。黒髪で白髪がちらほらありました。それはそうと、その女性は一泊ぶんの宿泊代を先払いしました——浴室なしの部屋ですけどね——で、ぼくは自分にこう言い聞かせたんです。〝まあいいさ、近ごろは不景気なんだから、客がいるだけ——〟」

「おいおい、脱線するなよ。さっきの話だと、訪ねてきた客は全部で五人だったな。あとのふたりは？」

「ええとですね、それから十五分か二十分のうちに、さらに男の人がふたりフロントにやってきて、アルバート・グリムショーという男性が泊まってるかどうかを訊《き》きました。泊まってるなら、何号室かと」

「ふたりいっしょにか」

「いいえ、別々にです。五分か十分ぐらい、時間がずれてました」

「もう一度見たら、そのふたりを確認できると思うかね」

「できますとも。だってね」ベルは声をひそめて言った。「何がおかしいって、みんな人に見られたくないみたいに、そろいもそろってぴりぴりしてたんですよ。最初にグリムショーさんといっしょに来た男でさえ、挙動が変でした」

「その五人のうちのだれかが、ホテルを出ていくのを見たか」

ベルはにきび面を伏せた。「ぼくときたら、蹴飛《けと》ばされてもしょうがないですね。ちゃんと見張ってるべきでした。あのあと、ちょっとばかりごたごたして——泊まってたショーガールがいっぺんにチェックアウトしたんで——グリムショーさんのお客たちは、そのどさくさにまぎれて出てったにちがいないですよ」

「女はどうした？　いつチェックアウトしたんだ」

「それがまた妙な話で。翌日の夜に出勤したとき、日勤の男から聞いたんですが、三一六号室のベッドには寝た形跡がないと客室係が報告したらしいんです。おまけに、部屋の鍵がドアに挿さったままになってたとか。チェックインしてすぐに出ていったんでしょう——きっと気が変わったんだな。別にいいんですけどね、お代は先にもらってたんですから」

「木曜日の夜以外はどうだった——水曜の夜は？　金曜の夜は？　グリムショーに客はあったかね」

「それはなんとも言えません」夜勤のフロント係はすまなそうに言った。「ぼくにかぎって言えば、フロントであの人のことを尋ねられたのはあの夜だけです。グリムショーさん自身は、金曜の夜九時ごろにチェックアウトしました、つぎの連絡先は残さずに。そのときは荷物を何も持ってませんでした——それもあって、あの人のことが印象に残ってるんです」

「その部屋を調べたほうがよさそうだな」警視はつぶやいた。「グリムショーが発《た》ったあと、その三一四号室に泊まった客はいるか」

「はい。あれ以後、別々のお客さんが三人泊まりました」

「掃除は毎日するわけか」

「はい、そうです」

ペッパーが落胆のていで首を振った。「何か残っていたとしても、もうなくなっていますよ、警視。見つかりっこありません」

「一週間も経っていては、無理だろうな」

「その――ベルくん」エラリーが間延びした声で言った。「グリムショーの部屋は浴室つきだったのかい」

「はい、そうです」

警視が背中をそらせた。「さてと、どうやら」張りきって言う。「本腰を入れる頃合だぞ。トマス、この事件に関係のある者をひとり残らず、東五十四丁目十一番地に集合させるんだ。一時間以内にな」

ヴェリーが出ていくと、ペッパーが小声で言った。「いやはや、警視、もしグリムショーを訪ねた五人の客のだれかがこの事件の関係者だったとわかったら、ちょっとおもしろいことになりますね。何せ、グリムショーの死体を見た連中はみんな、会ったこともないと言ってるんですから」

「簡単にはいくまい」警視はおもしろくもなさそうに笑みを浮かべた。「まあ、それが人生だ」

「よく言うよ、父さん！」エラリーがあきれた声を出した。ベルが困ったようにみなの顔を見まわしている。

ヴェリーが足音高くもどってきた。「手配しました。それと、ヘスが黒人の男といっしょに外で待っています――〈ホテル・ベネディクト〉の夜勤のエレベーターボーイですが」

「入れていいぞ」

〈ホテル・ベネディクト〉の夜勤のエレベーターボーイはまだ若い黒人で、不安のあまり顔が紫色になっていた。「名前は？」

「ホワイトです。ホ、ホワイト」

「おお、そうか」警視が言った。「さて、ホワイト、先週〈ホテル・ベネディクト〉に泊まっていたグリムショーという男を覚えているかね」

「あの――絞め殺された旦那《だんな》ですね」

「そうだ」

「そりゃ、覚えてますよ」ホワイトは早口で言った。「はっきり覚えてます」

「一週間前の木曜の夜十時ごろ――その男が連れの男といっしょにエレベーターに乗ったのを覚えているんだな」

「はい、もちろん」

「その連れの男はどんな顔だった」

「わかんないです、警視さん。ほんとに。どんな顔だったか覚えてません」

「何か覚えているだろう？　ほかにも、グリムショーの部屋の階で客をおろしたかね」

「おおぜいおろしましたよ、警視さん。数えきれないほど。いつもたくさん乗せるんです。覚えてるのは、グリムショーさんとお連れの人を三階でおろして、そのあとあの人たちが三一四号室にはいって、中からドアを閉めたことだけです。三一四号室はエレベーターのすぐ近くなんですよ、警視さん」

「エレベーターのなかで何か話をしていたかね」

ホワイトは苦しげに言った。「頭を空っぽにしてたもので。何も覚えてません」

「もうひとりの男はどんな声だった」

「わ――わかんないです、警視さん」

「よし、ホワイト。もう帰っていいぞ」

ホワイトはあっさり退場した。警視は立ちあがり、コートを着て、ベルに言った。

「きみはここでわたしを待っていてくれ。すぐにもどる――できれば何人か、顔を確認してもらいたいんだ」そして執務室を出ていった。

ペッパーは壁を見つめていた。「なあ、クイーンくん」エラリーに言う。「ぼくはこの事件に首まで浸《つ》かってしまったよ。検事に全責任を押しつけられてね。ぼくの狙いは遺言状だが、なんだかどうやっても――いったいあれはどこへいったんだろう」

「ペッパーさん」エラリーは言った。「あの遺言状の件はどうやら、瑣末《さまつ》なこととして忘れ去られているみたいだ。でもぼくは、おのれのすぐれた――あえて自分で言うけど――すぐれた推理を捨て去る気にはなれないんだ。あの遺言状はやっぱり、棺のなかに入れられてハルキスといっしょに埋められたんだと思う」

「きみの説明を聞いたときは、たしかにそう思えたんだがね」

「ぼくは確信してる」エラリーは新たな煙草に火をつけ、深々と吸った。「この確信どおり、遺言状がいまも存在するなら、だれの手もとにあるかもはっきり言える」

「そうなのか？」ペッパーは疑《うたぐ》るように言った。「よくわからないが――だれだい」

「ペッパーさん」エラリーは深く息をついた。「そんなの、子供でもわかるくらい簡単なことだよ。グリムショーを埋めた人間以外にだれがいる？」

14　書き置き

クイーン警視にとって、まぶしいほどによく晴れたその十月の朝は、ゆえあって忘れがたいものとなった。この日はまた、ある意味では、ホテルのフロント係のベル—大役を担うことに妄想をいだきはしないが、強く憧《あこが》れている若者——にとっての晴れの日でもあった。スローン夫人にとっては、ひたすら気を揉《も》まされた日だった。ほかの者たちにとってどんな日だったかは、漠然と推し測るほかない——ほかの者たちとはすなわち、ジョーン・ブレット嬢以外の面々のことだ。

ジョーン・ブレット嬢はその朝、あらゆる点から見て悲惨な体験をした。怒って嘆き、ついには憤慨のあまり真珠の涙に掻《か》きくれたのも無理からぬことだった。運命は容赦を知らず、例によってただ気まぐれに、ジョーンをなおいっそういたぶることにしたらしい。その土壌は、涙でほどよく湿ったためにかえって、やさしい情熱の種を蒔《ま》くのにはとうてい向かなくなってしまった。

それはひとことで言って、毅然《きぜん》たるイギリス人気質を具《そな》えた娘でさえとても耐えられないほどの試練だった。

すべては、アラン・チェイニー青年の失踪《しっそう》からはじまった。

部下たちを従えてハルキス邸の書斎に陣どり、事件の関係者を全員連れてこさせたとき、警視はチェイニーの姿がないことに気づきもしなかった。ひとりひとりの反応を見るのに余念がなかったせいだ。ベル――いまや重任を帯びて目を爛々《らんらん》と輝かせたベル――は、正義の裁定者気どりで警視の椅子のかたわらに立っていた。ひとり、またひとりと関係者が姿を見せはじめた――ギルバート・スローン、ハルキス画廊の完全無欠の理事ナシオ・スイザ、スローン夫人、デミー、ヴリーランド夫妻、ワーズ医師、そしてジョーン。ウッドラフは少し遅れてきた。ウィークスとシムズ夫人は、警視からなるべく離れた壁際に控えていた……。そして、だれかはいってくるたびに、ベルは復讐《ふくしゅう》の女神の息子さながらの冷酷さで、小さな目を鋭く細めたり、手をやたらに動かしたり、唇を激しく震わせたり、しかつめらしく何度も首を振ったりした。だれも口をきかなかった。関係者たちはみな、ベルに視線を向け――すぐにそらした。

警視が険しい顔で舌打ちした。「みなさん、すわってください。さて、ベル、このなかにいるだろうか、九月三十日木曜の夜、〈ホテル・ベネディクト〉にアルバート・グリムショーを訪ねていった者が」

だれかが息を呑《の》んだ。警視は蛇のようにすばやく、その気配のあったほうを向いたが、息を呑んだ当人は瞬時に動揺を抑えこんでいた。ある者は無関心な、ある者は興味を引かれた、ある者はうんざりした顔をしていた。

ベルはこの機会を目いっぱい楽しんだ。背中にまわした両手を打ち合わせながら、すわっている面々の前を悠然と歩きはじめ——じろじろと、ばかていねいに顔を見ていく。そしてついに、得意げに指さした……洒落《しゃれ》者のギルバート・スローンを。

「ここにひとりいます」きっぱりと言う。

「なるほど」警視は嗅《か》ぎ煙草を吸った。いまはすっかり落ち着き払っている。「やはりそうだったか。ギルバート・スローンさん、ちょっとした嘘がばれてしまいましたね。あなたはきのう、アルバート・グリムショーの顔を見たこともないと言った。ところが、その男が泊まっていたホテルの夜勤のフロント係は、殺害前夜にあなたがグリムショーを訪ねてきたと言っている。これをどう弁解しますか」

スローンは土手の草の上で死にかけている魚のように頭を震わせた。「わたしは——」喉《のど》に何か引っかかったらしく、ことばを切って、きわめて慎重に咳払《せきばら》いをする。「この人がなんの話をしているのかわかりませんね、警視さん。何かのまちがいでは……」

「まちがい？　そうか」警視は一考した。その目が冷ややかにきらめく。「まさかブレットさんの真似をするつもりじゃあるまいね、スローンさん。彼女もきのうそんなふうに言っていましたね……」スローンが何やらつぶやき、ジョーンの頬がみるみる紅潮した。それでもジョーンはじっとすわったまま、前を見据えている。「ベル、まちがいなのかね。それともあの夜、この人を見たのか」

「たしかに見ました、警視さん」ベルが言った。「この人です」

「スローンさん、それで？」

スローンは急に脚を組んだ。「こんなの――ばかげてますよ。こちらはまったく身に覚えがないんだから」

クイーン警視はにこやかにベルのほうを向いた。「何番目に来た人かね、ベル」

ベルは困った顔をした。「それははっきり覚えてません。でもたしかに、訪ねてきたうちのひとりです！　ぜったいまちがいありません！」

「ほらやっぱり――」スローンが勢いこんで言いかけた。

「あとで聞かせてもらいますよ、スローンさん」警視は手を払って制した。「つづけてくれ、ベル。ほかにもいるかね」

ベルは獲物探しを再開した。また胸をふくらませる。「さてと、こんどは誓って言えますよ」部屋を横切っていきなり駆け寄ったので、ヴリーランド夫人が小さく叫び声をあげた。「この人だ」ベルは大声で言った。「このご婦人です！」

ベルはデルフィーナ・スローンを指さしていた。

「ふうむ」警視は腕を組んだ。「スローン夫人、どうせあなたも、なんの話かわからないとおっしゃるんでしょうな」

夫人の青ざめた頬がじわじわと血の気を帯びてきた。唇のあいだから幾度か舌がのぞく。「もちろん――そうですわ、警視さん。わかりかねます」

「あなたもグリムショーを見たこともないとおっしゃっていましたね」

「見たことがありません！」夫人はわめき立てた。「ないんですって！」

警視は証言者たちの嘘つきぶりに観念したかのように、悲しげに首を振った。「ベル、ほかには？」

「はい、警視さん」ベルは躊躇《ちゅうちょ》のない足どりで部屋を横切り、ワーズ医師の肩を叩《たた》いた。「この紳士ならどこにいたって見分けられますよ。こんなふさふさした茶色の顎《あご》ひげは、そう簡単に忘れられるもんじゃない」

警視は心底驚いたようだった。警視はイギリス人医師を見つめ、医師のほうも――まったく無表情に――見つめ返した。「何番目に来た人かね、ベル」

「いちばん最後に来た人です」ベルはきっぱりと言った。

「もちろん」ワーズが冷静な声で言った。「わかってくださいますよね、警視さん、こんなのはたわごとだって。ばからしいにもほどがある。わたしがアメリカ人の前科者と、いったいどんなつながりがあるって？　たとえ知っていたとしても、いったいなんの目的でそんなやつを訪ねていくんですか」

「わたしに訊《き》くんですか、ワーズ先生」警視は苦笑した。「あなたにお尋ねしているんです。毎日たくさんの人間に会う男が――職業柄、人の顔を覚えるよう訓練されている男が、あなたにまちがいないと言っているんですよ。それにベルの言うとおり、あなたの顔はけっして覚えづらいたぐいではない。そうでしょう、先生」

ワーズは大きく息を吐いた。「わたしに言わせれば、警視さん、それこそが――そう、たぐいまれなるこの毛深い顔こそが、立派な反駁《はんばく》の材料になりますよ。まったく困ったものだ。このひげのおかげで、だれだっていともたやすくわたしに化けられるんですからね」

「ブラボー」エラリーがペッパーにささやいた。「われらが大先生はなかなか頭の回転が速いね、ペッパーさん」

「ちょっと速すぎるな」

「実にお上手ですな、先生、いやまったく」警視は感心したように言った。「しかも、おっしゃるとおりだ。よろしい、あなたのことばを信じて、だれかが先生のふりをしたということにしましょう。そうなると、九月三十日の夜の、あなたの偽者が現れたとおぼしき時間帯の、ご自身の行動を説明してもらわなくてはなりませんな。どうです？」

ワーズは眉《まゆ》を寄せた。「木曜の夜、先週の……どうだったかな」しばし考えたのち、肩をすくめて言う。「だめです、警視さん、これはフェアプレーに反しますよ。一週間以上も前のある時刻にどこにいたかなんて、覚えていると思いますか」

「ええ、先週金曜の夜にどこにいたかは覚えていらっしゃいましたよ」警視は淡々と言った。「いま気づいたんですがね。でもまあ、記憶を呼び覚ますのはたしかに少々――」

そのときジョーンが何か言いかけたので、警視はそちらを向き、みなの視線がそちらに集まった。ジョーンは椅子に浅く腰かけ、笑みを凍りつかせていた。「先生」ジョーンは言った。「あなたはおやさしい紳士としか言いようがありませんわ……きのうも立派な騎士道精神でヴリーランド夫人をおかばいになって――こんどは、わたくしのなけなしの体面を守ってくださるおつもりかしら。それともほんとうにお忘れになったの？」

「そうだった！」ワーズはすかさず、茶色の目を輝かせて叫んだ。「わたしとしたことが――どうかしていたよ、ジョーン。いや、警視――人間の頭なんて、あてにならないものですね――つまりその、先週木曜の夜のその時間には、わたしはブレットさんといっしょにいたんです！」

「そうですか」医師からジョーンへとゆっくり目を移しながら、警視は言った。「それはけっこう」

「そうなんです」ジョーンが焦り気味に言った。「あれはグリムショーさんが女中に招き入れられるのを見たあとでした。わたくしが部屋へもどると、ワーズ先生がドアを叩いて、どこか街なかの店へ遊びにいかないかと誘ってくださったんです……」

「そのとおり」ワーズがつづけた。「それからすぐにふたりで屋敷を出て、五十七丁目の小さなカフェなんかをまわって――どの店かは覚えていませんが――ほんとうに楽しい夜でしたよ。屋敷へもどったのは真夜中だったと思うが、ちがったかな、ジョーン」

「そうでしたわ、先生」

警視が苦々しげに言った。「けっこう。実にけっこう……どうだ、ベル、それでもやはり、あそこにすわっている人が最後の訪問者だったと思うかね」

ベルは頑として言った。「ぜったいにあの人です」

ワーズがくすくす笑い、警視は勢いよく立ちあがった。それまでの上機嫌がすっかり消えていた。「ベル」険しい声で言う。「これで三人の目星がついた――われわれの世界では〝目星がつく〟と言うんだが――スローン氏と、スローン夫人と、ワーズ医師だ。残りのふたりはどうだ？　どちらかでもここにいないか」

ベルはかぶりを振った。「ここにすわっている紳士がたのなかにはどっちもいませんね、警視さん。ひとりはすごい大男で——巨人と言ってもいいくらいでした。髪が白くなりかけてて、日によく焼けたみたいな赤ら顔で、アイルランド人っぽいしゃべり方でしたね。いま考えたら、その人が来たのは、このご婦人とあの紳士のあいだだったかも——」スローン夫人とワーズを指さしながら言う。「いや、やっぱり、最初に来たふたりのうちのひとりだったかな」

「アイルランド人の大男か」警視はつぶやいた。「ちくしょう、そいつはいったい、どこからまぎれこんだんだ。この事件では、そんな風体のやつにはまだ出くわしていないぞ！　……それはそれとしてだ、ベル。わかったことを整理しよう。グリムショーが男を——顔をすっかり隠した男を連れてはいってきた。そのすぐあとに別の男が来た。そのつぎにスローン夫人が来た。それからまた別の男が来て、最後にワーズ医師が来た。残り三人のうちのふたりが、ここにいるスローンさんとアイルランド人の大男というわけだ。第三の男はどんな見た目だった？　それらしい人間がここにいないか」

「なんとも言えません、警視さん」ベルは悔しそうに言った。「すっかりこんがらがっちゃって。顔を隠してたのがこのスローンさんだったかもしれないし、もうひとりの——ここには見あたらない人が——あとから来たほうだったかもしれない。ぼく——

―ぼくは……」

「ベル！」警視は怒鳴りつけた。ベルが跳びあがった。「それではすまないぞ！　はっきり言えないのか」

「ぼくは――その、はい、無理です」

警視は忌々しげに部屋を見まわし、老練な鋭い目でひとりひとりの顔色を読もうとした。ベルがよく覚えていないというその男がこの部屋にいないかと探しているらしい。やがて、目に荒々しい光が差し、警視は吠《ほ》えた。

「ちくしょう！　だれか足りない気がしていたんだ！　やはりな！　チェイニーだ！　あの小僧はどこだ！」

一同は唖然《あぜん》とした。

「トマス！　玄関の見張りについていたのはだれだ」

ヴェリーがすまなそうに進み出て、消え入るような声で言った。「フリントです――――クイーン警視殿」エラリーがこみあげる笑いを抑えた。この白髪交じりのベテラン刑事がそんなかしこまった呼び方をするのを、はじめて聞いたのだ。ヴェリーはすっかり萎縮《いしゅく》して、青い顔をしている。

「連れてこい！」

ヴェリーがすぐに飛び出していったので、細い喉《のど》の奥でうなっていた警視も、いくぶん態度を和らげた。やがてヴェリーが、震えあがっているフリント刑事を連れてきた――フリントはヴェリーに劣らずたくましい男で、そのときはヴェリーに劣らず怯《おび》えきっていた。

「おい、フリント」警視は険悪な声で言った。「はいれ、はいってこい！」

フリントはぼそぼそと言った。「はい、警視、すぐに」

「フリント、アラン・チェイニーが屋敷を出ていくのを見たか」

フリントは声を詰まらせて答えた。「はい、警視、はい」

「いつだ」

「ゆうべです、警視。十一時十五分でした」

「どこへ行った」

「クラブへ行くとかなんとか言ってました」

警視は穏やかに尋ねた。「スローン夫人、息子さんはどこかのクラブに所属していますか」

デルフィーナ・スローンは指をきつく組み合わせ、悲痛な目をしていた。「それは――いいえ、警視さん、はいっていません。どうしてそんなことを――」

「もどってきたのはいつだ、フリント」

「それが――もどらなかったんです、警視」

「もどらなかった？」警視の声はすこぶる冷ややかになった。「なぜそのことをヴェリー部長刑事に報告しなかった？」

フリントは苦渋の表情を浮かべた。「その――報告しようとは思っていました。わたしはゆうべの十一時から持ち場についてまして――あと一、二分で交替する予定でした。それから報告するつもりだったんです、警視。どこかで酔いつぶれてるんだろうと思ってました。それに警視、あの男は荷物も何も持っていかなかったんで……」

「外で待っていろ。あとでゆっくり聞く」すごみを帯びた冷たい声のまま、警視は言った。フリントは死の宣告を受けたような顔つきで出ていった。*

ヴェリー部長刑事が真っ青な頰を震わせた。くぐもった声で言う。「フリントに落ち度はありません、クイーン警視殿。わたしの落ち度です。全員を集めろと命じられたのはわたしですから。みずから呼び集めるべきでした――そうしていればもっと早くに気づいたのに……」

「もういい、トマス。スローン夫人、息子さんは銀行に口座を持っていますか」

夫人は震えていた。「ええ、持っていますわ、警視さん。マーカンタイル・ナショナル銀行に」

「トマス、マーカンタイル・ナショナルに電話して、アラン・チェイニーがけさ金を引き出したかどうかをたしかめろ」

机のほうへ行くために、ヴェリー部長刑事はジョーン・ブレットの脇すれすれを通らざるをえなかった。失礼、と声をかけたが、ジョーンは動こうともしない。その目に浮かんだ恐怖と絶望の色は、おのれの失態に落胆するヴェリーをもぎょっとさせた。膝《ひざ》の上で手を握りしめたジョーンは、ろくに息さえしていない。ヴェリーはどうしたものかと大きな顎《あご》をさすったすえ、ジョーンの椅子をぐるりとよけていった。そして電話を手にしながらも、ジョーンから視線をそらさなかった――その目にはいつものきびしさがもどっていた。

「何か心あたりはありませんか」警視がスローン夫人に鋭く言った。「息子さんの行き先に」

「ございません。あの――警視さん、まさか――」

「あなたはどうです、スローンさん。息子さんは、ゆうべ出かける前に何か言っていきませんでしたか」

「いいえ、ひとことも。わたしにはさっぱり――」

「どうだ、トマス」警視はせっかちに尋ねた。「返答は？」

「いま尋ねています」ヴェリーは相手としばらく話し、何度も重々しくうなずいたのち、ようやく受話器を置いた。そして、両手をポケットに突っこんで静かに言った。

「逃げたようです、警視。けさ九時に、預金を全額引き出しています」

「やられたな」警視は言った。デルフィーナ・スローンが椅子から腰を浮かし、おろおろと視線をさまよわせたが、夫のギルバート・スローンにそっと腕を押さえられて、また腰をおろした。「詳細は？」

「口座には四千二百ドルありました。すっかり空にして、金は小額紙幣で受けとっています。新品らしい小型のスーツケースに入れていったそうです。説明は何もなかったとか」

警視は入口へ進み寄って叫んだ。「ヘイグストローム！」スカンジナビア系の顔をした刑事が急いでやってきた――警戒心丸出しでびくついている。「アラン・チェイニーが逃亡した。けさ九時に、マーカンタイル・ナショナル銀行から四千二百ドル引き出している。探し出すんだ。手はじめに、ゆうべどこにいたのか突き止めろ。令状をとって持っていけ。足どりを追うんだ。だれかに手伝わせてもいい。国外へ出ようとするかもしれない。急いでな、ヘイグストローム」

ヘイグストロームは消え、ヴェリーがただちにあとを追った。

警視はまた一同のほうに向きなおった。そして、こんどばかりは情け容赦のない目つきで、ジョーン・ブレットをにらんだ。「あなたはこれまで、ほとんどあらゆることに関係していましたね、ブレットさん。チェイニー青年の逃亡についても、何か知っていますか」

「何も知りませんわ、警視さん」ジョーンの声は小さかった。

「では――だれか知りませんか！」警視は怒鳴った。「なぜ逃亡したのか。何が背後にあるのか」

質問につぐ質問。錐《きり》のようなことば。内出血する隠れた傷……。そうして何分かが過ぎた。

デルフィーナ・スローンはすすり泣いていた。「まさか――警視さん――めったなことを――お考えなんじゃ……うちのアランはまだ子供なんです、警視さん。ああ、あの子がそんな――！ 何かのまちがいです、警視さん！ そうに決まってます！」

「ずいぶんなことをおっしゃいますね、スローン夫人」警視はそう言って意地の悪い笑みを浮かべた。そして振り返ると――ヴェリー部長刑事が、復讐《ふくしゅう》の女神ネメシスのごとく、入口に立っていた。「どうした、トマス」

ヴェリーは太い腕を伸ばした。その手には小ぶりの便箋《びんせん》が一枚。警視はそれを奪いとった。「なんだ、これは」エラリーとペッパーがすぐに寄ってきて、その紙に走り書きされた数行の文章を三人で読んだ。警視はヴェリーに目配せした。ヴェリーがのっそりとやってきて、四人は部屋の隅に集まった。警視がひとこと質問し、ヴェリーが簡潔に答えた。それから四人は部屋の中央にもどった。

「みなさんに読んで聞かせたいものがあります」一同が深く息をして、身を乗り出す。

警視は言った。「ここに持っている手紙を、ヴェリー部長刑事がこの屋敷のなかで見つけてきました。アラン・チェイニーの署名がしてある」その便箋を持ちあげ、明瞭《めいりよう》な声でゆっくりと読みはじめる。「文面はこうです。〝ぼくは出ていきます。たぶん二度ともどりません。こんな状況のもとでは——いや、書き連ねたところでなんになるだろう。何もかもがこんがらがっていて、ほんとうにどう言ったらいいのか……。さようなら。こんなものは書くべきじゃなかった。あなたの立場が危うくなる。どうか——あなた自身のために——これは焼き捨ててください。アラン〟」

スローン夫人が椅子から立ちあがりかけ、顔を紫色にして、ひとつ悲鳴をあげたあと、気を失った。ぐったりと前に倒れかかる妻をスローンが抱き留めた。室内は騒然となった——嘆きと驚きの叫びが飛び交う。警視は猫のように涼しい顔でその騒ぎを見守っていた。

一同はようやくスローン夫人を正気づかせた。そこで警視が夫人に歩み寄り、ごくさりげなく、涙に濡《ぬ》れた目の下に例の便箋を差し出した。「これは息子さんの筆跡ですか、スローン夫人」

夫人の口はだらしなく開いていた。「そうです。かわいそうなアラン。ええ、アランの字です」

警視がよく通る声で言った。「ヴェリー部長刑事、これをどこで見つけた」

ヴェリーが声をとどろかせた。「二階の寝室のひとつです。マットレスの下に突っこんでありました」

「だれの寝室だ」

「ブレットさんのです」


もうたくさんだった――だれにとっても、もうたくさんだった。ジョーンは目をつぶって、みなの冷たい視線や、声なき非難や、警視の冷たいしたり顔をすべてさえぎった。

「それで？　ブレットさん」警視が言ったのは、それだけだった。

ジョーンが目をあけると、その目には涙があふれていた。「わたくし――けさそれを見つけたんです。部屋のドアの下に差しこんでありました」

「なぜすぐに知らせなかったんです」

返答なし。

「なぜ、チェイニーがいないとみなが気づいたときに、わたしにその書き置きのことを話さなかったんですか」

沈黙。

「これはもっと重要だ――アラン・チェイニーが書いている、あの一文はどういう意味ですか。〝あなたの立場が危うくなる〟というのは」

そこで一気に、女性の繊細な肉体に具《そな》わっている堰《せき》が切れ、先述のようにジョーン・ブレット嬢は真珠の涙に掻《か》きくれることになった。ジョーンは椅子の上で身を震わせ、むせび泣き、しゃくりあげ、鼻をすすった――それは、十月の朝の陽光に包まれたマンハッタンに劣らずさびしげな若い娘の姿だった。あまりに痛ましい光景だったので、ほかの者たちは途方に暮れていた。シムズ夫人がたまらずジョーンのもとへ歩み寄りかけたが、結局すごすご引きさがった。ワーズ医師も、このときは腹立ちを抑えられない様子で、その茶色の目から雷光を放つ勢いで警視をにらみつけた。エラリーも、とがめるような面持ちで首を振っていた。警視だけがまったく動じていなかった。

「それで？　ブレットさん」

そのひと声で、はじかれたようにジョーンは立ちあがり、だれとも視線を合わせず、片方の腕で目もとを隠して、衝動のままに部屋を出ていった。足音高く階段を駆けあがる音が聞こえた。

「ヴェリー部長刑事」警視は冷ややかに言った。「今後、ブレット嬢の行動を厳重に監視するように」

エラリーが父親の腕にふれた。警視は息子にちらりと目をやった。エラリーはほかの者たちに聞こえないよう小声で言った。「父さんはだれからも尊敬され、崇拝されてさえいる、世界一有能な警察官だろう――でも、心理学者としては……」エラリーは悲しげにかぶりを振った。

(原注)

＊クイーン氏の既刊の小説をお読みになって、クイーン警視の部下たちをすでにご存じの諸氏のためにひとこと。フリント刑事は、この過失の結果、刑事職から格さげされたが、のちに大胆きわまる強盗事件を未然に防いだ功績により、ふたたびその地位を回復した。本書に描かれているのは、これまでに公表されたなかで最も初期の事件である――J・J・マック

15　迷路

　さておわかりのように、十月九日までのエラリー・クイーンは、ハルキス事件の周辺に出没する幽霊にすぎなかった。しかしあの忘れがたい土曜日の午後、何をしでかすかわからないその性質が気まぐれに作用したのをきっかけに、エラリーは事件の中心にどっしり腰を据えることになった――もはや傍観者ではなく、主導者となったのだ。

　ベールを脱ぐにはよい頃合だった。舞台は申し分なく調っていて、エラリーはスポットライトのなかに躍り出る誘惑に抗《あらが》えなかった。けっして忘れないでいただきたいのは、ここに登場するのは、これまでに読者諸氏が親しんだエラリーよりも若い――つまり、学窓を巣立って間もない青二才にありがちな、壮大なうぬぼれを持ち合わせたエラリーだということだ。人生は楽しく、解くべき難問があり、自信満々で突き進む入り組んだ迷路がある。そのうえ、展開を波瀾《はらん》含みにしてくれる、きわめて優秀でからかい甲斐《がい》のある地方検事もいた。

それは、その後に起こった数多《あまた》の驚くべき出来事と同じく、センター街のクイーン警視の執務室という聖域で幕をあけた。そこには、疑《うたぐ》り深い虎のように呻吟《しんぎん》するサンプソンがいた。思案にふけるペッパーがいた。椅子に沈みこんで、老いた灰色の目から炎を放ち、がま口のように固く唇を閉じた警視がいた。こんな舞台設定にだれが抗えようか。おまけに折も折、サンプソンが持ち前の闇雲な流儀で事件を要約しているさなかに、クイーン警視の秘書が駆けこんできて、興奮で息をはずませながら、ジェイムズ・J・ノックス氏が――億万長者の名に恥じぬどんな富豪よりも多くの富を有する、あのジェイムズ・J・ノックスが――銀行家ノックス、ウォール・ストリートの帝王ノックス、大統領の友人ノックスが――来署して、リチャード・クイーン警視に面会を求めていらっしゃると告げたのである。この状況で誘惑に抗えたとしたら、それは神業と言うほかない。

ノックスは存在自体が伝説だった。その巨万の富とそれに付随する権力に物を言わせて、世間の目を引きつけるよりも避けるようにしていた。世に知られているのは、彼自身ではなくその名前にすぎない。それゆえ、当のノックスが執務室へ通されたとき、クイーン親子とサンプソンとペッパーがいっせいに起立して、民主社会の厳格なしきたりが命ずる以上の敬意と緊張を示したのも、人として当然の反応だった。大富豪は力のない握手をして、椅子を勧められるのを待たずに腰をおろした。

ノックスは干からびつつある巨人だった――このとき六十歳近く、並はずれた体力は目に見えて失われていた。頭髪も眉《まゆ》も口ひげも真っ白で、口もともやや締まりがなくなっていたが、大理石を思わせる灰色の目だけは若々しかった。

「会議中かね」ノックスは尋ねた。思いのほか穏やかな――低音でためらいがちな、見かけによらぬ声だった。

「ああ――はい、そうです」サンプソンがあわてて言った。「ハルキス事件について話し合っていました。なんとも嘆かわしい事件です、ノックスさん」

「そうだな」ノックスはまともに警視を見据えて言った。「進展は？」

「少しだけ」クイーン警視は居心地が悪そうだ。「実にややこしいことになっていましてね、ノックスさん。もつれを解くべき糸は一本や二本ではない。光明が見えたとはとても言えません」

いまこそがその瞬間だった。おそらく、もっと若いときからエラリーが夢に描いていたであろう瞬間――法の執行者たちが途方に暮れ、偉大な名士が目の前にいて……。

「ご謙遜《けんそん》だね、父さん」エラリーは言った。ひとまずはそれだけにとどめた。控えめにたしなめる口ぶりと、少し不満げなしぐさと、計算どおりのかすかな笑み。〝ご謙遜だね、父さん〟のひとことで、自分の意図は警視に伝わる、とでもいうように。

クイーン警視は静かに坐《ざ》したままで、サンプソンは何か言いたげに唇を開いていた。

大富豪は注意深く問いかけるまなざしをエラリーから父親へと向けた。ペッパーは大きく口をあけて見守っていた。

「実はですね、ノックスさん」エラリーは同じ慇懃《いんぎん》な口調で――よし、うまくいった！と思いながら――つづけた。「実はですね、父は口にしませんが、いくつかの瑣末《さまつ》な点はまだまとまりがつかないものの、事件本体はすでにはっきりした形をなしているんです」

「どうもよくわからんな」ノックスは促すように言った。

「エラリー」警視が言いかけた、震える声で……。

「じゅうぶん明白かと思いますよ、ノックスさん」エラリーは妙に悲しげに言った。内心思う――さあ、いよいよだぞ！「事件は解決しました」

世のうぬぼれ屋が極上の財産を手にするのは、時の奔流のなかからつかみ出されたこんな瞬間である。エラリーは堂々としていた――まるで、試験管のなかで起こるはずの目新しい反応を観察する科学者のように、警視とサンプソンとペッパーが顔色を変えるのを見守っていた。むろんノックスは、脇で進行している事態にまるで気づいていなかった。ただ純粋に興味を引かれていた。

「グリムショー殺害の犯人は――」そこで地方検事が息を詰まらせた。

「だれなんだ、クイーンくん」ノックスが穏やかに尋ねた。

エラリーは深く息をつき、答える前に煙草に火をつけた。大団円を急ぐのは野暮というものだ。最後の尊い瞬間に至る、このひとときを愛《いと》おしまなくては。そしてエラリーは、紫煙とともにゆっくりとそのことばを解き放った。「ゲオルグ・ハルキスです」

ずっとのちに地方検事本人が漏らしたところでは、この寸劇の舞台にジェイムズ・J・ノックスの姿さえなければ、サンプソンは警視の机の上の電話機を引っつかんでエラリーの頭に叩《たた》きつけていたにちがいないという。検事は信じなかった。とうてい信じられなかった。死者が——そのうえ、生前は盲目だった人間が——殺人犯だと？　信憑性《しんぴょうせい》というものをことごとく無視している。それどころか——これは道化者のひとりよがりの大ぼら、のぼせあがった頭が生み出した奇獣《キメラ》だ……。このときのサンプソンは強くそう感じたという。

けれども、帝王ノックスの手前、サンプソンはただ不機嫌に坐して姿勢を変えながら、エラリーの突拍子もない発言をどう取り繕ったものかと早くも頭を悩ませていた。最初に口を開いたのはノックスだった。気持ちを切り替える必要がこの男にはなかったからだ。エラリーの革命宣言《プロヌンシアミエント》にはさすがにとまどっていたが、すぐに持ち前の穏やかな声で言った。「ハルキスか……。これは意外だ」

やがて警視も口がきけるようになった。「どうだろう」かさついた赤い唇をすばやく湿して言う。「エラリー――ノックス氏になんとしても説明すべきだと思わないか」声の静けさとは裏腹に、そのまなざしには怒りがたぎっている。

エラリーは勢いよく立ちあがった。「たしかにそうだね」力をこめて言う。「なんと言っても、ノックスさんはこの事件に個人的関心をお持ちですから」警視の机の端に腰かけてつづけた。「実に特異な事件なんですよ、これが。どうにも気になる点がいくつかありましてね。

よく聞いてください。おもな手がかりはふたつ――ひとつは、ゲオルグ・ハルキスが心臓麻痺《まひ》で倒れた朝に着用していたネクタイに関すること。もうひとつは、ハルキスの書斎にあった湯沸かしとティーカップに関することです」

ノックスが怪訝《けげん》な顔をした。エラリーは言った。「これは失礼、ノックスさん。いま言った品々のことをあなたはご存じないんでしたね」そして、捜査過程で判明したもろもろの事実について、かいつまんで説明した。ノックスが納得した様子でうなずいたので、エラリーは話をつづけた。「では、ハルキスのネクタイの件でぼくたちが知りえたことを説明させてください」エラリーは意識して〝ぼくたち〟と言っていた。意地の悪い人々からは疑問視されていたが、エラリーは仲間意識の強い人間だ。「先週土曜の朝、つまりハルキスが死んだ朝、ハルキスの頭の弱い世話係のデミーが、本人の証言によると、予定表どおりに従兄《いとこ》の衣類をそろえたそうです。したがってハルキスは、土曜日にはこれ、と定められたとおりの服装をしていたと思われます。さて、土曜日の予定表にはなんと書いてあるでしょう。ほかはどうあれ、ネクタイに関しては、ハルキスは緑色の木目模様のものを身につけていたはずです。

そこまではいいでしょう。デミーは従兄の朝の着替えを手伝うか、少なくとも決められた衣類をそろえるかしたあと、九時に屋敷を出ています。それから十五分のあいだ、身支度をすませたハルキスはひとりで書斎にいました。九時十五分になると、ギルバート・スローンがその日の仕事の打ち合わせをするためにはいってきた。ここで判明したことはなんでしょうか。スローンの証言によると――むろん絶対視はしませんが、いちおうそれを信じるとして――九時十五分の時点で、ハルキスは赤いネクタイを着けていたんです」

いまやエラリーの独壇場だった。その不敵な笑みからして、得意になっているのは明らかだ。「おもしろい状況でしょう？　さて、デミーの言ったことがほんとうなら、ぼくたちは説明を要する奇妙な食いちがいに直面します。デミーの言ったことがほんとうなら――そして、嘘をつくという邪気が本人にないとしたら――デミーが出かけた九時の時点でハルキスは、予定表どおりの、すなわち緑のネクタイを着けていたはずです。

では、この食いちがいをどう説明するか。当然考えられるのは、ひとりでいた十五分のあいだにハルキスが寝室へ行って、ぼくらにはおそらく永遠にわからないなんらかの理由で、デミーが用意した緑のネクタイをやめにして、寝室の衣装戸棚に掛けてあった赤いネクタイに替えた、という説明です。

そして、スローンの証言からこんな事実もわかっています。あの朝九時十五分からはじまった打ち合わせの途中に、ハルキスがそのとき着けていたネクタイをさわりながら――それが赤だったことに、スローンは部屋にはいったときから気づいていたらしいですが――こう言ったそうです。〝ここを出ていく前にわたしに念押ししてくれないか。バレットの店に電話して、これと似たような新しいタイを何本か注文するように〟と」エラリーは目を輝かせた。「途中の文句は、ぼくがあえて強調したんですけどね。もう少しこのまま進めましょう。そのしばらくあとで、ブレット嬢が書斎を出る間際に、ハルキスが洋品屋のバレットの番号を電話で呼び出すのを耳にしています。これはあとで確認がとれたんですが、バレットの店では――ハルキスの電話を受けた店員の証言によると――ハルキスの注文どおりの品を届けています。ところで、ハルキスは何を注文したのか。もちろん、店から配達された品です。で、届いた品はなんだったか。六本の赤いネクタイです！」

エラリーは机を強く叩いて身を乗り出した。「結論にはいりましょう。ハルキスは、いましているのと似たようなネクタイを注文すると言って、赤いネクタイを注文したんですから、自分が赤いネクタイをしていることを知っていたことになります。ここが肝心です。つまり、ハルキスはスローンとの打ち合わせ中に自分が着けていたネクタイの色を知っていたんです。

　しかし、盲人だったハルキスがなぜ、その色だと知っていたんでしょうか。土曜日に着ける予定のものとはちがう色だったのに。だれかが教えた可能性もなくはありません。でも、いったいだれが？　あの朝、ハルキスがバレットの店に電話をする前に会った人間は三人だけ――予定表どおりに着るものを用意したデミーと、ネクタイのことでさっき言った会話を交わしたものの、色についてはひとこともふれなかったスローンと、ネクタイのことで声をかけたけれど、やはり色の話にまでは至らなかったジョーン・ブレットです。

　つまりハルキスは、取り替えたネクタイの色について、だれからも教わっていないんです。では、ハルキスがみずから緑のネクタイを赤いネクタイに着け替えたのだとしたら、それは単なる偶然だったんでしょうか――ネクタイ掛けから赤いネクタイを選んだのがただの偶然だと？　そう、その可能性もあります――衣装戸棚のなかのネクタイは色別に並んでいたわけではなく――どの色もごた混ぜに掛けてあったんです。しかし、赤いネクタイを選んだのが偶然かそうでないかはともかく、ハルキスが――そのあとの行動が示しているように――赤を選んだことを知っていたという事実を、どう説明したらいいでしょう」

エラリーは机の上の灰皿の底に、ゆっくりと煙草をこすりつけた。「みなさん、ハルキスが赤いネクタイをしていることを知りえた理由は、ひとつしか考えられません。つまり――ハルキスは色を見分けることができた――目が見えていたんです！

でも盲目だったのに、とおっしゃるでしょうね。

ではここで、ぼくの一連の推理の第一の要をお教えしましょう。それは、フロスト先生が証言し、ワーズ先生が確認したとおり、ゲオルグ・ハルキスの失明の症状は特殊なもので、いつ視力が自然回復してもおかしくなかったということです！

そこから導き出せる結論は？　少なくとも先週土曜の朝には、ゲオルグ・ハルキスはぼくたちと同様に目が見えていた、というものです」

エラリーは微笑した。「そうなると、いろんな疑問が湧きます。現実に何年も失明していたあとで突然見えるようになったのなら、なぜ屋敷の者たちに――妹や、スローンや、デミーや、ジョーン・ブレットに――大喜びでそのことを知らせなかったのか。なぜ主治医に電話しなかったのか――というより、なぜ、そのとき自宅に滞在していた眼科専門のワーズ先生に言わなかったのか。それは、ただひとつの心理的な理由のせいです。また見えるようになったことを、だれにも知られたくなかったんですよ。盲目だと思わせておくほうが、なんらかの目的を達するのに都合がよかった。その目的とはなんだったんでしょう」

エラリーはそこで間を置き、深く息を吸った。ノックスは前のめりになって、ひたとエラリーを見据えていた。ほかの者たちは全身を耳にしていた。

「その問題はひとまず置いて」エラリーは淡々と言った。「湯沸かしとティーカップに関する手がかりに移りましょう。

表面的な証拠から見ていきます。小卓の上にあったお茶の道具は、明らかに三人の人物がお茶を飲んだことを示していました。疑う理由はありません。三つのカップには、紅茶の乾いた滓《かす》と、ふちのすぐ下の輪状の茶渋という、使われたとすぐにわかる痕跡《こんせき》がありました。その証拠に、乾ききったティーバッグが三つ残っていて、沸かしたての湯に浸してもほとんど色が出なかったことから、それらのティーバッグが実際に紅茶を淹《い》れるのに使われたことがわかりました。搾られて干からびたレモン三切れと、うっすら曇った使用ずみらしき銀のスプーン三本もありました――このように何もかもが、三人の人間がお茶を飲んだことを示していたんです。さらに、このことは、ぼくたちがすでに聞き知っていた事実を裏づけました。ハルキスは金曜の夜に客人をふたり迎える予定だとジョーン・ブレットに話しており、そのふたりの客がやってきて書斎へはいったのが目撃されているんです――これで、ハルキス自身を含めて三人の人間が書斎にいたことになります。それもまた――表面的な確証です。

しかし――この〝しかし〟を軽く見てはいけませんよ、みなさん――」エラリーはにやりとした。「以上の証拠がいかに表面的なものであったかが、湯沸かしのなかをのぞいたとたんに露呈しました。ぼくたちは何を見つけたでしょうか。湯沸かしのなかには、端的に言って、水が多すぎたんです。そこで、水が多すぎるという推測の立証にかかりました。その湯沸かしから水を注いでみると、五つのカップがいっぱいになりました――いや、五つ目のカップはそんなにいっぱいでもなかったな、あとで化学分析に出すために、残り水のサンプルを少量、前もって小瓶にとっておいたので。とにかく、残り水は五杯ぶんだったんです。そのあと、湯沸かしに新しい水を満たして、それをすっかり空になるまで注いでみると、ちょうど六つのカップがいっぱいになりました。つまり、六杯用の湯沸かしだということです――そして残っていた水は五杯ぶんだった。すべての表面的な証拠が示しているとおりに、ハルキスとふたりの客がお茶三杯ぶんの湯を使ったのなら、そんなことになりうるでしょうか。ぼくたちの実験では、湯沸かしから注がれた湯は一杯ぶんだけで、三杯ぶんではなかった。三人がそれぞれ三分の一杯ぶんしか湯を使わなかったということでしょうか？　それはありえない――三つのカップのふちのすぐ下についた輪状の茶渋が、どのカップにもたっぷりと湯が注がれたことを示しています。ならば、湯沸かしからは実際に三杯ぶんの湯が注がれたけれど、あとでだれかが二杯ぶんだけ水を注《つ》ぎ足しておいたということなのか。その可能性もありません——小瓶にとった残り水を簡単な化学分析にかけたところ、新しい水が足された形跡はないという結果が出ました。

導き出される結論はただひとつ——湯沸かしのなかの水には作為の跡がないけれど、三つのカップに見られる証拠には作為の跡があるということです。だれかがお茶の道具に——カップやスプーンやレモンに——手を加えて、三人の人間がお茶を飲んだように見せかけたんです。だれにせよ、お茶の道具に細工をした人間は、ひとつだけへまをやらかしました——湯沸かしの湯をカップ三杯ぶん使わずに、一杯ぶんの湯を使いまわしたんです。しかしなぜ、そんな手間をかけてまで三人でお茶を飲んだように見せかけたのか。書斎に三人の人間がいたことは——ふたりの客が来たことと、ハルキス自身が屋敷の者に指示を与えたことで、すでに認知されていたのに。理由はひとつしか考えられません——強調するためです。けれども、現実に三人の人間がいたのなら、なぜそのことを強調する必要があったんでしょう。

それは、奇妙に思えるかもしれませんが、そこにいたのが三人ではなかったからにほかなりません」

エラリーは熱っぽく輝く勝利の目でみなを見据えた。だれかが——それがサンプソンだったのがエラリーには愉快だった——感嘆のため息を漏らした。ペッパーはエラリーの論述にすっかり魅入られ、警視は情けない顔でうなずいていた。ジェイムズ・

ノックスは顎《あご》をさすりはじめた。

「いいですか」エラリーは歯切れのよい講演口調でつづけた。「もし三人の人間がいて、全員がお茶を飲んだのなら、湯沸かしからは当然、三杯ぶんの湯が減っていたはずです。ここで仮に、だれもお茶を飲まなかったと考えてみましょう──この禁酒法の時代に、そんな軽い飲み物をふるまってくれるなという人もいますから。問題ないはずです。何がまずかったんでしょうか。なぜそんな七面倒な小細工を弄《ろう》して、全員がお茶を飲んだように見せかけたのか。繰り返しますが、それはひとえに、ハルキス自身がそう仕向けて認知されたことを、もっと強く印象づけたかったからです。そう、先週金曜の夜──グリムショーが殺された夜──書斎に三人の人間がいたということを」

エラリーはたたみかけて言った。「ここでぼくたちは興味深い疑問に直面します。いたのが三人でなかったとしたら、何人いたのか。三人より多かった可能性もあります。四人、五人、六人、何人だって書斎に忍びこめたでしょうね。ジョーン・ブレットはお客ふたりを招き入れたあと、二階へあがって、酔っぱらったアランをベッドに押しこんでいたんですから。ただ、ぼくたちが試みうるどんな手段をもってしても、その人数を特定することはできないので、三人より多かったという仮説を立てたところでどこへも行き着けません。ところが、三人より少なかったという仮説を検討すると、なかなかおもしろい道に出られるんです。

書斎にふたりの客がはいったのを実際に見た者がいますから、ひとりという線は消えます。先に述べたように、とにかく三人ではなかった。すると、二番目の仮説――三人より少なかったとする説――において、残された選択肢はあとひとつ――つまり、ふたりです。

ふたりだったと仮定した場合、どんな問題が生じるでしょうか。ひとりがアルバート・グリムショーだったことはわかっています――グリムショーは姿を見られているし、後日ブレット嬢が顔を確認している。ふたりのうちのもうひとりは、十中八九、ハルキス自身でしょう。そして、もしそのとおりだとすると、グリムショーといっしょに屋敷へはいった男――ブレット嬢の言う〝顔をすっかり隠して〟いた男――は、ハルキス自身だったにちがいないんです！　でも、そんなことがありうるでしょうか」

エラリーは新たな煙草に火をつけた。「ありえます、もちろん。ある奇妙な事実が、それを実証してくれそうです。捜査陣は覚えているでしょうが、ふたりの客が書斎にはいるとき、ブレット嬢は室内をのぞけない位置へ追いやられました。正確に言うと、グリムショーの連れがブレット嬢を押しのけて、書斎のなかに何があるか――何がないか――を、ちらりとも見せないようにしたんです。この行動についてはさまざまな説明が考えられますが、ハルキスが同伴者だったと想定すれば、たしかにしっくりきます。ブレット嬢に書斎をのぞかれ、いるはずの自分がいないことに気づかれてはまずいですからね……。これでは不じゅうぶんですか？　わかりました――では、グリムショーの連れの特徴はどうだったでしょうか。体型に関しては、背丈も体つきもハルキスとよく似ていました。これがまずひとつ。それと、シムズ夫人の愛猫トッツィーの一件から考えて、グリムショーの連れは目が見えていました。というのも、その猫はドアの前の敷物の上でほとんど身動きもせずに寝そべっていたのに、顔を隠していた男は片足を宙に浮かせて、わざわざ猫をよけていったというんです。もし目が不自由なら、猫を踏みつけたでしょう。これでまた話のつじつまが合う。さっきのネクタイの推理で、ハルキスがその翌朝、目が見えるのに見えないふりをしていたことは実証ずみですし――ワーズ医師がハルキスの目を最後に診察したのは、ふたりの客が来た前日、つまり先週の木曜日だったそうなので――それ以後のどこかの時点でハルキスの視力がもどったということはじゅうぶん考えられます。

ここでようやく、ぼくのさっきの疑問の答が得られます。なぜハルキスは視力が回復したことをだまっていたのか。その答は――グリムショーが他殺体で発見され、ハルキスに容疑がかかった場合、盲目であることをアリバイにして無実を主張できるからです――目の見えない自分がグリムショーを殺害した謎の人物であったはずがないと言い抜けられますからね。ハルキスがどんなふうにその偽装工作をやってのけたかは、簡単に説明できます。あの金曜の夜、お茶の用意を言いつけ、シムズ夫人を自室へさがらせたあと、ハルキスはコートと山高帽を身につけて屋敷を抜け出し、おそらく事前に示し合わせていたとおり、グリムショーとともに、待たれているふたりの客を装って屋敷を訪れたにちがいありません」

身じろぎもせずにすわっていたノックスが、何か言いたそうなそぶりを見せたが、まばたきをしただけで口は開かなかった。

「ハルキスの企《たくら》みと偽装について、ここまでにどんな確証が得られたでしょうか」エラリーは軽快にことばを継いだ。「まず、書斎に三人の人間がいたと思いこませようとしました——客をふたり迎える予定であり、そのうちのひとりは人目を忍んで来るとブレット嬢にわざわざ言っておくことによってです。それから、視力が回復したことを故意に隠しました——不利な立場に追いこまれないようにね。そしてもうひとつ、グリムショーが絞殺されたのが、ハルキスが死ぬ六時間から十二時間前だったこともはっきりしています」

「とんだへまをやったものだな」地方検事がつぶやいた。

「なんのことです」エラリーはうれしそうに尋ねた。

「カップに紅茶がはいっていたように見せかけるのに、ハルキスが同じ湯を使いまわしたことさ。ほかの工作は巧妙なのに、ずいぶんとまぬけじゃないか」

ペッパーが若者らしく粋がって口をはさんだ。「ぼくが思うに、検事、クイーンくんの意見には敬服しますが、別にへまとも言えないんじゃないでしょうか」

「するとどう考えるんです、ペッパーさん」エラリーが興味津々で尋ねた。

「たとえば、ハルキスは湯沸かしに湯が満量はいっているのを知らなかったとか、半分ほどしかはいっていないと思いこんでいたとか、あるいは満量がカップ六杯ぶんの湯沸かしだとは知らなかったというふうにも考えられる。そのうちのどれかだったとすれば、ハルキスの一見へまに見える行動にも説明がつくんじゃないかな」

「一理ありますね」エラリーは微笑んだ。「おみごとです。ところでぼくの解答には、いくつか未解決の問題が残っていて、いずれについてもはっきりした結論は出せませんが、妥当な推論を組み立てることはできます。まず、ハルキスがグリムショーを殺したとすると、その動機はなんでしょうか。グリムショーが、殺される前夜にひとりでハルキスを訪ねたことはわかっています。その訪問を受けて、ハルキスは顧問弁護士のウッドラフに新しい遺言状を作るよう指示しました――事実、その夜遅くにハルキスはウッドラフに電話をかけています。大至急でと強引に命じたそうです。新しい遺言状では、莫大《ばくだい》な遺産であるハルキス画廊の相続人だけが変更されました。だれを新しい相続人としたのかをハルキスはひた隠しに隠しました――ウッドラフにさえ教えなかったんです。その新しい遺産相続人が、グリムショー、あるいはグリムショーを代理人とする何者かであったということもありえなくはない。それにしてもなぜ、ハルキスはあんな大それた行動に出なくてはならなかったんでしょうか。答は恐喝──グリムショーの人格や犯罪歴を考えれば、それは明らかです。グリムショーがこの業界に縁があったこともお忘れなく。過去に美術館の案内係をしていたり、絵画の窃盗未遂で投獄されたりしていますからね。グリムショーが恐喝に及んだのは、美術商だったハルキスの弱みを握っていたからです。ぼくにはそれが動機のように思えます。グリムショーはハルキスに関する何かをつかんでいた──美術業界で見られるいかがわしい商法や、美術品の不正取引などにまつわることでしょう。

　では、想定しうるこうした動機に基づいて、この犯罪を組み立てなおしてみます。グリムショーは木曜の夜にハルキスを訪ねた──そのときに、前科者がゆすりの目論《もくろ》見《み》か最後通牒《さいごつうちょう》を突きつけたものと見ていいでしょう。そしてハルキスは、グリムショーもしくはその代理人に金を支払うため、遺言状を書き換えることに同意した──調べればわかるでしょうが、金繰りがきびしくて現金では払えなかったのかもしれない。それで弁護士に遺言状の書き換えを指示したあとで、そんなことをしてもまたいつかゆすられると思ったか、完全に気が変わったかしたんです。いずれにせよ、金を払うくらいならグリムショーを殺そうと決めた──ついでながら、ハルキスのその決断から考えて、グリムショーがほかのだれかのためではなく自分自身のために動いていたのはほぼ確実だと言えます。でなければ、グリムショーの死はハルキスにとってなんの益にもなりません。殺された男に代わって恐喝の棍棒《こんぼう》を振りかざす人間が、背後にまだいることになりますからね。とにかくグリムショーは、翌日の金曜の夜にまた、自分のために書き換えられた新しい遺言状の内容をたしかめにやってきて、さっき言ったようなハルキスの罠《わな》にかかって殺されたんです。ハルキスはその死体を、永久に始末できるときが来るのを待って、どこか近所に隠しておいたんでしょう。ところがそこで、運命が介入してきた。ひどく興奮する出来事がつづいたせいで、翌朝ハルキスは心臓麻痺《まひ》で死んだのです、死体を始末する暇もなく」

「しかし――」サンプソン検事が言いかけた。

エラリーはにやりとした。「わかってますよ。こう訊《き》きたいんでしょう。ハルキスがグリムショーを殺して、そのあと自分も死んでしまったのなら、ハルキスの葬儀のあとで、だれがハルキスの棺にグリムショーを隠したのかって。

たしかに、だれかがグリムショーの死体を見つけて、その永遠の隠し場所としてハルキスの墓を利用したにちがいありません。それはそうですが――その謎の墓掘り人はなぜ、死体を披露せずにこっそり埋めたりしたのか、なぜ発見したことを知らせなかったのか。考えられるのは、その人間が、グリムショー殺しの真犯人の見当をつけるか、まちがった人間を犯人だと思いこむかして、事件を永久に露見させないために死体を隠すという手段をとったということです——死んだ者の名誉か、生きている者の人生のどちらかを守るために。真相はどうあれ、この仮説に合う人物が、容疑者リストのなかに少なくともひとりいます。つねに所在を明らかにしておくようきびしく言われていたのに、銀行から預金を全額引き出して姿を消した人物。思いがけず墓が暴かれて、グリムショーの死体が発見されたので、もうだめだと悟り、すっかり怖《お》じ気《け》づいて逃げ出した人物。もちろん、ハルキスの甥《おい》アラン・チェイニーのことです。

そこで思うんですが、みなさん」エラリーはうぬぼれに近い満悦の笑顔で、こう締めくくった。「チェイニーを見つければ、この事件は片がつくんじゃないでしょうか」

ノックスがなんとも奇妙な表情を浮かべていた。警視がエラリーの独演会がはじまって以来はじめて口を開いた。腑《ふ》に落ちない様子で言う。「しかし、ハルキスの壁金庫から新しい遺言状を盗み出したのはだれなんだ。ハルキスはすでに死んでいたんだから——自分でやったはずはない。それもチェイニーのしわざか」

「ちがうと思うな。そもそも遺言状を盗むいちばん強い動機を持ってたのはギルバート・スローンだ。容疑者のなかで新しい遺言状の影響をこうむるのはあの男だけだからね。スローンが遺言状を盗んだ犯人だとすると、グリムショー殺しにはまったく関与していないことになる——たまたまグリムショー本人も殺されたってだけだ。それにもちろん、スローンが盗んだことを決定的に示す証拠もない。けど、チェイニーを探し出せば、あの青年が遺言状を破棄したことが判明するはずだ。チェイニーはグリムショーを埋めるときに、棺のなかに隠してあった新しい遺言状を見つけたにちがいない――スローンがそこに入れたやつをね――そして内容を読んで、グリムショーが遺産の新しい相続人になったのを知り、手提げ金庫ごと持ち去って破棄してしまったんだろう。遺言状を破棄すれば、ハルキスは遺言せずに死んだと見なされ、ハルキスの最近親者であるチェイニーの母親が、後日、検認後見裁判官の承認を受けて、財産の大部分を相続することになる」

サンプソンが思案顔で言った。「すると、殺人のあった前夜、グリムショーのホテルの部屋を訪ねた連中の件はどうなる？　どんな役まわりになるのかね」

エラリーは手をひと振りした。「単なるあぶくですよ、サンプソンさん。物の数にもはいらない。だって――」

ドアを叩《たた》く音がして、警視が苛立《いらだ》たしげに言った。「はいれ！」ドアが開き、ジョンソンという冴《さ》えない小柄な刑事がはいってきた。「おお、ジョンソンか、どうした」ジョンソンはせかせかと歩いてきて、腰かけている警視に顔を近づけた。「ブレットという女性が来ています、警視」ささやき声で言う。「どうしても取り次いでほしいと言って」

「わたしにか？」

ジョンソンは言いにくそうに答えた。「エラ、リー・クイーンさんに会いたいんだそうです、警視……」

「入れてやれ」

ジョンソンはドアをあけてブレットを通した。全員が腰をあげた。灰色と青で装ったジョーンは一段と美しかったが、沈痛な目をして、入口で尻《しり》ごみしていた。

「エラリーに会いたいそうだな」警視がぶっきらぼうに言った。「いま会議中なんだがね、ブレットさん」

「それは——きっと重要な会議なんでしょうね、クイーン警視さん」

エラリーがすかさず言った。「チェイニーさんから便りがあったんですね！」だがジョーンは首を横に振った。エラリーは顔をしかめた。「ぼくとしたことが。ブレットさん、ご紹介しますよ、ノックス氏とサンプソン検事です……」地方検事が軽く会釈する。ノックスは「よろしく」と言った。少々気まずい沈黙が流れる。エラリーはブレットに椅子を勧め、みな腰をおろした。

「わたくし——あの、どこからどうお話ししたらいいか、よくわかりませんの」ジョーンが手袋をもてあそびながら言った。「ばかだと思われるかもしれません。ほんとうに、ばかみたいにつまらないことなんです。それでも……」

エラリーは促すように言った。「何か見つけたんですね、ブレットさん。それとも、言い忘れたことがあったとか」

「はい。その——言い忘れたことがあった、のほうです」ジョーンはひどく小さな、ふだんの声からすれば幻のような声で言った。「実は——ティーカップのことなんです」

「ティーカップ！」そのことばはエラリーの口からミサイルのごとく発せられた。

「ええ——そうですわ。最初に質問されたときには、ほんとうに忘れていたんです……。それをいまになって思い出したものですから。このところずっと——いろんなことを思い返していましたの」

「つづけてください」エラリーはきっぱりと言った。

「あれは——お茶の道具の載った小卓を、机のそばから壁のくぼみへ移した日のことです。邪魔にならないようにと——」

「その話は前にもうかがいましたよ、ブレットさん」

「でも、すっかりお話ししていなかったんです、クイーンさん。いま思えば、あのティーカップにはおかしなところがありました」

父親の机にすわったエラリーは、さながら、山頂に坐《ざ》した仏陀《ぶつだ》だった。異様なまでに静止して……。心の平衡を失ったように、呆《ほう》けた顔でジョーンを見つめている。

ジョーンは焦り気味にことばを継いだ。「クイーンさんが書斎でティーカップを発見なさったときには、汚れたのが三つありましたわね――」エラリーの唇が音もなく動いた。「でも、いま思うと、わたくしがお葬式の日の午後にあの小卓を動かしたときには、汚れたティーカップはひとつしかなかったんです……」

エラリーは突然立ちあがった。すっかり不機嫌な顔になり、眉間《みけん》に険しく皺《しわ》を寄せている。「発言にはくれぐれも注意してください、ブレットさん」かすれた声で言う。「これはきわめて重要な点です。いまおっしゃったのは、この前の火曜日にあなたが机のそばから壁のくぼみへ小卓を移したとき、盆の上にはきれいなカップがふたつあって――使った形跡のあるものはひとつだけだった、ということですね」

「そうです。ぜったいにたしかですわ。もっとはっきり申しあげると、その使われたカップには、冷めたお茶がほとんどまるまる残っていたんです。受け皿には干からびたレモンがひと切れと、汚れたスプーンが一本載っていました。お盆の上にあったほかのものはどれも汚れひとつなく――使われていませんでした」

「レモンの皿には、スライスがいくつ残っていましたか」

「すみません、クイーンさん、それは記憶にありません。わたくしたちイギリス人はレモンを使いませんでしょう？　あれはロシア人の下品な習慣なんです。おまけにティーバッグだなんて！」ジョーンは身震いした。「でもカップについては自信がありますわ」

エラリーはしつこく尋ねた。「ハルキスさんが亡くなったあとの話ですね？」

「ええ、そうです」ジョーンは大きく息をついた。「亡くなられたあとですし、申しあげたとおり、火曜日のお葬式よりあとです」

エラリーは下唇に歯を食いこませた。その目は石と化している。「とても助かりましたよ、ブレットさん」小声で言った。「おかげでぼくたちは赤っ恥をさらさずにすみました……。ではお引きとりください」

ジョーンはおずおずと微笑んで、あたたかい賞賛のことばでも待ち受けるように、一同を見まわした。しかし、わずかでもジョーンに注意を払う者はいなかった。みな、物問いたげにエラリーを見つめている。ジョーンはことばもなく立ちあがって、部屋を出ていった。ジョンソンがそのあとにつづき、外からそっとドアを閉めた。

最初に口を切ったのはサンプソンだった。「いやいや、大失敗だったな」いたわるように言う。「しかしまあ、エラリー、そう気に病むな。人間、失敗することもある。それに失敗とはいえ、きみはいい線を行ってた」

エラリーは力なく手を振り、がっくりうなだれて、くぐもった声で言った。「失敗だって？　サンプソンさん。まったく弁解の余地もない。ぼくなんか、鞭《むち》で打たれて、情けない姿で家に送り返されたほうがいいんだ……」

ジェイムズ・ノックスが急に立ちあがった。いささか楽しげな様子で、すばやくエラリーに目を向ける。「クイーンくん。きみの解明は、おもにふたつの要素を根拠に——」

「いいんです、ノックスさん、いいんです」エラリーはうめくように言った。「どうか、もうやめてください」

「きみにもそのうちわかるさ」ノックスは言った「失敗なくして成功はありえない……。で、ふたつの要素だがね。そのひとつはティーカップだった。創意に富んだ、実に巧みな説明だったよ、クイーンくん。しかしブレット嬢がそれを打ち砕いた。いまや、書斎にはふたりしかいなかったというきみの理論も成り立たない。きみはティーカップを根拠にこう推理した。関係していたのは徹頭徹尾、ハルキスとグリムショーのふたりだけだった。三人いたように見せかけるために小細工が弄《ろう》された。ふたり目の男はハルキス本人で、三人目の男はいなかった、と」

「そのとおりです」エラリーはしんみりと言った。「でもいまは——」

「それはまちがいだ」ノックスは穏やかな声で言った。「三人目の男はいたんだよ。わたしはそれを、推測ではなく、いまここで証明できる」

「なんですって?」エラリーの頭がばね仕掛けのように跳ねあがった。「どういうことです? 三人目がいた? 証明できる? なぜわかるんですか」

ノックスはくすりと笑った。「それは——わたしがその三人目の男だったからさ!」

16　素因

何年かのち、エラリーはこのときのことを振り返って憂い顔で語ったものだ。「ぼくはノックス氏の啓示を受けたあの日に、ようやく大人になったんだよ。自分自身と自分の才能に対する考えが、あれで一変した」

エラリーが精巧に組み立て、能弁に語り聞かせた推論は、根底から崩れて足もとで粉々に砕け散った。けれどもそのこと自体は、ひどい恥辱さえともなわなければ、エラリーの自我にそれほどの大打撃を与えはしなかっただろう。だが、この日のエラリーは〝小賢《こざか》しく〟ふるまっていた。あまりに器用で巧妙だった……。またとないこの機会に——貫禄《かんろく》あるノックスの面前で——いいところを見せようと張りきったばかりに、おのれのこのざまを見て、顔から火が出る思いをすることになった。

エラリーは猛烈に頭を働かせて、事実が起こした反乱を鎮圧しようとし、自分がどれほど小生意気な青二才だったかを忘れようとした。エラリーの脳裏に小さな恐慌の波が打ち寄せ、思考を曇らせた。ただ、これだけははっきりしていた——ノックスを追及する必要がある。あの驚くべき発言。ノックスが三人目の男だったとは。ハルキスが三人目の男を演じたという、ティーカップを根拠にした説は崩れ去った……。視力回復説！　これもまた、根拠薄弱ということになるのか？　もう一度よく考えて、別の説明を見つけなくては……。

さいわいにも、椅子にすわって上体をかがめているエラリーは、もはや注目を集めていなかった。警視は矢継ぎ早の質問で大富豪を捕らえて放さなかった。あの夜、何があったのか。ノックスはなぜグリムショーと付き合うようになったのか。いったい、何がどうなっているのか……。

ノックスは、鋭い灰色の目で警視とサンプソン検事を観察しながら弁明した。三年前だったか、ハルキスが上客のひとりであるノックスに妙な商談を持ちかけてきた。千金に値する貴重な名画があり、けっして人に見せないと約束できるなら、それを売りたいという。おかしな条件だ！　ノックスは慎重になった。どんな絵なのか。なぜ秘密にする必要があるのか。ハルキスの話に偽りはなさそうだった。なんでも、その絵画はロンドンのヴィクトリア美術館の所蔵品で、同館による評価額は百万ドルらしい……。

「百万ドルですって？　ノックスさん」地方検事が言った。「わたしは美術品には明るくないが、よほどの傑作にしても、べらぼうな額じゃありませんか」

ノックスは一瞬だけ微笑んだ。「この傑作ならそうとも言えんよ、サンプソンくん。何しろレオナルドだ」

「レオナルド・ダ・ヴィンチ？」

「そう」

「しかし、レオナルドの傑作はすべて――」

「その作品はヴィクトリア美術館が数年前に発見したものでね。十六世紀初頭にフィレンツェのヴェッキオ宮殿の大広間でレオナルドが制作にかかり、未完成に終わった壁画の一部を、油彩で描いたものだ。これには長い物語があるんだが、いまは省略しよう。この貴重な掘り出し物を、ヴィクトリア美術館では〝旗の戦いの部分絵〟と呼んでいる。自信を持って言えるが、新発見のレオナルドなら百万ドルでも安いものだ」

「つづけてください」

「当然わたしは、ハルキスがどうやってそれを手に入れたのかを知りたかった。市場に出まわっているなどという話は聞いたこともなかったからな。ハルキスはことばを濁し――ヴィクトリア美術館のアメリカにおける代理人をつとめていると信じこませようとした。公にしないことを美術館側が望んでいると言うんだ――その絵がイギリスを離れると知れたら、国じゅうから抗議が殺到するかもしれない、とね。作品自体は、実にみごとなものだった。ハルキスは実物を出してきたんだ。とても抗《あらが》えなかったよ。それで、ハルキスの言い値で買った——七十五万ドルという特別価格でね」

警視がうなずいた。「なんとなく話が見えてきましたよ」

「だろうな。先週の金曜日、アルバート・グリムショーと名乗る男がわたしを訪ねてきた——ふつうなら門前払いするところだが——取り次ぎの者を通して〝旗の戦い〟と走り書きしたメモをよこしたので、仕方なく会うことにした。肌の浅黒い小柄な男で、ネズミみたいな目をしていたよ。ずる賢くて——手ごわいやつだ。その男は驚くべき話をした。要は、ハルキスを信用してわたしが購入したあのレオナルドが、ヴィクトリア美術館が売りに出したものではなく——盗品だと言うんだ。五年前にあの美術館から盗まれたものだと。そしてグリムショーは、自分がその犯人だとぬけぬけと認めたんだ」

サンプソン地方検事はいまやすっかりその話に聞き入り、警視とペッパーも身を乗り出していた。エラリーはそのままの姿勢で、まばたきもせずにノックスを見据えている。

ノックスは冷静沈着に話をつづけた。グレアムという偽名を使ってヴィクトリア美術館の案内係をしていたグリムショーは、五年の準備期間を経て問題の絵を盗み出し、それを持ってアメリカへ逃れた。大胆な盗難だったが、国外逃亡をとげるまで発覚しなかった。グリムショーはその絵を秘密裏に売るために、ニューヨークのハルキスのもとへやってきた。ハルキスは誠実な男だったが、熱心な美術愛好家だったから、世界的な大傑作のひとつを所有したいという誘惑に抗えなかった。なんとしても手に入れたかった。グリムショーは五十万ドルで手を打った。その金が支払われないうちに、ニューヨークにいたグリムショーは昔の偽造罪でつかまり、五年の刑を宣告されてシンシン刑務所へ送られた。一方ハルキスは、グリムショーが収監されて二年経ったころ、投資で大損をして、換金できる資産の大半を失った。それで現金の捻出《ねんしゅつ》に困って、先述のとおり、問題の絵を七十五万ドルでノックスに売った。ノックスはハルキスの作り話を信じて、盗品だったとは知らずにそれを購入したという。

「先週の火曜にシンシンから出てきたグリムショーは」ノックスはつづけた。「まずはハルキスに貸してある五十万ドルを回収しようと思い立った。木曜の夜にハルキスの家へ行って支払いを迫ったらしい。ところが、ハルキスはへたな投資をまだつづけていたと見え、金がないと訴えた。それなら絵を返せとグリムショーは迫った。そこでハルキスはやむなく、絵をわたしに転売したことを打ち明けた。グリムショーはハルキスを脅した――金を払わなければ殺すと言って。その場はそれで引きさがり、さっき話したとおり、翌日にわたしのところへ来た。

グリムショーの目的は明白だった。あの男は、ハルキスに貸してある五十万ドルをわたしから取り立てると言った。むろんわたしはことわった。するとあの卑劣漢は、金を払わないなら、わたしが盗品のレオナルドを不法所持していることを世間に言いふらすと脅したんだ。わたしはだんだん腹が立ってきた」ノックスは獣捕りの罠《わな》さながらに固く歯を嚙《か》み合わせ、目に灰色の炎を燃え立たせた。「わたしをだまして、こんなひどい立場に追いこんだハルキスに腹が立った。だからハルキスに電話をして、わたしとグリムショーと三人で会う約束をさせた。その日の――先週金曜の――夜すぐにだ。大っぴらにはできない会合だった。わたしは安全策を立てるよう要求した。泡を食ったハルキスは、家の者は遠ざけておく、秘書のブレット嬢はこの件について何も知らないし信頼が置けるから、彼女にグリムショーとわたしを取り次がせる、と電話で約束した。危険は冒せなかった。名誉にかかわる件だからね。そしてあの夜、グリムショーとわたしはハルキスの家へ行った。ブレット嬢が取り次いだ。ハルキスは書斎にひとりでいた。われわれは腹を割って話した」

エラリーの頬と耳の赤みや火照りはすっかり消えていた。いまやエラリーも、ほかの三人と同様にノックスの話に引きこまれていた。

ノックスはその会合の場で、ハルキスにはっきり言った。グリムショーの要求になんとか応《こた》えろ、せめて巻き添えで引きずりこまれたこの厄介な状況から自分を解放してくれ、と。興奮してやけになったハルキスは、金はまったくないが、前夜グリムショーが帰ってからあれこれ考えて、自分にできる唯一の支払い方法をグリムショーに提案することにしたと言った。そしてハルキスは、その朝に書きあげて署名もすませたという新しい遺言状を取り出した。新しい遺言状では、負債額の五十万ドルよりかなり価値の高いハルキス画廊とその施設について、相続人をグリムショーに指定していた。

「グリムショーもばかではなかった」ノックスは苦々しく言った。「それをにべもなくはねつけたんだ。親族が遺言状無効の申し立てをした場合、金は回収できなくなるだろう――たとえそうならなくても、あの男のどぎついことばで言えば、ハルキスが〝くたばる〟まで待たなくてはならないから、と。だめだ、金は換金できる証券か現金で――即座に――支払えとグリムショーは一蹴《いっしゅう》した。この取引にからんでいるのが自分だけではないとも言った。相棒がひとりいて、自分のほかにそいつだけは、絵の窃盗の件やハルキスが買ったことを知っているという。前夜ハルキスを訪ねたあとでその相棒に会い、ハルキスがレオナルドの絵をわたしに転売したことを〈ホテル・ベネディクト〉の自分の部屋で伝えたそうだ。グリムショーと相棒が望んでいるのは、遺言状でどうのこうのという取引ではなかった。もし即金で支払えないなら、持参人払いの約束手形で受けとってもいいと――」

「相棒の正体をばらさないためですね」警視がつぶやいた。

「そう。だから無記名の手形なんだ。一か月を期限とする五十万ドルの約束手形。金を工面するためにハルキスが画廊を売り払うことになろうが、知ったことかというわけだ。グリムショーはいやらしく笑いながらこう言った。自分を殺してもなんの解決にもならない、相棒が何もかも承知しているし、もし自分の身に何かあったら、そいつがわれわれを追いまわすはずだからと。そして、相棒がだれなのかは教えないと言って、思わせぶりに片目をつぶってみせた……。不愉快きわまりないやつだったよ」

「たしかに」サンプソンがむずかしい顔で言った。「いまのお話で事件の様相は変わってきますね、ノックスさん……。グリムショーにしろ、これを画策したであろう相棒にしろ、実に抜け目がないですな。相棒の素性を隠しておくことは、グリムショー自身の身を守ることにもなりますから」

「まったくだ、サンプソンくん」ノックスは言った。「先へ進もう。ハルキスは目が見えないながら、持参人払いの約束手形に署名してグリムショーに手渡し、やつはそれを受けとって、持っていたぼろぼろの古財布にしまいこんだ」

「その財布は見つけましたが」警視がきびしい声で口をはさんだ。「中は空でした」

「新聞にそう出ていたね。そのあとわたしは、この件から手を引くとハルキスに言い渡した。自業自得だと言ってやった。われわれを送り出すときのハルキスは、打ちひしがれた盲目の老人だったよ。自分の手に余るものだったんだ。損だけが残った。グリムショーとわたしはいっしょに屋敷を出たが、わたしにとってはさいわいなことに、だれにも出くわさなかった。外の石段のあたりでグリムショーに、わたしに近づかずにいるならすべてを忘れてやると言った。だめならわたしから巻きあげようという連中だからな！　まったく無茶苦茶な話だ」

「グリムショーを最後に見たのはいつでしたか、ノックスさん」警視が尋ねた。

「そのときだ。厄介払いできてせいせいしたよ。わたしは道を渡り、五番街の角でタクシーを拾って家へもどった」

「グリムショーはそのときどこに？」

「最後に見たときは、歩道に立ってわたしを目で追っていた。まちがいなく薄ら笑いを浮かべていたよ」

「ハルキス邸の真ん前でですか」

「そうだ。まだつづきがある。その翌日の午後、ハルキスが死んだことを耳にしたあと――つまり先週の土曜日だが――ハルキスから私信が届いた。消印から言って、その日の朝、本人が死ぬ前に投函《とうかん》されたものだ。金曜の夜、わたしとグリムショーが屋敷を出たあとで書いて、朝出したにちがいない。いま持ってきている」ノックスはポケットのひとつに手を突っこんで封筒を取り出した。警視がそれを受けとり、中から一枚の便箋《びんせん》を引き出して、走り書きされた文面を声に出して読んだ。

J・J・ノックス殿——今夜のことで小生に悪感情をいだかれたことでしょう。しかし、どうしようもなかったのです。手持ちの金がない以上、ああするほかなかった。あなたを巻きこむつもりはなかったし、あの下劣なグリムショーがあなたに近づいてゆすろうとするなどとは思いもしませんでした。今後はあなたにいっさいご迷惑をかけないことを、ここにお約束します。なんとかグリムショーとその相棒をだまらせる所存です。そのために事業を売り渡し、画廊の所蔵品を競売にかけ、必要とあらば保険金を担保に借金をすることになっても致し方ありません。いずれにしてもあなたはもう安全です。あなたがあの絵を所有なさっていることを知る人間は、あなたと小生とグリムショー——それから、むろんその相棒——のほかにはいませんし、小生は先方の要求を呑《の》んで、ふたりをだまらせるのですから。このレオナルドの件はけっして他言いたしません。小生の手足となってくれているスローンに対してもです……ハルキス。

「この手紙か」警視がうなるように言った。「先週土曜の朝、ハルキスがブレット嬢に渡して投函するように言ったのは。ひどい悪筆だな。盲人が書いたにしてはまだ読めるほうだが」

エラリーが静かに言った。「この件はだれにも話していらっしゃいませんね、ノックスさん」

ノックスは鼻を鳴らした。「話すわけがない。先週の金曜日まではむろん、ハルキスのもっともらしいほら話を信じていた――ヴィクトリア美術館が公にするのをよしとしないとかいう話をな。わたしの自宅にある私的なコレクションは、しじゅう人が見にくる――友人や蒐集《しゅうしゅう》家や鑑定人がね。だからレオナルドの絵はずっと隠してある。だれかに話したこともない。先週の金曜日以後は、なおのこと、だれにも話せなくなった。わたしの側の人間は、レオナルドの絵のことも、それをわたしが持っていることもだれひとり知らない」

サンプソンが困った顔をした。「当然ながら、ノックスさん、ご自分が微妙な立場に置かれていることはご存じでしょうな」

「うん？　どういうことかな」

「つまりですね」サンプソンはためらいがちにつづけた。「あなたが盗品を所有しておられるということは、実質的に――」

「サンプソン検事が言うのは」警視が引きとった。「あなたは法律上、重犯罪を宥恕《ゆうじょ》――つまり許したことになるということです」

「ばからしい」ノックスはいきなり笑いだした。「どんな証拠があるのかね」

「その絵を持っているとご自分で認めたことです」

「ふん！　しかし、わたしがいまの話を打ち消したらどうなる」

「まさか、そんなことはなさらないでしょう」警視はきっぱりと言った。「わたしは確信しています」

「その絵がお話を裏づけるでしょうな」サンプソンが言った。不安げに唇を噛《か》んでいる。

ノックスは上機嫌なままだった。「諸君にその絵を見つけ出せるかな。レオナルドの絵がなければ、何に拠《よ》って立つ？　木の義足じゃあるまい」

警視は目を険しく細めた。「ということは、ノックスさん、あなたはその絵を故意に隠しつづけるおつもりですか——当局に引き渡すことを拒否し、所有していることをあくまでも否認なさると？」

ノックスは顎《あご》をさすりながら、サンプソンから警視へと視線を移した。「きみたち、相手にする人間をまちがえていやしないか。いったいこれはなんだ——きみたちが捜査しているのは、殺人と重犯罪のどっちだね」その顔は微笑んでいる。

「わたしが思うに、ノックスさん」警視は腰をあげながら言った。「あなたはずいぶん妙な態度をとっていらっしゃる。社会全般のあらゆる形の犯罪を捜査するのがわれわれのつとめです。いまおっしゃったようにお考えなら、なぜあなたはわれわれに先ほどの話をなさったんですか」

「それを待っていたんだ、警視」ノックスは快活に言った。「理由はふたつある。ひとつは、殺人事件の解決に協力したかったからだ。もうひとつは、個人的な思惑があるからだ」

「と、おっしゃると？」

「わたしはだまされていたということだよ。七十五万ドルも払ったあのレオナルドは、真っ赤な偽物だったんだ！」

「なるほど」警視は鋭く相手を見つめた。「そういう意図があったわけですね。偽物だということは、いつわかったんですか」

「きのうだ。きのうの夜。出入りの専門家にあの絵を鑑定させたんだ。その男の口の堅さは保証する——けっして他言はしない。わたしがあれを持っていると知っているのはその男だけだ。それも、きのうの夜はじめて知ったんだ。その鑑定人の所見では、あの絵はレオナルドの弟子の作か、あるいはレオナルドと同時代の画家のロレンツォ・ディ・クレディの作かもしれんそうだ——レオナルドもロレンツォも、ヴェロッキオの弟子だった。これは受け売りだがね。手法は完璧《かんぺき》にレオナルドのものだそうだ——しかし、レオナルドの作ではないという彼の所見は、いまは説明しないが、ある内的証拠に基づいている。あの絵の値打ちはせいぜい二、三千ドルというところらしい……まんまとだまされていたんだ。わたしが買ったのはそんな代物だった」

「いずれにせよ、その絵はヴィクトリア美術館のものですよ、ノックスさん」地方検事が遠慮がちに言った。「返すのが筋かと――」

「ヴィクトリア美術館のものだと、どうしてわたしにわかる？　わたしの買った絵が、だれかが見つけてきた贋作《がんさく》ではないとどうしてわかる？　ヴィクトリア美術館のレオナルドは実際に盗まれたのだとしよう。それでも、わたしの手もとにあるのがその盗品だということにはならない。グリムショーはハルキスをぺてんにかけたのかもしれない――おそらくそうだろう。ハルキスがわたしをだました可能性もある。確実なところはだれにもわからん。で、きみらはいったいどうするつもりかね」

エラリーが言った。「絵の話はここだけのこととして、伏せておくほうがいいでしょうね」

一同はそうするほかなかった。ノックスは意のままに状況を操っていた。これでは地方検事も形なしだ。サンプソンに腹立たしげに耳打ちされ、警視は肩をすくめた。

「恥の上塗りをするようですが、話をもどさせてください」エラリーがいつになくへりくだった口調で言った。「ノックスさん、先週金曜の夜、遺言状については結局どうなったんでしょう」

「グリムショーにはねつけられたあと、ハルキスはそのまま壁のほうへ行き、遺言状を手提げ金庫に入れて鍵《かぎ》をかけたあと、備えつけの金庫におさめていたよ」

「お茶の道具については？」

ノックスは無愛想に言った。「グリムショーとわたしが書斎にはいったとき、机のそばの小卓に道具一式が用意されていた。お茶はどうかとハルキスが訊《き》いた――そのときはもう湯沸かしの水を沸かしはじめていたな。われわれは要らないと言った。話がはじまったところで、ハルキスは自分用に紅茶を淹《い》れて――」

「ああ。ティーバッグとレモンのスライスを使っていましたか」

「ティーバッグはじきに引きあげていたがね。ただ、そのあと激論になって、結局口をつける余裕はなくなった。お茶は冷めてしまった。われわれがいたあいだ、結局ひと口も飲まなかったよ」

「盆の上にはカップと受け皿が三組あったんですね」

「そうだ。残りのふた組はきれいなままだった。湯が注がれていなかったからな」

エラリーが悲痛な声で言った。「誤解していたいくつかの点を訂正しなくてはなりません。率直に言って、ぼくは頭のいい敵の餌食《えじき》にされていたようです。マキアヴェリばりの策略に振りまわされていたんです。そして愚か者の烙印《らくいん》を押された。しかし、個人の事情にとらわれて、より大きな問題を見失ってはいけません。どうかよく聞いてください――ノックスさんも、父さんも、サンプソンさんも、ペッパーさんも。もし脇道へそれても、ついてきてください。

ぼくは狡猾《こうかつ》な犯人の策略にかかりました。そいつは難題を好むぼくの性分を承知のうえで、これ見よがしに偽の手がかりを用意し、ぼくがそれに飛びついて〝巧妙な〟解釈を――つまり、ハルキスを殺人犯と決定づけるような解釈を組み立てるよう仕組んだんです。ハルキスが死んで数日のあいだ、汚れたカップはひとつしかなかったことがわかっていますから、三つのティーカップの工作は犯人が仕掛けた罠《わな》にちがいありません。犯人はわざと、ハルキスが淹れたものの口をつけなかったカップの紅茶だけを使って、ほかのふたつのカップを汚したあと、その紅茶をどこかへ捨て、湯沸かしのなかの古い水はそのままにして、誤った推理を導き出す根拠をぼくに与えたわけです。ブレット嬢の話から、少なくともどの時点まで三つのカップがもとのままの状態で置いてあったかがはっきりしたので、ハルキス自身が偽の手がかりを残した可能性は完全に除外できます。ブレット嬢がもとの状態のカップを見たとき、ハルキスはすでに死んで埋葬されていたからです。そんな偽の手がかりを残す動機を持っているのはただひとり――あつらえ向きの容疑者をぼくに提供して、疑惑の目を自分からそらそうとした殺人犯しかいません。

「ところで」エラリーは同じ悲しげな声でつづけた。「ハルキスの目が見えていたことを示そうとした手がかりですが……これは犯人が偶発的な状況を利用したものにちがいありません。ハルキスの服装の予定を把握していたか、あるいは偶然に知った犯人は、玄関広間のテーブルに載っていたバレットの店からの小包を見つけ、おそらくティーカップの工作をしたのと同じころでしょうが、包みのなかのネクタイの色が予定表の内容とちがっていたのをいいことに、ぼくが確実にその包みを見つけて推理の組み立てに使うよう、ハルキスの寝室のチェストの抽斗《ひきだし》に入れておいたんです。ここで疑問が湧きます。犯人の仕掛けた〝罠〟はともかく、ハルキスはほんとうに目が見えたのか、見えなかったのか。犯人はそのことをどの程度知っていたのか。この疑問はひとまず置くことにしましょう。

しかし、見過ごせない点がひとつあります。それは、土曜の朝、ハルキスが予定とちがう色のネクタイを着けるように仕向けることは、犯人にもできなかっただろうという点です。ハルキスが視力を取りもどしたという前提に基づくぼくの一連の推論は、ハルキスの目がやはり見えなかったとしたら、根本的にまちがっていることになります。それでもまだ、ハルキスの目が見えた可能性はありますが……」

「可能性はあるが、その確率は低いな」サンプソンが口をはさんだ。「きみも指摘したとおり、もし急に視力がもどったのなら、なぜだまっていたのかが腑《ふ》に落ちない」

「ごもっともです、サンプソンさん。やはりハルキスは目が見え**なかった**ように思えます。だから、ぼくの推理はまちがっていたんです。すると、ハルキスが赤いネクタイを着けていることを自分で知りながら、目は見えていなかったという状況をどう説明したらいいんでしょう。デミーかスローンかブレット嬢が、ハルキスに赤いネクタイをしていると教えたのでしょうか。そう考えればいろんなことに説明がつく。一方、その三人がみな真実を語っているとしたら、説明はいずれとも定まらなくなります。納得のいく別の説明が見つからないかぎり、三人のうちのだれかが嘘の証言をしたものと判断せざるをえません」

「あのブレットという娘は」警視がうなるように言った。「信用できる証人とはどうも思えない」

「裏づけのない勘だけではどうにもならないよ、父さん」エラリーはかぶりを振った。「とはいえ、推理に穴があったことは認めないとね、気は進まないけど……。さて、ぼくはノックスさんが話していらっしゃるあいだ、頭のなかでいろんな可能性を検討していました。それで気づいたんですが、最初の推論を立てたとき、ぼくはひとつの可能性を見落としていました――もしほんとうなら、ちょっとびっくりするようなものをね。というのは、ハルキスが人から教えてもらわず、また、色を見分けることができなかったとしても、赤いネクタイを着けているのを知りうる方法がひとつあったんです……。正しいかまちがってるかはすぐにわかります。ちょっと失礼」

エラリーは電話の前へ行き、ハルキス邸を呼び出した。ほかの四人はだまって見守っていた。何か試す気だな、と思いながら。「スローン夫人……。スローン夫人ですね？　こちらはエラリー・クイーンです。デメトリオス・ハルキスさんはいますか？……よかった。いますぐセンター街の警察本部へ呼んでください——クイーン警視の執務室へ……ええ、わかります。けっこうです、ウィークスさんが連れてくるんですね。それから……スローン夫人、デミーさんにお兄さんの緑色のネクタイを一本持って来るよう伝えてください。重要なことなんです……。いえ、ウィークスさんには言わずに、デミーさんに用意させてください。ではよろしく」

エラリーは受話器を置いてまた取りあげ、こんどは警察本部の交換手と話した。「ギリシャ語通訳のトリッカラさんの所在を突き止めて、クイーン警視の執務室へ来るよう伝えてください」

「さっぱりわからんが——」サンプソンが言いかけた。

「とにかく」エラリーはしっかりした手つきで新たな煙草に火をつけた。「つづけさせてください。どこまで話したかな。そう——ハルキスを殺人犯とする解答は、もはや言うに及ばず、完全に破綻《はたん》しました。その解答はふたつの点を根拠にしていた。ひとつは、ハルキスが実は目が見えていたという点、もうひとつは、先週金曜の夜、ハルキスの書斎にはふたりの人間しかいなかったという点です。ふたつ目の点は、ノックスさんとブレット嬢がすでに打ち砕きました。ひとつ目の点は、もうしばらくしたらこの手で打ち砕くことができると自信を持って言えます。つまり、あの夜ハルキスの目がほんとうに見えていなかったと実証できれば、ハルキスをグリムショー殺しの第一容疑者と考える理由もなくなるわけです。それどころか、ハルキスを容疑者から除外することができます。偽の手がかりを残す理由があった唯一の人物が犯人だと言えますが、その手がかりはハルキスの死後に残されたものであるうえに、ハルキスを犯人に見せるために仕込まれたものですからね。だから、ハルキスは少なくともグリムショー殺しに関しては無実ということになる。

さて、ノックスさんのお話から、グリムショーがレオナルドの絵に関係した動機で殺されたのは明らかです――これはぼくの前の推理とそうかけ離れてはいません」エラリーはつづけた。「盗まれた絵がきっかけであることを実証していると言ってもいい事実がひとつあります。それは、棺のなかの死体が発見されたとき、ハルキスが渡したとノックスさんがおっしゃった約束手形が、グリムショーの財布からも着衣からも見つからなかったことです――言うまでもなく、グリムショーを絞殺したときに犯人が奪ったんでしょう。このとき犯人は、その約束手形を使ってハルキスを脅せると思っていたはずです、覚えていらっしゃるでしょうが、グリムショーの死亡推定日時はハルキスが死ぬより前でしたから。ところが、ハルキスが不慮の死をとげたと同時に、その手形は犯人にとってほとんど価値がなくなってしまった。というのも、そんなものをハルキス以外の人間に突きつけて支払いを求めれば、当然、怪しまれて捜査がはじまり、自分の首を絞めることになるからです。犯人がグリムショーの死体から約束手形をとって隠したのは、ハルキスがまだ生き長らえるという意識があっての行動なんです。ある意味で、ハルキスは死ぬことで正当な相続人たちによい結果をもたらしました。減る一方だった財産がさらに五十万ドルも減るのを阻止したわけですから。しかし、さらに重大な事実がそこから判明します」エラリーはことばを切って室内を見まわした。警視室のドアは閉めてあった。エラリーは歩いていってドアをあけ、首を出して外を見てから、またドアを閉めてもどった。「とても重大なことなので」おごそかな口調で言い足した。「事務員にも聞かれたくないんです。

いいですか。さっき言ったとおり、故人のハルキスに罪をかぶせる理由がある唯一の人物が、グリムショー殺しの犯人だと言えます。そのことから考えて、犯人はふたつの条件にあてはまる人物だったはずです。まず第一に、ティーカップの偽の手がかりを残すことができたわけですから、必然的に犯人は、葬儀のあとに――カップがひとつしか汚れていないのをブレット嬢が見た火曜の午後から、カップが三つとも汚れているのをぼくたちが発見した金曜までのあいだに――ハルキス邸にはいりこめた人物ということになります。第二に、カップの偽装工作によってふたりの人間しか関係していないように見せかけたのは、ノックスさんが、自分が三人目の男だったという事実と、三人目の人物がたしかにいたという事実を口にしないものと決めこんでいた――そう、まちがいなく決めこんでいた――人物であるはずです。

　第二の点についてくわしくお話しします。すでにわかっているとおり、あの夜、書斎には三人の人間がいました。後日ティーカップの偽装でふたりしかいなかったように見せかけた人物がだれであれ、三人の人間がいたことと、その顔ぶれを知っていたのは明らかです。でも考えてみてください。その人物は、ふたりしかいなかったと警察に信じさせたかった。それには、三人全員が沈黙を守っていることが不可欠で、さもなければ偽装はまったく無意味になります。火曜日から金曜日までのあいだにその偽の手がかりを残した人物は、三人のうちのふたり――殺されたグリムショーと、自然死したハルキスが沈黙を守ることは確信できた。ただし三人目のノックスさんだけは、いずれ情報提供者として、ふたりしかいなかったという偽装を台なしにする可能性があった。そのうえ、ノックスさんがご健在で情報提供できる状況にあったにもかかわらず、そいつはあえて偽装工作をおこなったんです。つまりその人物は、ノックスさんも沈黙を守るものと決めこんでいたと言えます。ここまではいいですか？」

　一音も聞き逃さぬ勢いで、全員がうなずいた。ノックスは、つづきはまだかという目でエラリーの口もとを注視している。「しかしなぜ、その人物はノックスさんが沈黙を守ると確信できたんでしょう」エラリーは歯切れよくつづけた。「それは、あのレオナルドの絵にまつわる事情をすべて知っていたから、ノックスさんがそれを所有していることが法に抵触するのを知っていたからにほかなりません。だからこそ、ノックスさんが自己防衛上、先週金曜の夜にハルキス邸にいた三人目の男であったことを口外しないと確信できたわけです」

「頭がいいな、きみは」ノックスが言った。

「いまだけですよ」エラリーはにこりともせずに言った。「でも、この分析のいちばん重要な点はそこじゃないんです。盗まれたレオナルドにまつわるすべての事情と、あなたがそれにどうかかわっていたかを知りえたのはだれでしょうか、ノックスさん。

　消去法で考えていきます。

　ハルキスは、自身の手紙によれば、だれにも話しておらず、本人ももう死んでいます。

　それからノックスさん、あなたは、ひとりを除いてだれにも話していらっしゃらない――単純に考えて、その人物は除外できます。あなたのお話だと、その専門家は、きのうあなたの絵を鑑定して、レオナルド・ダ・ヴィンチの作ではないと断言したそうですが、それはきのうの夜のことで、偽の手がかりを残すには手遅れです！　ぼくがあれに気づいたのはきのうの朝ですから、あの手がかりはゆうべより前に仕込まれていたんですよ。だからその鑑定人――あの絵を持っていることをあなたが知らせた唯一の人物は除外されますね、ノックスさん……。こんな分析は必要ないかもしれませんが、その鑑定人はこの事件とほとんど無関係ですから、犯人と考えるのは理屈に合いません。ともかくぼくは、反駁《はんばく》の余地のない論理に基づいて自説を立証するために、慎重のうえにも慎重を期したいんです」

エラリーはむっつりと壁を見つめた。「残ったのはだれでしょうか。グリムショーだけですが、すでに死んでいます。しかし——その夜ハルキス邸でグリムショーが語った内容に関するあなたのお話によると、ノックスさん、グリムショーはこう言ったんでしたね。ひとりだけは——〝自分のほかにそいつだけは〟——知っている、と。盗まれた絵のことを話した相手について、そんな発言をしていたとお聞きしたように思います。そのただひとりの人物は、グリムショー自身が認めているように、あの男の相棒です。したがって、その相棒こそ、盗まれた絵にまつわる事情にも、あなたがそれを所有していることにも通じていて、三つの汚れたカップという偽の手がかりを仕込んだうえに、あなたの沈黙を確信しえた唯一の人間なのです！」

「なるほど、そのとおりだ」ノックスがつぶやいた。

「このことから引き出される結論はなんでしょうか」エラリーは感情を抑えた声でつづけた。「グリムショーの相棒は偽の手がかりを仕込むことが可能だった唯一の人間であり、殺人犯は偽の手がかりを仕込む理由があった唯一の人間である——よって、グリムショーの相棒が殺人犯にちがいないということになります。また、グリムショー自身の発言によると、その相棒は、運命の事件の前夜、グリムショーとともに〈ホテル・ベネディクト〉の部屋へ行った人物ですが、ノックスさんたちが先週金曜の夜にハルキス邸を去ったあとでグリムショーに会った人物でもあり、そのときに、新しい遺言状が提示されたことや、約束手形のこと、ハルキス邸での会合のさなかに起こったあらゆることを知りえたものと考えられます」

「むろん」警視が考えこみながら言った。「前進と言っていいだろうが、いまのところ、それだけでは実のところどうにもならないな。先週木曜の夜、グリムショーといっしょにホテルへ行った男はだれであってもいい。その男の人相はまったくわかっていないんだからな、エラリー」

「そうだね。でも、少なくともいくつかの事実は明確になったよ。進むべき方向は見えた」エラリーはもの憂げにみなを見まわしながら、煙草を揉《も》み消した。「だから重要な論点をひとつ残しておいたんですよ。それはつまり――犯人が裏を掻《か》かれた点です。そう、ノックス氏は沈黙を守らなかった。さて、なぜあなたは沈黙を守らなかったんですか、ノックスさん」

「さっき話したろう」銀行家は言った。「わたしの持っていたレオナルドは、レオナルドではなかった。無価値も同然だ」

「そうですね。ノックスさんはあの絵が無価値も同然だと知ったから、話す気になられた――大ざっぱに言えば、自分は〝申しわけが立つ〟から、すべての事情を告白してもいいとお思いになったわけです。ただ、その話を聞いたのはぼくたちだけなんですよ、みなさん！　言い換えれば、殺人犯、つまりグリムショーの相棒は、ぼくたちがあの絵について何も知らないものといまも信じているし、もしぼくたちがそいつの仕込んだ偽の手がかりに食いついていれば、ハルキスを犯人と見なすものといまも信じているはずです。いいでしょう――それならぼくたちは、一方ではそいつの思惑にはまったように見せ、一方では思惑にそむいてやりましょう。いまやハルキス犯人説を公に認めることはできません――まちがいだとわかっていますからね。でも犯人を満足させておいて、好きに泳がせ、つぎにどう出るかを見ることはできる。犯人を――どう言ったらいいのか――何か手を打たなくてはという気にさせれば、うまくはめることができるかもしれない。ですから、ハルキス犯人説を発表しようじゃありませんか。そしてあとから、ノックスさんが出頭して話してくださったことについては――ひとことたりとも――漏らさないでおく。そうすれば犯人は、ノックスさんが沈黙を守っていると考えるでしょうし、あの絵が百万ドルの値打ちがあるレオナルドの真作だと固く信じているのだから、今後も沈黙をつづけるはずだと決めこむでしょう」

「犯人は隠蔽《いんぺい》工作に走らざるをえなくなる」地方検事がつぶやいた。「われわれが引きつづき殺人犯を追っているとわかるだろうからな。いい案だよ、エラリー」

「獲物を怖《お》じ気《け》づかせる危険もありません」エラリーはつづけた。「ブレット嬢の新しい証言に基づいて、ハルキス犯人説がまちがっていたと発表してもね。犯人はきっと動じはしません。というのも、ティーカップの状態が途中で変わったのにだれかが気づくかもしれないと最初から覚悟していたでしょうから。実際にだれかが気づいたとしても、犯人にしてみれば単なる不運で、かならずしも致命的な状況ではないと見なすはずです」

「チェイニーの失踪《しっそう》についてはどう考えます？」ペッパーが尋ねた。

エラリーは深く息をついた。「アラン・チェイニーがグリムショーの死体を埋めたというぼくの鮮やかな推理は、当然ながら、伯父《おじ》のハルキスを犯人とする仮説のもとに成り立っていました。新事実がいろいろ出てきたいまは、グリムショーを殺した本人が死体を埋めたと信じる理由があります。いずれにしても、これまでわかっている事実だけでは、チェイニーの失踪の理由は特定できません。待つほかありませんね」

内線電話のベルが鳴ったので、警視は立ちあがって応答した。「通してくれ。もうひとりは外で待たせておけ」エラリーのほうを振り向いて言う。「待ち人が来たぞ、エラリー。ウィークスが連れてきた」

エラリーはうなずいた。男がドアをあけ、長身でよろよろしたデメトリオス・ハルキスを中へ通した。小ぎれいで地味な服装だが、気味の悪いうつろな笑みで唇をゆがめていて、いつもよりいっそう頭が弱く見えた。控え室で、執事のウィークスが老いた胸に山高帽をいだき、落ち着きなくすわっているのが見えた。外のドアが開き、脂光りしたトリッカラがせかせかと登場した。

「トリッカラさん！　こっちへ！」エラリーが大声で言い、デミーの骨張った指に握られている小さな包みを見た。トリッカラが何事かという顔で中へはいり、だれかが控え室側から執務室のドアを閉めた。

「トリッカラさん」エラリーは言った。「言われたものを持ってきたかどうか、この人に尋ねてもらえますか」

トリッカラは、自分が現れたとたんに明るくなったデミーの笑い顔に向かって、ひとしきりことばを浴びせた。デミーは元気よくうなずいて包みを差し出した。

「けっこう」エラリーは抑えた慎重な口調で言った。「こんどはこう訊《き》いてください、トリッカラさん、何を持ってくるように言われたのか、と」

しばし激しくことばをぶつけ合ったあと、トリッカラは言った。「こう言ってます。緑色のネクタイを、従兄《いとこ》のゲオルグの衣装戸棚から緑色のネクタイを一本持ってくるように言われたと」

「すばらしい。その緑色のネクタイを出してもらってください」

トリッカラが荒っぽく何か言うと、デミーはまたうなずいて、ぎこちない手つきで包みの紐《ひも》をほどきはじめた。だいぶ時間がかかった——そのあいだ一同は、デミーの不器用な太い指を無言で注視していた。やっとのことで固い結び目を征すると、ていねいに紐を巻いてポケットに入れ、それから包み紙を剝《は》がした。紙がはずされ——デミーは赤いネクタイを掲げた……。

いっせいにあがったどよめきの声を、エラリーが静めた。サンプソンとペッパーは驚きの叫びを発し、警視は控えめに罵《ののし》りのことばを漏らした。デミーはうつろなにやけ顔でその様子を見つめながら、それでいいと言われるのをだまって待っていた。エラリーは父親の机のほうを向いていちばん上の抽斗《ひきだし》をあけ、中を掻きまわした。やがて、体を起こして、吸取器を取り出した——緑色の吸取器を。

「トリッカラさん」エラリーが冷静に言った。「この吸取器が何色か、デミーさんに訊いてください」

トリッカラは訊いた。デミーがギリシャ語できっぱりと答えた。「この人は」通訳は不思議そうに告げた。「赤だと言ってます」

「そうこなくちゃ。ありがとう、トリッカラさん。デミーさんを控え室で待っている人のところへ連れていって、ふたりとももう帰っていいと伝えてください」

トリッカラはデミーの腕をつかんで執務室の外へ連れ出した。ふたりを見送ってエラリーがドアを閉めた。

「これで」エラリーは言った。「ぼくの自信満々の論理において何がまちがっていたのかがおわかりになったと思います。考えもしませんでしたからね、よりによってデミーが——色盲だなんて！」

一同がうなずいた。「おわかりのように」エラリーはつづけた。「赤いネクタイをしていることをハルキスが人から教わらず、デミーが予定表どおりの衣類をそろえたのなら、ハルキスがネクタイの色を知っていたのは目が見えたからだろうと、ぼくは推定しました。予定表自体に落とし穴がある可能性は考えなかったんです。予定表でいくと、先週土曜の朝、デミーはハルキスに緑色のネクタイを手渡すはずでした。ところが、いまわかったように、デミーにとっての〝緑〟は赤を意味する——つまり、彼は色盲だったんです。別の言い方をすれば、デミーの症状は典型的な部分色盲で、つねに緑が赤、赤が緑に見える。ハルキスはそのことを知っていて、赤と緑の二色にかぎっては、それを考慮して予定を組んでいました。赤いネクタイを着けたいときは、緑のを持ってこいとデミーに言わなくてはならないことを心得ていたんです。あの予定表にもそれと同じ配慮がされていました。要はこういうことです——あの朝ハルキスは、土曜日の予定表に実際に書いてあるのとはちがう色のネクタイをしていたにもかかわらず、人から教えられもせず、自分でも見えなくても、赤いネクタイを着けているとわかっていた。ネクタイを着け替えたのではなく――デミーが九時に屋敷を出たとき、ハルキスは赤いネクタイを着けていたんです」

「なるほど」ペッパーが言った。「すると、デミーもスローンもブレット嬢も真実を述べていることになるね。これはすごい」

「そのとおりです。このあたりで、いままで保留にした問題に取りかかりましょう――謀略好きな殺人者が、ハルキスの目は依然として見えないことを知っていたのか、あるいは、ぼく自身もうっかり惑わされた情報から、ハルキスの目が見えたと考えていたか、という問題です。いまではたいして意味のない憶測ですが、確率としては、後者のほうに分《ぶ》がありそうです。おそらく犯人は、デミーが色盲であることを知らず、ハルキスの目が死亡時には見えていたと考え、いまもそう考えているでしょう。いずれにせよ、もう忘れてもいい問題ですが」エラリーは父親に向かって言った。「火曜から金曜のあいだにハルキス邸を訪れた人たち全員の名前を、だれか記録していないかな」

サンプソンが答えた。「コーヘイランが記録した。屋敷に配置していたわたしの部下だ。いま手もとにあるか、ペッパー」

ペッパーがタイプされた紙片を差し出した。エラリーはすばやく目を通して言った。

「最近のまで控えてありますね」その名簿には、発掘前日の木曜日にクイーン父子が見たリストにあった訪問者も含まれ、さらに、そのときから発掘直後の捜査に至るまでの訪問者全員の名前が加わっていた。追加分には、ハルキスの屋敷の者たち全員と、ナシオ・スイザ、マイルズ・ウッドラフ、ジェイムズ・J・ノックス、ダンカン・フロスト医師、ハニウェル、エルダー師、スーザン・モース夫人、そして故人の得意客では、すでに記録されていたロバート・ピートリーとデューク夫人のほかに、ルーベン・ゴールドバーグ、ティモシー・ウォーカー夫人、ロバート・アクトンなる人々の名前も加わっていた。ハルキス画廊の従業員、サイモン・ブロッケン、ジェニー・ベーム、パーカー・インサルも弔問に訪れていた。評判のよい何人かの新聞記者の名前もあった。

エラリーはリストをペッパーに返した。「街じゅうの人間がやってきたような感じですね……。ノックスさん、レオナルドの絵にまつわる事情と、それを持っていらっしゃることは、ぜったいに口外しないでくださいますね」

「ひとことも漏らさんよ」ノックスが言った。

「それと、どうか目配りを怠りなく——何か新展開があれば、すぐ警視に報告してください」

「もちろんだ」ノックスは立ちあがった。あわててペッパーが、コートを着るのを手伝った。「ウッドラフと事後処理にあたっていてね」ノックスは難儀してコートを着ながら言った。「あの男に財産の法的な手続きをまかせているんだ。ハルキスが遺言なしで死んだ形になって、とんでもないことになっている。新しい遺言状がひょっこり出てこないことを祈るよ――話がよけいにややこしくなるとウッドラフも言っている。新しい遺言状が出てこなければわたしが遺産管理を担うということで、最近親者のスローン夫人の許可も得たからな」

「あの盗まれた遺言状か」サンプソンが不機嫌に言った。「威嚇行為があったことを根拠に無効を申し立てるのはじゅうぶん可能だと思うが、無効にするには大変な手間がかかるだろう。グリムショーには身寄りがあるんだろうか」

ノックスは小さくうなり声をあげ、手を振って立ち去った。サンプソンとペッパーも立ちあがって、互いに顔を見合わせた。「考えていらっしゃることはわかりますよ、検事」ペッパーが穏やかに言った。「あの絵がレオナルドの真作じゃないというノックスの話は――ただの作り事だとお思いなんでしょう?」

「ああ、そうだとしても驚かんよ」サンプソンは認めた。

「わたしもだ」警視がそばから言った。「大物かどうか知らんが、あの男は火遊びをしているな」

「そのようだね」エラリーも同意した。「ぼくは別に気にならないけど。あの人は知らぬ者のない熱烈な蒐集《しゅうしゅう》家だし、あの絵をぜったいに手放さない気でいる」

「やれやれ」警視はため息を漏らした。「とんでもなく面倒な事件だ」サンプソンとペッパーはエラリーに会釈して執務室を出ていった。警視もそれにつづき、記者会見へ向かった。

みなはエラリーひとりを残していった――一見暇そうな、頭は忙しく働かせている青年を。つぎからつぎへと煙草を吸いながら、エラリーはある記憶を繰り返したぐっていった。警視がもどったときも、ひとりぽつねんと、無意識に眉《まゆ》を寄せて足もとをにらんでいた。

「ぶちまけてきたぞ」警視はどっかりと椅子に腰をおろしながら、うなるように言った。「記者連中に、まずハルキス犯人説を話し、それからジョーン・ブレットの証言でその説は水泡に帰したと知らせてやった。数時間でニューヨークじゅうに知れ渡るだろうし、そうしたら、われらが殺人犯も忙しくなる」

警視が内線電話に向かって怒鳴ると、すぐさま秘書が駆けこんできた。警視はロンドンのヴィクトリア美術館に宛てた機密扱いの海外電報の文面を口述した。秘書が出ていった。

「さて、どうなるかな」警視は嗅《か》ぎ煙草入れを探りながら、思慮深く言った。「あの絵の一件をどうするのかをはっきりさせたい。いまも外で、サンプソンとそのことを話してきた。ノックスの言うことを鵜呑《うの》みにするわけにはいかないしな……」警視は黙したままのエラリーをいぶかしげに見つめて言った。「なあ、エル、いつまでもくよくよするな。この世の終わりというわけじゃあるまい。ハルキス犯人説がつぶれたぐらい、どうってことない。忘れることだ」

エラリーはゆっくりと目をあげた。「忘れろって？　ずっと先まで忘れないよ、父さん」エラリーは一方のこぶしを握りしめ、ぼんやりとそこに目を落とした。「この失敗でひとつ教訓を得たとしたら、それはこういうことさ——もしぼくがいまから言う誓いを破るようなことがあったら、頭に一発ぶちこんでくれるね——これからはぜったいに、ぼくが首を突っこむどんな事件でも、その犯罪のあらゆる要素をひとつ残らずつなぎ合わせて、すべてのあいまいな点に説明をつけるまで、結論を披露したりはしない*」

警視は心配そうに言った。「おいおい、おまえ——」

「あんなへまをやらかすなんて——ぼくはどれだけ思いあがった、手のつけられない、ひとりよがりの大ばか者だったんだ……」

「まちがってはいたが、おまえの推理はあっぱれだったと思うぞ」警視が慰めるように言った。

エラリーは返事をしなかった。父親の頭上の壁のあたりを苦い顔で見つめながら、鼻眼鏡のレンズを磨きはじめた。

（原注）

＊　このことばは、のちに多くの憶測を呼んで非難さえ巻き起こしてきた状況を説明して余りある。すでに刊行された三作の小説に見られるエラリーの捜査方式から、読者諸氏はお気づきのことと思うが、エラリーはどんなときであれ、警視である父の懸念など頭にないかのように、犯罪に関して知りえたことや推理した内容を、最終的な結論にたどり着くまでけっして明かそうとしない。既刊三作で扱われたいずれにも先立つ事件でエラリーが立てたこの誓いを思い出してくだされば、その不可解なふるまいにも納得されることと思う——Ｊ・Ｊ・マック

17　汚名

天からの手が、アラン・チェイニー青年を辺獄から日の光のもとへ引きもどした。正確に言えば、十月十日の日曜日の夜、バッファロー飛行場でシカゴ行きの飛行機のキャビンへふらつきながら足を踏み入れかけたとき、アランは暗がりから伸びてきた指につかまえられたのだ。がっしりと揺るぎないその指は、ヘイグストローム刑事――体を流れる血のなかに、世紀を越えて脈々とつづくノルウェー人の探険心をひそませたアメリカ紳士――のものであり、泥酔して目をかすませ、機嫌の悪いアラン・チェイニー青年は、州を横断してニューヨーク市へ行くつぎの寝台急行に押しこまれる運びとなった。

クイーン父子が電報でその逮捕を知らされたのは、神への賛美などどこにもなく、憂鬱《ゆううつ》に支配された感のある日曜日を過ごしたあとだったので、ふたりは月曜日の朝早くから警視の執務室で着席して、帰ってきた反逆児と、当然ながら得意満面の捕らえ手とを待ち受けていた。サンプソン地方検事とペッパー地方検事補もその接待に加わった。センター街のその一角の雰囲気はずいぶん浮ついていた。

「さて、アラン・チェイニーくん」警視が愛想よく言うと、いまやすっかり酒が抜け、ますます気分も機嫌も悪くなったアラン青年は、倒れこむように椅子にすわった。

「何か言いたいことがあるかね」

アランのひび割れた唇から、かすれた声が出た。「話す気はありません」

サンプソンがきびしく言った。「逃亡などしたら、どういうことになるかわかっているだろう、チェイニーくん」

「逃亡？」アランの目が曇った。

「おや、あれは逃亡ではなかったのか。ただの小旅行——ちょっとした休暇というわけかね」警視がくすりと笑った。「そうか、そうか」と言い、そこで急に態度を変えるという得意技に出た。「これは笑い事ではないし、きみも子供ではない。きみは逃げた。なぜだ？」

アラン青年は胸の前で腕組みをして、ふてぶてしく床に目を落とした。

「それは——」警視は机のいちばん上の抽斗《ひきだし》を手探りしながら言った。「ここにいるのがこわかったからじゃないのか」抽斗から手を出し、ヴェリー部長刑事がジョーン・ブレットの部屋で見つけた書き置きをひらつかせる。

とたんにアランは色を失い、まるで生きた敵《かたき》を見るように、その紙切れをにらみつけた。「いったい、どこでそれを？」小さな声で言う。

「正気に返ったらしいな。知りたいなら言うが、ブレット嬢の部屋のマットレスの下から見つけたんだ！」

「あの人――焼いてしまわなかったのか……」

「そうだ。お遊びはこのぐらいにしてくれ。話す気になったか？　それともまだ叩かれ足りないのか？」

アランは激しく目をしばたたいた。「どういうことになってるんですか」

警視が一同を振り向いて言った。「なんと、情報をほしがっているぞ、この小僧は！」

「ブレットさんは……あの人は――だいじょうぶなんですか」

「いまのところはな」

「どういう意味です」アランはいきなり立ちあがった。「あなたたち、まさか――」

「まさか、何をしたと？」

アランはかぶりを振って、また腰をおろし、疲れたようにこぶしを目に押しあてた。

「Q」サンプソンが頭を振って合図した。警視は青年の乱れた髪になんとも言いがたい一瞥《いちべつ》をくれてから、部屋の隅でサンプソンと額を突き合わせる。「本人がどうあっても話さない気なら」サンプソンは小声で言った。「あの青年にかじりついているわけにもいかないぞ。適当な容疑で勾留《こうりゅう》する手もあるが、無意味だろう。結局のところ、あいつに関しては何も握っていないんだから」

「まさにな。だが、あの小僧を見逃してやる前に、自分が納得するためにやりたいことがひとつある」警視はドアのほうへ向かった。「トマス！」

ヴェリー部長刑事が巨人のように敷居をまたいで姿を現した。「呼んできましょうか」

「ああ、頼む。ここへ通してくれ」

ヴェリーは出ていった。やがて、〈ホテル・ベネディクト〉の夜勤のフロント係の、ほっそりしたベルを連れてもどってきた。アラン・チェイニーは頑とした沈黙の下に不安を押し隠して、身じろぎもせずにすわっていた。その目は、何か実体のあるものをどうしてもとらえたいと言わんばかりに、すかさずベルに向けられた。

警視がアランのほうへ親指を突き出して言った。「ベル、この人は、先週の木曜の夜にアルバート・グリムショーを訪ねてきた連中のひとりじゃないかね」

ベルは青年の険しい顔をじっくりと見つめた。アランが抵抗と当惑の混じった表情でベルを見返す。やがてベルは勢いよく首を横に振った。「ちがいます、警視さん。あのうちのひとりじゃありません。この紳士は一度も見たことないです」

警視は不満げにうなった。そしてアランは、この面通しの意味がわからないながらも終わったのを察し、安堵《あんど》の息をついて椅子に身を沈めた。「ご苦労だった、ベル。

外で待っていてくれ」ベルがそそくさと引きさがり、ヴェリー部長刑事がドアにもたれる。「それで、チェイニーくん、逃げ出したわけをまだ話さないつもりかね」

アランは唇を湿らせた。「弁護士に会わせてください」

警視は両手をあげた。「まったく、何度その文句を聞かされたことか！ きみの弁護士はだれだね、チェイニーくん」

「もちろん――マイルズ・ウッドラフです」

「一家の代弁者ってやつか」警視は嫌味な口調で言った。「まあ、その必要はなかろう」どさりと椅子にすわりこんで、嗅《か》ぎ煙草入れに手を伸ばす。「われわれはきみを釈放するからな」せっかく捕らえた者を解放せざるをえないのが無念でならないという顔で、古い褐色の煙草入れを振りながら言った。アランの顔が立ちどころに明るくなる。「家に帰っていいぞ。ただし」警視は身を乗り出した。「これは約束する。こんどまた、土曜日にやったようなばかな真似をしたら、警察委員長に頼みこんででも、檻《おり》のなかにぶちこんでやるからな。わかったか？」

「はい」アランはぼそりと言った。

「まだある」警視はつづけた。「はっきり言っておくが、きみのことは監視させてもらう。行動のいっさいをな。だから、また逃げ出そうとしても無駄だ。ハルキスの屋敷の外にいるあいだは、見張り役がおまえの尻《しり》から一瞬たりとも目を離さないからな。

ヘイグストローム！」呼ばれた刑事が身を震わせる。「チェイニー氏を家まで送れ。そしていっしょにハルキスの屋敷にいるんだ。邪魔はしないようにな。この人が屋敷を離れるときは、かならず弟みたいにくっついていくんだぞ」
「承知しました。行きましょう、チェイニーさん」ヘイグストロームはにやりと笑って青年の腕をつかんだ。アランは即座に立ちあがって刑事の手を払いのけ、肩を怒らせて形ばかりの抵抗を見せたのち、ヘイグストロームを従えて憤然と部屋を出ていった。

ところで、この場面のあいだ、エラリー・クイーンがひとこともことばを発しなかったことにお気づきだろう。このときエラリーは、非の打ちどころのない爪をながめ、はじめてじっくり見るかのように鼻眼鏡を明かりにかざし、何度もため息をつき、何本も煙草を吸い、涙が出るほど退屈といった態度をほぼ保っていた。わずかに関心を示したのは、アランがベルと対面しているときだけだった。しかしその関心も、見覚えがないとベルが言ったとたんに消え去った。

そんなエラリーが耳をそばだてたのは、アランとヘイグストロームが出ていったあとにドアが閉まり、ペッパーがこう言ったときだった。「どうやらあの男、殺人犯としてつかまるはずがないと思ってるみたいですね、検事」

サンプソンが静かに言った。「すると、きみのご立派な頭によれば、どんな罪でやつをつかまえられるんだね、ペッパー」

「逃亡したじゃありませんか」

「それはそうだ！　しかし、逃亡したというだけで、犯人だと陪審を納得させられるというのか」

「そんな判例もありましたよ」ペッパーは頑として言った。

「ばかばかしい」警視がにべもなく言った。「ひとかけらの証拠もなしでは、どうにもならないことぐらいわかるだろう、ペッパー。やつはびくともしないはずだ。あの若造に怪しいところがあるなら、そのうちきっと明らかになる……。トマス、何か話があるのか。知らせたくてたまらないという顔だぞ」

実のところ、ヴェリー部長刑事は話に割りこむ隙を見つけられず、ひとりひとりの顔を見まわしながら、口をあけたり閉じたりしていた。ここでようやく、ヴェリーは巨人国《ブロブディンナグ》の住人並みの大息をついて言った。「例のふたりをつかまえてきました」

「どのふたりだ」

「バーニー・シックのもぐり酒場でグリムショーと言い争っていた女と、その亭主です」

「おお！」警視はやにわに立ちあがった。「それはいい知らせだな、トマス。どうやって女を見つけた」

「グリムショーの前歴から洗い出したんです」ヴェリーは低い声で言った。「リリー・モリソンとかいう――昔、グリムショーと付き合っていた女です。グリムショーの服役中にいまの亭主と結婚しています」

「バーニー・シックを呼び出せ」

「もう待たせてあります」

「いいぞ。全員連れてこい」

ヴェリーが足音高く出ていき、警視は回転椅子にふたたびすわって待ちかまえた。しばらくして部長刑事は、もぐり酒場の赤ら顔の主人を連れてきた。口を開きかけたその男に、だまっているよう警視が命じると、ヴェリーはすぐに別のドアから出ていった。そしてほどなく、男女のふたり連れといっしょにもどってきた。

ふたりはためらいがちにはいってきた。女はまさにブリュンヒルト（北欧神話に登場する武装した乙女）といった感じの、大柄で強そうなブロンド女だった。男のほうは四十がらみの白髪交じりの大男で、アイルランド人らしい鼻と黒く鋭い目を持つ、似合いの連れ合いだった。

ヴェリーが言った。「警視、ジェレマイア・オデルと夫人です」

警視が椅子を勧めると、ふたりはぎこちなく腰をおろした。警視は机の上の書類をいじりまわしはじめた――ある狙いがあっての、まったく形だけの動作だ。ふたりは思惑どおり気を引かれたらしく、目を泳がせるのをやめて警視の痩《や》せた手に視線を集中した。

「さて、オデル夫人」警視が口を切った。「こわがらなくていいですよ。これはただの決まり事だから。アルバート・グリムショーを知っているね」

警視と夫人の目が合ったが、夫人のほうが顔をそむけた。「ああ——絞め殺されて棺のなかから見つかったあの人ね」夫人は言った。喉《のど》の奥で何かが絶えず泡立っているような、がらがら声の持ち主だ。エラリーは自分の喉が痛むように感じた。

「そうだ。知っているね?」

「あたしは——いいえ、知らない。新聞で見ただけ」

「そうか」警視は部屋の奥でじっとすわっているバーニー・シックのほうを振り向いた。「バーニー、このご婦人を知っているかね」

オデル夫妻はそちらへさっと顔を向け、夫人が息を呑《の》んだ。夫の毛深い手が腕に載せられたので、妻は青ざめながらも平静を装って、顔を前へ向けた。

「知ってますとも」シックが言った。顔に汗がにじんでいる。

「最後に見たのはどこだ」

「四十五丁目のうちの店ですよ。一週間前——いや、二週間近く前だな。水曜の夜です」

「どんな状況で？」

「へっ？　ああ。絞め殺された男といっしょだった――グリムショーと」

「オデル夫人はその死んだ男と口喧嘩《くちげんか》をしていたんだったな」

「そうさ」シックは笑いだした。「ただ、あんときはまだ死んじゃいなかったけどね、警視さん――ぴんぴんしてたよ」

「ふざけるんじゃない、バーニー。グリムショーといっしょにいたのは、たしかにこの人なんだな」

「この人以外にありえないよ」

警視はオデル夫人に向きなおった。「これでも、アルバート・グリムショーには会ったこともないし、知りもしないと言い張る気かな」

女の熟れすぎた唇が震えはじめた。オデルが険しい顔で身を乗り出す。「女房が知らねえって言ったら、知らねえんだよ――わかったか」低い声ですごむ。

警視はその態度を怪しんだ。「ほう」小声で言う。「何かあるな……バーニー、おまえ、この威勢のいい旦那《だんな》のほうを見たことは？」大男のアイルランド人に親指を突きつけた。

「いや。ないと思う」

「ご苦労、バーニー。店へもどっていいぞ」シックは靴をきしませて出ていく。「オデル夫人、結婚前の姓は？」

唇の震えが激しくなった。「モリソン」

「リリー・モリソン？」

「ええ」

「オデルと結婚してどのくらいになる」

「二年半よ」

「そうか」警視はふたたび、ありもしない書類を探すふりをした。「よく聞いてください、リリー・モリソン・オデルさん。ここに確たる記録がある。五年前、アルバート・グリムショーという男が逮捕されてシンシンへ送られた。逮捕時の記録には、あなたとその男の関係については書かれていない――これはほんとうだ。しかしその数年前、あなたはその男と同棲《どうせい》していた……住所はどこだったかな、ヴェリー部長刑事」

「十番街の一〇四五番地です」ヴェリーが答えた。

顔を紫色にしたオデルが勢いよく立ちあがった。「やっと同棲してただと？」怒鳴り声をあげる。「このげす野郎、女房のことをそんなふうに言いやがって、ただですむと思うなよ。かかってきやがれ、老いぼれのほら吹きめ！　ぶちのめして――」

オデルは両肩をすぼめ、巨大なこぶしを宙に振り出していた。だがつぎの瞬間、背骨が折れんばかりの勢いで大きく頭をそらした。襟首をつかんだヴェリー部長刑事の鋼鉄の手でのけぞらされたのだった。ヴェリーは赤ん坊がガラガラを振るように、オデルを二度揺すった。オデルは口をあけたまま、手荒く椅子にすわらされることになった。

「いい子にしろ」ヴェリーが静かに言った。「脅してる相手が警察官だってことがわからんのか」まだ襟首をつかまれたままで、オデルは息を詰まらせている。

「まあ、これでもう暴れないだろうよ、トマス」警視が何事もなかったかのように言った。「さて、オデル夫人、さっき言ったとおり——」

巨漢の夫が力ずくで沈黙させられるのを怯《おび》えきった目で見ていた妻は、ごくりと唾《つば》を呑んだ。「あたしは何も知らない。なんの話をしてるのかわからない。グリムショーなんて名前の人はぜんぜん知らない。会ったこともぜんぜん——」

「〝ぜんぜん〟が多いね、オデル夫人。なぜグリムショーは、二週間前に刑務所を出てきてすぐ、あんたを訪ねていったんだろう」

「返事すんじゃねえぞ」大男が耳障りな声で言った。

「しない。しないったら」

警視は夫のほうへ鋭い目を向けた。「知ってるか、殺人事件の捜査で警察への協力を拒んだかどで、おまえを逮捕できるんだぞ」

「できるもんならやってみろ」オデルはつぶやいた。「おれにはつてがあるんだ。逮捕なんかできっこねえ。おれは本部のオリヴァントの知り合いでな……」

「聞いたかね、地方検事殿。本部のオリヴァントと知り合いだそうだ」警視はため息混じりに言った。「不当な圧力をかける気らしいぞ……オデル、おまえはどんなやばい商売をしている？」

「やばい商売なんかしてない」

「ほう！　真っ当に暮らしているわけか。仕事はなんだ」

「配管工事の請負さ」

「どうりで顔がきくわけだ……住まいは？」

「ブルックリン――フラットブッシュ地区だ」

「こいつに前科《まえ》はあるか、トマス」

ヴェリー部長刑事はオデルの襟から手を放した。「きれいなものですよ、警視」残念そうに言う。

「女のほうはどうだ」

「いまはまともにやってるようです」

「ほらね！」オデルの妻が勝ち誇ったように声を張りあげた。

「ほう、すると改心すべきことを以前やっていたのを認めるんだな」

牝牛《めうし》のように大きな目が見開かれたが、口は頑《かたく》なに閉ざされたままだった。

「どうだろう」エラリーが椅子に沈みこんだまま、もの憂げに言った。「なんでもご存じのベル氏を呼んでみては」

警視がうなずいたのを受けてヴェリーが出ていき、ほとんどすぐに夜勤のフロント係を連れてもどってきた。「この人を見てくれるか、ベル」警視が言った。

ベルは喉仏を派手に上下させた。そして震える指を、うさんくさそうな目でにらむジェレマイア・オデルの顔に突きつけた。「この男です！　こいつです！」大きな声で言う。

「そうか！」警視は腰をあげていた。「どっちの男だった、ベル」

ベルは一瞬ことばを失った。「あれれ」とつぶやく。「はっきり覚えてないな――いや、思い出した！　最後から二番目に来た人だ、顎《あご》ひげのお医者さんの直前に！」確信したのか、声が高くなった。「あのときのアイルランド人ですよ――この前話した大男です、警視さん。はっきり思い出しました」

「まちがいないな」

「誓ってもいいです」

「ご苦労だった、ベル。もう帰っていいぞ」

ベルは出ていった。オデルの巨大な顎ががっくりとさがり、黒い目には絶望が漂っていた。

「さあ、どうだ、オデル」

オデルは倒れかけのボクシング選手さながらに頭を振った。「何がだよ」

「いま出ていった男に見覚えがあるだろう」

「ないな！」

「だれだか知ってるか」

「知らねえ！」

「夜勤のフロント係さ」警視は愉快そうに言った。「〈ホテル・ベネディクト〉のな。あそこへ行ったことがあるな？」

「ねえよ！」

「あの男は、おまえが九月三十日木曜の夜十時から十時半のあいだに、フロントへ来たと言っている」

「嘘っぱちだ！」

「おまえはフロントで、アルバート・グリムショーが泊まっているかどうか訊《き》いた」

「訊いてねえ！」

「グリムショーの部屋番号をベルから教わって、あがっていった。三一四号室だ、オデル、覚えているだろう。覚えやすい番号だ……で、どうなんだ？」

オデルは立ちあがった。「いいか。おれは税金払ってる真っ当な市民だ。あんたらが何をほざいてんのか、さっぱりわからん。ここはロシアかよ！」声を荒らげる。「おれにだって権利ってもんがある！　おい、リリー、帰ろうぜ――引き留められるいわれはねえ！」

　女はおとなしく立ちあがった。ヴェリーがオデルのすぐ後ろを歩いていき、一瞬、いまにもぶつかるかに思われたが、警視はヴェリーに合図して脇へどかせ、オデル夫婦が、最初はゆっくりと、やがて滑稽《こっけい》なほど足を速めて出口へ向かうのを見守った。夫婦はまたたく間にドアの向こうへ消えた。

「だれかに尾行させろ」警視が不機嫌この上ない声で言った。ヴェリーがオデル夫妻を追っていった。

「あんなに強情な証人どもには会ったことがない」サンプソンがつぶやいた。「裏に何があるんだ」

　エラリーがつぶやいた。「ジェレマイア・オデル氏の台詞《せりふ》を聞きましたか、サンプソンさん。ソヴィエト・ロシアと来ましたよ。懐かしき赤のプロパガンダ。古きよきロシア！　それなくして気高き市民はどうなることか」

だれも注意を払わなかった。「何か変ですね、ほんとうに」ペッパーが言った。「グリムショーというやつは、いろいろとよからぬ件にからんでいたらしい」

　警視がお手あげのていで両手をひろげ、みな長々と黙した。

けれども、ペッパーと地方検事が引きあげようと腰を浮かしたとき、エラリーが明るく言った。「テレンティウス(ローマの喜劇作家)はこう言っています、〝運命が何をもたらそうとも、心静かに耐えるべし〟と」

月曜日の午後遅くになるまで、ハルキス事件はひたすら退屈な現状維持《スタトゥス・クオ》をつづけていた。警視は雑務にいそしみ、エラリーは日々の営みにいそしんでいた――それはおもに、煙草を吹かし、ポケットからサッフォーの小型判詩集を取り出して目についた個所を貪《むさぼ》り読み、その合間に、父親の執務室の革張りの椅子に沈みこんで熟考にふけることだったが。どうやら、テレンティウスのことばを引用するのはたやすくても、それに従うのはむずかしいらしかった。

爆弾が炸裂《さくれつ》したのは、クイーン警視がその日の日常業務に切りをつけ、息子を促して少しは気の晴れるクイーン家へ帰ろうとしているときだった。警視がすでにコートに袖《そで》を通しかけていたそのとき、ペッパーが興奮で顔を真っ赤にして、異様にうれしそうに執務室へ飛びこんできた。ペッパーは一枚の封筒を頭上で振ってみせた。

「警視! クイーンくん! これを見てください」封筒を机の上にほうって、せわしなく室内を行きつもどりつしはじめる。「ついさっき郵便で届いたんです。ご覧のとおり、サンプソン地方検事宛です。検事が不在なので――秘書が開封してぼくにまわしてきました。なんとしてもお見せしたくて。とにかく読んでください！」

エラリーはすぐさま立ちあがって父のそばへ行った。ふたりしてその封筒を見つめた。安手のもので、宛先はタイプされていて、その朝グランド・セントラル駅の郵便局で消印が押されたらしかった。

「さてさて、なんだろう」警視がつぶやいた。慎重な手つきで、封筒から同じく安手の便箋《びんせん》を一枚抜きとってひろげる。数行の文章がタイプで打ってあった――日付も、挨拶《あいさつ》の文句も、署名もない。警視は文面をゆっくりと音読した。


筆者（と書いてある）はグリムショー事件に関して、耳寄りな――有益で耳寄りな――事実を見いだした。地方検事殿も興味を持つはずだ。

ここに記す。アルバート・グリムショーの過去を調べれば、兄がひとりいたことがわかるだろう。ただし、その兄が捜査に大いに関与している人物であることは見抜けないかもしれない。実を言うと、当人は現在、ギルバート・スローンという名で通っている。


「さあ」ペッパーが大声で言った。「どう思いますか、それを」

クイーン父子は顔を見合わせてから、ペッパーを見た。「興味深いな、もしほんとうなら」警視が言った。「ただのいたずらという可能性もあるが」

エラリーが平然と言った。「ほんとうだとしても、たいして重要とは思えませんね」

ペッパーは失望の面持ちで言った。「それはないだろう！　スローンはグリムショーに会ったこともないと言っていた。ふたりが兄弟だとしたら大問題じゃないか」

エラリーはかぶりを振った。「何が大問題なんです、ペッパーさん。スローンが前科者を弟と認めるのを恥ずかしがった事実がですか。それも、あんな死に方をした弟を目の前にして？　いや、スローンが知らぬ存ぜぬを決めこんだのは、単に社会的地位が危うくなると考えたからであって、特に邪悪な意図はなかったと思いますよ」

「いや、それはどうかな」ペッパーは譲らなかった。「検事もぼくの見方に同意なさるはずだ。警視、その手紙をどうするおつもりですか」

「まずは、きみらふたりの論戦が終わったら」警視は淡々と言った。「この手紙に何か重要な点がないかを検討する」そして内線電話に歩み寄った。「ランバートさん？　クイーン警視だ。わたしの部屋まですぐ来てもらいたい」硬い笑みを浮かべてもどってくる。「専門家の意見を聞くとしよう」

ユーナ・ランバートは、黒々としたなかに艶《つや》やかな灰色が少し交じった髪を持つ、くっきりした顔立ちの若い女性だった。「どんなご用でしょう、クイーン警視」

警視は例の手紙を机の向こう端へほうった。「これについてのきみの所見が聞きたい」

　残念ながら、たいした所見は得られなかった。大いに聞く価値があったのは、その手紙がほぼ最新型の使いこまれたアンダーウッド社製のタイプライターで打たれたものので、ごく小さな印字の欠陥があれば、どの機器が使われたかはっきり識別できる場合もあるという点ぐらいだ。とはいえ、同じタイプライターで打たれたほかの書類との照合は確実にできるという話だった。

「やれやれ」警視はユーナ・ランバートを放免したあと、こうぼやいた。「専門家にも奇跡は望めないようだな」そしてヴェリー部長刑事に手紙を渡し、写真撮影と指紋検出のために署内の鑑識室へ持っていかせた。

「地方検事の居所を突き止めて」ペッパーが浮かない顔で言った。「この手紙の件を報告しないと」

「それがいい」エラリーが言った。「ついでにこう伝えてください。父とぼくがいまから東五十四丁目十三番地の空き家へ行くと――ふたりだけで」

　警視はペッパーに劣らず驚いた。「どういうことなんだ、おい。リッターがノックスの空き家を調べたのは――おまえも知っているだろう。何を考えている？」

「考えは」エラリーが答えた。「まだまとまってないけど、目的ははっきりしてるさ。つまり、父さんの大事な部下であるリッターの実直さはじゅうぶん認めるが、観察力にはちょっと不安を感じていてね」

「その勘はあたっていそうだな」ペッパーが言った。「案外、リッターが見落としたものがあるかもしれない」

「ばかな！」警視は声をとがらせた。「リッターはいちばん信頼できる部下のひとりだぞ」

「ぼくは午後じゅうずっとここにすわって」エラリーは苦いため息とともに言った。「なんの因果か、紛糾しつづけるこの複雑な問題についてじっくり考えていたんだ。ぼくだって重々承知してるよ、父上のおっしゃるとおり、リッターが大いに信頼できる部下のひとりだってことはね。だからこそ《エルゴ》、自分で現場を調べることにしたんだ」

「まさか、いまここで言うつもりじゃあるまいな、リッターが――」警視は顔色を変えた。

「キリスト教徒の決まり文句で言えば――わが信仰にかけて、そんなことは思ってないさ」エラリーは答えた。「リッターは実直で、信頼できて、勇敢で、まじめで、市警の誇りだ。ただ――この先ぼくは、おのれのふたつの目と愚かな脳だけを――〝内在の意志〟がみずから、無目的に、無自覚に、不滅の英知をもってぼくにあてがった、そのふたつだけを――信じることに決めたんだ*」

（原注）

＊　クイーン氏のこのことばは、ショーペンハウアーの神に対する考えをまちがいなく下敷きにしている——編者

18 遺言状

日が暮れるころ、警視とエラリーとヴェリー部長刑事は、十三番地の屋敷の薄暗い正面玄関の前にたたずんでいた。

ノックスの所有するその空き家は、隣のハルキス邸とそっくり同じ造りだった。崩れそうな褐色砂岩の壁には老朽化によるひびがはいり、古めかしい大きな窓は灰色の板で目隠しされている――見るからに近寄りがたい建物だ。かたわらのハルキス邸には明かりがともり、せわしく歩きまわる刑事たちの姿が見える――ハルキス邸のほうが明るい雰囲気だった。

「鍵《かぎ》を持ってきたか、トマス」さすがの警視も、殺伐とした空気に呑《の》まれて、声を落としている。

ヴェリーが無言で鍵を取り出した。

「前進《アナヴォン》！」エラリーが小声で言い、三人は歩道沿いのきしむ門扉を押して敷地にはいった。

「先に一階を？」部長刑事が尋ねた。

「そうだな」

三人は欠けた石段をのぼった。ヴェリーが大型の懐中電灯を出して脇の下にはさみ、玄関ドアの鍵をあけた。埋葬室を思わせる玄関へ足を踏み入れる。ヴェリーが懐中電灯で付近を照らして、内扉の錠を見つけ、そのドアをあけた。三人は密集隊形をとって進み、気がつくと真っ暗な洞窟《どうくつ》にいた。懐中電灯のちらつく光に照らし出されたのは、隣のハルキス邸の玄関広間とまったく同じ広さと形の部屋だった。

「さあ、はじめるぞ」警視が言った。「これはおまえの思いつきだ、エラリー。先頭を行け」

エラリーの目は、跳ねまわる光のなかで異様な輝きを放っていた。ためらいがちに広間を見まわしたあと、エラリーは奥のほうで黒い口をあける出入口へ向かっていった。警視とヴェリーがだまってあとにつづき、ヴェリーは懐中電灯を高く掲げた。

どの部屋もがらんどうだった――持ち主はこの建物を引き払うとき、家財道具を全部持ち出したにちがいない。少なくとも一階には、何も――文字どおり何ひとつ――残されていなかった。ほこりの積もった空っぽの部屋には、リッター刑事と同僚たちが最初に捜索したときに歩きまわった足跡がそこかしこについていた。壁は黄ばみ、天井はひび割れ、そり返った床板がうるさくきしんだ。

「もう気がすんだろう」一階のすべての部屋を見終わったとき、警視がうなるように言った。ほこりを吸いこんだのか、大きなくしゃみをし――苦しげにあえぎながら毒づいている。

「まだまだ」エラリーが言った。そして、むき出しの木の階段を、先に立ってのぼっていった。三人の足音が無人の家に響きわたる。

だが――二階でも、やはり何も見つからなかった。ハルキス邸と同じく、二階には寝室と浴室があるだけだ。しかし寝室にはベッドも絨毯《じゅうたん》もなく、人が住める状態ではない。警視は苛立《いらだ》ちを募らせていた。エラリーは古い衣装戸棚をのぞいてまわった。みずから望んだ骨折りのすえ、まったく何も、紙屑《かみくず》ひとつ見つからなかった。

「まだ気がすまないのか」

「ああ」

三人は、みしみし言う階段をのぼって屋根裏へ出た。

そこでも何も見つからなかった。

「まあ、こんなものだろう」警視が言い、三人は一階へおりた。「さて、無意味な捜索は終わりだ。家へもどって何か腹に入れよう」

エラリーは返事もせず、鼻眼鏡をまわしながら考えこんでいた。そしてヴェリー部長刑事に視線を向けた。「地下室に壊れた保管箱があるとかなんとか言ってなかったかな、ヴェリー」

「そうだ。リッターがそんなことを報告してましたね、クイーンさん」

エラリーは玄関広間の裏手へ歩いていった。階上へ至る階段の下にドアがあった。エラリーはそれをあけ、ヴェリーの懐中電灯を借りて下方を照らした。たわんだ階段の踏み板が視界に飛びこんでくる。

「地下室だ」エラリーは言った。「おりてみよう」

三人は頼りない階段をおりて、家の間口と奥行いっぱいにひろがる大きな部屋へはいった。懐中電灯の光でそこらじゅうに影が生じる、幽霊の出そうな場所で、階上のどの部屋にも増してほこりだらけだった。エラリーは階段から十フィートほど離れた一点をめざして、躊躇《ちゅうちょ》なく歩いていった。そしてヴェリーから借りた懐中電灯の光を差し向けた。ぼろぼろの大きな古い保管箱が、そこに転がっていた――帯状の鉄板で補強された、かさばる四角い保管箱で、蓋《ふた》は閉めてあり、砕かれた錠前が惨めに突き出ている。

「そこからは何も見つかるまい」警視が言った。「リッターが中をのぞいたと報告しているからな、エラリー」

「もちろんそうしただろうね」エラリーはつぶやき、手袋をはめた手で蓋を押しあげた。傷んだ内側を電灯でくまなく照らしていく。空だった。

ところが、蓋をおろそうとした瞬間、鼻孔が反応し、ぴくりと震えた。即座に前かがみになって、においを嗅《か》ぐ。「やったぞ」エラリーは静かに言った。「父さん、ヴェリー、ちょっとこのにおいを嗅いでみてくれ」

ふたりは言われたとおりにした。身を起こすなり、警視が言った。「なんと、棺をあけたときと同じにおいだ！　あれよりだいぶ薄まった感じだが」

「まさにそうですね」ヴェリーの深い低音がつづく。

「そう」エラリーが手を放すと、蓋は音を立てて閉まった。「そうなんだ。いわば、アルバート・グリムショー氏の亡骸《なきがら》の、最初の安眠の場が見つかったんだよ」

「これは神の恵みだな」警視が敬虔《けいけん》ぶって言った。「だが、リッターのまぬけは――」

エラリーは、ほかのふたりにというより、自分に言い聞かせるようにつづけた。「グリムショーはたぶん、ここか、この近所で絞め殺されたんだろう。金曜の夜遅く――十月一日のね。死体はこの保管箱に詰めこまれて、ここに置いてあった。犯人が最初は死体をほかで始末することなど考えていなかったとわかっても、別に驚かないな。この古い空き家は、死体を隠しておくのにうってつけの場所だ」

「そのあと、ハルキスが死んだ」警視が考えこみながら言った。

「そのとおり。そのあとハルキスが死んだ――翌日、二日の土曜日に。それを犯人は、死体のさらに安全な隠し場所を確保する絶好のチャンスと見たんだ。ハルキスの葬儀がすむのを待って、火曜か水曜の夜、ここへ忍びこんで死体をかつぎ出し――」エラリーはそこで間を置いて、真っ暗な地下室の奥へ早足で歩いていき、雨風で傷んだ古いドアを見てうなずいた。「このドアから中庭へ出て、それから門を通って墓地にはいった。そして地下埋葬室まで三フィート土を掘った……闇にまぎれてやるならわけもない仕事だ。墓地や、死体や、墓穴のにおいや、こわい幽霊なんかをまったく気にしなければね。この犯人は現実的な想像力しか持ち合わせない人物にちがいないよ。この推測でいくと、グリムショーの腐りかけた死体は、ここで四、五日眠ってたことになる。これでじゅうぶん――」顔をしかめて言う。「あの腐敗臭の説明がつくね」

エラリーは懐中電灯で室内を照らしていった。地下室の床は、一部がコンクリートで一部が木だったが、その上にはほこりと保管箱以外の何も載っていなかった。しかしすぐ近くに、不気味な巨体で天井の高さまでそびえる、怪物めいたものがぬっと現れた……。あわてて電灯の光をあてると、怪物の正体は大きな暖房炉――この家の集中暖房装置――だとわかった。エラリーはゆっくり歩み寄ると、錆《さ》びた焚《た》き口戸《ぐち》の取っ手をつかんで引きあけ、懐中電灯を持った手を突っこんで内部を照らした。すぐに大声をあげた。「何かある！　父さん、ヴェリー、早く！」

三人は身をかがめて、錆びた焚き口から暖房炉のなかをのぞいた。炉床の隅に少量の灰がちんまりと積もっている。その灰の山から、小さな――ごく小さな――厚手の白い紙の断片が突き出ていた。

エラリーはポケットの底から虫眼鏡を取り出し、懐中電灯の光をその紙に向けて、熱心にのぞいた。「それで？」警視が訊《き》いた。

「どうやら」エラリーは、体を起こして虫眼鏡を持った手をおろしながら、ゆっくりと言った。「とうとう、ゲオルグ・ハルキスの最後の遺言状が見つかったようだ」


その燃え残りの紙片を手の届かない隠し場所からどうやって取り出すかという問題に、やり手の部長刑事はたっぷり十分間、頭を悩ませた。ヴェリーはがたいが大きすぎて、その灰だめの口にはもぐりこめないし、それより細身の警視とエラリーも、何年ぶんもの汚れがたまった炉のなかへ体をねじこむ気にはなれなかった。この手の問題を解決するのにエラリーは役に立たず、紙片を無事に取り出す方法を見つけるには、より実行力に長《た》けたヴェリーが必要だった。ヴェリーはエラリーの携帯道具箱から針を一本取り出したのち、エラリーのステッキの先の金具に刺しこんで間に合わせの槍《やり》を作った。それを持って両膝《ひざ》と空いたほうの手をつき、あまり苦労せずに紙片を突き刺して確保した。さらに灰をつついてみたものの、形をとどめたものは出てこなかった――すっかり黒焦げになっていては、検査のしようもない。

燃え残りの紙片は、エラリーが予見したとおり、ハルキスの最後の遺言状の一部と見てまちがいなさそうだった。さいわい、火がまったくふれていない部分に、ハルキス画廊の相続人の名前があった。ゲオルグ・ハルキスの筆跡だと警視がすぐに気づいた乱暴な字で、〝アルバート・グリムショー〟と書かれていた。

「これでノックスの話が裏づけられたな」警視が言った。「そして、新しい遺言状で名前を消されたのがスローンだとはっきりした」

「そうだね」エラリーがつぶやいた。「それに、この遺言状を燃やした人間は、ずいぶんとまぬけな失敗をやらかしたものだね……困った問題だよ。なんとも困ったことだ」エラリーは端の焦げた紙片を見つめながら、鼻眼鏡で歯を軽く叩《たた》いていたが、何が問題なのか、なぜ困ったことなのかは説明しなかった。

「たしかなことがひとつある」警視が満足げに言った。「スローン氏に、グリムショーと兄弟の間柄だと知らせてきた匿名の手紙と、この遺言状のことを、しっかり説明してもらわなくてはならないな。もういいか、エラリー」

エラリーはうなずいて、いま一度地下室を見まわした。「ああ。もういいんじゃないかな」

「じゃあ、行こう」警視は燃え残りの紙片を財布にていねいにおさめ、先に立って地下室の正面出口へ向かった。物思いに沈んだエラリーがそれにつづき、ヴェリーがしんがりをつとめたが、注目すべきことに、その足どりには焦りが見られた。広くてがっしりしたヴェリーの背中でさえ、死をまとった闇が迫りくるのを感じずにはいられなかったということだ。

19　暴露

クイーン父子とヴェリー部長刑事がハルキス邸の玄関に立つと、ウィークスは開口一番、屋敷のかたがたは全員ご在宅ですと告げた。ギルバート・スローンを呼んでくるよう警視が声荒く命じ、ウィークスが急いで玄関広間の奥の階段へ向かうのを見届けて、三人はハルキスの書斎にはいった。

警視は机の上の電話機のもとへ直行して、地方検事の事務所を呼び出し、応答したペッパーに対して、紛失していたハルキスの遺言状らしきものを発見した旨を手短に伝えた。ペッパーはいまからそちらへ出向くと大声で言った。それから警視は、警察本部を呼び出すや、二、三の質問を浴びせ、二、三の答を聞き、苛立《いらだ》たしげに受話器を置いた。「あの匿名の手紙からは何も出なかった。指紋もまったくなしだ。ジミーの意見では、差出人は恐ろしく用心深いらしい――どうぞ、スローンさん、こっちへ。お話があります」

スローンは出入口で躊躇《ちゅうちょ》していた。「何か新しい情報ですか、警視さん」

「さあ、はいって！　噛《か》みつきはしません」

スローンははいってきて椅子に浅く腰かけ、手入れの行き届いた白い手を膝の上できつく組み合わせた。ヴェリーが部屋の隅へゆったりと歩いていき、脱いでいたコートを椅子の背にほうった。エラリーは煙草に火をつけ、巻きあがる紫煙越しにスローンの横顔をながめた。

「スローンさん」警視が唐突に切り出した。「あなたがいろいろと大嘘をついていることがわかりましてね」

スローンは色を失った。「いったいなんのことですか。わたしはそんな――」

「あなたは最初からこう主張していましたね。アルバート・グリムショーを見たのは、ハルキスの棺が墓地から掘り出されたときがはじめてだと」警視は言った。「それに、〈ホテル・ベネディクト〉の夜勤のフロント係のベルが、九月三十日の夜にグリムショーを訪ねてきた人物のひとりはあなただと断言したあとも、明らかに人ちがいだという態度を通した」

スローンはぼそぼそと言った。「もちろん、もちろんです。あれは事実じゃないんですから」

「事実じゃないと？」警視は身を乗り出してスローンの膝を軽く叩いた。「では、ギルバート・グリムショーさん、あなたがアルバート・グリムショーの兄だということはわかっていると言ったら？」

酒落者《しゃれ》のスローンはどこかへ消えていた。呆《ほう》けたように口をあけ、目玉をひんむき、唇をさかんになめ、額に玉の汗を浮かべて、両手をどうしようもなく震わせている。二度、何か言おうとしたが、二度とも意味不明のつぶやきが漏れただけだった。

「あのときは酒でもはいっていたのかね、スローンさん。さあ、吐いてしまいなさい」警視は目つきを険しくした。「いったいどういうことなんです」

スローンはようやく、考えを声にする方法を思い出した。「どうして——いったいどうしてわかったんです」

「どうしてかはいい。事実なんですね？」

「はい」スローンは額に手をやり、汗でぎらついたその手をおろした。「そうです、でもなぜあなたがたにそれが——」

「いいから説明を、スローンさん」

「アルバートは——おっしゃるとおり、わたしの弟でした。ずっと昔に父母が死んで、わたしたち兄弟ふたりが残されました。アルバートは——面倒ばかり起こしていました。それで喧嘩《けんか》別れすることになったんです」

「そしてあなたは改名した」

「そうです。昔の名前はもちろん、ギルバート・グリムショーでした」スローンは嗚《お》咽《えつ》をこらえ、目に涙をにじませた。「アルバートは——何やらつまらない罪で——刑務所送りになりました。わたしは——そう、恥辱と世間の悪評に耐えられなかったんです。それで、母の旧姓であるスローンを名乗って一から出直すことにしました。そのとき、今後はいっさい縁を切るとアルバートに言ってやりました……」スローンは身もだえした。ことばはゆっくりと、何かの内なる要求に押されるようにして出てきた。「弟は知らなかった——わたしは名前を変えたことを教えなかったんです。弟とはできるだけ離れて暮らしてきました。ニューヨークへ出てきて、ここで仕事をはじめて……でも、弟の動向にはずっと目を光らせていました。わたしの仕事を知られて、また面倒をかけられたり、金を搾りとられたり、兄弟だとばらされたりしないように……。アルバートは血を分けた弟ですが、救いがたい悪人でした。父は学校の教師で——絵を教え、自分でも描いていました。わたしたちは品のいい文化的な家庭で育ったんです。不思議でたまりませんよ、なぜアルバートがあんなごろつきになった——」

「昔話はけっこう。目の前の事実が知りたいんです。あの木曜の夜、ホテルにグリムショーを訪ねていきましたね？」

スローンはため息を漏らした。「いまとなっては、否認しても仕方ないでしょうね……。そうです。わたしはあいつの腐った人生から片時も目を離さず、どんどん悪いほうへ向かうのを見てきました——もっとも、向こうはそれに気づいていませんでしたがね。弟がシンシンへ入れられたのを知った日から、釈放されるのをわたしは待っていました。それで、あの火曜に出所してきたとき、当座の滞在先を突き止めて、木曜の夜〈ホテル・ベネディクト〉へ話をしにいったんです。弟にニューヨークにいてもらいたくなかった。あいつに――そう、どこかへ消えてほしかった……」

「消えてくれましたね、望みどおり」警視が苦々しげに言った。

「ちょっと待ってください、スローンさん」エラリーが口をはさんだ。スローンがふくろうのように目をまるくして、首を横に振り向ける。「木曜の夜にホテルの部屋を訪れる以前に、弟さんと最後に会ったのはいつですか」

「直接顔を合わせた、ということですか」

「そうです」

「スローンと名乗るようになってからは、一度も会ったり話したりしていません」

「徹底していますね」エラリーはつぶやいて、また煙草を吸いはじめた。

「あの夜、ふたりのあいだでどんなことがあったんです」警視が尋ねた。

「誓って何も！　わたしは、この街を出てくれと弟に頼みこみました。金を出してもいいと言って……。あいつはびっくりした様子で、もう一生会えないと思っていた相手に会えたように、それなりに喜んでいるようにも見えました。まんざら不愉快でもなさそうに……。でもすぐに、会いに来たのはまちがいだった、寝ている犬は寝かせておくべきだったと思わされました。弟がこんなことを口走ったからです、長いあいだ兄貴のことなんか思い出しもしなかった――兄弟がいたことなんてほとんど忘れてた――このとおりに言ったんですよ！

しかし、後悔先に立たずでした。この街を出て二度ともどらないなら五千ドル出すと、こっちから持ちかけてしまったんですからね。金は小額紙幣で用意してありました。あいつは約束すると言って金を引ったくり、わたしはあの部屋を出ました」

「それ以後、生きているグリムショーに会いましたか」

「いいえ！　街を出たものと思っていました。棺があけられて、あの姿を見たときには……」

エラリーがゆっくりと言った。「ところで、神出鬼没のアルバートさんとのお話し中に、あなたはいま使っている名前を教えましたか」

スローンはぞっとした顔になった。「いいえ、まさか。教えるもんですか。あれを秘密にしておくことは、一種の――そう、自己防衛だったんですから。いまもギルバート・グリムショーと名乗っているものと、あいつは信じきっていたはずです。だから、さっきわたしはあんなに驚いたんです――兄弟なのはわかっていると警視に言われて――いったいどうしてわかったのか、さっぱり見当が……」

「つまり」エラリーはすかさず言った。「ギルバート・スローンがアルバート・グリムショーの兄だということは、だれも知らなかったと？」

「そのとおりです」スローンはまた額をぬぐった。「そもそも、わたしは弟がいることをだれにも、妻にさえ話していないんです。アルバートがだれかに話したということもありえません。兄がどこかにいることは知っていても、ギルバート・スローンと名乗っていることは知らなかったんですからね。もっと言えば、あの夜わたしがあいつの部屋へ行ったあとも、知らないままでした」

「妙だな」警視がつぶやいた。

「そうだね」エラリーが言った。「スローンさん、あなたがゲオルグ・ハルキスさんと関係があることを、弟さんは知っていたんですか」

「とんでもない！　知らなかったはずです。あの夜だって、仕事は何をしているのかと冷やかし半分に訊《き》かれたので、当然はぐらかしました。探されると困るので」

「もうひとつお尋ねします。あの木曜の夜は、どこかで弟さんと落ち合ってから、いっしょにホテルへ行ったんですか」

「いいえ。わたしひとりで行きました。ロビーへはいったのは、アルバートと連れの男のすぐあとでした。顔を隠した男です……」

　警視が小さく驚きの声をあげた。

「……そういうわけで、その男の顔は見ていません。あの夜アルバートを付けまわしていたわけじゃありませんから、あいつがどこからもどってきたのかも知りません。でも、姿を見かけたんで、フロントで部屋番号を訊き出して、アルバートと連れのあとから上階へあがりました。そして三階の廊下の分岐したところで待っていたんです。あの連れの男が出てきたら、入れ替わりに部屋へはいってアルバートと話をつけ、さっさと帰ろうと思いながら……」

「すると、三一四号室のドアを見張っていたわけですね」エラリーは鋭く言った。「それはなんとも言えませんね。アルバートの連れは、こっちが目を離している隙にこっそり出ていったようなんです。ぼくは少し待ってから、三一四号室へ行ってドアをノックしました。しばらくするとアルバートがドアをあけて――」

「部屋にはだれもいなかった？」

「ええ、アルバートが先客のことを何も言わなかったので、出ていったらしい男はホテルに宿泊中の知り合いなんだろうと思いました」スローンは大きく息をついた。「わたしはいやな仕事を早く片づけて帰りたかったので、尋ねもしませんでした。そのあと、さっき言ったような話をして出てきたんです。重荷をおろした気分でしたよ」

警視が突然言った。「それでけっこう」

スローンは即座に立ちあがった。「ありがとうございます、警視さん、寛大なご配慮に感謝します。あなたにも、クイーンさん。実は気が気でなかったんです――拷問でもされるんじゃないかと……」スローンはネクタイを直した。ヴェリーは噴火中のヴェスヴィオ山の斜面のように肩を震わせている。「これで——失礼させていただきます」スローンはか細い声で言った。「画廊の仕事がたまっていますので。あの……」

一同は無言でスローンを見つめていた。スローンは何やらつぶやき、くすくす笑いのような頓狂《とんきょう》な声を発して、そっと書斎を出ていった。しばらくして、玄関ドアが閉まる音が聞こえた。

「トマス」クイーン警視が言った。「〈ホテル・ベネディクト〉の宿泊者名簿の完全な写しを手に入れてくれ。木曜日と金曜日、つまり三十日と一日の宿泊客が載ってるやつだ」

「すると父さんは」ヴェリーが立ち去ると、エラリーがおもしろそうに尋ねた。「スローンの言ったとおり、グリムショーの連れがホテルの泊まり客だったということもあるなんて考えてるのかい」

警視の白い顔が赤らんだ。「だったらどうなんだ。そう思わんのか」

エラリーは深く息をついた。

このとき、ペッパーがコートの裾《すそ》をひらめかせて、ふたりの前に飛びこんできた。風にあたって赤ら顔をいっそう赤くし、目を爛々《らんらん》とさせながら、隣の家の暖房炉にあった遺言状の断片を見せてくれと迫った。エラリーが思案にふけるかたわらで、ペッパーと警視は机の上の明るい照明のもとでその紙片を調べた。「断定はしにくいですね」ペッパーが言った。「さしあたり、これが正式の遺言状の断片でないとする理由も見あたりませんけど。筆跡は同じに見えます」

「確認しよう」

「そうですね」ペッパーはコートを脱いだ。「もしこれがハルキスの最後の遺言状の断片だと確定して」考えながらつづける。「ノックス氏の話とも一致するとなると、ぼくたちは、検認後見裁判官が鼻息を荒くするほどひどくこみ入った遺言調査に巻きこまれる羽目になりますよ」

「それはどういうことかね」

「つまり、この遺言状が、威嚇を受けている遺言人によって署名されたものであることを証明できないかぎり、ハルキス画廊は故人のアルバート・グリムショーが相続することになるんです！」

三人は顔を見合わせた。警視がゆっくりと言った。「なるほど。すると、グリムショーにいちばん近い血縁者として、おそらくスローンが……」

「疑わしい状況のもとにね」エラリーが小声で言った。

「それは、スローンが妻に相続させたほうがより安全と考えたってことかい」ペッパーが尋ねた。

「自分がスローンの立場だったらそう考えませんか、ペッパーさん」

「何か怪しいな」警視がつぶやいた。そして肩をすくめ、先刻のスローンの証言の内容をペッパーに伝えた。ペッパーがうなずいた。三人はいま一度、お手あげという表情で、焦げた紙片を見つめた。

ペッパーが言った。「まずはウッドラフに会って、この紙片を、あの弁護士の事務所にある写しと比べてみなくてはね。筆跡を比べれば確定できるはずです……」

書斎のドアの外の玄関広間で軽い足音がしたので、三人はいっせいに振り向いた。かすかに光る黒いガウンをまとったヴリーランド夫人が、ポーズをとるような恰好《かっこう》で出入口に立っていた。ペッパーがあわてて紙片をポケットに突っこみ、警視が気安く言った。「どうぞ、ヴリーランド夫人。わたしにご用ですか」

夫人はほとんどささやくような声で「ええ」と答え、外の広間に目を走らせた。そしてすばやくはいってきて、中からドアを閉めた。どこか態度がこそこそしていて──はたからは読みとれない感情を抑えているようだが、そのせいで頰の赤みと大きな目の輝きが増し、長い呼吸の波に合わせて胸が大きく上下していた。端整な顔にどことなく悪意がにじみ──大胆なまなざしに短剣の切っ先がちらついているようだった。

警視が椅子を勧めたが、夫人はことわり、あからさまに警戒する態度で、閉めたドアを背に直立していた──まるで、外の広間の物音に聞き耳を立てているかのように。

警視は険しく目を細め、ペッパーは眉《まゆ》をひそめ、エラリーまでが興味深げに夫人を見つめた。

「それで、どうしました、ヴリーランド夫人」

「実は、クイーン警視さん」夫人はささやき声で言った。「わたくし、隠していたことがありますの……」

「ほう？」

「お話しすべきことがあるんです——聞いたらきっと興味をお持ちになりますわ」濡《ぬ》れたような黒い睫毛《まつげ》がさっとおりて、夫人の目を覆い隠した。ふたたび睫毛があがったとき、その目は黒檀《こくたん》のように硬くなっていた。「先週の水曜の夜——」

「葬儀の翌日ですね」警視は即座に言った。

「そうです。先週水曜の夜、とても遅い時間に、わたくしは眠れずにいたんです」夫人は小声で言った。「不眠症で——あれにはよく悩まされていますのよ。それで、ベッドを出て窓辺へ行きました。寝室の窓から屋敷の裏の中庭が見おろせるもので。そうしたら、たまたま見えたんです、男がこっそり中庭を通って墓地の門のほうへ行くのが。その男は墓地へはいっていったんです、クイーン警視さん！」

「なるほど」警視は穏やかに言った。「それは非常に興味深いですね、ヴリーランド夫人。その男はだれでしたか」

「ギルバート・スローンです！」

飛び出したそのことばには――まちがいなく――毒を含んだ激しさがこもっていた。夫人は黒い目で三人を見据えたが、いまにも唇をゆがめてあだっぽい視線を投げそうな感じがした。その瞬間の夫人は、残酷なうえに――真剣そのものだった。警視は目をしばたたき、ペッパーは満悦のていでこぶしを握りしめた。エラリーだけは無感動で――まるで顕微鏡でバクテリアでも見るように夫人を観察していた。

「ギルバート・スローン。まちがいないですね、ヴリーランド夫人」

「たしかです」鞭《むち》を振るうがごとき即答だった。

警視は痩《や》せた肩をそびやかした。「さてこれは、おっしゃるとおり、きわめて重大な問題ですね、ヴリーランド夫人。注意して正確に説明していただかねばなりません。見たとおりのことを話してください――ありのままに。あなたが窓から見たとき、スローンさんはどこから来るところでしたか」

「あの人は窓の下の暗がりから現れました。この屋敷の暗がりから出てきたのかどうかは、はっきりしませんが、ここの地下室から出てきたんだと思いますわ。とにかく、そんな感じを受けました」

「どんな恰好をしていました？」

「中折れ帽とコートです」

「ヴリーランド夫人」エラリーの声がしたほうへ、夫人は顔を向けた。「それはとても遅い時間のことですね」

「ええ。正確に何時かはわかりません。でも、零時をだいぶ過ぎていたはずです」

「中庭は真っ暗だったでしょう」エラリーは穏やかに言った。「そんな夜更けだと」

夫人の首に筋が二本浮いた。「あら、こうお考えなのね！　実は見分けがつかなかったんじゃないかって！　でもあの人だったわ、ぜったいに！」

「スローンさんの顔を実際に少しでも見たんですか」

「いいえ、見ていません。でも、あれはギルバートでした——どこでも、いつでも、どんな状況のもとでも、わたくしにはわかるんです……」夫人は唇を嚙《か》んだ。ペッパーはわけ知り顔でうなずき、警視は険しい表情を浮かべた。

「では、必要になったら、宣誓証言をなさいますね」警視が言った。「あの夜、中庭にいたギルバート・スローンが墓地へはいっていくのを見たと」

「ええ、しますわ」夫人は横目でエラリーをにらんだ。

「スローンさんが墓地へ消えてからも、しばらく窓辺にいらっしゃったんですか」ペッパーが尋ねた。

「ええ。あの人は二十分ぐらいして、また現れました。急ぎ足で、人に見られたくないみたいにきょろきょろしながら、わたくしの窓の真下の暗がりのほうに歩いてきました。この屋敷にはいったのはたしかです」

「ほかにも何か見ませんでしたか」ペッパーがさらに訊《き》いた。

「まあ」夫人が不愉快そうに言った。「これでじゅうぶんじゃありません？」

警視が急に姿勢を変え、とがった鼻をまともに夫人の胸もとに向けた。「墓地へはいっていくスローンさんを最初に見たとき――あの人は何か運んでいましたか」

「いいえ」

警視は顔をそむけて失望を隠した。エラリーがゆっくりと言った。「こんな大事な話を、なぜいままでだまっていらっしゃったんですか、ヴリーランド夫人」

夫人はまたエラリーをにらみつけ、その冷淡で用心深く少々意地の悪い話し方から、疑惑の響きを感じとった。「そんなに重要だと思いませんもの！」

「おや、これは重要なことですよ、ヴリーランド夫人」

「でも――ついさっきまで忘れていたんです」

「ふうむ」警視が言った。「それで全部ですか、ヴリーランド夫人」

「はい」

「では、いまの話はだれにもしないでくださいよ、だれにも。もう行ってよろしい」

その瞬間、夫人の内にあるたいそうな鉄の骨格が錆《さ》びついて崩れ――緊張をなくした夫人は急に老けて見えた。しずしずとドアのほうへ向かいながら、小声で言った。

「ところで、この件については何も対処なさらないんですか」

「どうぞ、もうお引きとりを、ヴリーランド夫人」

夫人は疲れたようにドアのノブをまわし、振り返りもせずに出ていった。警視がそのあとからドアを閉め、手洗いのような妙な動作で両手をこすり合わせた。「さてと」快活に言う。「毛色のちがう馬が出てきたな。あの女の言っていることは、きっと事実だろう！　これで目鼻がついて――」

「父さんにもわかるだろう」エラリーが言った。「あのご婦人は例の紳士の面相を見たわけじゃないんだ」

「嘘を言っていると思うのかい」ペッパーが尋ねた。

「あの人は、自分でほんとうだと信じてることを話したんだと思う。女性の心理というのは微妙なんです」エラリーは言った。

「だが、これは認めるだろう」警視が言った。「ほんとうに、、、スローンだった可能性はじゅうぶんあると」

「ああ、まあね」エラリーは面倒そうに手を振って言った。

「いますぐやるべきことが、ひとつありますよ」ペッパーが歯を噛み鳴らして言った。

「二階のスローンの部屋を捜索するんです」

「それは賛成だ」警視が重々しく答えた。「おまえも来るな？　エル」

エラリーは深く息をつき、あまり望みを持てないふうな顔つきで、警視とペッパーのあとから書斎を出た。廊下にさしかかったところで、広間の玄関近くに、デルフィーナ・スローンのほっそりした姿が見えた。デルフィーナは、上気した顔に興奮した目をして背後をうかがいながら足早に進み、客間のドアをあけて室内へ消えた。

警視が足を止めた。「立ち聞きしていたんじゃないといいが」気づかわしげに言う。そしてかぶりを振ったのち、先に立って廊下の先の階段まで行き、三人は二階へあがった。階段のてっぺんで警視は立ち止まり、あたりを見まわしてから、階段の手すりに沿って左手のほうへ行った。ある部屋のドアを叩《たた》く。すぐにヴリーランド夫人が現れた。「ひとつお願いしたいんだが、ヴリーランド夫人」警視は小声で言った。「下の客間へ行って、われわれがもどるまでスローン夫人を引き留めておいてもらえますか」警視が片目をつぶると、夫人は息もつかずにうなずいた。そして自室のドアを閉めて、階段を駆けおりていった。「こうしておけば」警視は満足げに言った。「邪魔がはいらない。さあ行くぞ」

二階のスローン夫妻の私室は、ふた間――寝室と居間――に分かれていた。

エラリーは捜索に加わるのを拒み、警視とペッパーが寝室の抽斗《ひきだし》や衣装戸棚や収納庫を調べるのを、ぼんやり突っ立って見ていた。警視は実に念入りで、何ひとつ見逃さなかった。老いた膝《ひざ》を突いて敷物の下を調べ、壁を叩き、収納庫のなかをくまなく探った。だがすべて無駄骨に終わった。警視かペッパーがさらにくわしく調べる価値ありと見なすほどのものは、ひとかけらもなかった。

そこでふたりは居間へもどって、一からやりなおした。エラリーは壁に寄りかかってながめていた。ケースから煙草を一本とって、薄い唇にくわえ、マッチを擦った——が、煙草に火をつける前に振り消した。ここで吸うのはまずい。煙草をケースにもどし、燃えさしのマッチを注意深くポケットに入れた。

失敗が決定的になったころ、ようやく発見があった。やってのけたのは、部屋の隅で彫刻の施された古い机を執拗《しつよう》に調べていたペッパーだった。抽斗をひとつ残らず掻《か》きまわしても、たいしたものは見つからなかったが、机の前に立ち、催眠術にでもかかったようにじっと見おろしていると、大きな煙草壺《つぼ》が目についたので、蓋《ふた》をあけてみた。壺には刻み煙草が詰まっていた。「これは持ってこいの場所だな」ペッパーはつぶやいて……湿り気のある煙草を掻きまわしていた指をふと止めた。何かひんやりした金物にふれたせいだ。

「おや!」ペッパーは軽く叫んだ。暖炉と格闘していた警視が頭をあげ、すすで汚れた頬をぬぐって机に走り寄った。エラリーも無関心な態度を捨て、警視のあとから駆けつけた。

刻み煙草が二、三片くっついたペッパーの震える手のひらに、鍵《かぎ》がひとつ載っていた。

警視はそれを地方検事補から奪いとった。「これはどうやら――」と言いかけたが、口をつぐんで、その鍵をヴェストのポケットにしまいこんだ。「もうじゅうぶんだろう、ペッパー。ここを出よう。この鍵がわたしの考えている場所にぴたりと合えば、狂喜乱舞のめでたさだぞ！」

三人は用心しながらすばやく夫妻の居間を出た。階下へおりると、ヴェリー部長刑事がいた。

「〈ホテル・ベネディクト〉の宿泊者名簿をとりにいかせました」ヴェリーは低い声で言った。「じきに届き――」

「いまはそれどころじゃないぞ、トマス」警視はヴェリーの肘《ひじ》をつかんで言った。あたりをうかがったが、廊下にはだれもいない。そこでヴェストのポケットから例の鍵を取り出し、ヴェリーの手に押しつけて何やら耳打ちした。ヴェリーはうなずいて、玄関広間のほうへ歩いていった。ほどなく、屋敷の外へ出る音がした。

「やあ、諸君」警視は上機嫌で言い、嗅《か》ぎ煙草を勢いよく吸った。「諸君」――すっすっ！　くしゃん！　――「どうやらまごう方なき本命らしいぞ。さあ、書斎に身をひそめていよう」

警視はペッパーとエラリーを追い立てて書斎へはいり、自分は少しだけあけたドアのそばに立った。三人は無言で待った。エラリーのほっそりした顔には、待ちくたびれた表情が浮かんでいる。突然、警視がドアをあけ、外へ腕を伸ばした。その手につかまれて現れたのはヴェリー部長刑事だった。

警視はただちにドアを閉めた。ヴェリーの皮肉っぽい顔にも、はっきり興奮の色が表れていた。「どうだ、トマス——どうなんだ」

「あそこのです、たしかに!」

「しめた!」警視が叫んだ。「スローンの煙草壺から出てきた鍵は、ノックスの空き家の地下室のドアにぴったり合うんだ!」

警視は老いぼれの駒鳥のように甲高い声をあげていた。閉まったドアの前で歩哨《ほしょう》をつとめるヴェリーが眼光鋭いコンドルなら、ペッパーは跳ねまわる雀だ。そしてエラリーはもちろん、不吉な鳴き声をまだ発しない、漆黒の羽を持つ陰鬱《いんうつ》な大鴉《おおがらす》だった。

「この鍵はふたつのことを意味している」警視はそう言いながら、張りつめた顔がふたつに裂けるほど大きな笑みを浮かべた。「おまえの流儀にならってみよう、エラリー……。この鍵は、もともと遺言状を盗むいちばん強い動機を持っていたギルバート・スローンが、遺言状の断片が見つかったあの地下室の合鍵を持っていたことを示している。これはつまり、スローンがあの暖房炉で遺言状を破棄しようとした人間にちがいないということだ。いいか、あの男はまず、葬儀の日にこの部屋の壁の金庫から遺言状を盗み出し、それを棺に隠した――おそらくまだあけていなかった手提げ金庫ごとだ――そして、水曜か木曜の夜、そいつを棺から取り出したんだ。

もうひとつ、この鍵はある事実の確定要素になる。あの死臭のする古い保管箱と、この地下室の鍵は――グリムショーの死体がハルキスの棺に詰められる前はあそこに置いてあったことの確証になるわけだ。隣の空き家の地下室は安全な場所だったろうからな……。それにしても役立たずのリッターめ、うんと油を絞ってやるぞ。暖房炉のなかの紙切れを見落とすとはな!」

「おもしろくなってきましたね」ペッパーが顎《あご》をさすりながら言った。「実におもしろい。ぼくのやるべきことははっきりしています――いますぐウッドラフのところへ行って、あの事務所にある遺言状の写しと、この燃え残りを比べてみなくてはね。原本の断片だと確認しないと」ペッパーは机に歩み寄り、電話機のダイヤルをまわした。「話し中だ」と言って、すぐに受話器をもどす。「警視、事態はもう、これをはじめたやつの手に負えなくなっているんじゃないでしょうか。証拠固めさえできれば……」ふたたびダイヤルをまわし、電話がウッドラフの自宅につながった。応答した従者が、あいにくウッドラフは留守だが三十分でもどると言ったようだ。ペッパーは、いまから出向くから待っているようウッドラフに伝えてくれと従者に指示し、ダンベル形の受話器を勢いよくおろした。

「さっさとすませたほうがいい」警視が目配せした。「さもないと花火を見逃すことになるぞ。とにかく、これが原本の燃え残りなのかをたしかめる必要がある。ここでしばらく待っているから――確認できたらすぐ知らせてくれ、ペッパー」

「承知しました。ウッドラフといっしょに事務所へ写しをとりにいくことになるでしょうが、できるだけ早くここへもどってきますよ」ペッパーは帽子とコートをつかんで飛び出していった。

「ちょっと慢心しすぎじゃないかな、警視」エラリーがいさめた。その顔にからかいの色はなく、ほんとうに心配しているふうだ。

「どこがいけない」警視はハルキスの回転椅子に身を預け、満足そうに息をついた。「追いかけっこもそろそろ終わりらしい――われわれにとっても、ギルバート・スローン氏にとっても」

エラリーは鼻を鳴らした。

「今回のは」警視は小さく笑った。「おまえのごたいそうな推理方式がからきし役に立たない事件だな。やはり昔ながらの真っ当な考え方にかぎるんだ――奇抜なやり方じゃなくてな」

エラリーはそれも鼻であしらった。

「おまえの困ったところは」警視は意地悪くつづけた。「どんな事件であろうと頭脳で格闘すべしと思っているところだ。ちょっとした常識で物を考える父親を認めようとしない。しかしな、探偵に必要なのはそれだけだ。何はなくとも――常識だよ。おまえにはそれが理解できない」

エラリーは何も言わなかった。

「今回のギルバート・スローンの事件を考えてみろ」警視はさらに言った。「単純明快だ。動機は？　じゅうぶんある。スローンがグリムショーを殺《や》った理由はふたつだ。ひとつは、グリムショーの存在を脅威に感じたからだ。あんな野郎のことだから、スローンをゆすろうとした可能性だってある。だが、その動機は重要じゃない。主たる動機は、グリムショーがハルキスの新しい遺言状によってハルキス画廊の相続人になり、スローンを相続人の座から蹴落《けお》としかけていたことだ。だからスローンはグリムショーを消し、おまえの指摘した理由で――つまり、自分がグリムショーの兄だと知られたくなかったし、疑わしい状況のもとに遺産を相続したくなかったから――遺言状を破棄した。そうすることで、ハルキスは遺言せずに死んだものと見なされ、スローンはどのみち、妻の相続分から分け前にあずかれるわけだ。ずる賢いやつめ！」

「ああ、まさにね」

警視は微笑んだ。「そう深刻に受け止めるな、息子よ……。スローンの身辺を洗えば、あの男が金の問題で困っていることがわかるはずだ。陳腐な話だが、金が必要なんだよ。よし。動機についてはこれぐらいでいい。こんどは別の面から見てみよう。おまえがこの前、ハルキス犯人説の分析中に指摘したことだが、だれにせよグリムショーを絞め殺した犯人は、あとでハルキスに罪を着せるために偽の手がかりを仕込んだにちがいないし、ノックスがあの絵を持っていたければ沈黙を守るであろうことも当然わかっていたはずだ。そうすると、これもおまえが示したとおり、偽の手がかりを仕込むことができて、ノックスがレオナルドの絵を持っていることを知っていた唯一の第三者が、グリムショーの謎の〝相棒〟ということになる。そうだろう?」

「そのとおり」

「それでだ」警視は思慮深く眉《まゆ》を寄せ、両手の指先を合わせてつづけた。「――トマス、もぞもぞ動くんじゃない! ――さて、そういうわけで、スローンこそグリムショーを殺した犯人であり、〝名なし〟の相棒でもあったにちがいないんだ――あのふたりが兄弟だったという事実に照らせば、別に不思議はないように思う」

エラリーはうなり声をあげた。

「うむ、わかったぞ」警視はエラリーにかまわず言った。「ゆえにスローンは、さっき話したとき、ふたつの重要な点について嘘をついていたことになる。第一に、あの男がグリムショーの相棒だったとしたら、グリムショーはスローンと名乗っている男が自分の兄だと知っていたはずだし、当然、ハルキス画廊でのスローンの地位も知っていたはずだ。第二に、スローンは〈ホテル・ベネディクト〉にグリムショーといっしょにはいってきた男であるはずで、さっき本人が主張したように、すぐあとから訪ねていった男ではないはずだ。つまり、スローンがグリムショーの正体不明の連れだったとすると、いまだに素性のわからないただひとりの訪問客は、ふたり目の客だと考えざるをえない――スローンがどちらにあてはまるとしても、その答は神のみぞ知る、だが」

「すべてがぴったり合わないとだめなんだ」エラリーは言った。

「それは身に沁《し》みているわけだな」警視はにやりとした。「だが、わたしはこれで満足しているよ、エラリー。いずれにせよ、スローンが殺人犯であり、グリムショーの相棒だった場合、いちばん肝心なのは遺言状の動機だ。脅威を感じてグリムショーを厄介払いしたというのは二次的な動機で、レオナルドの絵を不法所有しているノックスからも金をゆすりとるために邪魔者を消すという、三番目の動機もあるぞ」

「その点は見過ごせないね」エラリーは言った。「これから特に目を光らせておくべきだよ。ところで、父さんは自分が納得いくようにすべての要素を整理したけど、こんどはこの犯罪を再構築してもらえるとうれしいな。ぼくにとってはいい実地教育になりそうだし、父さんからもっといろいろ学びたいからね」

「いいとも。それぐらい、ABCみたいなもんだ。スローンは先週水曜の夜、グリムショーをハルキスの棺に詰めた——その夜、あの男が中庭をこそこそうろついていたのをヴリーランド夫人が見ている。思うにそれは、二度目に墓地へ行くところだったんだろう。そう考えれば、死体をかついでいる姿を夫人が見ていないことにも説明がつく。死体はすでに墓地へ運びこんであったんだ」

エラリーは首を左右に振った。「父さん、ぼくはいっさい異論を差しはさまないつもりだけど、それにしても——真実味がないね」

「くだらない。おまえはときどきラバみたいにわからず屋になるな。わたしには真実味が感じられるぞ。スローンがグリムショーを埋めた時点では、むろんあの棺が法によって暴かれる心配などする理由もなかった。死体を埋めるために墓を掘り起こしたスローンは、確実に破棄しようと考えて遺言状も取り出したんだろう。それによって危険が増すこともない——どうせ棺はあけてあったんだから——わかるな？ スローンはまた、グリムショーを殺したときに死体から例の約束手形を奪いとって、いずれ間接的に相続するつもりだった自分の財産を守るために、あとで破棄したにちがいない。万が一にもその手形がだれかに見つかって、支払いを求められるようなことがないようにな。どうだ、手袋のようにぴったり合うじゃないか！」

「そう思うんだね」

「そうとわかっているんだ！　むろん、スローンの煙草壺《つぼ》のなかにあった地下室の合鍵《かぎ》──あれが決め手だ。空き家の暖房炉のなかにあった遺言状の焼け残り──あれも決め手だ。そして、いちばんの決め手は──スローンとグリムショーが兄弟だったことだ……。おい、聞いてるのか。こんな問題に目をつぶっているわけにはいかないぞ」

「残念ながらそのとおりだね」エラリーはため息をついた。「でも頼むから、ぼくをそっとしておいてくれないか、父さん。これで解決したら全面的に父さんの手柄にしていいさ。ぼくは遠慮する。計算ずくの罠《わな》とわかった手がかりで、一度痛い目に遭ってるからね」

「罠だと！」警視はあざけるように鼻を鳴らした。「つまりあの合鍵も、スローンを陥れる目的であの煙草壺に突っこんであったと思うのか」

「あいまいにしか答えられないな。それでも、ぼくの目は体力の許すかぎり大きく開いているってことは、覚えておいてくれ」そう言ってエラリーは身を起こした。「それと、先のことはっきり見通せないけど、親愛なる神《ル・ボン・デュー》がぼくに〝二重の喜び〟を与えたもうことを祈るよ。ラ・フォンテーヌがいみじくも語っている〝二重の喜び〟……だます者をだます喜び《トロンペ・ル・トロンプール》をね」

「ばかばかしい！」警視は言って、ハルキスの回転椅子から勢いよく立ちあがった。「トマス、帽子とコートを着けて、部下を何人か集めろ。いまからハルキス画廊へお邪魔するからな」

「ということは、見つけたものをスローンに突きつけるつもりなのかい」エラリーはのんびりと尋ねた。

「さようでございますとも」警視は言った。「それに、ペッパーがあの燃え残りの遺言状の照合をすませてきたら、スローン氏は今夜、殺人容疑で市刑務所のぴかぴかの檻《おり》に入れられることになる！」

「と言っても」ヴェリー部長刑事がぼそりと言った。「たいしてぴかぴかじゃありませんがね」

20　清算

その晩遅く、クイーン警視とエラリー・クイーン、ヴェリー部長刑事ほか数名の刑事が、さまざまな経路でたどり着いたとき、マディソン街のハルキス画廊の周辺は暗くひっそりとしていた。一同は静かに行動した。画廊のなかは、正面の広いガラス窓から見えるとおり照明が消えていて、入口はよくある警報装置つきの格子状の扉で戸締まりされている。しかし、店舗のドアの脇にある別の入口が目に留まり、警視とヴェリーは小声でことばを少し交わした。それから部長刑事が、〝夜間用ベル〟という表示の上部のボタンを太い親指で押し、みな無言で待った。応答がなく、ヴェリーがもう一度ベルを鳴らした。五分経っても、中からは物音も光も漏れてこなかった。ヴェリーはうなり声をあげたあと、部下を何人か招き寄せ、いっしょにドアを壊しにかかった。木の板が砕け、鉄の蝶番《ちょうつがい》が甲高くきしむ音とともに扉がはずれると、全員がひとかたまりになって真っ暗なロビーへとなだれこんだ。

一同は群れをなして階段をのぼっていき、またドアにぶつかった。懐中電灯で照らすと、そこにも警報装置がついていたが、警備会社の集中管理局で警報が鳴りだすことなど意に介さず、猛烈な勢いでドアを壊して突破した。

はいった先は、その階全体を占めている真っ暗な長方形の展示室だった。壁の絵に描かれた無数の顔の動かぬ表情や、美術骨董品《オブジェ・ダール》をおさめた輝く床置きのケースや、白っぽい彫像の数々が、よぎる懐中電灯の光でちらちらと浮かびあがる。すべてが整然と落ち着いていて、この侵入に色をなす者も現れなかった。

一同の左手の、展示室のほぼ突きあたりで、開いたドアから漏れた光が床を長く深く切り裂いている。警視が大声で「スローン！　スローンさん！」と声をかけたが、返答はなかった。全員がこぞって、その光の出所へ駆け寄る。大きくあいた鋼鉄製のドアには、こんな文字が記されていた。

ギルバート・スローン専用、無断立入禁止

だが、みなの視線は、そんな瑣末《さまつ》なものに長くはとどまっていなかった。出入口に群がった一同は、いっせいに息を呑《の》み、死んだように静まり返った……と言うより、正真正銘の死をその場で目のあたりにして、死そのもののように凍りついた。机に置かれたランプの明かりは、そこにうつ伏したギルバート・スローンの硬直した死体を、容赦なく照らし出していた。

想像のはいりこむ余地はほとんどなかった。みな茫然《ぼうぜん》と立ちつくし——部屋の照明はすでにだれかがつけている——かつてギルバート・スローンであった物体の、粉砕した血まみれの頭部を見おろしていた。

専用執務室の中央の机に向かって坐《ざ》するスローンの死体は、頭を左へ傾けて緑色のデスクマットに載せていた。机の側面が出入口に平行に置かれているため、外の展示室から見えるのは死体の横面だ。死体は革張りの椅子にすわった姿勢で前に倒れていて、左腕はデスクマットの上に投げ出され、右腕は椅子の脇からだらりと垂れている。そして、動かぬ右手の指先の二、三インチ下の床に、リボルバーが一挺《いっちょう》、手から滑り落ちたような恰好《かっこう》で転がっていた。警視は死体にふれないように上体をかがめ、電灯のまぶしい光にさらされた右のこめかみを調べた。こめかみには、皮膚が裂けてあいた濃赤色の深い穴があり、黒っぽい火薬痕《あと》が周囲に散っている——そこから銃弾がはいったのは明らかだ。警視は床に膝《ひざ》を突き、きわめて慎重にリボルバーの弾倉を開いた。ひとつを除いてすべての薬室に弾が装塡《そうてん》してある。銃口のにおいを嗅《か》いで、警視はうなずいた。

「これが自殺でなかったら」身を起こしながら言う。「わたしは驚いて絶命するよ」

エラリーは室内を見まわした。小さいけれどすっきりした部屋で、あらゆるものが決まった場所にしっかりおさまっているようだった。乱闘の跡はどこにも見あたらない。

そのあいだに、警視は薄紙で包んだリボルバーを刑事のひとりに渡し、所有者を調べにいかせた。その刑事が出ていくと、エラリーのほうを向いて言った。「どうだ、これでもまだ納得しないか。やはりでっちあげだと思うのか」

エラリーは部屋の境を越えたどこか遠くへ視線をさまよわせていた。そしてつぶやく。「いや、見せかけじゃなさそうだ。でも、なぜこんなに急に自殺しなきゃいけなかったのかがわからない。だって、きょうの夕方、ぼくたちがスローンと話したときに、父さんが疑っているのを気《け》どられたとは思えないからね。あのときは、遺言状についていっさいふれなかったし、地下室の合鍵も見つかっていなかったし、ヴリーランド夫人もまだ目撃話をしていなかった。となると怪しいのは……」

ふたりは目を見合わせた。「スローン夫人だ!」ふたりは同時に叫び、エラリーがスローンの机の上の電話機に飛びついた。交換手にせわしく質問を浴びせたが、中央局へまわされた……。

警視の注意はほかへそれていた。かすかなサイレンの響きがマディソン街から聞こえてきたかと思うと、表の通りで甲高いブレーキ音がして、階段を駆けあがる重い足音がそれにつづいた。警視は展示室のほうをのぞいた。ヴェリー部長刑事が警報装置を叩《たた》き壊した結果が、いままさに現れている。いかつい男の一団がなだれこんできて、いっせいにセミオートマティック拳銃《けんじゅう》を構えた。警視は数分かけてその連中に、実は自分が刑事課の高名なるクイーン警視であること、そこかしこにいる男たちが盗人ではなく刑事であること、ハルキス画廊からは何も盗まれていないはずだということを納得させた。その面々をなだめて追い払ってから、警視が事務室へもどってみると、エラリーは先刻よりもいっそう思案に暮れた様子で、椅子にすわって煙草を吸っていた。

「何かわかったのか」

「驚くべきことがね……ちょっと手間どったけど、なんとか情報を聞き出せたよ。今夜、この電話に一度、外からの着信があったらしい」エラリーはむっつりと言った。「この一時間のあいだにね。逆探知してもらったら、発信元はハルキス邸だった」

「やはりな。それでこいつは万事休すと悟ったわけだ！　われわれが書斎で事件の話をしているのをだれかが耳にして、屋敷から電話でスローンに知らせたんだな」

「だけど」エラリーは不満そうに言った。「だれがこの事務所を呼び出したのか、どんな会話が交わされたのかは知りようがないんだ。判明してる事実で満足するしかないね」

「それでじゅうぶんじゃないか。トマス！」ヴェリーが出入口に現れる。「ハルキス邸に急いでもどって、全員から話を聞き出してくれ。きょうの夕方、われわれがスローンの部屋を捜索したり、ヴリーランド夫人とスローンに質問したり、階下の書斎でスローンの件を相談したりしていたあいだ、屋敷にだれがいたのかを突き止めるんだ。可能なら、今夜あの屋敷の電話を使った人間を見つけ出せ——特に、スローン夫人には手加減するなよ。わかったか」

「ハルキス邸の連中に、このことをしゃべっていいんですか」ヴェリーは低い声で訊《き》いた。

「むろんだ。何人か部下を連れていけ。わたしがいいと言うまで、全員一歩も外へ出させないようにしてくれ」

ヴェリーは出ていった。電話が鳴り、警視が応答した。リボルバーを持っていかせた刑事からだった。所有者が確認できたらしい。その拳銃に関しては公式の許可証が発行されており、登録名はギルバート・スローンになっていたという。警視はほくそ笑みながら警察本部に電話をかけ、検死官補のサミュエル・プラウティ医師を呼び出した。

電話を終えて振り返ると、エラリーがスローンの机の後ろの壁に備えつけられた小ぶりの金庫を調べていて、その鋼鉄のまるい扉が大きく開いていた。

「何かあるか」

「まだわからない……。おや！」エラリーは鼻眼鏡をしっかりかけなおして、身をかがめた。小さな金庫の底に散らばっている種々の書類の下に、何やら金属製のものがある。警視はすぐにエラリーの手からそれを取りあげた。

それは、使いこんで摩耗した、重くて旧式な金の懐中時計だった。もはや時を刻んではいない。

警視はそれをひっくり返してみた。「こいつが切札じゃないとは言わせないぞ！」金時計を高く振りあげ、衝動のままに戦勝の舞らしきものを披露する。「エラリー！これでけりがつく！　誓って、この厄介な事件ともおさらばだ！」

エラリーはその懐中時計を仔細《しさい》に調べた。文字盤の反対側の金の裏蓋《うらぶた》に小さな文字が彫ってあり、ほとんど消えかけた〝アルバート・グリムショー〟の名前が読みとれた。まちがいなく自然に薄くなった彫り目だ。

エラリーはますますもって不満げだった。憂鬱《ゆううつ》がいや増したのは、警視がその懐中時計をヴェストのポケットにしまいこんで、こう言ったときだった。「もう疑問の余地はない。こいつが確証になる。スローンは明らかに、グリムショーの死体から約束手形をくすねたときに、この懐中時計もいただいたんだ。自殺したことを考え合わせれば、スローンが犯人である証拠はじゅうぶんで、これ以上は望めないほどだ」

「その点だけは」エラリーは憂い顔で言った。「全面的に同意するよ」

しばらくして、マイルズ・ウッドラフとペッパー地方検事補が自殺現場に姿を見せた。ふたりは冷静にギルバート・スローンの亡骸《なきがら》を見おろした。

「すると、何もかもスローンのしわざだったんだな」ウッドラフが言った。いつもの赤ら顔に青白い筋が浮いている。「遺言状を盗んだのはこの男にちがいないと、はじめから思っていたんだ……。やれやれ、警視さん、やっと終わりそうですね」

「ああ、ありがたいことだ」

「惨めな死に方をしたものですね」ペッパーが言った。「臆病《おくびょう》者に多いんだ。まあ、ぼくが聞いているところじゃ、スローンは腰抜けだと言われていたらしいし……。ウッドラフさんとぼくは、ハルキス邸にもどる途中でヴェリー部長刑事と行き合ったんです。何があったか聞いて、駆けつけてきました。ウッドラフさん、遺言状の件をお話しなさっては？」

ウッドラフは部屋の一角に置かれた現代風のソファーにどっかりと腰をおろし、顔をぬぐった。「たいして話すこともありませんがね。あの燃え残りは本物ですよ。この点はペッパーくんが裏書きしてくれるでしょうが、わたしの事務所にある写しの該当する部分とぴったり一致します――ぴったりとね。それに筆跡――グリムショーの名前を書き入れた字ですが――あれもハルキスの自筆です、ええ、まちがいなく」

「けっこう。だがわれわれも確認しておいたほうがいいな。燃え残りと写しは持ってきているかね」

「もちろん」ウッドラフは大判の茶封筒を警視に手渡した。「ハルキスの筆跡の見本もいくつか入れておきました、ご覧になればわかります」

警視は封筒のなかをのぞいてうなずき、近くに立っていた刑事のひとりに手で合図した。「ジョンソン、筆跡鑑定係のユーナ・ランバートを探しにいってくれるか。自宅の住所は本部でわかる。この封筒にはいっている筆跡の見本をすべて調べてくれと言うんだ。それと、燃え残りの紙のタイプ打ちされた文字もな。すぐに結果が知りたい」

ジョンソンと入れ替わりに、ひょろりと背の高いプラウティ医師が、いつものように葉巻をくわえ、前かがみで部屋へはいってきた。

「どうぞどうぞ、先生！」警視が愛想よく言った。「またご遺体が出たよ。これでおしまいだと思うがね」

「この事件ではな」プラウティ医師も明るく返し、例の黒い鞄《かばん》をおろして、死人の砕けた頭をながめた。「ほほう！　きみだったのか。こんな状況のもとで再会するとは思わなかったな、スローンくん」帽子とコートを脱ぎ捨てて、仕事にかかった。

五分後、プラウティは腰をあげた。「単純明快な自殺。それがわたしの所見だ。ここにいるだれかが反証を持っていないかぎりはな」太い声で言う。「拳銃はどこに?」

「部下に持っていかせた」警視が言った。「調査のために」

「三八口径じゃないかね」

「正解」

「訊いたのは」検死官補は葉巻を嚙《か》みながらつづけた。「弾がここにないからだ」

「どういうことです」エラリーがすかさず尋ねた。

「まあ落ち着け、クイーンくん、来たまえ」エラリーとほかの面々が机のまわりに集まると、プラウティ医師は死人の上に身をかがめ、乱れた薄い髪をつかんで頭を持ちあげた。緑色のデスクマットに接していた頭の左側に、乾いた血がこびりつき、はっきりとわかる穴があった。頭の載っていたマットには血が染みている。「弾は頭蓋骨《ずがいこつ》をきれいに貫通している。どこかそのへんにあるはずだ」

プラウティは濡《ぬ》れた洗濯物の袋でも扱うように平然と死体を引き起こし、椅子にまっすぐすわらせた。そして、血でぬるついた髪をつかんでその顔面を前に向け、スローンがすわった姿勢で自分自身を撃った場合に、銃弾が飛んでいくはずの方向を見やった。

「あいたドアから向こうへ出たんだな」警視が言った。「おおよその方向と体の位置から容易にわかる。われわれが死体を見つけたとき、ドアはあいていたから、銃弾はそこの展示室へ飛んでいったにちがいない」

警視は小走りで出入口へ向かい、いまは明るい照明のついている展示室にはいった。考えられる弾道を目測し、うなずいて、出入口の向かい側の壁のほうへまっすぐ歩いていく。壁には時代物の厚いペルシャ絨毯《じゅうたん》が掛かっていた。しばし注意深くながめまわし、しばしポケットナイフの先でつついたのち、警視は、少々ひしゃげた銃弾を持って意気揚々ともどってきた。

プラウティ医師が納得したふうに低くうなって、死体をもとの姿勢にもどした。警視は凶器の弾丸をひねくりまわしながら言った。「なんということはない。スローンが自分で自分を撃ち、銃弾は頭をきれいに貫通して頭蓋骨の左側へ抜け、出入口を通過して力の大部分を使い果たし、外の向かいの壁の絨毯に着弾した。そう深くめりこんではいなかった。おかしな点は何もない」

エラリーは銃弾をつくづくながめたのち、不機嫌に肩をすくめて父親に返した。いわく言いがたい疑念にとらわれているのが、ありありとわかるしぐさだった。エラリーは隅へ引っこんでウッドラフとペッパーのそばにすわり、警視とプラウティ医師は、死体を運び出して解剖にまわすよう指示を出した――念のために検死もしておきたいという警視の意向だ。

死体が細長い展示室経由で運び出されていくとき、急いで階段をのぼってきたヴェリー部長刑事が担架とすれちがったが、軽く一瞥《いちべつ》をくれただけで、パレード中の英国近衛《このえ》兵さながらにしゃちほこばって事務室へはいってきた。そして、近衛兵のバズビー帽さながらに深くかぶった大きな中折れ帽を脱ごうともせず、暗い声で警視に報告した。「だめでした」

「まあ、そう重大な件でもない。いったい何がわかった」

「今夜はだれも電話をかけていません――少なくとも、本人たちはそう言っています」

「当然、かけた人間はそうと認めないだろうな。たぶんわからずじまいになるだろう」警視は煙草入れを探りながら言った。「スローン夫人が旦那《だんな》に知らせたのは、まずまちがいない。おそらく、われわれが書斎でしゃべっていたとき、外で聞き耳を立てていて、ヴリーランド夫人が離れるのを待って、急いでスローンに電話したんだろう。夫婦でぐるだったのか、あるいは何も知らなかったから、われわれの話を聞いて夫が疑わしいと気づき、問いただすために電話をかけたのか……。判断しがたいな。スローンが何を言い、夫人が何を言ったのかが問題だが、とにかく、その電話でスローンは一巻の終わりと悟ったんだ。それで、自殺という唯一の逃げ道に走った」

「わたしが思うに」ヴェリーが低い声で言った。「夫人にやましいところはなさそうですよ。スローンが自殺したと聞いたとたんに、失神して倒れましたから——ほんとうです、警視。あれはふりじゃない。卒倒でした」

エラリーはろくに話を聞いておらず、じれたように立ちあがると、室内をまたうろつきはじめた。もう一度金庫をよく調べたが、興味を引かれるものはなかったらしく、書類の散らばった机にふらりと歩み寄って、スローンが流血した頭を載せていたマットのどす黒い染みを見ないようにしながら、書類を掻《か》きまわしはじめた。本のようなものが目を引いた。〝一九二一年　日記〟と金文字で記された、モロッコ革の表紙の日記帳だ。書類の下に半ば埋もれていたそれに、エラリーは貪欲《どんよく》に食いついた。警視がそばへ寄ってきて、何を見つけたのかと息子の肩越しにのぞきこんだ。エラリーは中をぱらぱらめくってみた——どのページにも、きれいに整った文字がびっしり書きこまれている。机上の書類のなかから筆跡の見本になりそうなものを二、三選んで、日記帳の筆跡と比べてみる。完全に一致していた。エラリーは日記をいくつか拾い読みして、腹立たしげに首を振ったあと、その帳面を閉じて——上着の脇ポケットに滑りこませた。

「何かあったか」警視が尋ねた。

「あるとしても」エラリーは言った。「父さんは興味がないと思うよ。一件落着したと、さっき言ってなかったかい」

警視はにやりとして息子のそばを離れた。人々の騒がしい声が、外の展示室から響いてきた。口々にわめく新聞記者の一団のただなかに、ヴェリー部長刑事の姿があった。カメラマン連中もどうにかしてもぐりこんだらしく、ほどなく室内は閃光《せんこう》と煙でいっぱいになった。警視が快く事実説明をはじめると、記者たちは忙しくペンを走らせ、ヴェリー部長刑事もやむなく質問に答える羽目になった。ペッパー地方検事補はひねくれた賞賛者たちの関心の的となり、マイルズ・ウッドラフは胸を張って早口に個人的意見を述べはじめた。わたくし、ウッドラフ弁護士は、最初から犯人の目星をつけておりましたが、いや――ほら、ご存じのとおり、まどろっこしいものですからな、公の捜査、まあ、警察や刑事課というものは……。

この騒ぎのさなか、エラリーは首尾よくだれにも気づかれずに事務室の外へ出た。彫像のあいだや、壁の貴重な絵画の下を通って、展示室を抜ける。そして階段を静かに駆けおりたのち、壊された正面ドアからマディソン街の暗く冷たい夜気のなかへ出て、大きく息をついたのだった。

十五分後に警視が外へ出てくると、エラリーは明かりの消えたショーウィンドウに寄りかかって、痛む頭のなかで入り乱れるいくつもの暗澹《あんたん》たる考えと対話していた。

21　日記

憂鬱《ゆううつ》な気分は、ずっと――途切れることなく――寒々しい夜明け前までつづいた。警視は知るかぎりの父親の手管を用いて、考えるのはやめてあたたかいベッドに慰めを求めるよう、ふさぎこんだ息子を説き伏せようとしたのだが、そんな努力も無駄に終わった。エラリーはガウンにスリッパという恰好《かっこう》で、火を弱くした居間の暖炉の前の肘《ひじ》掛け椅子にうずくまって、スローンの机から失敬してきた革表紙の日記帳を熟読しつづけ、父親のなだめすかしにはろくに反応もしなかった。

ついにあきらめた警視は、とぼとぼと台所へ行ってコーヒーを淹《い》れ――若いジューナは自分の小部屋でぐっすり眠っていた――ひとりわびしく無言で祝杯をあげた。コーヒーの芳香がエラリーの鼻をくすぐったのは、ちょうど日記に目を通し終わったときだった。エラリーは眠そうに目をこすりながら台所へはいってきて、自分のぶんのコーヒーを注ぎ、父子は耳障りなほどの沈黙を保ったまま、いっしょにコーヒーを飲んだ。

警視が音を立ててマグカップを置いた。「パパに言ってみろ。息子よ、いったい何を悩んでいるんだ」

「ああ」エラリーは言った。「やっぱり訊《き》いたね。ぼくはマクベス夫人のようにもどかしい思いで、その質問を待ってたんだ。父さんは、ギルバート・スローンが弟のアルバート・グリムショーを殺した犯人だと見ている——自白したも同然の状況証拠と、父さんには明々白々に思える物的証拠をもとにね。ぼくはこう質問したい。スローンとグリムショーが兄弟だと暴露した、あの匿名の手紙を出したのはだれなんだ?」

老いた歯のあいだから息を吸いこんで、警視は言った。「つづけろ。胸のわだかまりを吐き出してしまうんだ。どんなことにも答は出ている」

「へえ、そうかい」エラリーは言い返した。「わかった——くわしく言うよ。あの手紙を出したのは、どう考えてもスローンじゃない——スローンが犯人なら、自分にとって不利になる情報を警察に差し出すような真似をするだろうか。もちろんしない。じゃあ、だれがあの手紙を書いたのか。スローンはこう言っていた——ギルバート・スローンと名乗る人間が、殺された男の兄だってことは、この世で自分以外のだれも——そう、弟のグリムショーでさえ——知らなかったと。だからもう一度訊こう。あの手紙を書いたのはだれだろう? だれが書いたにせよ、その人物は事実を知っていたわけで、となると、書くはずのないただひとりの人物があの手紙を書いたという事態になるんだ。わかるかな」

「ああ、エラリー、訊きたいのがそんなわかりきったことばかりならな」警視はにやりとした。「むろん、あの手紙を書いたのはスローンではなかろう。それに、だれが書いたのであろうとかまわない。そこは重要じゃないんだ。というのも――」やさしく諭すように細い人差し指を振ってみせる。「ほかのだれもその事実を知らないというのは、スローンが自分で言ったことでしかないからだ。わかるか？　スローンがほんとうのことを言っていたのなら、たしかに難問になる。だが、スローンが犯人と考えられる以上、あいつの言ったことはどれも疑わしい。ことに、自分は疑われていない、嘘をつけば警察の追及をはぐらかせると思っているときにしゃべったとすればな――事実、そうだったわけだ。だから――スローンが実はグリムショーの兄だということを知っていたやつが、きっとほかにもいたんだろう。スローン自身がだれかに話したにちがいない。いちばん可能性が高いのはスローン夫人だ。もっとも、なぜ夫に不利な情報を流したのか腑《ふ》に落ちないのは事実だが――」

「その〝もっとも〟の部分が肝心なんだよ」エラリーはもの憂げに言った。「だって、父さんのスローン犯人説では、電話でスローンに警告したのはスローン夫人だと仮定してるんだからね。あの匿名の手紙の根底にある悪意とまったく矛盾している」

「わかった」警視はすぐに切り返した。「じゃあ、こう考えてみろ。スローンには敵がいなかったか？　まさにいた——たとえば、あいつに不利な話をした人間、ヴリーランド夫人だ！　手紙を書いたのもあの女かもしれないぞ。兄弟だという事実をどうやって嗅《か》ぎつけたかについては、むろん当て推量になるが、賭《か》けてもいい——」

「大損するよ。ああ怪しい、デンマークはどこかひどく腐ってる（『ハムレット』一幕四場の台詞のもじり）、おかげでぼくは頭が痛い——嵐が吹き荒れてる！　この首を賭けてもいいけど……」

エラリーは最後までは言わなかった。あろうことか、ますます沈んだ顔になって、消えかかった暖炉の火のなかに荒々しくマッチ棒を投げこんだ。

けたたましい電話のベルがふたりを仰天させた。「だれだ、こんな時間にかけてくるやつは」警視が大声で言った。「もしもし！　……ああ、おはよう……。かまわんよ。何か見つかったかね……。わかった。それでいい。じゃあ、もう寝たまえ——夜更かしは肌の大敵だぞ、若いお嬢さんなんだから。はっはっは！　……そうかそうか。では、おやすみ」電話を切った警視は微笑んでいた。エラリーが物問いたげに両眉《まゆ》をあげる。「ユーナ・ランバートだったよ。例の燃え残りの遺言状に書かれた名前の筆跡については、疑問の余地がないらしい。まちがいなくハルキスの自筆だ。それと、あの紙片はあらゆる点から見て、もとの書類の一部だと言えるそうだ」

「なるほどね」そう聞いてエラリーは落胆したが、警視にはその理由がわからなかった。

警視は少しかっとなって、機嫌を損ねた。「なんだ、おまえはこの忌々しい事件にけりをつけたくないようだな！」

エラリーは静かに首を振った。「怒鳴らないでくれ、父さん。ぼくだって、何をおいてもこの事件を解決したいと心から思ってる。だけど、自分で納得のいく解決でなきゃ意味がないんだ」

「そうか、わたしはもう納得しているぞ。スローンを犯人とする証拠は完全にそろっている。それにスローンが死んで、グリムショーの相棒が地上から消えたことで、あらゆる問題に片がつく。というのも、おまえが言ったとおり、グリムショーの相棒は、ノックスがレオナルドなんたらの絵を持っているのを知っていた唯一の第三者であり、そいつはいまや死体になっているから――もっとも、絵の件は、もともとのスローンの計画においていくつかあった動機のひとつにすぎないのかもしれないが――絵に関する事情は警察だけの秘密になった。つまり」警視はちょっと唇をなめてつづけた。「ジェイムズ・J・ノックス氏の不法所有の件は、こちらで手を打てるわけだ。その絵がほんとうにグリムショーによって盗み出されたものなら、ヴィクトリア美術館へ返してやるべきだろう」

「電報の返事は来たのかい」

「まだ何も」警視は顔をしかめた。「なぜ返信してこないのかさっぱりわからない。

いずれにせよ、イギリス側がその絵をノックスから取りもどそうとすれば、ひと悶着《もんちゃく》起こるに決まっている。ノックスも金と権力に物を言わせて、絵を手もとに残そうとするだろう。この問題は、わたしとサンプソンとでゆっくり処理したほうがいいな——あの金持ちを刺激して、いきり立たせてはまずい」

「まるくおさめる見込みはじゅうぶんあると思うよ。美術館のほうも、職員が真作と見定めて公開していたレオナルドの絵が、ほとんど価値のない模写だったなんて話を広められたくないだろうしね。つまり、それがほんとうに模写だとしての話だよ。その点についての裏づけはノックスのことばしかないんだから」

警視は考えこみながら暖炉に唾《つば》を吐いた。「ますますこみ入ってくるな。それはそれとして、スローンの話にもどろう。グリムショーが泊まった木曜と金曜の〈ホテル・ベネディクト〉の宿泊者名簿を、トマスが手に入れてきた。しかし、事件の関係者や、関係者とつながりのある者の名前はひとつも見あたらない。そんなことだろうとは思っていたがね。スローンは、先に部屋へ行った連れはグリムショーがホテルで知り合った男だろうと言っていたが——あれは嘘だな。謎の連れというのは、たぶん事件とは関係のない人間だろう。スローンのあとから来て……」

警視は心地よい自己満足に浸ってしゃべりつづけた。エラリーはそんな悠長なことばの散歩にはまったく付き合わず、長い腕を伸ばしてスローンの日記帳を手にとり、ページを繰って、暗い顔つきでまた目を通しはじめた。

「ねえ、父さん」やがてエラリーは目もあげずに言った。「たしかに、スローンをこの事件における事態収拾の神《デウス・エクス・マキナ》としてみると、表面上はまことしやかに、いろんなつじつまが合う。だけど、それがよけいに気になってね。何もかもがあまりに都合よく起こっていて、ぼくの頭の異常感知器が鳴りっぱなしなんだ。これだけは忘れないでもらいたいんだが、ぼくたちは――ぼくは――すでに一度罠《わな》にはまって、もっともらしい解答に飛びつこうとした……。まったくの偶然でけちがついてなかったら、そのまま公表して、いまごろはもう忘れられてたかもしれないんだ。こんどのは、あえて言うなら、けちのつけようのない解答に見える……」そこで頭を振る。「ただ、どこがどうとは言えないけど、何かおかしい気がするんだよ」

「だが、石の壁に頭を打ちつけていても仕方がないだろう、エラリー」

エラリーは力なく笑った。「そんなことでもしてみたら、何かひらめくかもしれないね」そう言いながら唇を嚙《か》む。「もう少し聞いてくれるかい」エラリーが日記帳を掲げてみせると、警視はスリッパを鳴らしてそばへ見にきた。エラリーは最後に書きこまれたページを開いた――〝十月十日、日曜日〟という印刷された日付の下に、整った小さな文字で長々と文章が綴《つづ》られている。見開きのもう半面、〝十月十一日、月曜日〟のページには何も書かれていない。

「さあ、いいね」エラリーはため息混じりに言った。「ぼくはこの個人的な、だからこそ興味深い日記をじっくり読んで、スローンが今夜――父さんの言う〝自殺〟した夜に――何も書きこんでないことに、いやでも気づかされた。この日記がどういう性質のものなのか、簡単に説明しておくよ。グリムショーの絞殺をめぐる出来事についてどこにも言及がない点と、ハルキスの死に関してもありきたりのひとことですまされている点は、ひとまず問題にしないでおこう。ふつうに考えて、スローンが殺人犯だったとすれば、罪証になるようなことを書き留めたりしないだろうしね。それはともかく、すぐに気づく点がいくつかある。たとえば、スローンはこの日記を、毎晩きっちり、ほぼ同じ時刻につけていた――その日の文面の前に記入してあるんだ。見てわかるとおり、この数か月はずっと、午後十一時前後になってる。それから、中身を読むと、異常にうぬぼれの強い、自分に絶大な関心を持っている男だったのがわかる。けっこう生々しいことも書いてあるよ。たとえば、用心して相手の名前は伏せてあるけど――いやになるほど生々しい――ある女性との色事とかね」

エラリーは日記帳を閉じてテーブルにほうり出し、急に立ちあがると、額にいくつも皺《しわ》を寄せて、暖炉の前の敷物の上をうろうろしはじめた。そんな息子を、警視は悲しい顔で見あげた。「現代心理学の知識を総動員して訊《き》くけど」エラリーは声を張りあげた。「こういう人間が――この日記のあらゆる記述から明らかなとおり、どんなときも自分がドラマの主役のつもりでいる人間が——このタイプにありがちな、自分を誇示することに病的な満足を覚える人間が——みずから命を絶つという生涯最大の出来事をドラマチックに記す、あとにも先にもない絶好の機会をふいにしたりするものだろうか」

「いざ死のうというときになると、ほかのことはすべて心の外へ押しやられたのかもしれないぞ」警視は言った。

「どうかな」エラリーは苦々しい口調で言った。「スローンがもし、警察の嫌疑がかかっていることを何者かから電話で知らされ、もはや罪を免れる術なしと悟り、なおかつ邪魔されずに過ごせそうな時間が少し残っていたとしたら、ありったけの自我に突き動かされて、最後の壮烈なことばを日記に書き残したはずだ……。ほかの論拠もある。こういったことすべては、例の時刻——十一時ごろ——スローンがいつもこの小さな帳面に日記を綴っていた時分に起こってる。それなのに」声は叫びに変わった。「きょうの夜にかぎって、まったく何も書きこまれてないなんて！」

エラリーの目は熱を帯びていた。警視は腰をあげ、痩《や》せた小さな手をエラリーの腕に置いて、女性がするようにやさしく揺すった。「おい、そう向きになるな。いい指摘だが、それで何かが証明されるわけじゃない……。さあ、もう寝よう」

エラリーは父親とともにおとなしく共同の寝室へ向かった。「そうだな」ぽつりと言う。「なんの証明にもならない」

三十分後、エラリーは暗闇のなかで、軽くいびきをかいている父親に向かって言った。「でも、さっきの心理学上の徴候からすると、ギルバート・スローンが自殺したのかどうかも怪しいものだよ！」

寝室の冷えきった暗闇は、気休めのことばも、相槌《あいづち》すらも返してくれず、エラリーは諦観《ていかん》して眠りについた。ひと晩じゅう、こんな夢を見ていた――動きだしたいくつもの日記帳が、棺にまたがった不思議な姿でリボルバーを振りまわし、月のなかの人物を狙い撃つ――その人物の青白い顔は、まぎれもなくアルバート・グリムショーのものだった。

第二部

近代科学の目覚ましい発見の多くは、基本的には、その発見者たちが一連の作用・反作用に対して、根気よく冷静な論理を応用したことによって成しとげられている……。純鉛を〝燃焼〟させるとどうなるかについての、ラヴォアジェの単純な――今日のわれわれからすると単純な――説明は、中世人の考え出した燃素《フロギストン》という元素の存在が何世紀ものあいだ誤信されていたことを暴露したものであり――完成された近代科学を知るわれわれにはばからしくさえ思える、基本中の基本と言ってよい原理の解説になっている。すなわち、空気中で燃焼する前には一オンスだった物質が、燃焼後に一・〇七オンスになった場合、重量が増えたのはもとの金属に空気中のある物質が加わったためだ、という説明である……。この原理を解明し、新たに生成されたその物質を酸化鉛と名づけるのに、人類はなんと千六百年の時を要したのである。

犯罪においても、説明のつかない現象は存在しない。根気と単純な論理は、捜査官になくてはならない武器である。思考しない者にとっては不可解な事実も、推量する者にとっては自明の真理となる……犯罪捜査はもはや中世の水晶占いのたぐいではなく、まぎれもない近代科学の一分野である。そして、その根本をなすのが論理だ。

――ジョージ・ヒンチクリフ博士『近代科学の脇道』（一四七から八ページ）より

22　どん底

エラリー・クイーンは、英知の源と頼む無数の先哲のひとり、ミュティレネのピッタコス（ギリシャ七賢人のひとり）が人間の弱さの限界についてなんの規定も設けなかったのを知って、むなしさを募らせた。機会を逃さぬことのむずかしさを、エラリーは悟った。日々は過ぎ、おのれの力ではとどめることもかなわない。一週間のうちに、流れゆく時のなかからほんの数滴の苦いしずくを搾りとることはできたものの、それは心を潤すものではまったくなく——どう考えてもコップは空で、その乾ききった底を見つめていると、いっそう惨めになるのだった。

しかし、ほかの者たちにとっては、コップがなみなみと満たされた一週間だった。スローンの自殺とそれにつづく葬儀が洪水を引き起こした。新聞はあふれんばかりの話題に溺《おぼ》れ、ギルバート・スローンの過去の経歴という淀《よど》みで水をはねあげた。故人に陰険な非難を浴びせ、その人生の外殻をなんの苦労もなくふやかしたのち、地に墜《お》ちた評判をさらにゆがめ、ひん曲げ、ずたずたにした。生き残った者たちも余波を受け、わけても妻のデルフィーナ・スローンは避けようもなく有名になってしまった。噂の波がその悲しみの岸に押し寄せた。ハルキス邸は難攻不落の灯台と化し、恐れを知らぬ記者たちがその灯光をめざして続々と船を走らせた。

ある豪胆な弱小新聞社――紙名が《急先鋒《エンタープライズ》》であってもおかしくないが、そうではない――は、未亡人のデルフィーナにインドの王の身代金ほどの大金を積んでこんな申し入れをした――彼女の署名を見出しに添えた〝デルフィーナ・スローンが語る殺人者との生活〟という、編集側としては控えめに抑えたタイトルの連載記事をぜひとも掲載させてもらいたい、と。そして、その太っ腹な申し入れが無礼にも黙殺されると、この破廉恥報道の先鋒《せんぽう》は、スローン夫人の最初の結婚生活から貴重な個人史料を発掘し、その考古学的発見を熱く誇らしげに読者に知らしめた。アラン・チェイニー青年が、そのタブロイド紙の記者に青痣《あざ》のついた目と赤く腫《は》れた鼻を贈って社会部長のもとへ送り返したため、暴行罪でアランが逮捕されないようにと大変な根まわしが必要になった。

こうして腐肉漁《あさ》りたちが餌に群がり騒いでいるあいだ、警察本部はいたって平穏な状態を保っていた。警視はそうむずかしくない日常業務にもどり、新聞が華々しく命名したハルキス〝グリムショー〟スローン事件の正式な報告書を完成させるため、そこかしこに見られるおかしな点を解明するだけで満足していた。プラウティ医師によるギルバート・スローンの死体解剖は、通り一遍の作業ながら徹底的におこなわれたが、犯罪行為をにおわす痕跡《こんせき》は何ひとつ出てこなかった。毒物も検知されず、暴行を加えられた証跡もなく、銃創も、自分でこめかみを撃った場合に生じるものに相違なかった。そしてスローンの遺体は、遺族から指示のあったとおり、検死局から直接郊外の墓地へ搬送され、花で飾られた墓に葬られた。

もたらされた情報のなかで、エラリー・クイーンがわずかでも納得できると思えたのは、ギルバート・スローンが即死だったという一点のみである。ただ、この事実が今後どう役立ってくれるのか、濃さを増していく霧のなかでは、正直なところエラリー自身にも見えないのだった。

その霧は、このとき暗黒のなかにいたエラリーには知る由もなかったが、まもなく晴れる定めにあった。そして、ギルバート・スローンが即死だったという事実が、煌々《こうこう》と輝くたしかな道しるべとなっていくのである。

23　打ち明け話

ゆるやかに事態が動きだしたのは、十月十九日の火曜日、正午少し前のことだった。しつこい記者連中の目をどうやってあざむいてきたのか本人は語らなかったが、とにもかくにも、スローン夫人が――地味な喪服に薄いベールという服装ではあったが――たったひとりで、追跡もされずに警察本部に現れ、重要な用件でリチャード・クイーン警視にお目にかかりたいと緊張した声で告げた。クイーン警視としては、夫人を悲しみの孤島にとどめておきたかったようだが、根が紳士であるうえに、女性の意志には逆らえないと思っているところがあるので、避けられぬものとあきらめて、面会に応じることにした。

警視がひとりで待つ執務室へ、スローン夫人が案内されてきた――すらりとした華奢《きゃしゃ》な体つきの中年女性だが、ベールを通してなお、その目の燃えるような激しさは見てとれた。警視は夫人に手を貸して椅子に掛けさせ、言い慣れた悔やみのことばを短く口にしたのち、机の脇に立ったままで待った――刑事課の警視というのはすわる間もないほど多忙なので、さっさと用件を切り出すのが市民のつとめだと言わんばかりに。

意外にも、夫人はそれをやってのけた。かすかにヒステリーじみた声でこう言ったのだ。「夫は人殺しじゃありません、警視さん」

警視はため息をついた。「しかし事実というものがありましてね、スローン夫人」

夫人は決定的な事実など歯牙《しが》にもかけない構えだった。「この一週間ずっと、記者たちにも言いつづけてきました」声を張りあげる。「ギルバートは無実です、と。正しく裁いていただきたいんですわ。おわかりでしょう、警視さん。この恥は死ぬまでわたくしに——家族全員に——息子にも——ついてまわります！」

「ですがね、スローン夫人、ご主人はみずからの手で自分自身を裁いたんですよ。あの自殺で罪を告白したも同然だということをお忘れなく」

「自殺だなんて！」夫人は一蹴《いっしゅう》して、歯がゆそうにベールをはねのけ、めらめら燃える目で警視をにらんだ。「あなたがたの目は節穴ですの？　自殺だなんて！」涙声で言う。「かわいそうに、ギルバートは殺されたのに、だれも——だれも……」すすり泣きがはじまった。

ひどく気詰まりな状況だった。警視は弱り果てて窓の外をながめやった。「そうおっしゃるからには証拠が必要ですよ、スローン夫人。何かあるんですか」

夫人はいきなり立ちあがった。「女には証拠など要りません」大声で言う。「証拠ですって！　そんなものありません。でもそれがなんですの？　わたくしには自明の——」

「スローン夫人」警視は淡々と言った。「そこが法律とご婦人がたのちがうところでしてね。お気の毒だが、アルバート・グリムショー殺しの犯人は別の人物だと指し示す新たな証拠を見せていただけないかぎり、わたしにはどうすることもできません。われわれの記録では、この事件はもう解決しているんです」

夫人はことばもなく立ち去った。

この短くも気まずく、実りのない出来事は、けっして重大事には見えなかった。にもかかわらず、これが一連のまったく新しい事態を引き起こす契機となった。もしも、その日の夕食の席でエラリーの浮かない顔に気づいた警視が、コーヒーを飲みながら、スローン夫人が訪ねてきた話をしていなかったら——それは息子の仏頂面を和らげたいがために親心から持ち出した話題で、別にその話でなくてもよかった——この事件は十中八九——エラリーは長年そう確信していたが——用ずみの資料がひしめく警察の文書保管室行きとなっていただろう。

警視が驚いたことに——しょせん無駄だろうと思っていたのに——作戦はまんまと

成功した。息子はすぐに興味を示した。苛立《いらだ》たしげな皺《しわ》が消え、エラリーらしい理知的な表情がもどった。「じゃあ、夫人もスローンが殺されたと思ってるのか」やや驚いたふうに言う。「おもしろいな」

「そうか?」警視はジューナに目配せをした。やせっぽちのジューナは、細い両手でマグカップを握り、そのふち越しに、ロマ族の大きな黒い目でエラリーを見つめている。「女の物の見方というのはおもしろいな。こうと信じたら梃子《てこ》でも動かないんだ。おまえそっくりだよ」警視は笑いながら、エラリーがつられて目を輝かせるのを待ち受けた。

だが期待は裏切られた。エラリーは静かに言った。「ねえ、父さんはそのことを軽く受け止めすぎだと思うよ。ぼくも子供みたいに親指をくわえて拗《す》ねて、長いことのらくらしすぎた。そろそろ仕事にかからないと」

警視は驚いて言った。「いったい何をするつもりだ——終わったことをほじくり返すのか? エル。そのままにしておけばいいじゃないか」

「その自由放任主義《レッセ・フェール》ってやつは」エラリーは言った。「フランス国民ではなく他国の民に、そしてフランスの重農主義経済ではなくほかの分野に、大きな損害をもたらしたんだ。ちょっと説教くさいかな。ぼくが言いたいのは、人殺しとして後世に語り継がれるべきでないという意味では父さんやぼくとなんのちがいもない気の毒な人々が、殺人者の汚名を着せられたまま、不浄な墓地におおぜい眠ってるんじゃないかってことだよ」

「わかるように言ってくれ、エラリー」警視は困惑して言った。「おまえはいまも、あれだけの理屈を無視して、スローンの無実を信じているのか」

「ちょっとちがう。はっきりそうは言っていない」エラリーは煙草で指の爪を軽く叩《たた》いた。「こう言ってるんだ。この事件には、父さんやサンプソン、ペッパー、警察委員長、神などが無関係だとか些細《ささい》だと考えている要素がまだいくつもあって、それが説明されないまま残ってる。ぼく自身、まだ明確な答は出せていないけど、そのすべてを解明できる望みがほんの少しでもあるかぎり、あきらめないつもりだ」

「何か考えでもあるのか」警視は鋭く尋ねた。「スローンが犯人じゃないとにらんでいるからには、ほかにだれか目星がついているのか」

「この事件の裏にだれがひそんでるかなんて、まだ見当もついてないよ」エラリーは肺いっぱいに吸いこんだ煙草の煙を暗い顔で吐き出した。「けど、〝すべて世は誤りばかり〟ということに劣らず、ぼくが確信してることがひとつある。ギルバート・スローンはアルバート・グリムショーを殺していないし、自殺してもいないってことさ」

それは虚勢だったが、断固たる覚悟のにじんだ虚勢だった。あくる朝、よく眠れない一夜を過ごしたエラリーは、朝食後すぐに東五十四丁目へ赴いた。ハルキス邸は閉めきられていた――外に見張りは見あたらず、墓場のように活気がない。エラリーは石段をのぼって呼び鈴を鳴らした。玄関ドアはあかなかった。代わりに、機嫌の悪そうな、およそ執事らしくない無愛想な声が聞こえてきた。「どなたです？」辛抱強くことばを交わしたすえにようやく、その声の主はドアをあけた。といっても、内側へほんの少し引っ張った程度だ。その隙間から、ウィークスの血色のよい禿頭《とくとう》と疲れきった目が見えた。そのあとは別段、苦労もなかった。ウィークスがすばやくドアを引きあけ、禿頭を突き出して五十四丁目の通りをさっと確認すると、にこりともしないエラリーを迎え入れて急いでドアを閉め、施錠したのち、客間へエラリーを通した。

スローン夫人は二階の自室に立てこもっているらしかった。しばらくしてウィークスが咳《せ》きこみながら伝えたところでは、クイーンという名前を聞いただけで、夫人は顔を紅潮させ、目をぎらつかせて苦々しげに毒づいたそうだ。ウィークスは申しわけなさそうに言った。でもスローンの奥さまは――こほん！　――クイーンさんとお会いできる状態ではない、会わないほうがいいし、会いたくない、とおっしゃっています。

だが、当の〝クイーンさん〟は引きさがる気はなかった。エラリーはウィークスに重々しく礼を言うと、客間を出て、玄関のある南のほうへは曲がらずに、北へ曲がって二階に通じる階段のほうへ向かった。ウィークスはぎょっとした顔で両手を揉《も》み合わせた。

面会を承諾してもらうためのエラリーの作戦は、単純そのものだった。スローンの部屋のドアをノックし、未亡人の「こんどはどなた？」というとげとげしい声が耳にはいるなり言った。「ギルバート・スローンが人殺しではないと信じている者です」反応はたちまち表れた。さっとドアが開いたかと思うと、息をはずませたスローン夫人がそこに立ち、デルフォイの神託をもたらした男の顔を餓《かつ》えたように見つめていた。ところが、訪問者の正体を見てとるや、渇望は憎悪に変わった。「だましたのね！」腹立たしげに言う。「能なしのあなたがたなどに用はありません！」

「スローン夫人」エラリーは慇懃《いんぎん》に言った。「そのおことばはとても心外です。だましてなどいません。ぼくの言ったことは本心です」

夫人の顔から憎しみが消え、こんどは冷ややかな懐疑の色が表れた。夫人は無言でエラリーを観察した。やがて冷たい表情を和らげて、大きく息を吐き、ドアを広くあけてこう言った。「ごめんなさいね、クイーンさん。わたくし――ちょっとどうかしていたわ。どうぞおはいりになって」

エラリーは腰をおろさなかった。帽子とステッキを机の上に――スローンの運命を決した煙草壺《つぼ》がまだそこにある――置いて、こう切り出した。「前置きは抜きにしましょう、スローン夫人。明らかにあなたは助けを必要としている。なんとしてもご主人の汚名をそそぎたいとお考えですね」

「そのとおりですわ、クイーンさん」

「はっきりそう聞けてよかった。探り合いをしていても仕方ありませんしね。ぼくはこの事件を余すところなく調べあげて、見過ごされた暗い片隅に隠れているものを見つけ出すつもりなんです。あなたの信頼なくしてそれはできません、スローン夫人」

「と、おっしゃると……」

「つまり」エラリーはきっぱりと言った。「数週間前、あなたが〈ホテル・ベネディクト〉へアルバート・グリムショーを訪ねていった理由を話していただきたいんです」

夫人は胸の内でどうすべきか考え、エラリーはあまり期待せずに返事を待った。しかし、夫人が目をあげたとき、エラリーは最初の小競り合いに勝ったことを悟った。

「すっかりお話ししますわ」夫人はあっさり言った。「お役に立つといいのですけれど……クイーンさん。アルバート・グリムショーに会いに〈ホテル・ベネディクト〉へ行ってはいないと先日申しあげましたけれど、あのことばは、ある意味では真実だったのです」エラリーが励ますようにうなずく。「行き先は自分ではわかっておりませんでした。というのも」夫人はことばを切り、床に視線を落とした。「あの夜、わたくしはずっと主人の跡を尾《つ》けていたからです……」

話はとつとつと語られた。兄のゲオルグが死ぬ何か月も前から、スローン夫人は夫がヴリーランド夫人と密通しているのではないかと疑っていた。ヴリーランド夫人は目を引く美人で、ひとつ屋根の下にいる誘いやすさもあるし、おまけに夫のジャン・ヴリーランドは留守がちで、スローンが自分本位で流されやすいことを考えると、ふたりが関係を持つのはまず避けられないように思えた。スローン夫人は、胸の内で嫉《しっ》妬《と》の虫を飼いながらも、その虫を満足させる餌は見つけられずにいた。疑惑の真偽をたしかめることもできず、口を閉ざし、薄々わかっているのに知らぬふりを決めこんでいた。それでもつねに、証拠が見つからないかと目を見開き、密会の約束が聞こえないかと耳をそばだてていた。

数週間にわたって、スローンは夜遅くまでハルキス邸にもどらない生活をつづけていた。そしてありとあらゆる言いわけをした――嫉妬の虫には物足りない餌だ。わが身を蝕《むしば》まれる苦痛に耐えかねたスローン夫人は、その害虫に屈して事実をたしかめることにした。九月三十日、木曜日の夜、夫人は夫を尾行した。スローンが、夕食後に出かける口実として、あるはずもない〝打ち合わせ〟を持ち出したからだ。

見たところ、スローンは目的なく歩いている様子だった。やはり打ち合わせなどなかったのだ。だれに会うでもなくずっとぶらついていたが、十時になると、ブロードウェイから脇道へそれ、みすぼらしい外観の〈ホテル・ベネディクト〉へ向かった。夫を追ってホテルのロビーへ足を踏み入れたとき、嫉妬の虫がこうささやいた。ここがおまえの結婚生活のゲッセマネ(イエスがユダの裏切りによって捕らえられた場所。マタイ伝二十六章三十六節)になる、妙に挙動の落ち着かない夫は、おまえには想像するのも恐ろしい目的で、この〈ホテル・ベネディクト〉の薄汚い部屋でヴリーランド夫人と会おうとしているのだ、と。夫がフロントへ行って係に話しかけたあと、なおもおかしな態度でエレベーターに乗りこむのを、夫人は見ていた。スローンがフロント係と話していたとき、〝三一四号室〟ということばがかろうじて聞きとれた。そこで夫人は三一四号室が密会の場所だと確信し、その隣の部屋に泊まりたいとフロント係に頼んだ。これは衝動に駆られてとった行動で、はっきりどうこうしようという考えはなかった。もっとも、罪深いふたりの会話に聞き耳を立て、淫《みだ》らな腕で互いの体を引き寄せ合ったその瞬間に踏みこんでやろうという、捨て鉢な思いぐらいはあったかもしれないが。

そんな狂おしい記憶に夫人の目が燃えていたので、ぶり返したその激情を、エラリーはそっと煽《あお》った。それでどうしたんですか? 夫人の顔はいよいよ燃えさかった。

夫人は前払いで確保した三一六号室へ直行し、壁に耳を押しあてた……。しかし、何も聞こえてこなかった。〈ホテル・ベネディクト〉は、ほかはどうあれ、造りだけはしっかりしていた。夫人は途方に暮れて震えながら、音を伝えぬ壁に寄りかかって、いまにも泣き出しそうになった。そのとき突然、隣室のドアが開く音がした。自室のドアへ走り寄って、気づかれないようにあけてみた。ちょうど、疑惑の対象である夫が三一四号室を出てエレベーターのほうへ歩いていくのが見えた……。どう考えたらよいのかわからなかった。夫人は足音を忍ばせて部屋を出ると、非常階段を三階ぶん駆けおりてロビーへ行った。夫が急いでホテルを出るのが見えた。そのあとを追った。意外なことに、夫はハルキス邸へ向かっていった。夫人は屋敷に帰り着くとすぐ、シムズ夫人に鎌をかけ、ヴリーランド夫人がどこへも出かけなかったことを聞き出した。少なくともその夜は、夫が不義を働かなかったのがわかった。残念ながら、夫人はスローンが何時に三一四号室から出てきたのかを覚えていなかった。時刻に関しては何ひとつ記憶していなかった。

話はそれで終わりらしかった。

夫人は、いまの話が少しでも手がかりになったかと問いたげに、不安なまなざしでエラリーを見つめた……。

エラリーは考えこんでいた。「スローン夫人、三一六号室にいらっしゃるあいだに、だれかが三一四号室にはいっていく音を聞きませんでしたか」

「いいえ。わたくしはギルバートがはいっていくところを見ましたし、出ていくのにも気づいて、すぐにあとを追ったのです。隣にいるあいだに、もしだれかがドアをあけたり閉めたりしたら、きっとその音が聞こえたはずですわ」

「なるほど。いまのお話は参考になりますよ、スローン夫人。ところで、ここまで包み隠さず話してくださったんですから、あともうひとつ質問させてください。先週の月曜の夜、つまりご主人が亡くなった夜、ここからご主人に電話をなさいましたか」

「いたしませんわ。あの当夜、ヴェリー部長刑事さんにもそうお答えしました。わたくしが夫に警告したと思われているのは存じていますが、でも、していませんわ、クイーンさん。していないんです――警察があの人を逮捕しようとしているなんて思いもしなかったんですから」

エラリーは夫人の顔をしげしげと見たが、何も偽ってはいないようだった。「あの日の夕方、父とペッパーさんとぼくが書斎を出たとき、あなたが急いで客間のほうへ向かうのを見かけたんですが、それを覚えていらっしゃいますか。失礼なことをお尋ねしますが、スローン夫人、どうしても知っておきたいもので――ぼくたちが出てくる前、あなたは書斎のドアの外で立ち聞きしていたんじゃありませんか」

夫人は少し顔を赤くした。「わたくしは――ええ、いろいろとはしたない真似をすることもありますし、夫のことでのあのふるまいからして、信じていただけないでしょうけれど……クイーンさん、誓って、盗み聞きはしませんでしたわ」

「盗み聞きをしたかもしれない人に心あたりはありますか」

夫人の声に憎しみがこもった。「ええ、あります！　ヴリーランド夫人よ。あの人は——あの人は、ギルバートとじゅうぶん親密で、警告する理由もじゅうぶん……」

「でもそれは、スローンさんが墓地へはいっていくのを見たと話しにきた、当夜のあの人の行動と矛盾しますね」エラリーは穏やかに言った。「あの人は愛人を守るどころか、傷つけたがっているようでしたよ」

夫人はよくわからないといった顔でため息を漏らした。「じゃあ、わたくしの思いちがいなんでしょう……あの夜、ヴリーランド夫人があなたがたに何を話したのかも知りませんでしたし。あんな話だと知ったのは、主人が亡くなったあとでしたもの、それも新聞の記事で」

「最後にもうひとつ。弟がいるという話はご主人から聞かされていましたか」

夫人は首を横に振った。「そんなこと、おくびにも出しませんでしたわ。実は、家族の話になると、いつも口が重かったんですの。両親のことは話してくれて——中流の暮らしをなさってる善良な人たちだったようです——でも弟さんのことは一度も。わたくしはずっと、あの人はひとりっ子で、存命の家族はもういないと思っていたんです」

エラリーは帽子とステッキを取りあげた。「もう少しの辛抱ですよ、スローン夫人。そして何より肝心なのは、いまのお話をけっして他言なさらないことです」そう言って微笑み、すばやく部屋を出ていった。

階下でエラリーは、ウィークスからちょっとした知らせを聞いて、しばし動揺した。

ワーズ医師が屋敷を出たという。

エラリーは心の手綱を引きしめた。何かいわくがありそうだ！　ところが、ウィークスは情報源としては頼りなかった。ワーズ医師は、グリムショー事件の解決につづく報道合戦のせいで、気むずかしいイギリス人の殻に閉じこもってしまい、輝かしい脚光を浴びているこの家から逃げ出そうと考えはじめたらしかった。スローンが自殺したことで警察による足止めが解かれると、荷物をまとめて、屋敷の女主人にあわただしく暇乞《いとまご》いをしたそうだ。女主人のほうも、礼儀正しく引き止める気分ではなかったらしく、医師は悔やみのことばを残して、どことも知れない場所へ大急ぎで旅立った。出ていったのは先週の金曜日で、向かった先を知る者は屋敷じゅうにひとりもいないとウィークスは言いきった。

「それに、ジョーン・ブレットさまも――」ウィークスは言い添えた。

エラリーは青ざめた。「ジョーン・ブレットさんがどうしたって？　あの人も行ってしまったのか？　おい、どうした、なんとか言ってくれ！」

ウィークスはようやく反応した。「いいえ、ちがいます、あのかたはまだお発《た》ちになっていないのですが、あえて申しますと、お発《た》ちになりそうなのです。おわかりいただけるでしょうか。あのかたは──」

「ウィークス」エラリーは声を荒らげた。「わかるように言ってくれ。どういう状況なんだ」

「ブレットさまはお発ちになる支度をしていらっしゃるんです」ウィークスはかしこまって空咳《からせき》をした。「あのかたのお仕事が、言うなれば、終了しましたものでね。それでスローンの奥さまが──」言いづらそうにつづける。「スローンの奥さまが、もうお勤めの必要はないとブレットさまに言い渡されたのです。それで──」

「あの人はいまどこに？」

「二階のご自分のお部屋です。荷作りをなさっているかと。階段をのぼって右手の最初のドア……」

だがエラリーはもう、コートの裾《すそ》をひらめかせ、風のように駆け出していた。階段を二段飛ばしにあがっていく。しかし、上階へ達したところで、はたと足を止めた。話し声がした。聞きまちがいでなければ、声を発しているひとりはジョーン・ブレット嬢だ。そこで、動じることなくエラリーは、ステッキを手にその場にたたずみ、頭を少し右のほうへ突き出した……するとこんどは、俗に言う〝恋情〟でかすれた、男の叫び声が聞こえてきた。「ジョーン！　いとしいジョーン！　愛してるんだ──」

「酔ってるんでしょう」ジョーンの声が冷ややかに言った――紳士から不滅の愛の告白を受けている娘の声とは思えない。

「ちがう！　ジョーン、茶化すのはよしてくれ。ぼくは真剣なんだ。きみを愛してる、愛してるんだ。ほんとうに、ぼくは――」

つかみかかるような音がした。どうやら、声の主の男が強引な求愛行動に出たらしい。互いの息が一瞬止まる、まぎれもないあの音。そして鋭くぴしゃり！　これには、ブレット嬢の剛腕の届かぬところにいるエラリーでさえ、首をすくめた。

沈黙が流れた。相対するふたりはいま、とげとげしくにらみ合っているにちがいない。猫がかっとなったときにするような構えで、互いにぐるぐるまわっているのだろう、とエラリーは想像した。耳を澄ましていると、男のこんなつぶやきが聞こえ、思わず頬がゆるんだ。「それはないだろう、ジョーン。きみをこわがらせるつもりはぜんぜん――」

「こわがらせる？　とんでもない！　ちっともこわがってなんかいません」ジョーンの声には、高飛車にからかうような響きがあった。

「そうかい、ちくしょう！」男はやけっぱちで叫んだ。「それが求婚者に対する態度か？　まったく――」

ふたたび息を吞《の》む音。「よくもそんな憎まれ口を、あなた――あなたって人は！」

ジョーンは大声を出した。「鞭《むち》でぶってやりたい。こんな辱めを受けたのは生まれてはじめてよ。この部屋をすぐに出ていって！」

エラリーは壁に張りついた。喉《のど》が詰まったような怒声につづいて、荒々しくドアをあけ、家が揺れるほどの強さで閉める音がした――エラリーが角からのぞくと、全身に興奮をみなぎらせたアラン・チェイニー青年が、こぶしを握りしめ、頭を前後に振り立てて、足音高く廊下を走り去るのが見えた……。

アラン・チェイニー青年が自室へ消え、またしても乱暴にドアを閉めて古い家を揺るがしたあと、エラリー・クイーン氏はのうのうとネクタイを直し、躊躇《ちゅうちょ》なくジョーン・ブレット嬢の部屋のドアへ歩み寄った。そしてステッキを持ちあげ、静かにノックした。反応がない。もう一度ノックした。すると、身も世もなく泣きじゃくる苦しげな声と、こんなことばが聞こえた。「お願いだからもう来ないで、あなたなんか――あなたなんか……」

エラリーは言った。「ぼくです、エラリー・クイーンですよ、ブレットさん」ノックに答えるのは乙女の泣き声こそふさわしいと信じているかのような、平静そのものの声で。すすり泣きはすぐにやんだ。エラリーは辛抱強く待った。やがて、ひどく小さな声がした。「おはいりください、クイーンさん。その――ドアはあいていますわ」エラリーはドアを押して中へはいった。

ジョーン・ブレット嬢は、濡《ぬ》れたハンカチを小さな手で関節が白くなるほど握りしめ、ふたつの円を描いたように頬を赤く染めて、ベッドのそばに立っていた。居心地のよさそうなその部屋の床にも、椅子にも、ベッドにも、さまざまな女物の衣類が散らばっている。椅子の上でふたつのスーツケースが口をあけ、床の上では小型の船旅用トランクがあくびをしていた。見るともなく見ると、化粧台の上に、あわてて裏返したような感じで写真立てが伏せてあった。

このときエラリーは——望めばいつでもそうなれるが——きわめてそつのない青年を演じていた。この状況では、細やかさと軽薄なまでの会話が必要に思えたからだ。そういうわけで、ややまぬけな微笑を浮かべて言った。「ぼくが最初にノックしたとき、なんとおっしゃっていましたっけ、ブレットさん。どうも、よく聞きとれなくて」

「ああ!」——これもまた、ひどく小さな〝ああ〟だった。ジョーンはエラリーに椅子を勧め、自分も別の椅子に腰かけた。「あれは——わたくし、よくひとりごとを言うんです。ばかげた癖ですわね」

「そんなことありませんよ」エラリーは熱をこめて言いながら、腰をおろした。「ええ、ぜんぜん。高貴な人たちもその癖を持っています。ひとりごとを言う人には銀行預金がたくさんあるそうですよ。あなたもそうでしょう、ブレットさん」

ジョーンはそれを聞いて微笑んだ。「たいしてありませんわ。それに、別の銀行へ移すつもりですから……」頰の赤みの引いた顔で、小さくため息をつく。「わたくし、アメリカを離れようとしておりますの、クイーンさん」

「ウィークスから聞きました。お互い、さびしくなりますね、ブレットさん」

「あら！」ジョーンは声をあげて笑った。「フランス人みたいにお上手ね、クイーンさん」ベッドに手を伸ばし、ハンドバッグを引き寄せる。「このトランクに――この荷物……船旅ってほんとうに気が滅入るわ」そう言って、ハンドバッグから乗船切符の綴《つづ》りを取り出した。「こちらへはお仕事で？　わたくし、ほんとうに帰国するんです、クイーンさん。これが、渡航しようとしているはっきりした証拠です。まさか、行くなとおっしゃるおつもり？」

「ぼくがですか？　いえ、とんでもない！　でも、あなたは帰国したいんですか、ブレットさん」

「いまは」小ぶりの歯をきりりと嚙《か》みしめて、ジョーンは言った。「切実にそう思っています」

エラリーは気づかぬふりをした。「わかります。こんな殺人やら自殺やらで、いやになって当然ですよ……。ですから、長くはお引き止めしません。ぼくはそういう縁起の悪い話とはまったく別の件でお訪ねしたんです」まじめな顔でジョーンを見つめる。「ご存じのとおり、事件は終結しました。ただ、重要ではなさそうですけど、はっきりしない点が二、三あって、それが気にかかって仕方がないもので……。ブレットさん、あなたが一階の書斎をうろついていたのをペッパーさんが見かけていますが、あの夜のあなたのほんとうの目的はなんだったんですか」

ジョーンは冷たく青い目で静かにエラリーを品定めした。「じゃあ、この前の説明では納得していらっしゃらなかったのね……お煙草はいかが、クイーンさん」エラリーがことわると、ジョーンはしっかりした手つきでマッチをすって、自分の煙草に火をつけた。「いいですわ――〝逃亡せんとする秘書の告白〟。お国のタブロイド新聞ならそんな見出しをつけるかしら。白状しましょう、きっと腰を抜かしますわよ、クイーンさん」

「まちがいなくそうなる気がします」

「覚悟なさって」ジョーンは深々と煙草を吸いこみ、愛らしい口もとから句読点のように小刻みに煙を吐きながら言った。「クイーンさん、あなたの目の前にいるのは女探偵なんです」

「まさか！」

「でも《メ》、そう《ウィ》。わたくしはロンドンのヴィクトリア美術館に雇われております――ロンドン警視庁じゃありません。それは荷が重すぎますもの。あの美術館の専属なんです、クイーンさん」

「じゃあ、ぼくなんか、引きまわされて、四つ裂きにされて、はらわたを抜かれて、油にほうりこまれてしまいそうだな」エラリーはつぶやいた。「なんだか推理小説のなかの話みたいだ。ヴィクトリア美術館ですって？　探偵にはたまらないニュースですよ。くわしく聞かせてください」

ジョーンは灰皿に煙草の灰を落とした。「ちょっと芝居がかった話なんです。わたくしはゲオルグ・ハルキスの秘書の職に申しこみましたが、それまではヴィクトリア美術館の雇われ調査員でした。ある事件を調べていたら、ハルキスに行きあたったんです――あいまいな情報でしたけれど、あの美術館から絵画が盗まれた事件にどうやらハルキスがからんでいて、その絵が彼の手に渡ったと思われるふしがあって――」

エラリーの唇から微笑が消えた。「だれの作品だったんですか、ブレットさん」

ジョーンは肩をすくめた。「部分絵なのですが、相当な値打ちのあるレオナルド・ダ・ヴィンチの真作で、わりと近年に美術館の実地調査員が見つけてきた傑作です。十六世紀のはじめごろ、レオナルドがフィレンツェで制作していた壁画か何かの部分絵だとか。壁画制作の計画が頓挫《とんざ》したあとで、レオナルドが下絵をもとに油彩で描いた作品のようです。〝旗の戦いの部分絵〟と目録には載っていました……」

「これはついてる」エラリーはつぶやいた。「どうぞつづけて、ブレットさん。ぼくはすっかり引きこまれましたよ。ハルキスはどういう形で関係していたんですか」

ジョーンは深く息をついた。「さっき申しましたとおり、絵を手に入れた可能性のある人物としてハルキスの名前が浮かんだくらいで、はっきりしたことは不明でした。正確な情報から割り出したというより、あなたがたアメリカ人がよく口になさる〝ぴんときた〟というほうが近いですわね。でも、順を追ってお話ししますわ。

ハルキスに宛てたわたくしの推薦状に大きな偽りはありませんでした――あれを書いてくださったアーサー・ユーイング卿《きょう》は正真正銘の上流紳士でして――ロンドンの名高い美術商であり、ヴィクトリア美術館の理事のひとりでもありました。例の絵にまつわる事情は当然ご存じでしたから、推薦状の執筆も抵抗なく引き受けてくださったんです。わたくしはそれまでにも、美術館のためにこういう調査の仕事をしておりましたが、拠点はもっぱらヨーロッパで、アメリカに来たことはありませんでした。今回の調査はぜったい秘密裏にというのが理事のみなさんのご要望で――それで、わたくしは身分を隠して絵のありかを探ることになったのです。そのあいだ、美術館はあの作品が〝修復中〟だという告知をつづけて、盗難に遭ったことを世間に知られないようにしていました」

「話が見えてきましたよ」

「慧眼《けいがん》でいらっしゃるのね、クイーンさん」ジョーンは皮肉っぽく言った。「つづきをお話ししてもよろしいかしら……。この屋敷でハルキスさんの秘書として働いていたあいだ、わたくしは苦労を重ねてあのレオナルドの所在の手がかりを探ってきました。けれど、ハルキスの書類からも会話からも、ほんの小さな糸口すらつかめませんでした。入手していた情報は正しいらしいのに、わたくしはすっかり希望を失いかけていました。

そこへ登場したのがアルバート・グリムショーです。あの絵を盗んだのは美術館の案内係のひとりで、グレアムと名乗っていましたが、あとで判明した本名はアルバート・グリムショーでした。そのグリムショーが九月三十日の夜に玄関に現れたとき、はじめて希望が、追い求めていた形ある証《あかし》が見えたと思いました。人相書きを持っていたので、その男こそ、窃盗の直後にイギリスから跡形もなく消え去り、それから五年間雲隠れしていたグレアムだとすぐにわかったのです」

「おお、すばらしい！」

「でしょう？　そのあと、書斎のドアの前でがんばって聞き耳を立てたんですが、グリムショーとハルキスの会話はひとことも聞きとれませんでした。翌日の夜、グリムショーが正体不明の――顔がわからない――男といっしょに現れたよりによってそんなときも、やはりだめでした。ややこしいことに――」顔を曇らせる。「アラン・チェイニーさんがへべれけに酔って屋敷へ転がりこんできて、わたくしがあの人を介抱していあいだに、ふたりは帰ってしまったんです。でも、これだけは確信しました——レオナルドの隠し場所の秘密は、グリムショーとハルキスとのあいだのどこかにまちがいなくあると」

「じゃあ、あなたが書斎を探りまわっていたのは、ハルキスの持ち物のなかに何か新たな記録が——絵のありかの新たな手がかりが——あるかもしれないと考えてのことだったんですね」

「そうです。前にも何度か調べていたのですが、あのときもやはり成果なしでした。機会を見つけては、屋敷や画廊や展示室のなかをこっそり探っていましたから、レオナルドの絵がハルキスの所有する建物に隠されていないのはたしかだと思います。一方で、グリムショーといっしょに来た謎の人物は——あの警戒ぶりといい、ハルキスさんのぴりぴりした迎え方といい——なんとなく絵の件に関係していそうな気がするんです。あの謎の人物はレオナルドの絵の運命を知る重要な鍵《かぎ》にちがいないわ」

「すると、その人物の正体を探りあててはいないんですね」

ジョーンは煙草を灰皿に荒っぽく押しつけた。「ええ」と言って、エラリーをいぶかしげに見つめる。「なら——あなたはあの人が何者かご存じなの?」

エラリーは答えなかった。その目は肯定も否定もしていない。「ちょっと訊《き》いていいですか、ブレットさん……事態が山場にさしかかっているときに、なぜお国へ帰ろうとなさってるんです？」

「それはもちろん、この件がわたくしの手に負えなくなったからですわ」ジョーンはハンドバッグを掻《か》きまわして、ロンドンの消印のある手紙を取り出した。それを手渡されたエラリーは、だまって内容を読んだ。ヴィクトリア美術館の刻印入りの便箋《びんせん》に書かれていて、館長の署名がしてある。「わたくしは調査の進捗《しんちょく》状況を――というより、進捗のなさを――逐一ロンドンに報告していました。この手紙は謎の人物に関するわたくしの最後の報告への返信です。お読みになればわかるように、わたくしたちは行きづまっています。館長も書いてきていますが、少し前にクイーン警視から電報で最初の問い合わせがあってから、館長とニューヨーク市警のあいだで――ご存じでしょうけれど――頻繁なやりとりがはじまりました。もちろん、美術館側は当初、照会に返答すべきかどうか判断しかねていました。すべての事情を説明せざるをえなくなりますからね。

　この手紙は、ご覧のとおり、ニューヨーク市警にいっさいを打ち明けることを許可し、今後どうするかはわたくしの判断にまかせるという内容です」ジョーンは大きく息を吐いた。「どう自己判断するかと言えば、この件は明らかにわたくしの微力の及ばぬ段階へきています。ですから、警視をお訪ねして、事情を全部ご説明してからロンドンへ帰るつもりでした」

エラリーが手紙を返すと、ジョーンはそれをていねいにハンドバッグにしまった。

「そうですね」エラリーが言った。「この盗品探しは手に余るほどむずかしくなってきてますし、素人の探偵が孤軍奮闘するよりも本職の捜査官たちにまかせたほうがいいという考えには、ぼくも賛成です。それでも……」考えこむように間を置く。「その一見望みのなさそうな捜索に、もしかしたら、ぼくがすぐにもお力添えできるかもしれません」

「クイーンさん！」ジョーンの目が輝いた。

「レオナルドの絵をひそかに取りもどすチャンスがまだあるとしたら、美術館はあなたがニューヨークにとどまることを許してくれるでしょうか」

「あら、もちろん！　それは確実よ、クイーンさん！　すぐ館長に電報を打ちますわ」

「ええ、ぜひ。それと、ブレットさん――」エラリーは微笑して言った。「ぼくがあなたの立場だったら、まだ警察へは行きません。悪いけど、ぼくの父のところへもね。あなたはこのまま――上品に言えば――疑わしい存在でいたほうが、今後も動きやすいはずですよ」

ジョーンは張りきって立ちあがった。「望むところですわ。ほかにご命令は？　司令官」気をつけの姿勢ですばやく右手をあげ、敬礼の真似をする。

エラリーはにやりとした。「あなたはきっと立派な女スパイ《エスピオンヌ》になれますよ。では、ジョーン・ブレットさん、この先ずっと、あなたとぼくは手を携えていきましょう——これは秘密の協約《アンタント》です」

「友好的協約《アンタント・コルディアル》ですわね？」ジョーンはうれしそうに息をついた。「おもしろくなりそう！」

「たぶん危険にもなりますよ」エラリーは言った。「たしかに密約は交わしましたが、ブレット副官、いまはくわしく話せないことがいくつかあります——あなたの身の安全のために」がっかりした反応を見て、エラリーはジョーンの手をやさしく叩《たた》いた。「あなたを信用してないからじゃない——ほんとうです。でもさしあたっては、何も訊かずにぼくを信じてもらいたい」

「わかりました、クイーンさん」ジョーンはまじめに言った。「この身をあなたの手に委ねます」

「いや」エラリーはあわてて言った。「そこまで言うのは誘惑ですよ。あなたほどの美人がそんなはしたないことを……いけない、いけない！」ジョーンの愉快そうな視線を避けて顔をそむけ、声に出して思案をはじめる。「どういう道があるか考えてみましょう。そうだな……。あなたがこの街に残る口実を見つけなくては——ここでの勤めが終わったことはみんな承知だろうし……。仕事もないのにニューヨークに残っていたら——変に思われるかもしれない……。このハルキス邸にとどまるわけにもいかないし……。そうだ！」エラリーは思わずジョーンの手をとった。「あなたがとどまっていてもおかしくない、だれもが納得しそうな場所がひとつありました」

「どこですの？」

エラリーはジョーンをベッドへ引っ張っていき、並んで腰をおろして、額を寄せ合った。「あなたはハルキスの個人的なことも商売上のことも、当然よくご存じですね。そういう煩雑な問題の処理を買って出た紳士がひとりいます。ジェイムズ・ノックスです！」

「名案だわ」ジョーンはささやき声で言った。

「お察しのとおり」エラリーは急いでつづけた。「ノックスは頭の痛い仕事に首を突っこんでいるので、有能な助手を歓迎するでしょう。つい昨夜、ウッドラフから聞いたところでは、ノックスの秘書が病気になったらしいんです。あなたがこれっぽっちも怪しまれないよう、ノックスのほうから助力を申し出るようにぼくが仕向けますよ。そしてあなたは、何も知らないふりをしてください——わかりますね。ほんとうに雇われたつもりで、きっちり仕事をこなすんです——正体を偽っていることをだれにも悟られないように」

「その点はまったくご心配要りませんわ」ジョーンは真剣に言った。

「ぼくも安心していますよ」エラリーは腰をあげ、帽子とステッキをつかんだ。「モーセに栄光あれ！　仕事にもどらなくては……。ではこれで、わが副官《マ・リュートナント》！　全能のノックスから声がかかるまで、この屋敷に残っていたまえ」

ジョーンが勢いこんで礼を述べたが、エラリーは小さく舌を鳴らしてそれを制し、颯爽《さっそう》と部屋を出た。背後でドアがゆっくりと閉まる。その場で足を止め、考えをめぐらせた。そして、いたずらっぽくにやりとしたのち、廊下を突き進んでアラン・チェイニーの部屋のドアをノックした。

アラン・チェイニーの寝室はまるで、カンザス州の竜巻の猛威にさらされた部屋の残骸《ざんがい》だった。自分の影と投擲《とうてき》で一戦交えたかのように、あらゆるものが投げ散らかされている。床のそこかしこに転がった煙草の吸い殻は、戦闘で事切れた小さな兵士たちを思わせた。チェイニー青年の髪は脱穀機にかけたようなありさまで、ぎょろついた目は怒れる薄赤の水たまりと化している。

アランは床を巡回していた――歩幅で距離を測るように、隅々までなめつくす足どりで延々と行き来を繰り返す。いっときも動きを止めないアランは、「だれでもいいから、はいれよ、ちくしょう！」と言い、目をまるくして出入口に立っていたエラリーは、見るも無惨な戦《いくさ》の跡をながめまわした。

「おい、ぼくになんの用だ」訪問者の顔を見るや、アランは急に巡回をやめてすごんだ。

「ちょっと話があってね」エラリーはドアを閉めた。「どうやら」にやつきながらことばを継ぐ。「少しばかり荒れてるようじゃないか。けど、そんなに時間はとらせないよ、きみも暇じゃないだろうし。すわってもいいかな、それともこのまま決闘の作法にのっとって話すかい」

若いアランにも多少の礼儀正しさは残っていたと見え、口ごもりながら言った。「いいよ。もちろん掛けてくれ。悪かったな。ほら、この椅子に」座面に散らばった煙草の吸い殻を、すでにじゅうぶん汚い床に払い落とす。

エラリーは腰をおろすなり、鼻眼鏡のレンズを磨きはじめた。アランはその様子をなんとなく苛立《いらだ》ちながら見守った。「さて、アラン・チェイニーくん」エラリーがまっすぐな鼻に眼鏡をしっかりと載せながら口を切った。「用件にはいろう。ぼくは、グリムショー殺しと、きみの義理のお父さんの自殺という悲しい事件に始末をつけたくて、のんびり調べてるところでね」

「自殺だなんて信じないね」アランは辛辣《しんらつ》に言った。「そんなはずあるもんか」

「そうなのかい？　きみのお母さんもさっきそんなことを言ってたよ。何か具体的な根拠でもあるのかい」

「いや。ないよ。別にどうだっていいことさ。死んで六フィートの土の下にいるんだし、その事実はもう変えようがない」アランはベッドに身を投げ出した。「何が気になってるんだ、クイーンくん」

エラリーは微笑んだ。「ひとつ愚問に答えてもらいたいんだ、もう隠す理由もなくなったはずだから……十日ほど前にここから逃げ出したのはなぜだったのかな」

アランはベッドに転がったまま煙草をくゆらせ、壁に飾ってあるアフリカ先住民伝統の古ぼけた槍《やり》を見据えた。「父さんのだ。アフリカは父さんの楽園だった」そう言って煙草を投げ捨てると、ベッドから跳びおり、また苛々と歩きまわりながら、すさまじい目つきで北のほうを何度もにらんだ──ジョーンの寝室のある方角だ。「いいだろう」だしぬけに言う。「話すよ。そもそも、あんな真似をしたのは大ばかだった。気まぐれな妖婦《ようふ》だよ、彼女は。あのきれいな顔が曲者《くせもの》なんだ！」

「チェイニーくん」エラリーは小声で言った。「いったいなんの話だ」

「ぼくがどんなにまぬけな酔っぱらいだったかって話だよ！　クイーンくん、聞いてくれ、史上まれに見るこの青くさい〝騎士道物語〟を」アランは言い、若い頑丈な歯を嚙《か》みしめた。「ぼくは完全にいかれてた──惚《ほ》れてたんだ！　──彼女、そう……ジョーン・ブレットに。だから彼女が何か月もこの屋敷をこそこそうろついて、何かを探してるのがわかった。それがなんだかは知らない。ぼくが気づいてるってことは、ひとことも言わなかった──本人にも、ほかのだれにも。献身的な崇拝者だったわけさ。くだらない話だよな。あのペッパーとかいうやつの話、つまり伯父《おじ》さんの葬式があったつぎの日の夜中にジョーンが金庫をいじってた件で、警視が彼女を問いつめたとき……ぼくはどうしていいかわからなくなったんだ。あれこれ考え合わせるとね――なくなった遺言状とか、殺された男とか。ひどく恐ろしかった……あのぞっとする事件に、どう見てもジョーンがからんでる気がして。それで――」アランの声は聞きとれないほど小さくなった。

エラリーはため息を漏らした。「ああ、恋ってやつだね。ぴったりの名言が喉《のど》まで出かかってるけど、言わずにおくか……。かくして若きアランは――気高きペレアス卿《きょう》は、高慢なエタール嬢に拒絶されようとも、騎士道を全うせんと、白馬の広い背中にまたがって走り去るのであった……(ペレアスとエタールはアーサー王伝説の登場人物)」

「ああ、笑い種《ぐさ》にしたけりゃ、するがいいさ」アランは毒づいた。「そう――それをやったんだよ、ぼくは。ばか丸出しで、きみの言うとおり、雄々しい騎士を気どって――わざと怪しまれるようにして逃げたのさ――疑惑がぼくに向くようにね。ふん!」苦々しげに肩をすくめる。「そこまでするほどの女だったのか? どうだろうな。こんな小っ恥ずかしい話は喜んで吐き出して、忘れることにするよ――彼女のことも」

「そしてこれこそが」エラリーは腰をあげながら言った。「殺人事件の捜査ってものか。まあ、あれだな！　人間のありとあらゆる気まぐれな動機を精神医学で解き明かせるようになるまで、犯罪捜査はまだまだ幼稚な科学にとどまるのだろう……。とにかく助かったよ、騎士アラン。くれぐれも、やけを起こさないように。では、ごきげんよう！」

それから一時間ほどのち、エラリー・クイーン氏は、ブロードウェイのダウンタウンのビルの谷間にあるマイルズ・ウッドラフ弁護士の質素なアパートメントの一室で、当の紳士と向かい合って椅子に腰かけ、勧められた葉巻を吹かしながら——これはめったにないことだ——世間話をしていた。ウッドラフ弁護士は、無骨な態度と赤ら顔はいつもどおりだが、どうやら精神的に行きづまっているようだった。不機嫌で、肝臓が悪いような黄色い目をして、机のそばのまるいゴムの敷物に鎮座した輝く痰壺《たんつぼ》に、たびたび下品に唾《つば》を吐いた。その愚痴の内容を要約すると——長い弁護士生活ではいろいろあったけれど、今回のゲオルグ・ハルキスのこんがらがった遺言状問題ほど頭の痛い難物にぶつかったのははじめてだ。

「いやはや、クイーンくん」弁護士は声を大にして言った。「きみにはわれわれが直面している事態がまったくわかっておらん——まったくな！　新しい遺言状の燃え残りが出てきて、それが威嚇行為に基づくものだと立証せねばならんのだよ。さもないと、グリムショーの相続財産はどこへ転がりこむことやら……。気の毒なノックス氏はきっと、遺言執行人を引き受けたのを大いに後悔しているだろう」

「ノックスさんか。そうでしょうね。この件で手いっぱいなのでは？」

「てんてこまいだよ！　何しろ、財産の法律上の扱いがはっきり決まる前にも、すませておくべきことがある。項目別の目録作成だ――ハルキスの遺産は種類がとにかくばらばらでね。わたしにその作業を丸投げする気じゃなかろうか――つまり、ノックス氏がということだが――ああいう地位の人間が執行人の場合は、たいがいそういうことになる」

「それなら」エラリーはさりげなく切り出した。「いまノックスさんの秘書はご病気だし、ブレット嬢がさしあたり無職ですから……」

ウッドラフの葉巻が揺れた。「ブレット嬢か！　おい、クイーンくん。それも一案だな。なかなかいい。彼女ならハルキスの身辺のことを知りつくしている。ひとつノックス氏に進言してみるか。うん、そうしよう……」

種を蒔《ま》き終えたので、エラリーはほどなく辞去し、満悦の笑みをたたえて、足どりも軽くブロードウェイを歩きだした。

そういうわけで、ウッドラフ弁護士は、エラリーの広い背中の後ろでドアが閉まって二分と経たないうちに、ジェイムズ・J・ノックス氏と電話で会話を交わしていた。

「考えたんですが、ジョーン・ブレット嬢はもうハルキス邸での勤めを終えたわけですし――」

「ウッドラフ！　すばらしい案じゃないか！」

こうしてジェイムズ・J・ノックス氏は、深く安堵《あんど》の息をつき、ウッドラフ弁護士のとびきりの着想に礼を言って受話器を置くと、すぐにハルキス邸の番号を呼び出した。

そして、期待どおりジョーン・ブレット嬢が電話口に出てくると、まるで自分が思いついたかのようにこう依頼した。あすから働きにきてもらいたい……期間は遺産の処理が片づくまで。さらにこんな提案もした。イギリスから来ているブレット嬢はニューヨーク市に住まいがないだろうから、ここで仕事をするあいだは、自分の屋敷に住みこんでもらってもいい……。

ブレット嬢は慎み深くその申し入れを承諾した――給料は、いまや先祖代々の埋葬室で安らかに眠るギリシャ系アメリカ人の元雇い主からもらっていたよりずっと高額だった。同時に彼女は考えていた。エラリー・クイーン氏はどうやって、こうも首尾よく事を運んだのだろう、と。

24　証拠物

十月二十二日の金曜日、エラリー・クイーン氏は――むろん、個人的に――大富豪を訪問した。というのも、ジェイムズ・J・ノックス氏から、耳寄りな情報を伝えたいのですぐ屋敷へ来るようにとの電話があったからだ。優雅な上流社会に憧《あこが》れていたうえに、もっと俗っぽい理由もあってこの招待を喜んだクイーン氏は、小ぎれいなタクシーでいそいそとリバーサイド・ドライブへ赴き、圧倒されるほどの大邸宅の前で車をおりると、急に愛想のよくなった運転手に料金を支払い、地価の高さで知られるこの市にあってなお一大資産と呼ぶべき敷地へ、おごそかに足を踏み入れた。

エラリーは、長身痩軀《そうく》の年寄りの執事に、わりあいあっさりと中へ通され、メディチ家の宮殿《パラッツオ》からまるごと拝借したような待合室で少しばかり待たされたのち、御大のもとへ案内された。

御大は〝仕事部屋〟――エラリーは高齢のかしこまった執事からそう告げられた――にいて、住環境がこれだけ華麗であるにもかかわらず、いたって現代的な机で仕事をしていた。室内のしつらえも、机に劣らず現代的だった。黒いエナメル革を張った壁に、角張った家具、奇人の夢から抜け出してきたようなランプ類……自宅で仕事をする現代の富裕層が好むのは、まさにこういう部屋なのだろう。そして御大のそばには、優美な膝《ひざ》にノートを載せた、しかつめらしいジョーン・ブレット嬢が控えていた。

ノックスはエラリーをあたたかく迎え、長さ六インチはある白っぽい煙草の詰まった、ペルシャクルミ材の箱を差し出しながら、見るからに感激している訪問者に、見かけによらずすわり心地のいい椅子を手ぶりで勧めたのち、驚くほど穏やかでためらいがちな声で言った。「ようこそ、クイーンくん。こんなに早く来てもらえてうれしいよ。ブレット嬢がここにいるので驚いたかな」

「それはもう」エラリーは真顔で言った。ジョーンはしきりにまばたきをして、ほんのわずかなスカートの乱れを直した。「でも、ブレットさんは運がよかったですよ」

「いや、いや。わたしの運がよかったのさ。得がたい人だよ、ブレットさんは。いつもの秘書がおたふく風邪だか腹痛だかで臥《ふ》せってしまってね。あてにできないんだ——当分。それで、ブレットさんにわたしの雑用とハルキスの件を手伝ってもらっている。あのハルキスの件ときたら！　だが、一日じゅうきれいなお嬢さんをながめていられると、それだけで気が晴れるよ。ほんとうに。いつもの秘書はしゃくれ顔のスコットランド人で、母親の骨張った膝の上にいたころ以来、笑ったことがないような男だからね。ちょっと待ってもらえるかい、クイーンくん。ブレットさんにあと二、三指示をすませたら、手が空くから……。ここにある、期日の来た請求書に小切手を切ってくれるかね、ブレットさん——」

「請求書ですね」ジョーンは素直に復唱した。

「——それと、きみが頼んだ文房具のぶんもだ。新しいタイプライターの代金には、キーをひとつ交換させた手数料を忘れずに上乗せすること——古いほうの機械は慈善団体に送ってくれ——とっておく趣味はない……」

「慈善団体ですね」

「それから、暇のあるときに、きみの言っていた新しいスチール製の整理箱を注文したまえ。とりあえずそんなところだな」

ジョーンは立ちあがって部屋の反対側へ行き、いかにも手際のよい秘書らしく流行《はや》りの小型の机の前にすわって、タイプを打ちはじめた。「さて、クイーンくん、お待たせしたね……こんどのごたごたには、まったく閉口しているんだ。いつもの秘書が体を壊してしまって、不自由なことこの上ない」

「お察しします」エラリーはそう返したが、内心では疑問を感じていた。なぜジェイムズ・J・ノックス氏は、そういうつまらない個人の雑事を、たいして親しくもない自分に説明するのか。いつジェイムズ・J・ノックス氏は本題にはいるのか。実のところジェイムズ・J・ノックス氏は、深刻な不安をこの雑談でごまかしているのではないか。

ノックス氏は金軸の鉛筆をもてあそんでいた。「きょう、ちょっと思い出したことがあってね、クイーンくん――わたしも動転していたんだな。でなければもっと前に思い出していたはずだ。本部のクイーン警視の部屋で最初に説明したとき、その話をするのをすっかり忘れていたんだ」

エラリー・クイーン、きみはついてるぞ！　エラリーは心のなかで思った。犬のように辛抱強く嗅《か》ぎまわった成果だ。運のよい耳をぴんと立てて聞けよ……「どんなことでしょう」つとめて平然と尋ねる。

最初のうち、ノックスの態度には緊張がうかがえたが、話が進むにつれ、それは徐々に消えていった。

どうやら、ノックスがグリムショーをともなってハルキスを訪ねた夜に、妙な出来事があったらしい。それは、ハルキスがグリムショーに要求された約束手形を作成して署名をし、グリムショーに手渡した直後に起こった。グリムショーは手形を財布にしまいながら、いまもうひと押しすればさらに優位に立てると思ったようだ。そこで、〝好意〟で少し金を都合してもらえないかと言い出し、ハルキスに図々《ずうずう》しくも千ドル要求した――約束手形の支払期日が来るまで、当面やっていく金が必要だというのだ。

「その千ドルはまだ発見されていませんね、ノックスさん!」エラリーは勢いこんで言った。

「まあ、つづきを聞いてくれ」ノックスは言った。「ハルキスは、屋敷にそんな現金はないと言った。そしてわたしのほうを見て、グリムショーに貸してやってくれないかと頼んだ――かならずあす返すからとね。いやはや……」忌々しげに煙草の灰をはじき落とす。「ハルキスは運がよかったよ。わたしはあの日、小づかい用に銀行から千ドル札を五枚引き出してあったんだ。財布から抜いて一枚をハルキスに渡すと、ハルキスはその札をそのままグリムショーにやった」

「そうなんですか」エラリーは言った。「で、グリムショーはその札をどこにしまいましたか」

「グリムショーは札をハルキスの手から引ったくって、ヴェストのポケットから重そうな古い金時計を取り出し――スローンの金庫から見つかったものにちがいないが――裏蓋《うらぶた》をあけて小さくたたんだ札を詰め、また蓋をして、時計をポケットにもどした……」

エラリーは爪を噛《か》みながら言った。「重そうな古い金時計か。たしかにあれと同じものだとお思いですか」

「ぜったいにたしかだ。スローンの金庫から出た時計の写真が、先週のはじめごろ新聞に載っただろう。まちがいなく同じ時計だったよ」

「イーデン・ホールの幸運（イギリスの旧家で受け継がれた、一族の長年の幸運を守る杯に由来）ですよ！」エラリーは息を荒くした。「これが幸運でなかったら……ノックスさん、その日銀行から引き出した千ドル札の番号を覚えていらっしゃいますか。ただちにあの時計の裏蓋の奥を調べる必要があります。札がもしなくなっていれば、その通し番号が殺人犯を追跡する糸口になるかもしれない！」

「わたしもまさにそう考えたんだ。番号はすぐにわかる。ブレットさん、銀行の出納主任のボウマンに電話をつないでくれるかね」

ブレット嬢は無関心な様子で指示に従い、受話器をノックスに渡すと、静かに秘書の仕事にもどった。「ボウマンかね？　ノックスだ。わたしが十月一日に引き出した千ドル札五枚の通し番号を確認してくれるか……そうか。わかった」ノックスはしばらく待ってから、メモ用紙を引き寄せ、金軸の鉛筆で番号を書き留めた。笑みを浮かべ、受話器を置き、メモをエラリーに手渡す。「これだよ、クイーンくん」

エラリーはぼんやりとメモをつまんで言った。「あの――ノックスさん、ぼくといっしょに本部へ行って、時計のなかを調べるのに立ち会ってくださいませんか」

「いいとも。探偵の真似事も楽しそうだ」

机の上の電話が鳴りだした。ジョーンが立ちあがって受ける。「シュアティ証券からです。どうなさいます――」

「出よう。ちょっと失礼、クイーンくん」

ノックスが――エラリーの見るかぎり――無味乾燥で不毛、そして退屈きわまる仕事の話をしているあいだに、エラリーは立ちあがって、ジョーンのいる机のほうへ歩いていった。意味ありげな目配せをしながら言う。「あの――ブレットさん、この通し番号をタイプライターで打ってもらえませんか」――これは、着席しているジョーンに身を寄せ、耳にささやきかける口実だった。ジョーンは鉛筆書きのメモをまじめくさって受けとると、タイプライターの用紙押さえに紙を一枚はさんで、キーを叩《たた》きはじめた。作業をしながら、小声で言う。「あの夜グリムショーといっしょに来た謎の男がノックスさんだったこと、なぜ教えてくださらなかったの？」責める口調だ。

エラリーは首を振って警戒を促したが、ノックスは電話の相手との話に没頭していた。ジョーンはタイプライターから紙を手早く引き抜いて、声高に言った。「あら、いやだ！　#《ナンバー》の記号は手書きしないといけないんだったわ」新しい紙を用紙押さえにはさみ、ふたたび高速で打ちこみはじめる。

エラリーは小声で言った。「ロンドンから何か連絡は？」

ジョーンはかぶりを振り、飛ぶような指づかいを少しゆるめて、また声高に言った。「ノックスさんのところのタイプライターにはまだ慣れないんですの――これはレミントンで、わたくしがずっと使っていたのはアンダーウッドでしょう、でもここのお屋敷にはこれしかタイプライターがないから……」作業を終え、引き抜いた紙をエラリーに手渡しながら、ささやき声で言う。「彼がレオナルドを持っている可能性はある？」

エラリーが肩をきつくつかんだので、ジョーンはびくっとして青ざめた。エラリーは微笑みながら大仰に言った。「申し分ありませんよ、ブレットさん。ありがとう」紙をヴェストのポケットに入れながらささやく。「用心して。行動するならほどほどに。探りまわっているところを見つからないように。ぼくを信じて。あなたは秘書としてここにいてくれるだけでいいんです。千ドル札の件も内密に……」

「これでまちがいないと思いますわ、クイーンさん」ジョーンははきはきと言って、したたかな悪女めいたウィンクをした。

エラリーは光栄にも、ジェイムズ・J・ノックス氏のリムジンの車内で御大本人と並んですわり、地味な制服を着た堅物のカロン（ギリシャ神話に登場する、黄泉の国への渡し守）の運転でダウンタウンへ向かった。

センター街の警察本部前に到着すると、ふたりは車をおりて広い正面階段をのぼっていき、署内へ足を踏み入れた。クイーン警視の息子であるエラリーに、警官や刑事や出入りの連中がみな愛想よく挨拶《あいさつ》してくるのを、大富豪は意外に思った様子で、それがエラリーには愉快だった。エラリーは先に立って保管室のひとつにはいった。そして、その場かぎりの権威を振るって、グリムショー＝スローン事件の証拠物件がおさめてある保管箱を持ってくるよう命じた。エラリーは目当てのもの以外には手もつけずに、スチールの箱から旧式の金時計を取り出すと、ノックスとふたり、しんとした部屋でしばし黙々とその時計を調べた。

そのときエラリーは、事態が動きだしそうな強い予感を覚えていた。ノックスはただ好奇心に駆られているようだった。そしてエラリーは懐中時計の裏蓋をこじあけた。

中には小さく折りたたまれたものがあり、開いてみると千ドル札だった。

エラリーはすっかり失望した。ノックスの仕事部屋で胸にいだいた可能性が、この札の出現で消えてしまったからだ。それでも、周到な性質《たち》のエラリーは、時計から出てきた札の番号をポケットのなかのリストにある通し番号と照らし合わせ、それがノックスの書き留めた五枚の紙幣のうちの一枚にまちがいないことをたしかめた。エラリーは時計の裏蓋を閉じ、それを保管箱にもどした。

「これをどう思うかね、クイーンくん」

「特に驚きはしませんね。この新事実は、スローンを犯人とするいまの状況を覆すものでもないですし」エラリーは沈んだ声で答えた。「スローンがグリムショー殺しの犯人で、グリムショーの正体不明の相棒でもあったとすると、時計のなかに札が残っていた事実は、スローンがこの札の存在を知らなかったことを示しているにすぎません。それはつまり、グリムショーが、ハルキスから強引にせしめた千ドル札のことを相棒に話すつもりも、それを分け合うつもりもさらさらなかったということです――こんなおかしな場所に札を隠したのがその証拠とも言えます。そしてスローンは、グリムショーを殺したあと、この時計をわがものにしたものの、中に何か隠してあるなどとはふつう考えないので、裏蓋をあけようとは思いもしなかった。そんなわけで、札はグリムショーが入れたままになっていたのです。証明終わり《Q・E・D》――やれやれ！」

「するときみは、スローン犯人説にあまり納得していないわけだな」ノックスは鋭く言った。

「ノックスさん、ぼくはどう考えていいかよくわからないんです」ふたりは廊下を歩いた。「それでも、ひとつお願いしたいことが……」

「何でも言ってみたまえ、クイーンくん」

「千ドル札のことはだれにも話さないでいただきたいんです――よほどのことがないかぎり。お願いします」

「いいとも。しかしブレット嬢は知っているぞ――わたしがきみに話しているのを聞いていたはずだ」

エラリーはうなずいた。「だまっているようにと、あなたからひとこと言っていただけますか」

ふたりは握手を交わし、エラリーはノックスが歩み去るのを見送った。そして、しばらく廊下をそわそわと行きつもどりつしたのち、父の執務室へ向かった。部屋にはだれもいなかった。エラリーは首を振って、階下へおりていくと、センター街へ出てあたりを見まわし、タクシーを呼び止めた。

五分後には、ジェイムズ・J・ノックス氏の取引銀行にいた。エラリーは出納主任のボウマン氏に面会を求めた。ボウマン氏が出てきた。エラリーは厚かましくも特別に発行してもらった警察の身分証をちらつかせ、十月一日にノックス氏が引き出した五枚の千ドル札の通し番号リストを、ボウマン氏に即刻作らせた。

グリムショーの時計から出てきた札の番号は、銀行側が提示した五つの番号のひとつと一致した。

エラリーは銀行を出ると、浮かれるほどの成果はあがっていないと思ったのか、金のかかるタクシーは自粛して、地下鉄で帰途に就いた。

25　残るひとり

ブルックリンの土曜の午後……住宅が軒を連ねる長い通りで、葉を落とした並木の下を歩きながら、エラリーはしんみりと思った――よけいに残念なのは、ブルックリンの〝片田舎《フラットブッシュ》〟の土曜の午後だということだ……。寄席芸人《よせ》がここをそう呼んだのも悪くあるまいなどと考えながら、立ち止まって家の番地を調べる。その界隈《かいわい》には、なんとも言えない平和と落ち着きがあった――絵に描いたような平和と、厳粛なほどの落ち着きだ……。そんな牧歌的ななかで暮らす、ブロードウェイ女優ばりにあだっぽいオデル夫人を想像して、エラリーは小さく笑った。

石敷のせまい私道へ曲がり、突きあたりにある五段の木の階段をのぼって、白い木造住宅のポーチに立ったとき、オデル夫人が在宅しているのがわかった。呼び鈴に応《こた》えて玄関のドアをあけるなり、夫人は金色の眉《まゆ》を吊《つ》りあげた。エラリーを訪問販売のセールスマンと思ったようで、年季のはいった主婦らしく、すげない態度であとずさりして、ドアを閉ざしにかかった。エラリーはにこやかに片方の足を敷居の上に差し入れた。エラリーが名刺を差し出すと、夫人の大きな美しい顔に浮かんでいたごく当然の敵意はようやく消えたが、代わりに恐れのような表情が湧きあがった。

「どうぞ中へ、クイーンさん。さあ——すぐには顔を思い出せなくて」夫人は不安そうにエプロンで両手をぬぐい——着ているものは花柄のごわごわした部屋着だ——ひんやりと暗い玄関広間へ、ぎこちなくエラリーを招き入れた。左手の両開きのドアがあいていて、その奥の部屋へとエラリーをいざなう。「あの——ジェリーにも会うわね——つまり、夫にも」

「もしよろしければ」

夫人は急いで出ていった。

エラリーは微笑みながら室内を見まわした。結婚がリリー・モリソンにもたらした変化は、苗字《みょうじ》だけではないらしい。結婚生活は、リリーの豊満な胸の奥で眠っていた家庭的な一面を目覚めさせたと見える。エラリーがいま立っているのは、とても心地よく、とても平凡で、とても清潔な部屋だった——そこはむろん、オデル夫妻が一日の大半を過ごす居間なのだろう。慣れないながらも心のこもった女性の指がこれらの派手なクッションをこしらえ、新たに芽生えた自尊心がこのけばけばしい壁紙を——そこらじゅうに置いてあるヴィクトリア様式もどきのランプを——選んで注文させたにちがいない。家具はビロード張りで彫刻の施されたどっしりしたものだ。目を閉じれば見えるようだ――かつてアルバート・グリムショーの女だったリリーが、がっしりしたジェレマイア・オデルに恥じらいつつ寄り添い、安物家具店で、見た目がいちばん重厚で、高そうで、豪華な品を選んでいる姿が……。

エラリーのにやけながらの妄想は、この家の主人――当のジェレマイア・オデル氏――の登場によって唐突に中断された。手が汚れているところを見ると、家の裏手にある車庫で愛車磨きでもしていたらしい。このアイルランド人の大男は、手が汚いことも、カラーなしの軽装にぼろ靴という姿であることも詫《わ》びずに、身ぶりでエラリーに椅子を勧め、緊張して突っ立っている妻にかまわずその隣にすわって、不機嫌に言った。「なんの用だ？　胸くそ悪い嗅《か》ぎまわりはもうすんだと思ったのに。まだ何かあるのか」

夫人が腰をおろそうとしないので、エラリーも立ったままでいた。オデルの険しい顔は不穏な雷雲に包まれている。「ちょっと話がしたいんです。もちろん非公式に」エラリーは静かに言った。「ただ確認したいだけ――」

「事件は片づいたと思ってたがね！」

「そうですが」エラリーはため息をついた。「あまり時間はとらせないつもりです……。ぼく自身が納得するために、重要じゃないけれどまだ説明のつかない点をいくつかはっきりさせようとしてましてね。ぜひ知りたいのは――」

「話すことなんかない」

「まあ、まあ」エラリーは笑顔で言った。「たしかにないと思います、事件に関する重要なことはね。重要なことはすべて当局で把握していますから……」

「いや、これもまた警察の汚いぺてんか何かじゃないのか」

「オデルさん！」エラリーはあきれた顔をした。「新聞を読んでいないんですか。なぜ警察があなたをぺてんにかけるなんて思うんです？　それは単に、先日クイーン警視から質問されたとき、あなたがたが言い逃れをしたからでしょう。でも、あのときとは状況がだいぶ変わっています。もう容疑がかかる心配はないんですよ、オデルさん」

「わかった、わかったよ。何が知りたいんだ」

「あなたはなぜ、あの木曜の夜に〈ホテル・ベネディクト〉にグリムショーを訪ねていったことについて嘘をついたんですか」

「なんだと──」オデルは恐ろしい声で言いかけたが、妻の手に肩を押さえられて、いったんだまった。「おまえは口を出すな、リリー」

「いいえ」夫人が震える声で言った。「だめよ、ジェリー。あたしたち、出方をまちがえてる。あんたはサツ──いえ、警察ってものを知らないのよ。狙いをつけたらどこまでも追ってくるんだから……。クイーンさんにほんとうのことを話して、ジェリー」

「それがいつでもいちばん賢い道ですよ、オデルさん」エラリーは力をこめて言った。

「やましいことが何もないなら、頑固に口をつぐんでいることもないでしょう」

視線がぶつかった。やがてオデルはうなだれて、黒いひげに覆われた大きな顎《あご》を掻《か》きながら、鈍い頭で時間をかけて考えた。エラリーは待っていた。

「わかった」アイルランド男はようやく言った。「話す。だがな、これがぺてんだったら、ただじゃすまねえぞ！　すわれよ、リリー。立っていられると苛々《いらいら》する」夫人はおとなしくソファーに腰かける。「警視に責められたとおり、おれはあのホテルに行った。女の二、三分あとから、フロントへ行って――」

「じゃあ、あなたはグリムショーの四番目の訪問者だったんですね」エラリーは思案しながら言った。「疑う余地なしだ。なんの目的で行ったんですか、オデルさん」

「あのグリムショーって野郎は、シンシンから出てくるとすぐ、リリーを探しはじめた。おれは知らなかった――結婚前のリリーのことは何も。そんなことは気にしちゃいなかったんだ。けど、こいつはおれが気にすると思って、出会う前にどんな暮らしをしてたのか、ぜったいに話そうとしなかった……」

「いけませんね、オデル夫人」エラリーはまじめに言った。「人生のパートナーにはどんなときも隠し事をしないことです、どんなときもね。それが円満な夫婦関係の基本とでも言いますか」

オデルは一瞬、頬をゆるめた。「この若造の言うことをよく聞いとけよ……おれに捨てられるとでも思ったのか？　なあ、リル」夫人はだまって膝《ひざ》に目を落とし、エプロンに襞《ひだ》を寄せている。「とにかく、グリムショーはこいつを探し出した――どうやってかは知らないが、居所を突き止めたんだ、ずる賢いイタチ野郎め！――それでやつは、リリーを脅してあのシックの店に呼び出した。女房は応じた。言うとおりにしないと、秘密をおれにばらされると思ったからだ」

「なるほど」

「やつはリリーが何か新手のいんちき商売をやってると思ったらしい――いまはまともに暮らしてるから、あんたみたいなやくざとはかかわりたくないとリリーが言っても信じなかった。やつは怒って――〈ホテル・ベネディクト〉の部屋へ来いと言った。とことん下衆《げす》な野郎だよ！――それでリリーは、ぼろかすに言うだけ言って家へ帰ってきて、おれに全部話した……もう手に負えないと思って」

「それで、グリムショーと話をつけるために〈ホテル・ベネディクト〉へ行ったんですね」

「そういうこった」オデルは陰気な顔で傷跡だらけの大きな手をながめた。「あの女たらしにはっきり警告してやった。おれの女房に手を出したら、目に物見せてやるってな。それだけさ。ちょっとびびらせただけで引きあげた」

「グリムショーの反応はどうでした」

オデルはばつの悪そうな顔をした。「震えあがってたはずだ。首根っこをつかんでやったら、真っ青になって――」

「ああ！　痛めつけたんですか」

オデルは笑い飛ばした。「あんなのは痛めつけたうちにはいらねえよ、クイーンさん――首根っこをつかむぐらいじゃな。おれたちの稼業じゃ、思いあがった修理工どもが仕事で〝ごまかし〟をやりすぎたとき、どれだけめちゃめちゃに懲らしめるかを見せてやりたいぜ……。おれはちょっと揺すぶってやっただけだよ。あいつは腰抜けで、おれにハジキを向けもしなかった」

「拳銃を持ってたんですか？」

「さあ、持ってなかったかもな。見たわけじゃない。ああいうやつらはたいてい持ってるもんだが」

エラリーは考えこんだ。オデル夫人がおずおずと言った。「わかったでしょう、クイーンさん。ジェリーはほんとうに何も悪いことはしていないんです」

「それにしても、オデル夫人。おふたりが最初に尋問を受けたとき、こんなふうに話してくださってたら、ぼくたち警察もずいぶん助かったでしょうに」

「自分の首を絞めたくなかったんだ」オデルが低い声で言った。「あのくず野郎を殺したなんて思われて、つかまりたくなかった」

「オデルさん、グリムショーがあなたを部屋に入れたとき、ほかにもだれかいましたか」

「グリムショーのほかにはだれもいなかったね」

「その部屋ですが——食事の残りとか、ウィスキーグラスなどは見あたりませんでしたか——つまり、ほかにだれかいたような形跡が」

「あったとしても気づかなかったろうよ、おれは頭に来てたから」

「あの夜以後、あなたがたのどちらも、グリムショーと会ってはいませんか」

夫婦は即座にかぶりを振った。

「けっこうです。もう二度とお邪魔はしないと約束しますよ」


エラリーはニューヨークへもどる地下鉄のなかで苛々しどおしだった。考えることもあまりなかったし、購入した新聞もまるで気晴らしにならなかったからだ。西八十七丁目にある褐色砂岩のアパートメントの三階でクイーン家の呼び鈴を鳴らしたときも、まだしかめ面をしていた。ジューナがきりりとしたロマ族の顔を戸口からのぞかせてもなお、エラリーの眉間《みけん》の皺《しわ》は消えなかった——ふだんなら、ジューナを見るだけで元気が出るのだが。

ジューナの小利口な脳はエラリーの苛立ちを察知し、持ち前の巧妙なやり方で、それを静めにかかった。エラリーの帽子とコートとステッキを大仰なしぐさで受けとり、相手を微笑ませるのにいつもは効果てきめんの笑顔を作った――が、きょうは功を奏さず――寝室から居間へ駆けもどって、エラリーの口に煙草をくわえさせ、うやうやしくマッチをすった……。

「どうしたんですか、エラリーさん」何をやっても効き目がないので、ジューナはとうとう悲しそうに尋ねた。

エラリーはため息を漏らした。「なあ、ジューナ、なんにもうまくいかないんだ。こういうときこそ、よけいにやる気が出るはずなんだけどな。カナダのロバート・W・サーヴィスが、やけ気味な詩を書いてる――〝何もかもうまくいかないときは、歌もちがってくる〟ってね。ところがぼくは、あの詩のなかの〝小さな兵士〟みたいに、陽気に歌って気勢をあげるなんてできそうもないんだ。音楽はからきしだめな野蛮人だから」

ジューナには、まったくのたわごとに聞こえたが、引用するときのエラリーには何を言っても無駄なので、励ますように笑ってみせた。

「ジューナ」頭をがっくりとのけぞらせて、エラリーはつづけた。「聞いてくれ。あの忌まわしい夜、五人の人間がグリムショー氏を訪ねていった。その五人のうち三人は、もうだれだかわかってる。死んだギルバート・スローンと、そのご立派な奥方と、強面のジェレマイア・オデルだ。残るふたりのうちひとりは、本人は否定したが、ワーズ医師と見てまずまちがいないだろう。ワーズ医師の立場を明らかにできれば、無理のない説明が聞けるかもしれないし、そうなったら残るのは、素性のわからない謎の訪問者ひとりだ。もしスローンが犯人なら、そいつはつづけざまに現れたなかで、二番目に来た人間ということになる」

「そうですね」ジューナは言った。

「だけど、ジューナ」エラリーはさらに言った。「正直言って手詰まりでね。こんなことをくどくど言ってても無駄なんだ。総じて妥当なスローン犯人説にけちをつけられるだけの証拠は、まだ何もつかめてないんだから」

「そうですね」ジューナは言った。「台所にコーヒーがあるですよ――」

「台所にコーヒーがあります、だろう。ことばづかいに気をつけろ」エラリーはきびしく言った。

つまるところ、何から何まで気に入らない一日だったのである。

26　明かり

　このあとエラリーは、一日がまだ終わっていなかったのに気づくことになる。一時間後に電話をかけてきた父親から、数日前の不毛な訪問でスローン夫人が植えていった木が、思いがけずみごとな花を咲かせ、豊かに実をつけたと知らされたのだった。

「ちょっとした新展開だ」電話の向こうで、警視は快活に言った。「ずいぶん妙な話だから、おまえも聞きたかろうと思ってな」

　エラリーは気乗り薄だった。「何度もがっかりさせられてるから――」

「まあ、わたしの考えじゃ、スローン犯人説が覆るほどの進展でもないがね」警視は急に冷たくなった。「それで――聞きたいのか、それとも聞きたくないのか」

「いちおう聞きたいかな。何があったんだい」

　父親がくしゃみをして、むせて、咳払《せきばら》いをするのが聞こえた――まごうことなき不満の表れだ。「こっちへ来たほうがいい。長い話だ」

「わかった」

エラリーは不承不承ダウンタウンへ向かった。地下鉄には心底うんざりだったし、軽く頭痛がして、世界がつまらない場所に見えた。そのうえ、本部に着いてみると父は直属の警部と打ち合わせ中で、四十五分も外で待たされた。うつむいて警視の執務室へはいっていったエラリーは、不機嫌そのものだった。

「で、驚天動地の知らせっていうのは?」

警視は椅子を足で蹴《け》ってよこした。「とにかく、すわれ。こういう話だ。おまえの友達の――なんて名だったか――そう、スイザが、きょうの午後、機嫌うかがいにやってきた」

「ぼくの友達? ナシオ・スイザが。それで?」

「スローンが自殺した夜、なんとその男もハルキス画廊にいたそうだ」

疲れが吹き飛んだ。エラリーは思わず立ちあがった。「まさか!」

「落ち着け」警視はたしなめた。「そんなに興奮することはない。スイザはハルキス画廊の所蔵品の便覧を作らないといけなかったそうだ――手間と暇のかかる仕事で、あの夜ようやく取りかかる気になったらしい」

「スローンが自殺したあの夜に?」

「ああ。とりあえず聞くんだ。それでスイザは画廊へ行って、合鍵《かぎ》で中にはいり、二階のあの長い主展示室へあがって――」

「合鍵ではいったのか。警報装置が作動していたのに、どうやってはいれたんだろう」

「作動中じゃなかった。だれかがまだ画廊に残っていたということだ――いつも、最後に退出する者が警報装置をセットして、それが警備会社に通知されるそうだ。とにかく、スイザは二階へあがって、スローンの事務室に明かりがついているのに気づいた。便覧の件で訊《き》きたいことがあり――スローンがまだ仕事中ならちょうどいいと思ったらしい。それであの部屋へはいっていって、当然ながらスローンの死体を見つけた。あとでわれわれが発見したときと、そっくり同じ恰好《かっこう》のな」

エラリーは異様に興奮していた。いつもの癖で煙草をくわえたまま、催眠術にかかったように警視を見据えている。「そっくり同じ？」

「ああ、そうだ」警視は言った。「頭を机に載せて、垂れさがった右手の下の床に拳銃《けんじゅう》――すべて事実と合っている。ついでに言うと、それはわれわれが現場に着く数分前のことだった。むろんスイザはあわてふためいた――まあ、無理もない――まずい状況だからな。何もさわらないように気をつけてはいたが、そこにいるのを見つかったら弁明が大変だと思って、すたこら逃げ出したらしい」

「ナポレオンには顎《あご》ひげがなかったというぐらい、恐ろしくわかりやすい説明だね」エラリーはどんよりした目でつぶやいた。「それがほんとうなら」

「何がほんとうなら、だ。まあすわれ――おまえはまた早合点しかけているな」警視はぴしゃりと言った。「変に勘ぐるのはよせ、エラリー。わたしはスイザを一時間も質問攻めにして、あの部屋がどんなありさまだったかをしゃべらせたが、あの男の答は百パーセント正しかった。新聞で自殺と報じられたときは少しほっとしたが、まだ心配だったそうだ。で、もう少し様子を見ていることにした。それから何事も起こらず、もう話してもだいじょうぶそうに思えたし、とにかく良心がとがめるので、やっとわたしのもとへ来たというわけだ。おおむね、そんなところだな」

エラリーは心ここにあらずといった様子で、しきりに煙草を吹かしていた。

「いずれにせよ」警視はやや苛立《いらだ》たしげにつづけた。「本筋とは関係ない話だ。スローン自殺説にいささかの影響も与えない、興味深いこぼれ話にすぎない」

「まあね。それには同意するよ。スイザは、関与を疑われてたわけでもないし、潔白でなければ自分から──自殺の現場に行き合わせた話なんかしにくるわけがない。ぼくが考えてるのはそんなことじゃないんだ……ねえ、父さん！」

「なんだ」

「スローン自殺説の確証がほしくないかい」

「なんだって？　確証？」警視は鼻で笑った。「それは〝説〟じゃなく──〝事実〟だぞ。だが、もう少し証拠があっても害にはなるまい。どうするつもりだ」

エラリーは高鳴る興奮で身が引きしまる思いだった。「まったくそのとおり」大声で言う。「父さんがいま説明してくれたスイザの話には、スローン犯人説を揺るがす要素は何もなさそうだ。けど、ナシオ・スイザ氏にひとつ簡単な質問をすれば、自殺説をもっと確定的に証明できるんだ……。父さんは、スイザがあの事務室へ行ったことで事実は少しも変わらないと確信してるようだけど、まだ小さな穴が残ってる。ごくわずかな可能性がね……。ところで、あの夜スイザは、画廊を出ていくときに警報装置をセットしたのかな」

「ああ。無意識にそうしたと言っていた」

「なるほど」エラリーはすばやく立ちあがった。「いますぐスイザを訪ねてみよう。質問の答を聞かないと、ぼくは今夜眠れそうにないよ」

警視は下唇をなめた。「やれやれ」小声で言う。「いつものごとく鋭いな、鼻の利く犬め。訊き漏らした質問があったとは、わたしも迂闊《うかつ》だった」勢いよく立ちあがってコートに手を伸ばした。「スイザは画廊へもどると言っていた。行くぞ！」


マディソン街の人気《ひとけ》のないハルキス画廊でつかまえたスイザは、やけに落ち着きがなかった。服装はいつになく乱れ、なでつけた髪にもおかしな具合に癖がついている。スイザは、厳重に閉ざされたギルバート・スローンの事務室のドアの向かい側でクイーン父子を迎え、スローンが死んでからずっとその部屋は使われていない、と何気ない口ぶりで説明した。動揺した本心を押し隠すための無駄口だ。骨董品《こっとう》があちらこちらに置かれた自分の事務室の椅子にふたりを掛けさせると、スイザは唐突に切り出した。「どうかしたんですか、警視さん。まだ何か……」

「身構えなくていいですよ」警視は穏やかに言った。「ここにいるエラリーがいくつか質問するだけです」

「はあ」

「聞いたところでは」エラリーが言った。「あなたはスローンさんが死んだ夜、隣の彼の部屋に明かりがついていたので中へはいったそうですが、それでまちがいないですか」

「正確には少しちがいます」スイザは両手をきつく組み合わせた。「わたしはただ、スローンと相談したいことがあったんです。展示室にはいったとき、事務室のドアの上の明かりとりから光が漏れていたので、スローンが在室なのがわかって……」

クイーン父子は、電気椅子にでもすわったかのように身を引きつらせた。「ああ、明かりとりですか」エラリーが妙に力をこめて言った。「すると、スローンさんの事務室のドアは、あなたがはいる前には閉まっていたんですね」

スイザは怪訝《けげん》な顔をした。「もちろん、そうですよ。重要なことだったんですか。そのことはお話ししたように思いますが、警視さん」

「聞いていないぞ!」警視は怒鳴った。老いた鼻が口もと近くまでさがって見える。「では、逃げ出すときにドアを閉めなかったんだな」

スイザはしどろもどろに言った。「ええ。取り乱していたもので、何も考えずに……ところで質問というのはなんでしょう、クイーンさん」

「もう答えていただきましたよ」エラリーはさらりと言った。

事態は逆転の様相を呈していた。三十分後、クイーン父子は自宅の居間にいたが、警視はひどく不機嫌にひとりごとをつぶやいており、エラリーはすこぶる上機嫌で、まごついたジューナが大あわてで火を焚《た》きつけた暖炉の前を、鼻歌交じりに行ったり来たりしていた。警視が電話を二本かけたあとは、ふたりともことばを発しなかった。エラリーの興奮はおさまったが、気に入りの椅子にゆったりすわって薪《まき》載せ台に足を預け、揺れる炎をながめるその目は、明るく輝いていた。

ジューナがけたたましい呼び鈴に応《こた》え、顔を紅潮させたふたりの紳士を迎え入れた──サンプソン地方検事とペッパー地方検事補だ。ジューナはますますとまどいながら、客人たちのコートを受けとった。ふたりとも苛立った様子で、吠《ほ》えるように挨拶《あいさつ》をした。ふたりとも椅子にすわり、一瞬で部屋に充満した、露骨にぴりぴりした空気に溶けこんだ。

「大変なことになったな」サンプソンがようやく言った。「とんでもない事態だ。電話では確信があるようだったが、Q、どういう――」

警視はエラリーのほうへ頭を振り向けた。「こいつに訊いてくれ。そもそもこいつの思いつきだったんだ、忌々しいが」

「そうか、エラリー、それで？」

みな、無言でエラリーを見つめた。エラリーは煙草を暖炉へはじき飛ばし、振り向きもせずにゆっくり口を開いた。「今後は、みなさん、ぼくの潜在意識が鳴らす警鐘を信用してください。ぼくのひねくれた予感、とわれらがペッパーさんは言うでしょうが、その正しさが実際の出来事によって証明されたのです。

けれども、そんなことは重要ではありません。重要なのは単にこういうことです。スローンを殺した銃弾は頭を貫通し、ある弾道を描いて、あの事務室のドアを越えていきました。その銃弾は、事務室の外の、向かいの壁に掛かっていた絨毯《じゅうたん》にめりこんでいた。すなわち、あの銃弾が発射されたとき、明らかにドアはあけ放されていたことになります。スローンが死んだ夜、ぼくたちがあの画廊に突入したとき、スローンの事務室のドアはあいていましたから、銃弾が見つかった場所《ロクス》との矛盾もありません。ところが、いまになってナシオ・スイザが、こんな事実を打ち明けました――スローンの死後、最初にあの画廊にはいったのはぼくたちではなく、スイザだったんです。

言い換えれば、あの夜、ぼくたちが到着したときにスローンの事務室のドアがどういう状態だったかについては、その前にも訪問者がいたという事実に照らして整理と検討をしなおす必要が出てきたわけです。そこで問題になるのは、スイザがあそこに着いたときもドアの状態は同じだったか、という点です。ドアがあけ放してあったと言うのなら、それ以上の検討の必要はありません」

エラリーはくすりと笑った。「しかし、スイザはドアが閉まっていたと言っています！　そうなると、事態はどう変わるか。銃弾が発射されたとき、ドアがあけ放されていたのはたしかです。でなければ弾は、室外の向かいの壁の絨毯ではなく、ドアにあたっていたはずです。したがって、ドアは銃弾が発射されたあとで閉められたにちがいありません。これはどういうことか――スローンが自分の頭に弾をぶちこんだあと、超人的な力を発揮して入口まで行き、ドアを閉めて机にもどり、引き金をひいたときとそっくり同じ体勢ですわりなおしたということでしょうか。ばかげています。ばかげているうえに、ありえない。なぜなら、プラウティ医師の検死報告が示しているとおり、スローンは即死だったからです。これによって、スローンが展示室で自分を撃ち、それから事務室へ這《は》いもどる途中でドアを閉めたという可能性も消えます。当然です！　リボルバーから弾が発射されたと同時にスローンは死に、しかもドアはあけ放されていた。だが、スイザが発見したときドアは閉まっていた……。

別の言い方をすれば、ドアはスローンの即死のあと、閉まった状態でスイザに目撃されており、最初の捜査でわかったとおりあの扉はスチール製なので、銃弾が貫通することもありえなかった――そこから導き出せる唯一の推論は、スローンの死後、スイザが来るまでのあいだに、だれかがドアを閉めたということです」

「しかし、クイーンくん」ペッパーが異論をはさんだ。「あの部屋を訪れたのがスイザひとりじゃなかった可能性もあるんじゃないか――つまり、何者かがあそこへはいって、スイザが来る前に出ていった可能性が」

「すばらしい指摘ですよ、ペッパーさん、ぼくはまさにそれを言おうとしていたんです。スイザの前にあの部屋を訪れた者がいる――そして、その人間こそスローン殺しの犯人だとね！」

サンプソンがこけた頬を歯がゆそうにこすった。「ちくしょう！　いいか、エラリー、それでもまだ、スローンが自殺した可能性は残るぞ。それに、ペッパーがいま言った何者かは潔白な人間で、スイザと同じく、あそこにいたことを知られるのを恐れてだまっているのかもしれん」

エラリーは軽く手を振って言った。「ありえなくはないですが、かぎられた時間内にふたりも潔白な人間が訪ねてくるなんて、都合がよすぎます。それはないですよ、サンプソンさん。もはやどなたも、自殺説を大いに疑い、殺人説を支持する根拠がじゅうぶんそろったことは否定できないと思いますがね」

「そうだな」警視が降参のていで言った。「たしかに」

だがサンプソンは食いさがった。「いいだろう。スローンは殺されたとしよう。すると、犯人は立ち去るときにドアを閉めたわけだ。犯人がそんなまぬけな真似をするとはわたしには思えんね。銃弾がスローンの頭をきれいに突き抜けて、あいたドアの外へ出たのに気づかなかったのか？」

「ああ、サンプソンさん」エラリーはもどかしそうに言った。「ちょっと考えてみてください。どんなにのろい弾でも、人間の目で弾道を追うのは無理ですよね？　犯人だって、弾がスローンの頭蓋骨《ずがいこつ》を貫通したことに気づいていれば、もちろんドアをあけておいたでしょう。つまり、犯人がドアを閉めたのは、気づいていなかった証拠なんです。スローンの頭が、弾の抜けていった左側を下にしてデスクマットに載っていたのを思い出してください。あの姿勢だと、銃弾の出口はすっかり隠れていたでしょうし、しかも多量の血が流れていた。それに、犯人は一刻も早く部屋を出たかったはずで、そんなときに死人の頭を持ちあげて調べたりするとは思えない。要するに、犯人は弾が貫通するなんて予想もしていなかったんです。そうそうあることじゃないですからね」

しばらくだれも口をきかなかったが、やがて警視が苦笑しながら、サンプソンとペッパーに言った。「エラリーの勝ちだ。明々白々だよ。スローンは他殺だ」

ふたりは沈鬱《ちんうつ》な顔でうなずいた。

エラリーは話を再開したが、そのきびきびした物言いに、誤ったハルキス犯人説を披露したときのような得々とした調子はうかがえなかった。「ではそういうことで、もう一度分析してみましょう。いまはそう信じるに足る立派な理由がありますが、スローンが殺されたとすると、スローンはグリムショーを殺していないことになります。つまり、グリムショー殺しの真犯人は、スローンがグリムショー殺しを無言のうちに告白したように見せるために、拳銃《けんじゅう》自殺を偽装してスローンを殺したわけです。いくつかの既存の仮説にもどってみましょう。以前の推理でわかったとおり、グリムショー殺しの犯人は、ハルキスを陥れる偽の手がかりを仕込むことができたのですから、ノックスが盗品の絵を持っていることを知っていたにちがいありません。だいぶ前にぼくが立証しましたが、ハルキス犯人説はすべてにおいて、ノックスがけっして名乗り出ないだろうという犯人の確信を前提としていました。それから、ノックスが盗品の絵を持っているのを知っている唯一の第三者《アロール》がグリムショーの相棒だったということも、あのときぼくが証明したとおりです。すなわち、グリムショーを殺したのはその相棒であり、スローンは自身が殺されたのですから、グリムショーの相棒ではありえなかったことになります。したがって、犯人はいまも大手を振って歩きまわり、悪巧みに精を出しているのです。犯人がいまだ自由の身で、しかもノックスの事情を把握していることは、強調しておくべきでしょうね。

ここで」エラリーはつづけた。「スローンの不利になる手がかりについて再考してみます——スローンは殺され、ゆえに潔白だとわかりましたから、それらの手がかりは、発見されるように真犯人が工作した、でっちあげのものにすぎません。

第一に、スローンは潔白だったわけですから、〈ホテル・ベネディクト〉にグリムショーを訪ねた夜の出来事に関する証言の信憑性《しんぴょうせい》は、もはや疑う余地がありません。容疑者として見るとあの男の証言は大いに疑わしかったけれど、潔白とわかったいまは信用せざるをえません。したがって、あの夜、二番目に部屋へ行ったという証言は、おそらく真実でしょう。スローンの言う、自分より前に来た謎の人物は、たしかにいたんです。つまり、その謎の人物こそ、グリムショーの相棒であり、グリムショーと連れ立ってロビーにはいってきた人物であり、エレベーターボーイの証言どおり、グリムショーとともに三一四号室にはいった人物にちがいありません。すると、訪問者の順番はこうなります。顔を隠していた謎の人物、そのつぎがスローン、つづいてスローン夫人、それからジェレマイア・オデル、最後にワーズ医師」

エラリーは細い人差し指を振りまわした。「論理を積み重ね、頭を働かせることで、いかに興味深い推理が生まれるかをお見せしましょう。スローンのあのことばを——

ギルバート・スローンがグリムショーの兄だと知っているのは、世界じゅうに自分ひとりだという発言を――覚えていますね。グリムショーでさえ、兄が改姓したことは知らなかった。しかし、だれであれ、あの匿名の手紙を書いた人物はその事実を知っていた――スローンを名乗っている男がグリムショーの兄であるという事実を。あの手紙を書いたのはだれなんでしょう。グリムショーは兄の現在の姓も知らなかったので、他人にそのことを話したはずがない。また、だれにも話さなかったというスローン自身の証言もいまは信用できます。したがって、この事実を知りえた唯一の人物は、兄弟ふたりがいっしょにいるところを見て、兄弟の会話を聞き、もともとスローンを知っていたか、あとで会って声や顔からグリムショーの兄だと思い出しただれか、ということになります。ところが、驚くべき事実があるんです！　スローンの話では、〈ホテル・ベネディクト〉のグリムショーの部屋に行ったあの夜が、スローンが何年も前に改姓してから兄弟が顔を合わせた一度きりの機会だったんです！

　言い換えれば、ギルバート・スローンがアルバート・グリムショーの兄だと知った人物は、だれであれ、スローンがグリムショーの部屋を訪ねたあの夜、その場に居合わせたはずなんです。ところがスローンは、ふたりで話しているあいだは弟とふたりきりだったと、はっきり言っていました。では、ほかの人物がどうやってその場にいられたのか。答は簡単です。スローンが姿を見ていないのに、その人物が部屋にいたとしたら、それはスローンに見えていなかっただけと考えられます。つまり、部屋のどこか、衣装戸棚か浴室あたりに隠れていたんです。グリムショーが連れといっしょに少し前に入室したにもかかわらず、スローンは三一四号室から人が出てくるのは見なかったと言っていましたね。それに、ノックしてしばらくすると弟がドアをあけた――たしかそんなふうにも言っていました。よって、スローンがノックしたとき、グリムショーの連れはまだ三一四号室にいたけれど、姿を見られたくなかったので、グリムショーにことわって衣装戸棚か浴室に身をひそめたと見ていいでしょう。

では」エラリーはつづけた。「そのときの状況を思い描いてみます。隠れ場所にいる謎の人物は、スローンとグリムショーの会話に聞き耳を立てている。話のなかでグリムショーが、兄弟がいたことなんてほとんど忘れていた、と面あてを言うのが聞こえる。それで、グリムショーと訪問者が兄弟だと知った。スローンの声に聞き覚えがあって、話しているのがギルバート・スローンだとわかったのか。おそらくのぞき見もして――スローンの顔を認識したのか。あるいは、後日スローンに会ってその声を思い出し、あれこれ推測して、スローンが世界じゅうで自分しか知らないと信じこんでいる事実にたどり着いたのかもしれない。そのどれなのかは判断がつきませんが、ひとつたしかなのは、謎の人物はあの夜グリムショーの部屋にいたにちがいなく、兄弟の会話を盗み聞きしたにちがいなく、ギルバート・スローンとアルバート・グリムショーが血を分けた兄弟だと推して察したにちがいないということです。知る術《すべ》のなさそうな事実がいかにして知られたか、それを説明できる論理の道筋はこれしかありません」

「なるほど、これで少なくとも目鼻がついたな」サンプソンが言った。「つづけてくれ、エラリー。きみの降霊術ではほかに何が見える？」

「降霊術じゃなくて論理ですよ、サンプソンさん。たしかに、死者と語り合って未来の出来事を予想するようなところもありますが……。いまはっきり見えるのはこういうことです。スローンが来る直前に、グリムショーとともに部屋にはいって隠れていた謎の人物は、グリムショーの〝相棒〟――翌日の夜ハルキスの書斎で、グリムショー自身がそういう呼び方で言及した人物――だった。そしてこの謎の人物――すでに証明したとおり、グリムショーの相棒であり殺人者でもあるこの人物――こそが、スローンとグリムショーの兄弟関係を警察に明かす匿名の手紙を書けた唯一の人物なんです」

「妥当な線だな」警視がつぶやいた。

「そう思うよ」エラリーは両手を首の後ろで組んだ。「どこまで話しましたっけ。そう、例の匿名の手紙は、スローンを殺人犯に仕立てる材料のひとつですが、それ以前の手がかりとちがっているのは――その内容が捏造《ねつぞう》ではなく事実だった点です。もちろんあの手紙自体は、直接なんの罪も証明しませんが、ほかのもっと直接的な証拠と組み合わせた場合、警察にとって最強の材料になります。さて、この兄弟関係の手がかりが仕込まれたものだとわかった以上、スローンの煙草壺《つぼ》から出てきた地下室の鍵《かぎ》や、スローンの金庫にあったグリムショーの懐中時計も、やはり仕込まれた手がかりと考えるのが筋でしょう。あの時計を入手できたのは、グリムショーを殺した犯人だけです。スローンが潔白だとすると、グリムショーを殺した犯人が、スローンの見せかけの自殺の直後に発見されるであろう場所にあの時計を置いたことになります。ハルキスの遺言状の燃え残りもまた、スローンを陥れる罠《わな》だったにちがいありません。というのは、最初に遺言状を盗み出し、永久に葬り去ろうと考えて棺に隠したのはスローンだったかもしれませんが、グリムショーを埋めたときに棺のなかの遺言状を見つけ、いずれ何かに使えそうだという小賢《こざか》しい考えからそれを持ち去ったのは、まちがいなく犯人だからです――実のところ、ハルキス犯人説が崩れたあと、スローンをはめるのにあの遺言状を使いましたね」

ペッパーとサンプソンがうなずいた。

「ところで、その動機ですが」エラリーはつづけた。「犯人はなぜスローンをグリムショー殺しの犯人に仕立てようと考えたのか。これにはいろいろと興味深い面があります。もちろん、スローンがグリムショーの兄であったこと、グリムショーの犯罪歴のせいで家名が汚れたために改姓していたこと、遺言状を盗んでハルキスの棺に隠したこと、ハルキス家の一員なので、ハルキスを犯人とする偽の手がかりを仕込むことが物理的にいつでも可能だったこと――こうしたあつらえ向きの条件がそろっていたから、犯人として警察が〝納得しそうな〟人物として、スローンが選ばれたものと思われます。

　しかも、ヴリーランド夫人の話が事実だとすると、スローンはあの水曜の夜、つまりグリムショーの死体がハルキスの棺に詰められたはずの夜、墓地へ行っています。スローンはそもそもグリムショーを殺していないので、死体の始末とは無関係な、何か別の理由で行ったにちがいありません――スローンは何も持っていなかったとヴリーランド夫人が言っているのをお忘れなく……。そこまではいいですね。では、なぜスローンはあの水曜の夜、中庭と墓地を忍び歩いていたんでしょう」エラリーは思案顔で暖炉の火を見つめた。「ぼくにはおもしろい考えがあります。あの夜、何やら不審な動きを目にしたスローンが、こっそり犯人のあとを尾《つ》けて墓地へ行き、死体を埋めるところと、遺言状入りの手提げ金庫をせしめるところを目撃したとしたらどうでしょう……。話の行き先が見えてきましたか？　じゅうぶん現実味のあるこの仮定を踏まえて、そのあとのスローンの行動も推測できます。スローンは自分の知る人物がグリムショーの死体を埋めるのを目撃しました。では、なぜそのことを警察に知らせなかったのか。それには立派な理由があります！——スローンの遺産相続を阻む遺言状を犯人が握っていたからです。ならば、スローンが犯人にこんな取引を持ちかけたと考えても、こじつけにはならないんじゃないでしょうか——たとえば、厄介な新しい遺言状を自分に返すか、その場で破棄するなら、グリムショー殺しについてはだまっていてやる、というような。ここで犯人には、新たな動機が芽生えたでしょう。スローンを警察が〝納得しそうな〟犯人に仕立てることは、いよいよ重要になりました。スローンを自殺に見せかけて殺し、真犯人の正体を知るただひとりの生存者をこの世から消す必要が出てきたからです」

「だが、その場合」サンプソンが異を唱えた。「スローンと接触した犯人は、遺言状をおとなしく渡すしかなかったように思えるんだがな。だとすると事実と合わない。あの遺言状の燃え残りが隣家の地下の暖房炉で見つかっているし、あそこにあれを仕込んだのは犯人だときみも言っている」

　エラリーはあくびをした。「ああ、サンプソンさん。いいかげん、頭のなかの灰色の細胞の使い方を覚えてくださいよ。われらが殺人愛好の士をばかだと思ってるんですか。犯人はスローンを脅すだけでよかったんです。たぶんこんなふうに言ったでしょう。〝おれがグリムショーを殺したことを警察にしゃべったら、この遺言状は警察の手に渡るぞ。悪いがスローンさん、あんたが確実に口をつぐんでいるよう、遺言状はこっちで預からせてもらう〟とね。スローンはその妥協案を受け入れるほかなかった。実のところ、犯人にすり寄っていった瞬間に、スローンの運命は決まったわけです。哀れなスローン！　あまり利口な人じゃなかったらしい」

そのあとは、目まぐるしく、苦しく、腹立たしい日々がつづいた。警視は大いに不本意ながら、スイザの証言とその意味するところを新聞記者たちに発表した。日曜版では簡単な扱いだったが、月曜日の朝刊では、そのニュースが大々的に紙面を飾り──報道の世界では、月曜日はとりわけニュースに乏しい日なのだ──そしてたちまち、警察の新たな見解がニューヨーク全市に知れ渡った。すなわち、さんざん叩《たた》かれていたギルバート・スローンが、実は自殺した犯人ではなく、狡猾《こうかつ》な──タブロイド紙は〝悪魔のような〟と形容した──真犯人にはめられた無実の犠牲者であったという見解だ。よって、穢《けが》れた心に殺人の罪をまたひとつ塗り重ねた真犯人を引きつづき捜査していく、と警察は伝えた。

特記しておくと、スローン夫人はようやく誇りを取りもどした。夫人の大切な家名は汚れをこすり落とされ、遅ればせながらありがたい、新聞や警察や地方検事による公式の弁明という陽光を浴びて、まばゆく輝いていた。スローン夫人は恩知らずの女ではなかった。ナシオ・スイザの証言の裏でエラリー・クイーンが聡明《そうめい》なる手腕を振るったことを察した夫人は、楽しげな報道陣の前で、当のエラリーが面映ゆくなるほど熱をこめて感謝の辞を述べた。

サンプソンと、ペッパーと、クイーン警視については……言わぬが花だろう。サンプソンは、白髪が増えた一因は検事生活のこの時期にあると信じこんでいるし、クイーン警視も、エラリーの〝論理〟としつこさのおかげで寿命が縮んだと、事あるごとに言い立てている。

27　やりとり

十月二十六日、火曜日――スローン犯人説をはじき飛ばす一連の出来事のきっかけを、図らずもスローン夫人が引き起こしてからちょうど一週間後のその日、エラリー・クイーン氏は朝の十時にやかましい電話のベルに起こされた。かけてきたのは警視だった。どうやら、その朝のニューヨークとロンドンとの電報のやりとりで、緊迫した事態が発生したようだ。ヴィクトリア美術館が喧嘩腰《けんかごし》になりかけているらしい。

「一時間したら、ヘンリー・サンプソンの事務所で会議をする」その朝の警視の口調は疲れて老けこんでいた。「おまえも出たいんじゃないかと思ってな」

「行くよ、父さん」エラリーは言い、やんわりとからかった。「いつものスパルタ気質はどこへ行ったんだい、警視」

一時間後に、エラリーがサンプソン地方検事の執務室へはいっていくと、そこには険しい顔の面々がそろっていた。腹を立てて不機嫌な警視に、苛立《いらだ》ったサンプソン、むっつりだまりこんだペッパー――そして、老いたしかめ面をこわばらせて王座についている、高名なるジェイムズ・J・ノックス氏だ。

エラリーの挨拶《あいさつ》にも、ほとんど反応がなかった。サンプソンが手で椅子を示したので、エラリーはそっと腰をおろし、期待に目を躍らせた。

「ノックスさん」サンプソンが王座の前を行きつもどりつしながら言った。「けさ、お越しいただいたのは、ほかでもない――」

「はい？」ノックスは見かけによらぬ穏やかな声で言った。

「あのですね、ノックスさん」サンプソンは出方を変えた。「ご承知かもしれませんが、こんどの事件の捜査に、わたしは積極的にかかわってきませんでした――ほかの事件に忙殺されていましてね。補佐のペッパーが代役をつとめてくれていたんです。ペッパーの能力には全幅の信頼を置いていますが、事態はいまや、わたしがじきじきに審理せねばならない状況に至りました」

「なるほど」ノックスの声に、皮肉や非難の色はなかった。いつでも飛びかかれるよう、心のなかで身構えている様子だ。

「ええ」うなりに近い声で、サンプソンは言った。「そうなんです！　なぜペッパーにまかせておけなくなったか、お知りになりたいですか」ノックスの椅子の前で足を止め、まともに相手を見つめる。「それは、ノックスさん、あなたの態度が深刻な国際紛争を引き起こしかけているからです！」

「わたしの態度が？」ノックスはおもしろがっているふうだ。

サンプソンはすぐには答えなかった。自分の机へ行って、クリップで留めた白い半切りの紙の束を手にとる——それはウェスタン・ユニオン電報会社の電報の控えで、黄色の薄い紙テープに印字された電文が貼りつけてあった。

「さて、ノックスさん」サンプソンは喉《のど》が詰まったような声でつづけた——喜歌劇《オペラ・ブーフ》の役者ばりに骨折って、舌と気持ちを抑えているようだ。「いまから電報を何本か、順に読みあげます。この一連の通信文は、ここにいるクイーン警視と、ロンドンのヴィクトリア美術館長とのあいだでやりとりされたものです。最後の二本の発信者は、そのふたりの紳士のどちらでもありませんが、それこそが、わたしの指摘したように、国際紛争を引き起こしかねない代物なんです」

「実のところ」ノックスは微笑しながらつぶやいた。「なぜそういうものに関心があると思われているのかわからないな。だがわたしも公共心ある一市民だ。先を聞かせてもらおう」

クイーン警視が顔を引きつらせた。が、発言は自制し、白い顔をノックスのネクタイと同じくらい赤くしながら、椅子に身を沈めた。

「最初のは」地方検事が、穏便な口調ながら荒い声でつづけた。「クイーン警視があなたのお話を聞いたあと——ハルキス犯人説が吹っ飛んだあのときですが——最初に美術館へ打電したものです。電文を読みます」サンプソンはいちばん上の電報を、やたらと大きな声で読みあげた。

過去五年のうちに（と電報ははじまっていた）貴館から価値の高いレオナルド・ダ・ヴィンチの絵が盗まれた事実はあるか。

ノックスが大きく息を吐いた。サンプソンは一瞬ためらったのちにつづけた。「これはしばらく経ってから来た、美術館からの返電です」内容はこうだ。

五年前にさような絵が盗まれた。当館での公称はグレアム、本名はグリムショーという元案内係の犯行とおぼしくも、いまだ発見の手がかりなし。明白な理由により、盗難の事実は未発表。ご照会から、貴殿はレオナルドの所在をご存じのことと解する。至急、連絡を請う。秘密厳守のこと。

「何かのまちがいだ。大まちがいだ」ノックスが笑いながら言った。

「そうですかな、ノックスさん」サンプソンは色をなしていた。二本目の電報を荒っぽくめくって、三本目を読みはじめる。

それはクイーン警視の返電だった。

盗まれた絵がレオナルドの作でなく弟子か同時代人の作であり、それゆえ目録所載の価値を大きく下まわるという可能性はあるか。

ヴィクトリア美術館長からの返電。

前電にてお尋ねした絵の所在に関して回答を請う。すみやかに絵が返還されぬ場合、厳格な処置をとることも考える。レオナルドは英国屈指の鑑定人複数が真作と認定。発見当時の見積もり価格は二十万ポンド。

クイーン警視の返電。

しばしのご猶予を請う。当方も立場を決めかねている。双方にとって好ましからざる悪評の蔓延《まんえん》や問題の複雑化は、可能なかぎり避けたい。鑑定内容の齟齬《そご》が示すとおり、当方にて捜査中の絵はレオナルドの真作ではない模様。

美術館の返電。

事情の了解に苦しむ。問題の絵が、一五〇五年のヴェッキオ宮殿の壁画制作中止後、レオナルドが油彩で描いた〝旗の戦いの部分絵〟と呼ばれる作品であれば、それは当館のものである。アメリカの鑑定人の意見を仰いだのなら、貴殿は絵の所在をご存じのはず。貴国でその価値をどう見るかによらず、強く返還を求める。くだんの作品は発見時に発生した権利により、ヴィクトリア美術館に帰属するものであり、現在合衆国にあるのは窃盗の結果にすぎない。

クイーン警視の返電。

当方ではいましばらく時間を要す。どうか信用願いたい。

サンプソン地方検事は意味ありげにそこで中断した。「さて、ノックスさん、いよいよつぎが、われわれの頭痛の種になりそうな二本のうちの最初の一本です。最後に読んだ電報への返信で、ロンドン警視庁のブルーム警部の署名があります」

「実に興味深いな」ノックスは平然と言った。

「まさにそうなんです、ノックスさん！」サンプソンはノックスをにらみつけ、震える声で読みあげを再開した。ロンドン警視庁の電文はこういうものだった。

ヴィクトリア美術館の件は当方に委ねられた。ニューヨーク市警の立場を明らかにされたし。

「ノックスさん」サンプソンは声を詰まらせながら、白い半切りの紙をめくった。「心から願いますよ、われわれがどういう事態に直面しているか、理解してくださることをね。つぎは、いまの電報へのクイーン警視の返信です」

レオナルドは当方の手もとになし。かくなる国際的圧力は、くだんの絵の完全喪失を招くやも知れず。当方は総力をあげて美術館の利益を守る所存。二週間の猶予を請う。

ジェイムズ・ノックスはうなずいた。椅子の座面をつかんでいる警視のほうへ顔を向け、淡々と賞賛を口にする。「あっぱれな受け答えですな、警視。実に気がきいている。実にそつがない。たいしたものだ」

返答はなかった。エラリーは周囲を気づかってまじめな表情を崩さずにいたが、内心ますます愉快に思っていた。警視はぐっと唾《つば》を呑《の》みこみ、サンプソンとペッパーはとげとげしい視線を交わしたが、ちくりとやりたい相手はむろんお互いではなかった。サンプソンが、気を張るあまり絞り出すような声でつづけた。「では、最後の電報を。けさ届いたばかりで、これもブルーム警部からです」

二週間の猶予を美術館は承諾。それまで処置は保留とする。幸運を祈る。

しばしの静寂のなか、サンプソンは電報の束を机にほうり投げると、両手を腰にあててノックスの目の前に立った。「さあ、ノックスさん、あなたの番です。こちらは手の内を開いてお目にかけました。お願いですから、状況をわきまえてください！少しは譲歩を——せめて、お持ちの絵をわれわれに見せて、公正な専門家に鑑定させてください……」

「そんなばかげたことをする気はない」大富豪はあっさり言った。「まったく不必要だな。わたしの鑑定人がレオナルドではないと認めているし、あの男がいいかげんな仕事をしたはずもない——じゅうぶんな鑑定料を渡したんだから。ヴィクトリア美術館などほうっておきたまえ、サンプソンくん。あの手の文化施設はいつもこういうことをする」

警視がいきなり立ちあがった。我慢の限界に達したのだ。「大物だかなんだか知らんがね、ヘンリー」激した声で言う。「もしもこんな——こんなのを許したら、この先ずっと後悔を……」そこでことばを呑む。サンプソンが警視の腕をつかんで部屋の隅へ引っ張っていき、早口で何やら耳打ちした。警視の顔から興奮の色が少し抜け、狡猾《こうかつ》さがそこにおさまった。「失礼、ノックスさん」警視はすまなそうに言いながら、サンプソンともどってきた。「ついかっとなってしまいまして。あなたもまともな人間らしく、そのなんとかいう絵を美術館に返されたらいかがです？　潔く負けを認めるんです。これまでにも二度、株で大損をなさっているが、睫毛《まつげ》一本動かさなかったでしょう」

ノックスの顔から微笑が消えた。「潔くだと？」大儀そうに立ちあがる。「七十五万ドルも払って手に入れたものを返さねばならん理由がどこにある？　あるなら言ってくれ、クイーン。言ってみたまえ！」

「しかしですね」警視が激しく切り返す前に、ペッパーがとっさの機転をきかせた。「しかしこれには、あなたの蒐集《しゅうしゅう》家としての威信がかかっているわけではないでしょう？　あなたの鑑定人によると、ご所蔵のその絵には美術品としての価値がほとんどないということですし」

「それにあなたは、重罪に目をつぶったことにもなる」サンプソンが口をはさんだ。「証明してみたまえ。できるものなら」ノックスもいまや憤激し、こわばった顎《あご》に皺《しわ》を寄せている。「言っておくが、わたしの買った絵は美術館から盗まれたものではない。もしちがうと思うなら、証明してみるがいい！　だが諸君、わたしに無理強いしても、手にはいるのはせいぜい切れ端ぐらいだぞ！」

「まあ、まあ」サンプソンがなだめにかかったとき、エラリーがかぎりなく穏やかな声で尋ねた。「ところで、ノックスさん、あなたの鑑定人はどなたなんですか」

ノックスはくるりと振り向いた。一瞬目をしばたたいたのち、短く笑う。「きみたちには関係のないことだ、クイーンくん。必要と思えば、わたしのほうから教える。そちらがこれ以上騒ぎ立てるなら、あの忌々しい代物を持っていることも否認するぞ！」

「賢明じゃありませんね」警視が応《こた》えた。「いや、そいつはうまくない。こちらもあなたを偽証罪で告発しますよ、クリスマスまでに！」

サンプソンが机を強く叩《たた》いた。「ノックスさん、あなたの態度のおかげで、わたしと警察はひどい窮地に追いこまれているんです。そういう大人げない態度を通されるなら、わたしもこの事件を連邦当局の手に託さざるをえません。ロンドン警視庁にも、合衆国の連邦検事にも、たわごとはいっさい通用しませんよ」

ノックスは帽子をとって、足音高くドアのほうへ向かった。広い背中が断固たる決意を伝えている。

エラリーがのんびりと言った。「ねえ、ノックスさん、あなたは合衆国政府と英国政府を敵にまわすおつもりなんですか」

ノックスは振り返り、帽子をしっかりとかぶった。「お若いの」すごみをきかせて言う。「きみには想像もできまいが、七十五万ドルも出したものを、わたしはあっさりあきらめはせん。このジム・ノックスにとっても、はした金ではないんだ。前にも政府と戦って――わたしは勝った！」

そして、荒々しくドアが閉められた。

「もっと聖書に親しむべきですね、ノックスさん」まだ振動しているドアに向かって、エラリーは静かに言った。「神は強き者を辱めんとして、世の弱き者を選び……（コリントの信徒への手紙一、一章二十七節）」

だが、だれも注意を払わなかった。地方検事がうなるように言った。「前にも増してひどいことになったぞ。こんな状態で何ができる？」

警視が口ひげを苛々《いらいら》と引っ張りながら言った。「このまま手をこまぬいていても仕方ない。びくつくのはもうやめだ。ノックスが二、三日中にそのくだらない絵を引き渡さなければ、連邦検事局に報告してくれ。あの男がひとりでロンドン警視庁とやり合えばいい」

「力ずくで絵を取りあげなくてはなるまいな」サンプソンは暗い声で言った。

「もしもの話ですが」エラリーが口を出した。「ジェイムズ・J・ノックス氏が、好都合にも、その絵を見つけられなかったとしたら？」

三人はそのことばを嚙《か》みしめていたが、顔つきを見るかぎり、どうやら苦いひと口だったようだ。サンプソンが肩をすくめた。「まあ、きみはおおかたどんな問題にも、解決策を思いつくからな。特別厄介なこの問題にはどんな手を打つ？」

エラリーは白い天井を見あげた。「ぼくなら――何もしませんね。これは自由放任《レッセ・フェール》を適用すべき一例ですよ。いまノックスに圧力をかけても、ますます意固地にさせるだけでしょう。根っから冷徹な実務家ですから、ちょっと時間を与えれば……。さあ、どうなるか」エラリーは微笑して立ちあがった。「少なくとも二週間、美術館からもらったのと同じだけの猶予を、あの人にも与えることです。まちがいなくノックスのほうから、つぎの動きを仕掛けてきますよ」

しぶしぶうなずいた三人は、情けない顔をしていた。

だが、二転三転するこの事件で、エラリーはまたしても完全に予想をはずした。というのも、つぎの動きは結局、別のところから生じ……しかもその動きによって、事件は解決するどころか、それまで以上に紛糾する様相を見せたのである。

28　要求

その一撃は、ジェイムズ・J・ノックスが米英両国の政府と真っ向からやり合うと意思表示した二日後の木曜日にもたらされた。ノックスの大言が虚勢だったのか本物だったのか、法廷のるつぼのなかで試されることはついぞなかった。というのも、その木曜日の朝、用もなく警察本部の父の執務室にいたエラリーが浮かない顔で窓の外の空をながめているところへ、皺くちゃな電報配達人の姿をとったメルクリウス（ローマ神話の神々の使者）が、あるメッセージを届けにきたのである。それは、あの好戦的なノックスが法と秩序の番人にはっきりと提携を持ちかける内容だった。

電報にはノックスの署名があり、謎めいた指示が記されていた。

> 私服刑事を三十三番街のウェスタン・ユニオン局へ出向かせ、小生からの局留めの小包を受領されたし。直接の連絡がはばかられる理由あり。

警視とエラリーは顔を見合わせた。「挨拶《あいさつ》にしては手がこんでいる」警視がつぶやいた。「まさか、こんな方法でレオナルドを返してきたってことはあるまいな、エル」

エラリーは眉《まゆ》を寄せていた。「ああ、ちがうね」歯がゆそうに言う。「それはありえない。例のレオナルドは、ぼくの記憶じゃ、四×六フィートぐらいの大きさだったはずだ。カンバスを切りとってまるめたとしても、〝小包〟にはまずならない。うん、何か別のものだ。すぐに対処したほうがいいと思うよ、父さん。このノックスの伝言はなんと言うか――そう、尋常じゃない」

刑事が指定された電報局へ出かけているあいだ、ふたりは不安な汗をにじませながら待っていた。刑事は一時間ほどして、隅にノックスの名が書かれた、宛名のない小さな包みを携えて帰ってきた。警視が破ってあけた。中には、封筒入りの手紙一通のほかに、別の紙が一枚はいっていて、そちらにはノックスから警視へのメッセージが記されていた――中身がそれだけなのをごまかすためか、ボール紙ですっぽりくるんである。ふたりはまずノックスのメッセージを読んだ――簡略で事務的な短信だった。文面はこうだ。

クイーン警視殿――同梱《どうこん》したのは、小生がけさ普通郵便で受けとった匿名の手紙だ。差出人に見張られている懸念が当然あったため、貴下のもとへ送り届けるのに、このようなまわりくどい方法をとった。わたしはどうすべきだろう。慎重に動けば、この差出人を捕らえうるかもしれない。どうやらこの男は、数週間前に小生が絵の事情をすっかり貴下に話したことをまだ知らないようだ。J・J・K。

ノックスのメモはぎこちないペンづかいで手書きされていた。同梱の封筒のなかの手紙は白い小ぶりの紙片だった。封筒は、近所のどこの文具店でも一セントで買えるようなありふれた安物で、ノックスの住所がタイプしてある。手紙はミッドタウンの郵便局を経由していて、消印から、前夜に投函《とうかん》されたものとわかった。

封筒のなかの、ノックス宛のメッセージがタイプされた紙は、少々変わっていた。紙の一辺全体がぎざぎざになっていて——まるで、もとの紙は倍の大きさなのに、なんらかの理由でそれを真ん中で適当に引き裂いたかのようだ。だが警視は、紙自体をじっくり見るのもそこそこに、タイプされた文面に老眼を走らせていた。

ジェイムズ・J・ノックス殿——筆者は貴殿に要求がある。つべこべ言わずに応じてもらいたい。自分が相手にしているのが何者か知りたければ、この紙の裏を見てみるといい——そうすればこれが、数週間前のあの夜、貴殿の目の前でハルキスがグリムショーに渡した約束手形の半切れであることがわかるだろう……。

エラリーが驚きの声をあげ、警視は読みあげるのを中断して、震える指で紙を裏返した。信じがたいことだが……そこにはたしかにあった——ゲオルグ・ハルキスの、あの読みにくい大きな文字が。

「あの約束手形の半切れだ、まちがいない！」警視は叫んだ。「一目瞭然《いちもくりょうぜん》だ！　何かわけがあって真ん中で引き裂いてある——ここにはその半分しかないが、ハルキスの署名のあるほうだ。いやはや——」

「変だな」エラリーがぽつりと言った。「つづけてくれ、父さん。その先にはなんと書いてあるんだ」

警視は乾いた唇をなめ、紙を裏返して、また読みはじめた。

貴殿はこれを持って警察へ行くほど愚かではあるまい。盗品のレオナルドを所有している貴殿がもしそんなことをすれば、イギリスの美術館から盗まれた実質百万ドルの値打ちの美術品が、どういういきさつで名望あるジェイムズ・J・ノックス氏の所蔵となったのかを、すべて告白せざるをえなくなるからだ。笑止千万ではないか！　ノックス殿、貴殿からはそれなりのものを搾りとらせてもらうつもりだ。初回の、いわゆる〝取り立て〟の具体的な方法については、追ってくわしく指示する。抵抗はやめたほうがいい。こちらには、貴殿が盗品を所有していることを警察に明かす用意がある。


手紙には署名がなかった。

「べらべらやかましいやつだね」エラリーが言った。

「なら、こっちは火消しになるまでだ。緊急出動だよ」警視は首を振りながら言った。「だれが書いたにせよ、ふてぶてしい野郎だよ。ノックスが盗品の絵を持っているのを種にゆすろうと言うんだからな！」手紙を注意深く机に置き、うれしそうに両手をこすり合わせる。「悪党の首根っこを押さえたぞ、エル！　両手両足を縛ったも同然だ。あっちは、ノックスがこの手紙のことを通報するはずがないと踏んでいるんだ。あの厄介な絵の件を警察はまだ知らないと思っている。それに――」

エラリーは上の空でうなずいた。「そのようだね」謎めいた視線を手紙に向ける。「それでも、ハルキスの筆跡かどうかを確認するのが賢明だろうね。この手紙は――どれほど重大かわからないくらいだよ、父さん」

「重大か！」警視は一笑した。「ちょっと大げさじゃないか。トマス！　トマスはどこだ！」ドアへ駆け寄り、控え室にいるだれかを指を曲げて呼んだ。ヴェリー部長刑事が急いではいってくる。「トマス、証拠保管箱から例の匿名の手紙を取ってきてくれ――スローンとグリムショーが兄弟だと密告してきたやつだ。ついでに、ランバートさんを連れてきてもらいたい。ハルキスの筆跡見本を持参するように言うんだぞ――何枚か持っていたはずだから」

ヴェリーは出ていった。そしてほどなく、顔立ちのはっきりした、灰色の交じった黒髪の若い女といっしょにもどってきて、警視に包みを渡した。

「やあ、ランバートさん、はいってくれ」警視は言った。「ちょっと頼みたいことがある。この手紙を見て、先日調べてもらったものと比べてくれるか」

ユーナ・ランバートはだまって仕事にかかった。紙の裏側に書いてあるハルキスの文字と、自分の持ってきた筆跡見本とを見比べる。それから、強力な拡大鏡を使って脅迫状を調べながら、比較のためにヴェリー部長刑事の持ってきた匿名の手紙を何度も参照した。一同は辛抱強く鑑定の結果を待った。

ようやくランバートは、両方の手紙を机におろした。「この新しいほうの手紙の筆跡はハルキスのものです。タイプした文字については、どちらもまちがいなく同じタイプライターを使って、おそらく同じ人物が打っています」

警視とエラリーはうなずいた。「とにかく確認はできたね」エラリーが言った。「兄弟関係の密告状を書いた人物が、まちがいなく犯人だ」

「ほかに気づいたことはないか、ランバートさん」警視が尋ねた。

「あります。最初の手紙と同じく、アンダーウッドの普通サイズのタイプライターが使われています——同じ機械です。ただ、打ち方には驚くほど特徴がありません。この両方の手紙を打った人物は、非常に注意深く自分の癖を消しています」

「犯人は利口な人間というわけですね、ランバートさん」エラリーは冷静に言った。

「そうにちがいありません。ご存じのように、わたしたちはこういうものを調べるとき、いくつかの点に注目します——字間や行間、余白、句読点、それに、特定の文字が強く打たれているといった特徴です。今回の手紙の場合、そうした個人の癖が、慎重かつ完璧《かんぺき》に消されているんです。それでも、打った人がごまかせなかった点がひとつあります。それは活字そのものの物理的な特徴です。タイプライターの活字というのは、言うなれば、それぞれに個性を持っていて、ほとんど指紋に劣らないくらいはっきり識別できるものなんです。二通の手紙が同じ機械で打たれたことに疑問の余地はありませんし、おそらくは——責任を持って保証はできませんが——同じ人間の手で打たれたものでしょう」

「きみの見解を受け入れよう」警視がにこやかに言った。「まさしく健全な心でね。ありがとう、ランバートさん……。トマス、この脅迫状を鑑識部屋へ持っていって、ジミーにざっと指紋を調べさせるんだ。指紋を残すようなまぬけじゃなかろうが、いちおうな」

少しして、ヴェリーが指紋の報告書と手紙を持ってもどってきた。報告によると、新たにタイプされた側からはまったく指紋が出なかった。しかし反対側の、ゲオルグ・ハルキスがグリムショーのために約束手形を書きつけた面には、ハルキスの指紋がひとつ、はっきり残っていた。

「これでこの約束手形は、筆跡と指紋の二点で本物と証明された」警視は満足そうに言った。「やはり、この手形の裏に脅迫状をタイプしたやつが犯人なんだな――グリムショーを殺して、死体から手形を奪ったやつが」

「少なくとも」エラリーは言った。「ギルバート・スローンは殺されたというぼくの推理はこれで裏づけられた」

「そうだな。この手紙を持ってサンプソンの事務所へ行こう」

クイーン父子が訪ねていくと、サンプソンとペッパーは地方検事の執務室にこもっていた。警視は意気揚々と新たな匿名の手紙を見せ、鑑定人の見解を伝えた。検事と検事補はたちまち明るい顔になり、早期の――正しい――事件解決の見通しに、部屋の空気もなごんだ。

「ひとつたしかなことがある」サンプソンが言った。「部下の刑事たちにはこの件を伏せておけよ、Q。この脅迫状を出したやつから、いまにまた手紙かメッセージが届く。そのときのためにだれかを現場に配置しておくべきだ。といっても、きみの十二使徒たちがノックスの巣をうろついていたら、目当ての鳥も寄りつかないかもしれない」

「それは言えるな、ヘンリー」警視が認めた。

「ぼくではどうでしょう、検事」ペッパーが熱心に言った。

「いいじゃないか。きみなら適任だ。あそこで進展を待っていてくれ」地方検事は不敵な笑みを浮かべた。「こうしておけば一石二鳥だぞ、Q。脅迫状を書いたやつを取っつかまえるだけじゃなく――ノックスの屋敷にこちらの人間を常駐させれば、あの胸くそ悪い絵の監視もできるんだ！」

エラリーが小さく笑った。「サンプソンさん、握手しましょう。ぼくは自己防衛のために、バプティスタの抜け目ない考え方に学んだほうがよさそうだ。〝悪賢い男たちには、すこぶる親切にする（シェイクスピア『じゃじゃ馬馴らし』女主人公の父親の台詞）〟というやつにね！」

29　収穫

しかし、サンプソン地方検事が悪賢いとしても、その悪知恵に足をすくわれるはずの得体の知れぬ犯罪者も、悪賢さでは負けていないようだった。というのも、それからまる一週間、ひとつも新たな動きがなかったからだ。匿名の手紙の筆者は、公にされていない何かの天変地異に呑《の》みこまれたかのようだった。ペッパー地方検事補が毎日、リバーサイド・ドライブのノックス宮殿から報告してきたところによると、殺人者兼恐喝者からはなんの音信も——それどころか生きている徴候も——なかった。おそらく、罠《わな》のにおいを嗅《か》ぎとった犯人が警戒して、現場を疑いの目で見張っているのだろうとサンプソンは考え、気を抜かないようペッパーにもそう告げた。かくしてペッパーは、極力目立たない形で張りこみをつづけることとなった。ペッパーはノックス——事態に進展がないせいか、妙に落ち着いていた——と相談して、姿を見られる危険をいっさい冒さないことに決め、数日のあいだ邸内にこもったまま、夜でさえ一歩も外へ出なかった。

そんなある日の午後、ペッパーは、ジェイムズ・J・ノックス氏のレオナルドの絵——もしくはそう推定されるもの——に関して、検事に電話で報告した。ノックスは慎重に沈黙を守り、口を滑らせたりぼろを出したりするのを避けています、と。ペッパーはさらに言った。ジョーン・ブレット嬢にも目を光らせています、検事——それはもう厳重に。これを聞いてサンプソンは、ノックス邸でのこの任務はペッパーにとってはまんざらでもない役得なのだと察し、小さくうなった。

しかしながら、十一月五日の金曜日の朝、この休戦状態は突然の爆撃によってあっけなく吹き飛んだ。その日の第一便の郵便物が届くと同時に、ノックス邸は上を下への大騒ぎとなった。罠へ誘いこむ努力が実を結んだのだ。ペッパーとノックスは、黒いエナメル革を張りめぐらしたノックスの仕事部屋に立って、勝利に歓喜しながら、郵便配達人が持ってきたばかりの手紙を調べた。手短に話し合いをすませると、ペッパーは帽子を目深にかぶり、大事な手紙を内ポケットにしまって、横手の使用人出入口から屋敷の外へ出た。電話で呼んでおいたタクシーに跳び乗り、猛スピードでセンター街へ向かう。そして、叫びながら地方検事の部屋へ躍りこんだ……。

サンプソンはペッパーの持ってきた手紙を指でつまみ、犯人追跡の興奮に目をぎらつかせた。そして、物も言わずに手紙とコートを引っつかんで、ペッパーとともに建物を飛び出し、警察本部へ駆けつけた。

エラリーは侍者のようにじっと控えていた――栄養のある固形食よりも、爪を噛《か》むのを好む侍者である。警視は郵便物をもてあそんでいた……。そこへペッパーとサンプソンが飛びこんできたが、ことばは不要だった。なんの話かはわかりきっている。クイーン父子ははじかれたように立ちあがった。

「二通目の脅迫状だ」息を切らしたサンプソンが言った。「けさの郵便で届いた！」

「約束手形の残りの半切れの裏にタイプしてあるんです、警視！」ペッパーが言った。

クイーン父子はいっしょにその手紙を調べた。地方検事補の言うとおり、文面はハルキスが支払いを約した証書の残り半分にタイプで打ってあった。警視は最初の半切れを出してきて、二枚のぎざぎざになった端と端を合わせた――ぴったりだった。

一通目と同様、二通目の脅迫状にも署名はなかった。内容はこうだ。


初回の取り立ては、切りよく＄30、000としよう、ノックス殿。支払いは現金で、＄100より高額の紙幣は不可。小ぎれいな包みにして、今夜十時以降に、タイムズ・スクエアにあるタイムズ・ビルの荷物預り所へ持ちこむように。宛名はレナード・D・ヴィンシー殿とし、そう名乗ってきた者に包みを渡すよう指示すること。そうそう、警察に届けるのはやめておけ。こちらも罠には目を配っているからな、ノックス殿。

「この犯人は洒落《しゃれ》っ気《け》たっぷりだな」エラリーが言った。「手紙の調子といい、レオナルド・ダ・ヴィンチの名を英語風にしたところといい、なかなか楽しい。実にひょうきんな紳士だ！」

「いまに吠《ほ》え面《づら》かかせてやる」サンプソンが息巻いた。「笑っていられるのも今夜のうちだ」

「おい、おい！」警視が笑いながら言った。「無駄話をしている暇はないぞ」そして内線電話に向かって吠え立てると、ほどなく筆跡鑑定係のユーナ・ランバートがまたしても登場し、ひょろりとした本部の指紋鑑定主任とふたりで、警視の机に置かれた手紙の上に身をかがめ、それが意図せずして物語る何かの探究に没入した。

ランバート嬢は慎重だった。「これは、最初の脅迫状を書くときに使ったのとは別のタイプライターで打ってあります、警視。今回使われたのは普通サイズのレミントンで、活字の状態から言って、ほぼ新品でしょうね。打ち手については――」肩をすくめる。「断言はできませんが、見てわかる打ち方の特徴からすると、前の二通の手紙を打ったのとおそらく同じ人物でしょう……。ちょっとおもしろい点があります。三万ドルと記した部分に、ひとつ打ち損じがあるんです。これをタイプした人は、自信満々ではあるけれど、明らかに緊張しながら打ったようです」

「へえ、そうなんだ」エラリーがつぶやいた。手で払うしぐさをする。「最後の問題はひとまず置くとしよう。二通を打ったのが同一人物かどうかを、打ち方の特徴から立証する必要はないよ。だって父さん、一通目の脅迫状がハルキスの約束手形の半切れに、二通目が残りの半切れに打ってあった事実で、もうじゅうぶん証明されてるからね」

「指紋は出たか、ジミー」あまり期待せずに警視が尋ねた。

「いいえ」指紋鑑定係が答えた。

「よし。ご苦労だった、ジミー。ありがとう、ランバートさん」

「すわってください、みなさん、すわって」エラリーが楽しそうに勧め、自分もそうした。「あわてることはありません。まる一日あるんですよ」子供のようにもじもじしていたサンプソンとペッパーが、おとなしく腰をおろす。「この新たな手紙にはたしかに変わった点がありますね」

「そうか？　わたしにはじゅうぶん本物に見えるぞ」警視がいきなり口をはさんだ。

「ぼくの言ってるのは、本物かどうかってことじゃないんだ。でも、この殺人者兼恐喝者が、数字にけっこうなこだわりを持っている点に注目してください。三万ドル要求するなんて、妙だと思いませんか。こんな金額を要求する恐喝事件にぶつかったことがありますか。ふつうは一万とか、二万五千、五万、十万でしょう」

「ふん！」サンプソンが言った。「粗探しか。別におかしくはないと思うがね」

「議論はよしましょう。でもそれだけじゃないんです。ランバートさんがおもしろい点を指摘していましたね」エラリーは二通目の脅迫状を取りあげ、三万ドルという数字の部分を爪ではじいた。「お気づきですか」集まってきた面々にエラリーは言った。

「この数字を打った人間は、タイピストがよくやるミスをしています。ランバートさんの意見では、緊張しながら打ったんだろうということでした。それもいちおうは妥当な説明に思えます」

「もちろんだ」警視が言った。「それがどうかしたのか」

「この打ち損じからわかるのは」エラリーは淡々と言った。「こういうことです。ドル記号を打つのにシフト・キーを押したあと、つぎに数字の3を打つためにはシフト・キーから指を離す必要があります。数字のキーはふつう、記号との兼用になっていますからね。そこで、目の前にあるこの証拠を見てみると、どうやら打ち手は、3を打つとき、シフト・キーから指を離しきっていなかったようです。そのせいで最初の印字が不明瞭《ふめいりょう》になったので、ひと文字ぶんもどって、3を打ちなおさなくてはならなかった。これは興味深い——とっても興味深い」

一同は数字の部分に目を凝らした。見た目はこんなふうだった。

$30,000

「どう興味深いんだ」サンプソンが訊《き》いた。「わたしが鈍いのかもしれないが、きみがいま説明したこと以外に、これが何を示しているのか、まるでわからない――打ち手がミスをして、消さずに打ちなおしただけのことじゃないのか。ランバート嬢の言う、急いでいたか緊張していたかで打ち損じたという結論で、事実と矛盾するところは別にないと思うがね」

　エラリーは微笑みながら肩をすくめた。「サンプソンさん、打ち損じたことを興味深いと言っているわけじゃないんです――もちろんその点も、ぼくの脳細胞を少しはくすぐりますけどね。興味深いのは、この脅迫状を打ったレミントンのタイプライターのキーボードが、標準型ではなかった点なんです。たいして重要ではないかもしれませんが」

「標準型じゃなかった？」サンプソンは解せない様子で訊き返した。「ほう、どうしてそれがわかるのかね」

エラリーはまた肩をすくめた。

「なんにせよ」警視が割りこんだ。「この悪党に怪しまれないようにせねばな。今夜、タイムズ・ビルに金を取りにきたところを、引っつかまえるぞ」

エラリーを怪訝《けげん》な顔で見つめていたサンプソンが肩を揺すった——まるで実体のない重荷を払いのけようとするように——そしてうなずいた。「とにかく慎重にな、Q。ノックスには、指示どおり金を預けにいくふりをさせる必要がある。そっちで全部段取りをつけてくれるか」

「まかせてくれ」警視はにやりとした。「しかし、この件をノックスと打ち合わせようにも、あの屋敷へはいるのは慎重を要するな。犯人が見張っているかもしれない」

一同は警視の執務室を出ると、なるべく目立たない車を用意させて、アップタウンのノックス邸へ向かい、脇の使用人出入口に乗りつけた。警察の運転手は抜かりのない男で、その出入口に車をつける前に、屋敷周辺のブロックをひとまわりした。不審な人物も見あたらないので、クイーン父子とサンプソンとペッパーは高い柵《さく》に設けられた門を足早にくぐり、使用人の住居区画へはいっていった。

ノックスは、艶《つや》光りした仕事部屋で、みごとなまでに平然とジョーン・ブレットに口述筆記をさせていた。ジョーンは、ことにペッパーに対して、取り澄ました態度を見せた。ノックスがジョーンにひとこと言って、部屋の隅の机にさがらせると、サンプソン地方検事とクイーン警視、ペッパーとノックスは、その夜の捕り物の作戦を練りはじめた。

エラリーは陰謀家たちの密談には加わらず、口笛を吹きながら室内をぶらついて、さりげなくジョーンの机のそばまで行った。ジョーンは黙々とタイプを打っていたが、わざとらしさはなかった。エラリーは、何をタイプしているのか見るような恰好《かっこう》で肩越しにのぞきこみながら、ジョーンの耳にささやいた。「そのまま、無垢《むく》な女学生みたいな顔をしててください、ジョーン。すばらしい演技ですよ。それに、いろいろとおもしろい状況になってきてます」「ほんとうに？」ジョーンは頭を動かさずに、小声で言った。エラリーは微笑みで答え、身を起こして、ほかの四人のもとへもどっていった。

サンプソンが抜け目なく――交渉の主導権を握っているときのサンプソンの強引さと言ったら！　――ノックスにこう言っていた。「ノックスさん、形勢が一変したことはむろんおわかりですね。今夜以後、あなたはわれわれに大変な恩義を感じることになるでしょう。われわれはあなたを一市民として保護する役目を負うわけですから、今後もあの絵の引き渡しを拒否するというのは、恩を仇《あだ》で返すに……」

ノックスはやにわに両手を振りあげた。「わかった、諸君。負けたよ。なんにしても、もう我慢の限界だ。あの呪われた絵にはうんざりした。この脅迫状騒ぎにも……。

あの災いのもとを持っていって、どうでも好きにしてくれ」

「しかし、あれはヴィクトリア美術館から盗まれた絵ではないとおっしゃいませんでしたか」クイーン警視が冷静に言った。心中ほっとしていたとしても、表には出さなかった。

「いまでもそう言えるさ！　あの絵はわたしのものだ。だがきみたちは、あれを専門家に調べさせるなりなんなりしたらいい。ただし、わたしの言ったことが正しいと判明したら、返してくれ」

「そうなれば、かならずお返ししますよ」サンプソンが言った。

「あのですね」ペッパーが心配そうに口を出した。「それより、この恐喝者のことを心配したほうがいいんじゃないでしょうか、検事。相手はもしかすると――」

「それもそうだな、ペッパー」警視がすっかり上機嫌になって言った。「まずは、単純に逮捕といこうじゃないか！　さてと。ブレットさん」部屋の向こうのジョーンのもとへ行った。ジョーンが問いかけるように微笑む。「いい子だから、電文を打ってもらえるかな。ああ――ちょっと待って。鉛筆を借りたい」

ジョーンはすぐさま紙と鉛筆を差し出した。警視はその場で手早く走り書きをした。

「それじゃあ、お嬢さん――いますぐこの文面をタイプしてください。重要なものだ」

ジョーンのタイプライターが音を立てはじめた。打ちこんでいる内容に、ジョーンの胸は高鳴ったが、顔には表さなかった。その指先が繰り出した文面はつぎのようなものだった。

ロンドン警視庁　ブルーム警部殿――親展
レオナルドは名高いアメリカ人蒐集《しゅうしゅう》家が所有。盗品と認知せず、£150、000で購入したものである。問題の絵がヴィクトリア美術館の所蔵品か否かについては、多少の疑問があるが、少なくとも検査のため美術館へ返還することを保証する。当方にて究明すべき二、三の点あり。二十四時間以内に、引き渡し日時を通知する。
リチャード・クイーン警視

電文が回覧のうえ承認されると――ノックスは一瞥《いちべつ》をくれただけだった――警視はその紙をジョーンに渡し、ジョーンはただちに電報局を呼び出して打電した。

警視はいま一度、その夜の正確な行動計画を概説した。ノックスが承諾のしるしにしぶしぶうなずいたので、訪問者たちはコートを身につけた。しかしエラリーは、コートに手を伸ばしもしなかった。「おまえはいっしょに来ないのか、エル」

「ぼくは、迷惑ついでにもうしばらくノックスさんの歓待にあずかることにするよ。

父さんはサンプソンさんとペッパーさんと帰ってくれないか。ぼくもじきに家へもどる」

「家へ？　わたしは本部へもどるんだぞ」

「それじゃあ、ぼくもじきに本部へ行くよ」

みながエラリーを不思議そうに見つめた。当人は落ち着き払って微笑んでいる。そして、うやうやしくドアのほうを手で示したので、三人はだまって出ていった。

「さて、お若いの」ドアが閉まると、ノックスが言った。「何を企《たくら》んでいるのか知らんが、ここにいたければいてもいい。計画では、わたしは自分で銀行へ行って、三万ドル引き出すふりをするらしい。サンプソンは犯人が見張っている可能性を考えているようだ」

「サンプソンさんはあらゆる可能性を考える人です」エラリーはにこやかに言った。「ご親切に感謝します」

「いや、いいんだ」ノックスはぶっきらぼうに言い、完璧《かんぺき》な秘書として見ざる聞かざるのていでタイプライターの前に坐《ざ》するジョーンを、意味ありげに見やった。「ただ、ブレット嬢を誘惑するのはやめてくれ。わたしの責任になる」ノックスは肩をすくめて、部屋を出ていった。

エラリーは十分間待った。ジョーンにいっさい話しかけず、ジョーンのほうも手を休めることなく軽やかにキーを叩《たた》きつづけた。エラリーはひどく怠惰に時間をつぶした――つまり、ただ窓の外をながめていた。やがて、痩《や》せこけた長身のノックスが屋根つき車寄せ《ポルテ・コシエール》の下へ歩いていくのが見えた――その窓は母屋に対して直角の位置にあるので、玄関前の様子が隅々まで見てとれる。ノックスは待機していたリムジンに乗りこみ、車は私道を走り去っていった。

エラリーはとたんに生気を取りもどした。その点はジョーン・ブレットも同じだった。キーから指をおろし、いたずらっぽい笑みを浮かべて、期待に満ちた目をエラリーに向けた。

エラリーはジョーンの机にきびきびと歩み寄った。「どうしましょう！」ジョーンはこわがるふりをして、身を引きつつ叫んだ。「ノックスさんのきびしい言いつけにさっそくそむくおつもり？　クイーンさん」

「とんでもない」エラリーは言った。「ところで、いくつか質問があります。ふたりきりになれたところで」

「何かしら？　なんだかうっとりしてしまいますわ」ジョーンはささやき声で言った。

「あなたもやっぱり女性だな……。ではうかがいます。この大邸宅に、使用人は何人いますか」

ジョーンはがっかりした顔で、口をとがらせた。「おかしなかたね、あなたって。

貞操観念と闘いたがっている女性にそんなことをお尋ねになるなんて、ほんとにおかしな人。ええと、何人だったかしら」頭のなかで勘定する。「八人。そう、八人よ。ノックスさんは静かに暮らしていらっしゃるの。お客さまもあまりお呼びにならないようだし」

「その使用人たちについて何かご存じですか」

「まあ！　女はなんでも知っているのよ……。どんどん質問なさって、クイーンさん」

「最近雇われたばかりの人はいますか」

「いいえ、まさか。ここは格調高いお屋敷なの、古きよき時代《デュ・ボン・ヴュー・タン》の。短くても五、六年、長い人だと十五年はノックスさんにお仕えしているはずよ」

「ノックスさんは全員を信頼していますか」

「ことばにはなさらないけど」

「それはいい《セ・ビアン》！」エラリーは歯切れよく言った。「では《マントナン》、お嬢さん《マドモアゼル》、いいですか《アタンデ》。使用人たちを調べなくてはなりません《イル・フォー・コン・フエ・レグザモン・デ・セルヴィトゥール》——女中《デ・ボンヌ》や、男の召使《デ・ドメスティーク》や、雇い人《デザンプロワイエ》を。これから《トウ・ドウ・》すぐに《スイット》！」

ジョーンは立ちあがり、膝《ひざ》を折ってお辞儀した。「承知しました《メ・ウイ、ムシュー》。ご要望は《ヴォゾードル》？」

「ぼくは隣の部屋へはいってドアを閉めます——ただし」エラリーは早口で言った。

「ほんの少し隙間をあけておいて、はいってくる使用人をのぞき見るつもりです。あなたはそれぞれに何か口実を考えて、呼び鈴でひとりずつ呼び出し、こちらの視線がじゅうぶん届く場所に立たせて、おのおのの顔をぼくがじっくり見られるようにしてください……。ところで、運転手はいま呼び出せませんが、顔は見て知っています。名前はなんと言うんですか」

「シュルツです」

「運転手はあの人ひとりですか」

「ええ」

「わかりました。はじめてください《コマンセ》！」

　エラリーはすばやく隣室にはいり、細くあけたドアの隙間の前に陣どった。ジョーンが呼び鈴を鳴らすのが見えた。黒いタフタの服を着た、エラリーには見覚えのない中年の女が仕事部屋へはいってくる。ジョーンが何か尋ねて、女は返答し、それから出ていった。ジョーンがまた呼び鈴を鳴らす。上品な黒い制服姿の若い女中が三人はいってきた。そのあと立てつづけに、背の高い痩せた老執事がまず現れ、小ぎれいな身なりで顔のつるんとした太めの小男がそれにつづき、染みひとつない伝統的な厨房《ちゅうぼう》着を身につけたフランス人の大柄な紳士が汗をかきかきやってきた。その最後の男が退室してドアが閉まると、エラリーは隠れ場所から出た。

「上出来ですよ。あの中年の女性はだれですか」

「家政婦のヒーリーさんよ」

「女中たちは？」

「グラント、バローズ、ホッチキスです」

「執事は？」

「クラフト」

「背の低い無表情な男は？」

「ノックスさんの従者のハリスです」

「それから、あの料理人は？」

「パリ生まれの移民《エミグレ》で、ブッサンと言うの——アレクサンドル・ブッサン」

「あれで全員ですか、まちがいなく」

「シュルツさんを除けば、そうよ」

エラリーはうなずいた。「顔も名前も、ほかで見たことはないな。そうなると……。

ところで、一通目の脅迫状が届いた朝のことを覚えてますか」

「ええ、はっきりと」

「その朝以後に、この屋敷にはいった人は？　つまり、外部の人で」

「それなら、おおぜいいますけれど、一階の応接室より奥へ通された人はひとりもいません。あの朝以来、ノックスさんは人に会おうとなさいませんの――クラフトさんが丁重に〝お留守でございます〟と言って、ほとんどのかたを門前払いしていますわ」

「なぜでしょう」

ジョーンは肩をすくめた。「ノックスさんは無頓着《むとんちゃく》で、ときには無神経なふうにも見えますけれど、実は最初の脅迫状が届いて以来、びくついていらっしゃるようなんです。なぜ個人的に探偵をお雇いにならないのかと、よく思いますわ」

「それなりの理由があるはずですよ」エラリーは険しい顔で言った。「あの人は警察のまわし者かもしれない人間に踏みこまれたくない――いや、踏みこまれたくなかったんでしょう。例のレオナルドだか模写だかがそのへんに転がっているときにはね」

「あの人はだれのことも信用なさらないんです。古いお友達も、お知り合いも、仕事関係のたくさんのお得意さまも」

「マイルズ・ウッドラフはどうです」エラリーは尋ねた。「ノックスさんはたしか、ハルキスの遺産の法的な処理をさせるためにあの人を雇ったんですよね」

「そうです。でも、ウッドラフさんがここにお見えになったことはありません。電話では毎日お話しなさってますけれど」

「ほんとうですか」エラリーは言った。「それはついてる――奇跡みたいな、驚くべき幸運だ」そこでジョーンの手をきつく握ったので、ジョーンは小さく声をあげた。だがその行為にロマンチックな意味はまったくないようだった。エラリーは無礼なほど無関心に、ジョーンの華奢《きゃしゃ》な手を握りしめて言った。「実り多い朝でしたよ、ジョーン・ブレット、実り多い朝だ！」

〝じきに〟行くと言ったわりに、午後も半ばになってから警察本部の父の執務室へもどってきたエラリーは、心の浮き立つような満足感に顔をほころばせていた。さいわい、警視は仕事に没頭していて、あれこれ質問してこなかった。エラリーはかなりの時間、眠気を誘ういつもの夢想にふけっていた。はっとわれに返ったのは、その夜タイムズ・ビルの地階に刑事たちを集合させる具体的な段取りを、警視がヴェリー部長刑事に指示しているときだった。

「たぶん」エラリーは口をはさんだ――それではじめて、警視はエラリーがいたことに気づいたようだ――「たぶん、今夜九時にリバーサイド・ドライブのノックスの屋敷に集まったほうが、もっとうまくいきそうだよ」

「ノックスの屋敷に？　なんのためだ」

「理由はいろいろあるけどね。もちろん、部下の猟犬たちを捕り物の現場へ送って、周辺を嗅《か》ぎまわらせるんだよ。けど、主要な面々はやっぱりノックス邸に集まったほうがいい。タイムズ・ビルへは、どうせ十時まで行かなくていいんだし」

警視は反論しかけたが、エラリーの目のなかに鋼の意志を見てとり、まばたきして言った。「よし、わかった！」そして机に向きなおって、サンプソンの事務所に電話をかけた。

ヴェリー部長刑事が大股《おおまた》で出ていった。エラリーは急に力が噴出したように立ちあがり、歩く山岳を追いかけた。そして外の廊下でヴェリーに追いついて、そのたくましい腕をつかみ、たいそう真剣に――掻《か》き口説くかのような調子で――しゃべりはじめた。

注目すべきは、いつもは泰然としているヴェリー部長刑事がにわかに落ち着きをなくしたことだろう――動揺の度合は、エラリーが小声でまくし立てるうちに、みるみる増していった。やり手の部長刑事は体重をかける足をせわしなく替えた。迷いの泥沼にはまってあがいていた。頭を振り、大きな唇を噛《か》み、無精ひげの生えた顎《あご》を掻く。ぶつかり合う感情に責めさいなまれているようだった。

そしてとうとう、エラリーの巧みなことばに屈し、沈んだ顔でため息交じりに言った。「わかりました、クイーンさん。でも失敗したら、わたしは降格ですよ」そして、刑事魂にたかる、このしつこい蚤《のみ》から逃れられて何よりという様子で歩み去った。

30　設問

慎重を期して、目立たぬようふたりずつ、月のない夜の闇にまぎれて、彼らはノックス邸をめざした。時計が九時を打とうとするころ――全員が脇道の使用人出入口を通って――ノックスの仕事部屋に集結した。クイーン父子、サンプソン地方検事とペッパー、ジョーン・ブレットとノックス本人という顔ぶれだった。窓には黒い日除《よ》けがおろされ、屋敷の外からはちらりとも明かりが見えない。みな、ことば少なで、神経をとがらせ、自分を抑えていた。

みな、と言ってもエラリーは例外で、この場で求められるであろう厳粛さと礼節をもってふるまいながらも、こんな印象を与えようと企《たくら》んでいた。自分はこの不穏な夜の成り行きを案じていない――これっぽっちも！

張りつめた会話が交わされた。「包みは用意できていますか、ノックスさん」警視の口ひげはすっかり乱れて、だらしなく垂れさがっている。

ノックスは机の抽斗《ひきだし》から、褐色の紙で包装した小さな包みを取り出した。「ただのダミーだ。札の大きさに切った紙の束だよ」声は平静だが、その硬い表情には緊張が隠れている。

「いいかげんにしてくれ」霧が立ちこめたような沈黙のあとで、地方検事がたまりかねて言った。「いったい何を待ってる？　ノックスさん、あなたはもう出かけたほうがいい。われわれもあとからついていきます。現場はすでに包囲されているし、やつはとうてい——」

「言わせていただくと」エラリーがゆっくりと言った。「今夜、タイムズ・ビルの荷物預り所へ行く必要はもうないですよ」

ふたたびの劇的瞬間だった——数週間前、エラリーはちょうどこんなふうに、ハルキス犯人説をひけらかす機会に飛びついた。しかし、また嘲笑《ちょうしょう》を買うことを恐れていたとしても、顔には出さなかった。大騒ぎしてタイムズ・スクエア周辺に警察車両を何台も配し、警官たちを集結させたのが、ちょっとした余興にすぎなかったかのように、とても愉快そうに微笑していた。

警視がそれを聞き、低めの背丈が六インチは高くなる勢いで伸びあがった。「いったいどういうことだ、エラリー。時間の無駄じゃないか。それとも、これもまたおまえの気まぐれな悪ふざけなのか」

エラリーの顔から微笑が消えた。とまどいの視線を一身に浴びてたたずみながら、みなを見返す。消えた微笑に代わって、鋭い何かがその顔ににじみ出た。「いいでしょう」厳然と言う。「説明します。ダウンタウンへ行くのは無駄だ――いや、ばかげている――それはどうしてかわかりますか」

「ばかげている?」地方検事が嚙みついた。「なぜだ」

「なぜならサンプソンさん、無駄骨になるからです。なぜならサンプソンさん、犯人はそこには現れないからです。なぜならサンプソンさん、ぼくたちはみごとにだまされていたからです!」

ジョーン・ブレットが息を吞《の》んだ。ほかの面々も息を吞んだ。

「ノックスさん」エラリーは銀行家のほうを向いて言った。「こちらの執事を呼んでくださいますか」

ノックスは応じた。その額に険しい線がいくつも刻まれる。長身瘦軀《そうく》の老人がすぐに姿を現した。「お呼びでございますか、ノックスさま」

しかし、すかさずそれに答えたのはエラリーだった。「クラフトさん、あなたはこの屋敷の盗難警報装置をよくご存じでしょうね」

「はい……」

「すぐ調べてきてください」

クラフトはためらっていたが、ノックスがぞんざいに促したので出ていった。みなが押しだまって待っているところへ、執事は大急ぎでもどってきたが、別人のように取り乱し、目は飛び出さんばかりだった。「壊されていて——作動しません！　でも、きのうは異状がなかったのです！」

「なんだと？」ノックスが叫んだ。

エラリーは冷静に言った。「思ったとおりです。もうけっこうですよ、クラフトさん……。ノックスさん、ぼくたちが出し抜かれていたことを、あなたと、いぶかしんでいるぼくの仲間たちに証明してみせましょう。思うにノックスさん、例の絵をちょっとたしかめたほうがいいですよ」

何かがノックスの心を掻き乱した。冷徹な灰色の目から火花が散った。不安をあらわにした直後、ノックスは瞬時に決断した。物も言わずに部屋を飛び出していく。エラリーがすばやくあとを追い、残る面々も雪崩を打ってつづいた。

ノックスは上階の広くて細長い静かな部屋へ——暗色のベルベットで飾った重厚な古い絵が壁に並ぶ展示部屋へ——はいっていった……。このとき、美しい品々に目を留める者はいなかった。エラリー自身も、部屋の奥へと急ぐノックスにぴたりとついていた。ノックスは突きあたりの壁の羽目板の前で急に足を止め、木製の渦巻き飾りをいじった……。一枚壁に見えた部分が、音もなく一方へ滑って、黒い口をあけた。ノックスは手を差し入れて、うっと声をあげたかと思うと、中の暗がりを血眼でのぞきこんだ……。

「なくなっている!」蒼白《そうはく》な顔で叫ぶ。「盗まれたんだ!」

「まさにそうです」エラリーは感情を排した声で言った。「グリムショーの姿なき相棒の才覚にまったく恥じない、巧妙な策略です」

読者への挑戦状

『ギリシャ棺の秘密』の物語の本段階で、読者の知力に対する恒例の挑戦状を差しはさむのは、わたしにとってことばに尽くせぬ喜びである。

なぜ喜びであるかと言えば、この事件が内包する数々の問題が、これまでに自分が解きほぐそうとしたなかで、おそらく最も複雑にもつれた難題だからだ。本を買ってくれた読者たちのあざけり——「こんなのが難問だって？」「なんだ、すぐに解けてしまったよ」——に絶えず悩まされている者にとって、これは大いなる喜びにほかならない。そうした読者に「さあ、名人がた、存分に謎解きなさるといい。それでも、まちがいなくだまされますよ！」と言えるのは、まさしく喜びである。

わたしは楽観しすぎているかもしれない。ともあれ、準備は整った。そして、鼻息の荒い読者諸氏よ、みなさんの手にはいま、この三位一体の問題——アルバート・グリムショーを絞殺し、ギルバート・スローンを射殺し、ジェイムズ・ノックスの絵を盗んだ人間の正体——の唯一の正解に結びつく、すべての事実がある。

ありったけの善意と、どこまでも謙虚な心をこめて申しあげる。用心《ギャルド・ア・ヴ》せよ、そして頭痛に苦しまれぬよう！

エラリー・クイーン

31　決着

そしてエラリーは言った。「たしかなんですね、ノックスさん、絵が盗まれたというのは。この羽目板のなかにご自分で入れられたんですか」

銀行家は少しずつ血色を取りもどしていた。やや気を取りなおしてうなずく。「最後にあの絵を見たのは一週間前だ。たしかにここにあった。ほかに知っている者はいない。ひとりもだ。この隠し場所を作らせたのはずいぶん前になる」

「わたしが知りたいのは」警視が言った。「どうしてこんなことになったかです。絵はいつ盗まれたのか。賊はどうやって侵入したのか。そして、ノックスさんのおっしゃることが事実なら、どうやって絵のありかを知ったのか」

「あの絵が盗まれたのは今夜ではない――それはたしかだ」地方検事が静かに言った。

「しかし、なぜ警報装置が作動しなかったんだろう」

「しかも、執事のクラフトによると、きのうは作動していたとか。たぶん、おとといもでしょう」ペッパーが口を出した。

ノックスは肩をすくめた。エラリーが言った。「すべて説明がつきますよ。みなさん、ぼくといっしょにノックスさんの仕事部屋へもどってください」

確たる根拠がありそうな口調だったので、みなおとなしくエラリーについていった。

エナメル革の部屋へもどると、エラリーは張りきって仕事にかかった。まずドアを閉め、邪魔がはいらないよう見張りに立ってくれとペッパーに頼み、それから、壁一面の低い位置にはめられた大きな格子のほうへ躊躇《ちゅうちょ》なく歩み寄った。しばらく不器用にいじったのち、なんとか格子をはずして床に置き、開口部の奥へ手を差し入れた。一同がよく見ようと首を伸ばす。中には大型のパイプコイルを使った暖房器があった。エラリーはハープ奏者が弦を爪弾くように、パイプの一本一本にすばやく指を這《は》わせた。「よく見てください」ほかのみなからすると注視すべきものには見えなかったが、エラリーは微笑んで言った。「八本のパイプのうちの七本はやけどしそうに熱いのに、これだけは――」手が八本目のパイプの上で止まる。「この一本だけは、石のように冷たい」エラリーはふたたびかがみこんで、冷たいパイプの底の何かの細工を探った。ほどなく、隠されたキャップをまわしてはずし、長くて重いパイプを手に立ちあがった。「はずれました、ご覧のとおり」エラリーは愛想よく説明した。「うまい工作ですね、ノックスさん」パイプを逆さにする。その底には、かろうじて見える細い針金が仕込んであった。エラリーが力をこめてひねると底が動き、驚いたことに、まるごとはずれて、パイプのアスベスト張りの内部がちらりと見えた。はずれた底を椅子に置き、パイプを片手で持って強く振る。構えていたもう一方の手の上に……筒状にまるめた古い汚れたカンバスが、管のなかから滑り落ちた。

「なんだ、それは」警視がささやき声で言った。

エラリーは手首をひとひねりして、まるまったカンバスを振りひろげた。

それは絵だった――重厚で迫力ある作品で、猛々《たけだけ》しい中世の戦士の一団が栄光の軍旗を奪わんと激闘を繰りひろげるさまが、深みのある油彩で描かれている。

「信じようと信じまいと」カンバスをノックスの机の上にひろげながら、エラリーは言った。「みなさんがいま目にしているのは、百万ドルの値打ちのある絵、カンバス、天才の業です。つまり、これこそが行方不明だったレオナルドなんです」

「ばからしい！」だれかがだしぬけに言い、エラリーはくるりと振り返ってジェイムズ・ノックスと対峙《たいじ》した。ノックスは数フィート向こうで立ちつくし、唇をわなわなと波打たせて絵を凝視していた。

「そうですか？ ノックスさん、ぼくはきょうの午後、おことわりもせずにこの屋敷を探りまわって、この傑作《シエ・ドウーヴル》を見つけたのです。あなたはこの絵が盗まれたとおっしゃいましたね。ならば、賊の手にあるはずのその絵があなたの仕事部屋に隠されていた事実を、どう説明なさいますか」

「いま〝ばからしい〟と言ったが、そのとおり〝ばからしい〟話だ」ノックスは短く笑った。「わたしはどうも、きみの頭脳を見くびっていたらしいな、クイーンくん。だが、きみはまだまちがえている。わたしの言ったことは事実なんだ。あのレオナルドは盗まれた。わたしは、あの絵を二枚持っていることを隠しおおせると思って――」

「二枚？」地方検事が息を呑《の》んだ。

「そうだ」ノックスは深く息をついた。「うまくだませると思ったんだがね。きみたちがいま見ているのは二枚目のほうだ――昔から持っていたものでな。それはレオナルドの弟子かロレンツォ・ディ・クレディの作で、わたしの鑑定人にもどちらとは確定できていないが――いずれにせよ、レオナルドの作ではない。ロレンツォはレオナルドの作品を完璧《かんぺき》に模写し、その弟子たちもおそらく師匠の作風を受け継いだだろう。この絵は一五〇五年、フィレンツェでの壁画制作が失敗に終わったあとで、レオナルドの原画から模写されたものにちがいない。ヴェッキオ宮殿の大広間の壁画だ。これは――」

「美術の講義はもうけっこうです、ノックスさん」警視がうなるように言った。「われわれが知りたいのは――」

「ノックスさん、ではあなたの鑑定人は、ここにある絵についてこう考えているんですね」エラリーがよどみなく言った。「レオナルドが壁画制作をあきらめた――ぼくの聞きかじったところでは、この中心部分は描きあがっていたけれど、熱を加えたときに、絵の具が剝《は》がれて流れ落ちたそうですが――そのあとで、レオナルドの手になる中心部分の油彩画を、同時代のだれかが模写したものだと」

「そうだ。とにかく、この二枚目の絵はレオナルドの原画には遠く及ばぬ価値しかない。当然だよ。わたしがハルキスから原画を買ったとき――そう、あれは真作だったとずっと信じてきたが――わたしはすでに、この同時代人による模写を持っていた。そのことをだまっていたのは、こう思ったからだ……もし将来、レオナルドをヴィクトリア美術館へ返さねばならなくなったら、ハルキスから買ったのはこれだと言って、この価値のない模写を返せばいいと――」

サンプソンの目が鋭く光った。「今回は証人がたくさんいますよ、ノックスさん。原画はどうなったんですか」

ノックスは断固として言った。「盗まれたんだよ。そっちは展示部屋の羽目板の後ろの保管庫に隠しておいた。誤解しないように頼むよ――盗んだ犯人がこの模写のことを知らないのは明らかだ。偽のパイプコイルのなかにずっと隠してあったんだからな。賊は原画のほうを盗んでいったんだ！　方法はわからんが、やってのけたんだよ。かく言うわたしも、美術館に模写を押しつけて、原画をひそかに手放さずにいる魂胆だったわけで、腹黒かったとは思うが――」

地方検事はエラリーと警視とペッパーを脇へ引っ張っていき、小声で相談した。エラリーが真剣に耳を傾け、安心させるように何か言ったあと、三人は、色鮮やかなカンバスの載った机のそばにぽつねんと立つノックスのもとへもどった。ジョーン・ブレットは、エナメル革の壁にじっともたれて、目を見開き、荒い息をして胸を上下させていた。

「さて、ノックスさん」エラリーが言った。「少し意見の相違があるようです。地方検事とクイーン警視は――おわかりでしょうが、こういう状況のもとですから――これがレオナルドの模写であって原画ではないというあなたのことばは、確証がないだけに信用しがたいと考えています。ここには資格を持った鑑定人もいませんし、その道のプロを呼んで意見を仰ぐべきかと思います。よろしいですね？」

エラリーはノックスがゆっくりとうなずくのを待ちもせず、電話のほうへ進み寄り、ある番号にかけて、だれかと手短に話したのち、受話器を置いた。「トビー・ジョーンズさんを呼びました。おそらく東部で最も高名な美術批評家です、ノックスさん。お知り合いですか」

「前に会った」ノックスはぞんざいに言った。

「まもなくここへいらっしゃいますよ、ノックスさん。それまでは、心静かにじっと待つほかありませんね」

トビー・ジョーンズは、一分の隙もない服装をして、輝く瞳《ひとみ》と自信に満ちた落ち着きを持った小柄な老人だった。案内してきたクラフトは、すぐに退室させられた。会えばことばを交わす程度の知り合いであるエラリーが、ジョーンズをみなに紹介した。ジョーンズは、とりわけノックスに対して愛想がよかった。そして、だれかが事情を説明するのを待ちながら、机の上の絵に鋭い目を注いだ。

エラリーはさっそく本題にはいった。「大変深刻な問題なんです、ジョーンズさん」静かに切り出す。「ですから、恐縮ながら、今夜この部屋で出た話はいっさい外部へ漏らさぬようお願いできますか」ジョーンズはそういう要望には慣れている様子でうなずいた。「了解したよ」エラリーは絵のほうへ顔を振り向けた。「この絵の作者を鑑定していただけますか、ジョーンズさん」

水を打ったような静けさのなか、専門家は顔を輝かせて、飾り紐つきの片眼鏡をはめ、机に歩み寄った。まずは、カンバスを注意深く床に置き、平らにひろげて調べた。そのあとエラリーとペッパーに、カンバスをぴんと張って空中で持っているように指示し、いくつかのランプの柔らかい光をあてた。だれも口をきかず、ジョーンズも無言で作業をつづけた。肉づきのいい小さな顔の表情も変わらぬままだ。絵の隅々まで根気よく調べていたが、特に、旗のいちばん近くにいる戦士たちの顔に興味を引かれているようだった……。

三十分の鑑定作業ののち、ジョーンズはにこやかにうなずき、エラリーとペッパーはカンバスを机の上にもどした。ノックスが恨めしそうなため息を漏らし、鑑定人の顔をじっと見つめた。

「これは特殊ないわくつきの作品でしてね」ジョーンズはついに口を開いた。「それはわたしがこれから話すこととはっきりした関係がある」発せられる一語一語に全員が聞き入っている。「何年も前から」ジョーンズはつづけた。「いや、何世紀も前から知られていることですが、この場面を主題にした絵は二枚存在し、両者はあらゆる点でそっくり同じです。しかしある一点だけは……」

だれかが口のなかで何やらつぶやいた。

「ある一点だけはちがっているのです。一枚はレオナルド自身が手がけたとされています。ピエロ・ソデリーニが巨匠を説得してフィレンツェへ招き、ヴェッキオ宮殿に新設した市会の評議場の壁を飾る戦争画を描かせようとしたとき、レオナルドはその画題として、一四四〇年にフィレンツェ共和国の将軍たちが、アンギアーリの橋の近くでニッコロ・ピッチニーノ軍を打ち破って勝利をおさめた逸話を選びました。その準備段階でレオナルドが描いたカートゥーン――専門用語で、原寸大の下絵のことですが——それ自体が〈アンギアーリの戦い〉という作品名で呼ばれることも、実際によくあります。ちなみにこの計画は、壁画の大規模なコンペと言ってもよく、ミケランジェロも参加して、カッシーナの戦いを主題にした絵を描いています。ところで、ノックスさんもご存じでしょうが、レオナルドはその壁画を完成させていません。旗の戦いの部分を描いたところで、制作が中止されたのです。壁面に焼きつける処理をしたあとで、絵の具が流れて剝がれ落ち、事実上その壁画がだめになってしまったからです。

レオナルドはフィレンツェを離れました。彼は労作が完成を見なかったことに失望し、画家としての自負心を満足させるために、カートゥーンをもとにした油彩画を描いたと推定されています。ともかく、この油彩画のことは噂で知られていましたが、ほんの数年前に、ロンドンのヴィクトリア美術館の実地調査員がイタリアで発見するまで、〝行方不明〟になっていたのです」

聴衆は恐ろしく静かだったが、ジョーンズは気づく様子もなかった。「さて」熱をこめた声で言う。「そのカートゥーンを模写した同時代の画家は多く、有名どころには若き日のラファエロや、フラ・バルトロメオなどもいますが、カートゥーンそのものは、模写の見本としての役目を終えると裁断されてしまったらしいのです。こうしてカートゥーンは消え、宮殿の評議場のもとの壁画は、一五六三年にヴァザーリの新しい壁画で塗りつぶされてしまいました。したがって、この油彩画が――いわば、レオナルド自身による、もとのカートゥーンの模写が――見つかったのは、美術界における世紀の大発見だったと言えます。ここから先はちょっとした奇談になってきます。

先ほど、この場面を主題にした絵は二枚存在し、ある一点を除いて、両者はあらゆる点でそっくり同じだと申しましたね。その最初の一枚は、ずっと昔に見つかって公開されていたのですが、六年ほど前にヴィクトリア美術館がもう一枚を発見するまでは、作者が特定されていませんでした。そこが厄介なところでしてね。鑑定家たちは、最初の一枚がレオナルドの作品かどうかを断定しかねていたのです。むしろ、ロレンツォ・ディ・クレディか、レオナルドの弟子の作だとする者も多かった。美術界のもろもろの論争の例にたがわず、嘲笑《ちょうしょう》合戦や中傷合戦もずいぶんありました。しかし、六年前のヴィクトリア美術館による発見とともに、問題は決着したのです。

いくつか古い記録がありましてね。この画題の油彩画は二枚存在し、一枚はレオナルド自身による原画で、もう一枚は模写だと書かれた記録です――模写の作者については明言されていませんでした。その記録によると、二枚の絵はそっくり同じで、旗のまわりにいる人物の肌の色だけがわずかに異なり、レオナルドの作品のほうが色が濃いということでしたが――とても微妙なちがいで、二枚を並べてみないことには、どちらがレオナルドの作品かは断定しがたい、と記録でも強調されていました。そういうわけで――」

「おもしろい」エラリーがつぶやいた。「ノックスさん、いまの話をご存じでしたか」

「もちろんだ。ハルキスも知っていた」ノックスは踵《かかと》と爪先を交互に浮かせて体を揺すっていた。「言ったとおり、わたしはこの絵を持っていたから、ハルキスからもう一枚のほうを買ったとき、二枚を並べて、いとも簡単にどちらがレオナルドかを判別したんだ。ところがいまや――」顔をしかめる。「そのレオナルドがなくなった」

「ええっ？」ジョーンズが動揺を見せた。しかしまた微笑して言った。「まあ、わたしがどうこう言う問題ではなさそうですね。ともあれ、その二枚の絵は、ヴィクトリア美術館で時間をかけて鑑定され、美術館にとっては喜ばしいことに、館の実地調査員のひとりが発見したほうがレオナルドの作品だと確定されました。その後、もう一枚の、模写のほうが消えました。噂によると、裕福なアメリカ人蒐集《しゅうしゅう》家に売却されたらしく、模写だと確認されているにもかかわらず、その蒐集家は大金を支払ったようです」そこで探るようにノックスを見やったが、だれも何も言わなかった。

ジョーンズは小さくほっそりした肩を張った。「結論としては、美術館の模写の行方がこのところ不明である以上、一方だけを調べて、原画か模写かを判定するのはむずかしい――不可能と言うべきでしょうな。一方しか判定材料がないのでは、とうていたしかなことは……」

「それで、この絵はどうなんでしょう、ジョーンズさん」エラリーが尋ねた。

「これは」ジョーンズは肩をすくめて答えた。「たしかに、二枚のどちらかだが、もう一枚と比較できないことには……」そこまで言って、額を叩《たた》いた。「ああ、そうか！　わたしもぼけているな。これは模写に決まっている。原画は海の向こうのヴィクトリア美術館にあるんだから」

「ええ、ええ。そのとおりです」エラリーはあわてて言った。「その二枚の絵がそこまでそっくりなら、ジョーンズさん、なぜ一方の価値は百万ドルで、もう一方はわずか数千ドルなんですか」

「それは、きみ！」専門家は声を大にして言った。「まったく――なんと言えばいいか――はなはだ子供じみた質問だよ。本物のシェラトン（十八世紀イギリスの家具製作者）と最近のレプリカとのちがいはなんだ？　レオナルドは名匠であり、模写の作者はおそらく弟子かロレンツォだろうが、記録にあるとおり、レオナルドが描きあげた傑作を複製したにすぎない。価値のちがいは、天才の手になる大傑作《シェ・ドゥーヴル》と、新米画家による完璧《かんぺき》な模写とのちがいだよ。レオナルドの筆のタッチまで正確に真似ていたとしたら？　クイーンくん、きみの署名をきわめて精密に偽造したものが、本物の署名と同じく真正だとは、まさか言わんだろう」

ジョーンズは老いた小柄な体で身ぶり手ぶりの力説をして、ずいぶん興奮しているようだった。エラリーは相応の謙虚さをもって礼を述べ、ジョーンズをドアまで送っていった。専門家が落ち着きをいくらか取りもどして出ていったところで、ようやく座が活気づいた。

「美術に、レオナルドか！」警視がうんざりした顔で言った。「これでますます面倒なことになったぞ。刑事稼業もあがったりだな」お手あげのしぐさをする。

「そうまずい展開でもないさ」地方検事が考えありげに言った。「少なくとも、ジョーンズ氏の話で、ノックスさんの説明が裏づけられた。たとえ、どっちがどっちかはだれにもわからないにしてもな。これで少なくとも、あの絵がこれまでの認識に反して二枚、現実に存在することがわかった。つまり——われわれは、もう一枚のほうを盗んだやつを探さなくてはいけないわけだ」

「腑《ふ》に落ちないのは」ペッパーが言った。「なぜ美術館がこの二枚目の絵のことをだまっていたのかです。やはり——」

「ペッパーさん」エラリーがゆっくりと言った。「それは、美術館にあったのが原画だったからですよ。模写のことを心配する必要がありますか？　模写なんかに関心はないんですよ……。それからサンプソンさん、まったくあなたの言うとおりです。ぼくたちが追うべきは、もう一枚の絵を盗んだ人間で、約束手形を便箋《びんせん》代わりにしてノックスさん宛に脅迫状を書いた人間、すなわち、スローンを陥れて殺し、グリムショーの相棒面をしてグリムショーを殺し、ゲオルグ・ハルキスにその罪を負わせようとした人間にほかなりません」

「立派な最終弁論だな」サンプソンが皮肉っぽく言った。「いまのはわれわれの知っていることの総まとめだったが、われわれの知らないことも教えてくれるんだろうな——つまり、その人間の正体を！」

エラリーは大きく息を吐いた。「ああ、サンプソンさん、あなたはいつもぼくを付け狙って、ぼくの信用を傷つけようとし、ぼくの弱点を世にさらそうとするんですね……。ほんとうにその人間の名前が知りたいですか」

サンプソンはエラリーをにらみつけ、警視は興味を引かれた様子を見せた。「ほんとうに知りたいですか、だと！」地方検事は大声で言った。「ずいぶんと気のきいた質問だな？……むろん、知りたいとも」目を険しくし、ことばを切る。「なあ、エラリー」静かに言った。「実はきみにもわからないんじゃないのか」

「教えてくれ」ノックスが言った。「その極悪人は何者かね、クイーンくん」

エラリーは微笑んだ。「あなたが訊《き》いてくださってうれしいですよ、ノックスさん。あなたも読書中にこの格言に出くわされたことがあるはずです。数多《あまた》の著名な紳士がさまざまな形で使っていますからね——そう、ラ・フォンテーヌやテレンティウス、コールリッジ、キケロ、ユウェナリス、ディオゲネスが。それは、デルポイのアポロン神殿に刻まれた銘文で、キロンかピタゴラスかソロンのことばとされています。ラテン語で言う〝ノースケ・テー・イプスム〟、すなわち〝汝《なんじ》自身を知れ〟。ジェイムズ・J・ノックスさん」エラリーは世にも朗らかな声で言った。「あなたを逮捕します！」

32　エラリー語録

　意外だっただろうか？　サンプソン地方検事は、そうでもなかったと言いきった。その大波瀾《はらん》の夜、最初からずっと、ノックスをひそかに疑っていたと言うのだ。一方で、明解な説明をすぐに聞きたい気持ちも強かった。なぜ？　どうして？　サンプソンは気になって仕方がないようにさえ見えた。証拠――証拠はいったいどこにあるのか。頭のなかではすでに、検察側の主張を忙しく整理していた……けれども、そこに厳然としてある、割ろうにも割れない硬い木の実が、思考を妨げるのだった。

　警視は何も言わなかった。胸をなでおろしてはいたものの、話す気分ではなさそうなエラリーの横顔を盗み見るにとどめていた。名指しされたショックで、ノックスは一瞬へたりこんだが、そのあと奇跡に近い立ちなおりを見せた。ジョーン・ブレットは、信じがたい出来事に戦慄《せんりつ》してあえいでいた……。

　エラリーは快哉《かいさい》を叫ぶこともなく、この舞台を監督していた。クイーン警視が本部に応援を要請し、ジェイムズ・J・ノックスがおとなしく連行されていくあいだも、強情に首を振って説明を拒んだ。その夜は何も説明しないつもりだった。翌朝……そう、たぶん翌朝には……。

土曜日の朝、つまり十一月六日、この錯綜《さくそう》したドラマの役者たちが顔をそろえた。エラリーの要望により、今回説明をおこなう対象には、捜査関係者のみならず、ハルキス事件で迷惑をこうむった人々が——そしてもちろん、沸き立っている報道陣も——含まれていた。土曜日の各紙の朝刊には、大見出しで巨頭の逮捕が書き立てられた。大統領側近の高官からニューヨーク市長へ、個人的に問い合わせがあったとも噂された——おそらくこれは事実だろう。というのも、市長は午前中ずっと電話をかけつづけ、自分よりも事情に疎い警察本部長や、しだいに苛立《いらだ》ちを募らせるサンプソン地方検事や、あらゆる役人からの照会に老いた頭を力なく振って〝待ってくれ〟と答えるだけのクイーン警視に対して、説明を求めていたからだ。ノックス邸の暖房器のパイプコイルから出てきた絵は、地方検事局のペッパーが公判まで責任を持って保管することになり、ロンドン警視庁に対しては、くだんの絵は予想される法廷闘争で証拠品として必要になる見込みだが、厳正に選ばれた陪審員たちがジェイムズ・J・ノックス氏の運命を決定ししだい、しかるべき措置をとって返還するという旨が通知された。

クイーン警視の執務室はせますぎて、エラリーの説明をなんとしても聞こうと詰めかける批評家予備軍を収容しきれなかった。そこで、選ばれた記者の一団と、クイーン父子、サンプソン、ペッパー、クローニン、スローン夫人、ジョーン・ブレット、アラン・チェイニー、ヴリーランド夫妻、ナシオ・スイザ、ウッドラフ――それに、この上なく控えめな物腰ではいってきた警察委員長、直属の警部、市長の息のかかった政治家と判明した、カラーの下をずっと指でなでている落ち着かない紳士――そうした面々が、警察本部の会議専用の大部屋に集まった。エラリーが司会をつとめるらしかったが、これは過去に例を見ないことで、サンプソンは向かっ腹を立て、市長の代理人は失望を隠さず、警察委員長は渋い顔をしていた。

だが、エラリーは落ち着いたものだった。大部屋には演壇があり、エラリーはそこに立って――自分に注目する生徒たちに話をしようとする教師よろしく（後ろには黒板もあった！）――背筋を伸ばして堂々と立ち、鼻眼鏡をしっかり磨いた。部屋の後方では、クローニン主席検事補がサンプソンに耳打ちしていた。「ああ、ヘンリー、これは気を入れてかからないとだめですよ。ノックスが弁護団にスプリンガーンの連中を雇いました。考えるだにぞっとしますが、向こうは惨めに負けはしないはずです」サンプソンは何も言わなかった。言うことは何もなかった。

エラリーは静かに話しはじめ、事件のこれまでの内情に通じていない人たちのために、すべての事実と以前の分析に基づく推理を簡略にまとめて話した。脅迫状が届いた前後の出来事まで説明したところで間をとると、乾いた唇を湿らせ、深く息を吸って、新たな論証の核心へと突入した。

「脅迫状を送りえた唯一の人物は」エラリーは言った。「先ほど指摘したとおり、ジェイムズ・ノックスが盗品の絵を所有していたことを知っていた者です。ジェイムズ・ノックスが盗品の絵を所有していた事実は、さいわいにも秘密にされていました。さて、捜査関係者――ぼくたち自身――のほかに、このことを知っていたのはだれでしょうか。ふたりいて、しかもふたりだけです。ひとりはグリムショーの相棒で、以前の分析から、グリムショーとスローンを殺害した人物であることが立証されています。この人物はさらに、グリムショーの相棒であったおかげで、グリムショー自身がこの相棒だけはすべての事情に通じていると認めているとおり、ノックスがその絵を持っていたことを知っていました。そしてもうひとりは、言うまでもなくノックス自身ですが、その時点ではぼくたちのだれひとり、この点を考慮しなかったのです。

よろしいでしょうか。ここで、脅迫状が約束手形の半切れにタイプされていた事実から、それを送った人物はグリムショーとスローンを殺害した者――つまり、グリムショーの相棒――でもあるということが、完全に証明されます。というのも、殺人犯となりうるのは、グリムショーの死体から奪った約束手形を持っていた者だけだからです。この点を心に留めておいてください。論理を組み立てるうえでの重要な礎石のひとつですから。

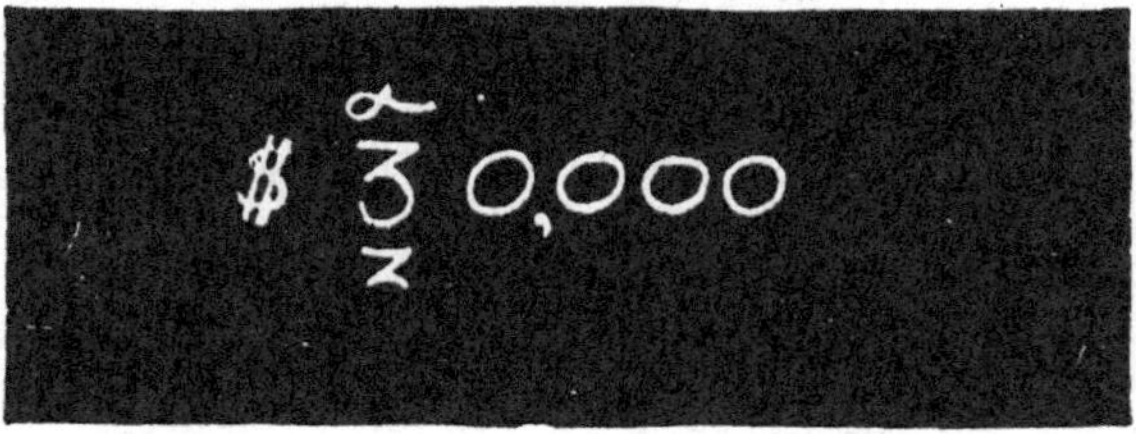

先へ進みます。タイプを使って書かれた脅迫状そのもののの検査から何がわかったでしょうか。まず、一通目の脅迫状にはアンダーウッドのタイプライターが使われていて、それは偶然にも、犯人がスローンとグリムショーの兄弟関係を密告する匿名の手紙を書くのに使ったのと同じ機械でした。二通目の脅迫状にはレミントンのタイプライターが使われていて、この二通目のタイピングにめぼしい手がかりがありました。このタイプを打った人物は、$30、000というひとつづきの数字の、3の文字を打ち損じていたのです。その打ち損じを見るかぎり、3のキーで兼用される記号が標準型キーボードのそれとちがっていたことは明らかです。脅迫状の$30、000という数字がどんなふうに打ちこまれていたかを図示してご覧に入れます。そうすれば、ぼくの言わんとする点がよくわかるでしょうから」

エラリーは後ろの黒板のほうを向き、手早くつぎのような図をチョークで書いた。

「さあ、よく見てください」エラリーは向きなおって言った。「タイプした人物の打ち損じは、ドル記号を打ったあとでシフト・キーから指を完全に離していなかったことに起因します。その結果、つぎに押したキーが――それが3のキーなのですが――欠けた半端な印字を残してしまいました。当然、打ち手はひと文字ぶんもどして3を打ちなおしましたが、そのことは重要ではありません。重要なのは、3のキーが残した半端な印字です。こうしたよくある打ち損じをした場合――つまり、数字を打ちこむつもりが、シフト・キーまたは大文字キーを完全に離していなかったとき――どんなことが起こるでしょうか。単純にこういうことです。数字が印字されるべき場所が空白になり、この空白のすぐ上に、そのキーで兼用される記号の下半分が印字され、この空白のすぐ下に、数字の上半分が印字されます。そうなった状態は、黒板にざっと書いた図でおわかりいただけますね。ここまではよろしいですか」

おおかたの聴衆の頭が縦に動いた。

「けっこうです。では、標準型キーボードを搭載したタイプライターの、3のキーについてちょっと考えてみます」エラリーはつづけた。「もちろん、アメリカ製のタイプライターのことです。どうだったでしょうか。数字の3が下段に、〝ナンバー〟の記号が上段に記されています。お見せしましょう」エラリーはまた黒板に向かって、つぎの記号を書いた――#。「ご存じですね」と言って、向きなおる。「ただ、注意していただきたいのは、二通目の脅迫状の打ち損じは、標準型キーボードによるものではないという点です。少なくとも、数字の3に関するかぎりはそう言えます。というのは、ひと文字もどして打った3の上の頭の欠けた記号は、さっき言った〝ナンバー〟記号の下半分のはずなのに——黒板の図に示したとおり——まるでちがっているからです！　それどころか、実に妙な記号です——左端が小さい輪になっていて、そこから右へ曲線が伸びています」

エラリーは、鎖で縛りつけたかのようにがっちりと聴衆の心をつかんでいた。ここで身を乗り出す。「つまり、明らかに、この二通目の脅迫状を打ったレミントンのタイプライターは、ふつうは〝ナンバー〟の——」黒板の♯のほうへ頭を振り向ける。「——記号と兼用される3のキーを、別の特殊な記号と兼用していたわけです。そして明らかに、この輪と曲線の記号も、ある完全な記号の下半分です。欠けた上半分はどんな形でしょうか。全体としてどんな記号になるのでしょう」そこで静かに直立姿勢にもどった。「ちょっと考えてみてください。黒板に書いた3の上のしるしを見ながら」

エラリーは待った。聴衆は目を凝らした。しかし答える者はいない。「悩むほどのことはないんですがね」やがてエラリーは言った。「どなたも——ことに記者のみなさんも——わからないとは驚きました。あの輪と曲線は、タイプライターに使われる可能性のある、世界で唯一の記号の下半分にちがいありません――それは、筆記体の大文字の〃L〃に似た、縦の線を水平な短い棒が横切る記号……つまり、イギリスの通貨であるポンドを表す記号なのです！」

驚きと感嘆の小さなざわめきが起こった。「では、つぎです。ここまでわかれば、あとは、3のキーをイギリスのポンド記号と兼用するレミントンのタイプライターを――もちろんアメリカ製の機械ですが――探し出せばいいわけです。アメリカ製のレミントンのタイプライターがそんな外国の記号を打てるキーを具《そな》えている数学的確率はどのくらいのものでしょう――何百万分の一だろうと思います。言い換えれば、そうしたキーを持つタイプライターを見つけることができれば、それが二通目の脅迫状を打つのに使われたタイプライターである、と数学的・論理的観点から堂々と主張できることになります」

エラリーは大仰な身ぶりをした。「ここまでの説明は、これからお話しすることをご理解いただくために不可欠な前置きでした。よく聞いてください。一通目の脅迫状が届く前、まだスローンが自殺したものと思われていたころ、ぼくはジェイムズ・ノックスがあるキーを交換させた新品のタイプライターを持っていることを知りました。屋敷を訪ねたとき、ノックスがブレットさんに指示して、新しいタイプライターの代金支払い用に小切手を作成させているのを、たまたま耳にしたんです。そのとき、キーをひとつ交換させたぶんの、少額の手数料も忘れずに上乗せするようにと念を押していました。さらに、すぐあとのブレットさんの話から、その機械がレミントンであるのがわかりました——ブレットさんがそのことについてこぼしたんです。屋敷にはその一台しかタイプライターがないこともわかりました。古い機械は慈善団体に寄付するようにと、ノックスはぼくのいる前でブレットさんに命じていました。ブレットさんはその新しい機械で、ぼくのために、ある通し番号をタイプしてくれたのですが、途中でやめて紙を引き抜き、〝#《ナンバー》の記号は手書きしないといけないんだったわ〟と言いました。いまは途中をわざと強調しましたけどね。そのときは別になんとも思いませんでしたが、それがやがて、ノックス邸にある一台きりのタイプライターであるレミントンにはナンバー記号がないことを知る根拠になったのです——でなければ、ナンバー記号を手書きする理由がありませんから。こうして、その機械の、あるキーが交換されているのがわかりました。さて、この新しいタイプライターはキーがひとつ交換されていて、ナンバー記号がないわけですから、厳密な論理から言って、交換されたのは数字の3とナンバー記号兼用のキーでなくてはならないはずです！　初歩の論理ですね。そしてこの論理を完全にするためには、さらにもうひとつの事実を発見する必要がありました。つまり、交換された3のキーに、ナンバー記号でなくポンド記号が記されているのを確認すれば、ぼくは完全に正当な理由をもって、このレミントンこそ二通目の脅迫状を打つのに使われた機械だろうと言えるのです。もちろん、この点をたしかめるのには、二通目の脅迫状を受けとったあとで、そのタイプライターのキーボードをちょっと見るだけですみました。まさしくポンド記号が記されていました。実のところ、サンプソン地方検事も、ペッパー地方検事補も、クイーン警視も、聞けば思い出せるでしょうが、観察力さえあれば、実際にタイプライターのキーを調べなくても、このことに気づけたはずなんです。というのも、あのときクイーン警視は、ノックスの仕事部屋から、〝十五万ポンド〟という数字を含んだ電文をロンドン警視庁に打電しましたが、なんとブレットさんは、警視の鉛筆書きの文面をタイプライターで作成するとき、〝ポンド〟という単語の文字列を打ちこむのではなく、筆記体の大文字の〝L〟に短い横棒のついたポンド記号を使ったのです！　ぼくはあの機械そのものをまったく見なかったとしても、ブレットさんが電文にポンド記号を打ちこめたという些細《ささい》な事実を既知の事実と結びつけて、やはりこの結論にたどり着いていたでしょう……。この証拠は、推理に基づくどんな証拠にも劣らぬ数学的必然性をもって、ぼくの目の前にありました。二通目の脅迫状を打つのに使われたのは、ジェイムズ・J・ノックス氏のタイプライターです」

新聞記者たちは最前列に居並んでいたが、その取材ノートは、不思議の国に迷いこんだアリスのごとく、みるみるふくらんでいった。聞こえてくるのは、荒い息づかいと、鉛筆を走らせる音だけだった。エラリーは警察本部の規則と人並みの礼儀作法を平然と無視し、煙草を床に落として踵《かかと》で踏み消した。「さて《エ・ビアン》」エラリーは愛想よく言った。「これで一歩前進《ヌ・フェゾン・デ・プログレ》です。というのも、一通目の脅迫状を受けとって以来、ノックスはどんな用件の訪問客も、臨時に雇った弁護士のウッドラフさんさえも、屋敷に出入りさせていないんです。これはつまり、二通目の脅迫状を書くのにノックスのタイプライターを使うことのできた人間は、ノックス本人と、ブレット嬢と、屋敷の使用人たちのみだったことを意味します。そして、脅迫状は二通とも約束手形の半切れに書かれていて――また、その手形を保持していた可能性があるのは犯人だけなので――いま言った集団のひとりが犯人だったということになります」

エラリーがどんどん説明を進めていったので、部屋の後方でのかすかな動きには――実は、リチャード・クイーン警視が着席したまま急に上体をかがめたのだが――だれも気づかなかった。そして、非難したい気持ちをあえて抑えこんだようなその動きに、エラリーは思わず苦笑した。「では、無関係な人物を除外していきましょう」てきぱきと言う。「まずは、最後のグループに属する人たちから。脅迫状を書いたのがノックスの使用人のひとりである可能性はあるでしょうか。ありません。なぜなら、最初の捜査がおこなわれていた時期、ノックスの使用人はだれもハルキス邸に出入りしていないからです。地方検事の部下のひとりが、訪問者を正確に記録していました。

したがって、ノックスのどの使用人にも、ハルキスに対して、のちにはスローンに対して、偽の手がかりを仕込む機会はありませんでした。しかしこの濡《ぬ》れ衣《ぎぬ》工作こそ、まぎれもなく犯人がおこなったことです」

ふたたび後方でいらついた動きがあったが、エラリーはこんどもまた、即座に話を再開した。「ブレット嬢だったということはありうるでしょうか――すみませんね、ブレットさん」申しわけなさそうに微笑んで言う。「こんな論証であなたを俎上《そじょう》に載せたりして。しかし、論理というものは、女性に対する思いやりなど具えてないんですよ……。それはともかく、ブレットさんではありえません。ブレットさんはたしかに、偽の手がかりが仕込まれた時期にハルキス邸にいましたが、他方では、犯人たるに必要なもうひとつの条件、〝グリムショーの相棒〟になりえなかったからです。そんな可能性を考えること自体が明らかに悪趣味ですが、それはさておき、なぜブレットさんがグリムショーの相棒ではありえないとわかるのか。きわめて単純なことです」エラリーはことばを切ってジョーンと目を合わせ、そこに励ますような色を見てとると、急いでつづけた。「ブレットさんはぼくに打ち明けてくれました――かなり前から、そしていまも、ヴィクトリア美術館の探偵であることを」エラリーが継ごうとしたことばは、湧き起こった喚声の波に呑《の》みこまれた。一瞬、説明会はこのまま破《は》綻《たん》に至るかに見えたが、エラリーが学校教師さながらに黒板を叩《たた》くと、騒ぎは静まった。非難と怒りの入り混じった表情でにらみつけるサンプソンやペッパーや父親には目もくれずに、エラリーは先をつづけた。「いま言いかけたとおり、ブレットさんは、ぼくに、自分がヴィクトリア美術館に雇われている秘密調査員であり、最初から、盗まれたレオナルドの行方を探る目的でハルキスの屋敷にはいりこんだことを告白しました。それをブレットさんが話したのは、一通目の脅迫状が届く前で、自殺に見せかけたスローン殺しがあったあとです。そのとき、ブレットさんはぼくに汽船の乗船切符を見せました——イギリスへ帰国する切符を買っていたんです。その理由は？　捜索の手がかりを失ったと思い、自分の手には負えなくなった偵察任務を放棄するつもりだったからです。乗船券を買ってアメリカを離れようとしたこの行為の意味するところは何か。明らかに、そのときブレットさんは絵のありかを知らなかったということです——知っていたら、ニューヨークにとどまっているでしょう。ロンドンへ帰るというその決意こそ、ブレットさんが絵のありかを知らなかった証拠なんです！　しかし、犯人のいちばんの特徴はなんだったでしょうか。そう、絵のありかを知っていたことです！　——正確には、ノックス氏が持っていることを。つまり、ブレットさんは犯人ではありえず、したがって二通目の脅迫状を書いたはずがない——それは一通目についても言えます、二通とも同一人物が書いたんですからね。

そうです。ブレットさんと使用人たちを容疑者から除外すると、残るノックスだけが、二通目の脅迫状を書いた人間、すなわちグリムショーの相棒かつ犯人でありうることになります。

これは事実と符合するでしょうか。ノックスは犯人の特徴を具えています。ひとつには、ハルキスに罪を着せる偽の手がかりが仕込まれた時期に、ノックスはハルキス邸に出入りしました。ところで、話は少しそれますが、なぜノックスは、自分が三人目の男だったと告白して、みずから偽装工作をぶち壊しにしたのでしょう――三人目の男がいなかったように見せるために、それまでさんざん骨折ってきたのに。これには立派な理由があります。ブレットさんがノックスのいる前でティーカップの話をして、三人目の男がいなかったという説をすでに崩してしまったのです……だからノックスは、捜査に協力するふりをしても益になるだけで損は何もないと――ここで大胆に告白したほうが自分はかえって潔白に見えると――判断したわけです。それに、ノックスはスローン事件の犯人像にもぴったり重なります。グリムショーといっしょに〈ホテル・ベネディクト〉にはいった人物でありえたし、そのときにスローンとグリムショーが兄弟であることを知り、スローンを陥れる発端としてあの匿名の手紙を送ることもできました。さらに、グリムショーを殺した犯人ですから、ハルキスの棺から見つけた遺言状を当然持っていて、それを自分の持ち家である隣の空き家に仕込み、その地下室の合鍵《かぎ》をスローンの煙草壺《つぼ》に入れることもできたでしょう。もうひとつ、グリムショーの死体から奪った懐中時計を持っていて、ハルキス画廊で第二の被害者スローンを殺したあとで、背後の金庫にそれを置いてくることもできたはずです。それにしても、ノックスが自分宛に脅迫状を書いたり、自身の絵を盗んだ人間をでっちあげたりしたのはなぜでしょうか。これにも立派な理由があります。スローンは自殺だったという見解が公式に撤回され、ノックスは警察がまだ犯人を追っていることを知りました。またノックスは、レオナルドの返還を迫られてもいました——そこで、自分宛の脅迫状を書くことで、犯人はまだ大手を振って歩いているけれど、少なくともノックスではなく、だれか外部の人間が脅迫状を書いたかのように見せかけたわけです——もちろん、その印字から自分のタイプライターを突き止められる心配をしていたら、脅迫状など書かなかったでしょうけどね。

さて、ノックスはあの絵を自分から盗むのに、さらに想像力を働かせて、その架空の脅迫者が絵を盗み出す目的で警察を屋敷からおびき出したふうに見せようとしました。前もって盗難警報装置を壊しておき、ぼくたちがタイムズ・ビルから空手でもどってきたとき、その骨折り損の捕獲作戦に出ているあいだに絵が盗まれたことを、壊れた警報装置によって証明しようと考えていたにちがいありません。巧妙な計画です。絵が盗まれれば美術館への返還義務は消滅しますし、今後はなんの心配もなく、ひそかに手もとに置いておけるわけですからね」

エラリーは部屋の後方に向かって微笑みかけた。「どうやら地方検事殿は、腹立ちと不安とで唇を噛《か》んでいらっしゃるようです。サンプソンさん、わかりますよ。ノックスの弁護団がどういう主張をするかを心配なさっているんでしょう。まちがいなく、ノックスのそろえた大物弁護士たちは、ノックス本人のふだんのタイプの打ち方がわかる見本を持ち出して、ノックスが自分宛に書いたとあなたが告発しようとしている二通の脅迫状に表れた打ち方とのちがいを証明しようとするでしょう。心配には及びませんよ。どんな陪審員もきっと、ノックスが故意にタイプの打ち方を——行間のとり方や、句読点の打ち方、特定の文字を打つときの強さなどを——変えて、その脅迫状を自分以外の人間が打った印象を強めようとしたものと判断するでしょうから……。

つぎは例の二枚の絵の話です。これに関してはふたつの可能性があります。ノックス本人の言うように、はじめから二枚持っていた可能性と、一枚しか——ハルキスから買った一枚しか——持っていなかった可能性です。一枚しか持っていなかったとすれば、それが盗まれたというのは嘘です。というのも、ノックスが盗まれたと言ったあとに、ぼくがあの屋敷で一枚を見つけましたからね。そして、ぼくが発見したのを知ると、ノックスはあわてて絵が二枚あることを認め、自分がずっと二枚を所有していて、いま出てきたのは模写で、原画のほうが謎の泥棒に持ち去られたと思わせようとしました。これは、絵を犠牲にしてわが身を守った——あるいは守ったつもりだった——ということにちがいありません。

一方、ほんとうに最初から絵を二枚持っていた場合は、ノックスがどこかに隠したにちがいないもう一枚の絵を見つけないかぎり、ぼくの見つけたのがレオナルドの原画か模写かを判定する方法はありません。ただ、いま地方検事のもとにある絵がそのどちらであるにせよ、もう一枚はいまもノックスが持っているはずです——ずっと二枚持っていたとすればの話ですがね。そしてノックスは、そのもう一枚を差し出すわけにはいきません。外部の人間に盗まれたと、すでに言質をとられていますからね。サンプソンさん、もしあなたが、ノックスの屋敷のどこか別の場所から、そのもう一枚の絵を探し出して、ノックスがそこに置いたことを立証できれば、ノックスに対する起訴事由はいまよりもっと隙のないものになりますよ」

サンプソンは、その瘦《や》せた顔の表情から察するに、いまのエラリーの言に反論したいようだった。どうやら、起訴事由は隙がないどころか穴だらけだと思っているらしい。けれどもエラリーは、サンプソンに考えを述べる間を与えず、さっさと先をつづけた。「要約すると」エラリーは言った。「犯人は三つのおもな条件を満たす人物でなくてはなりません。第一に、ハルキスとスローンを陥れる濡《ぬ》れ衣《ぎぬ》工作ができたこと。第二に、二通の脅迫状を書いた張本人であること。第三に、ノックス邸にいて、二通目の脅迫状を打つ機会を持てたこと。この第三の条件に含まれるのは、使用人たちとブレットさんとノックスだけです。しかし使用人たちは、ぼくの説明したように、第一の条件によって除外され、ブレットさんも、さっき説明したように、第二の条件によって除外されます。残るはノックスひとりで、この三つの条件すべてを完璧《かんぺき》に満たしますから、ノックスが真犯人にちがいないのです」

リチャード・クイーン警視が息子の晴れの勝利という光に包まれたとは、とうてい言えなかった。当然予期されたお定まりの質問や賞賛や議論や、報道陣の大騒ぎがおさまり——記者たちのなかに、いぶかしげに首を振る者も数人いたのは注目すべき点である——クイーン父子が警視の執務室へ引きあげ、その神聖なる空間にふたりきりになると、警視はそれまでじっと抑えていた胸中の感情を一気に吐き出し、エラリーは目いっぱいの不満をぶつけられた。

特筆しておくべきは、エラリー自身が、わが意を得たりという若き寵児《ちょうじ》らしい顔をしていなかったことだ。それどころか、こわばった細い頬には長く険しい皺《しわ》が刻まれ、目は疲れて熱を持っている。エラリーは煙草をつぎからつぎへとまずそうに吸って、父親の目を避けていた。

警視ははっきりした強いことばで不満をぶちまけていた。「なんということだ。おまえが息子でなければ、ここから蹴《け》り出してやるところだぞ。あれほどぼんやりして、ばからしくて、説得力のない、おまえが下の会議室でやったような論証は、聞いたこともない——」身震いする。「エラリー、よく覚えておけよ。きっと面倒なことになる。きょうでおまえに対するわたしの信用は——ああ、よくも失望させてくれたな！　そう、サンプソンも同じだ——むろん、ヘンリーもばかじゃない。あの部屋を出ていくときのヘンリーは、どこからどう見ても、検事になってこのかた最もきつい法廷闘争に臨む覚悟をしていたぞ。あんな起訴事由では法廷で持ちこたえられないんだ、エラリー、ぜったいにな。証拠がない。動機もない。そう、動機だ！　それについてはひとことも言わなかったじゃないか。なぜノックスはグリムショーを殺したんだ。たしかに、得意の論理を連発して、数学だかなんだかでノックスを犯人に仕立てあげた手並みはなかなかのものだ——しかし、動機だ！　陪審が求めるのは、論理じゃなく動機なんだ」ヴェストに盛大に唾《つば》が散っている。「いまに痛い目を見るぞ。拘置所のノックスには、東部でも指折りの弁護士どもがついた——おまえのちゃちな起訴事由など、スイスチーズみたいに穴だらけにされるだろうよ、エラリー。すっかり穴だらけになって——」

ここでエラリーは目立った反応を見せた。それまでは、警視の激しい非難にじっと耐え、うなずいてさえいた。まるで何を言われるかを予期していたかのようで、もちろん歓迎はできないけれど、克服しうるという態度だった。ところがいま、エラリーは椅子の上で身を起こし、驚いたような表情を浮かべた。「穴だらけになる？　どういうことだい」

「はっ！」警視は大声で言った。「いまので、かちんときたわけか。父親を見くびるんじゃないぞ。ヘンリー・サンプソンはたぶん気づいていなかったが、わたしは気づいていた、はっきりとな。おまえも気づいていなかったとしたら、よほどのばか者だぞ」エラリーの膝《ひざ》を叩《たた》く。「いいか、エラリー・〝シャーロック・ホームズ〟・クイーン。おまえは使用人たちを犯人から除外する理由として、偽の手がかりが仕込まれた時期に、だれもハルキス邸に出入りしなかったことをあげていたな」

「うん、そうだが」エラリーはゆっくり答えた。

「うむ。それはわかる。けっこうだ。わたしも異論はない。しかしな、愛するばか息子よ」警視は苦々しげに言った。「考えが足りなかったな。おまえは使用人全員を犯人から除外したが、そのうちのひとりが、外部にいる殺人犯の共犯者だった可能性もあるだろう？　そのことをとっくり考えてみろ！」

エラリーは答えなかった。ため息をついて、そのままだまりこんだ。警視は不満そうに鼻を鳴らして、回転椅子に身を沈めた。「迂闊《うかつ》にもほどがあるぞ……。おまえというやつは！　まったくあきれたよ。この事件で、脳みそが腐ってしまったようだな。犯人に金で誘いこまれた使用人のひとりが、ノックスのタイプライターで二通目の脅迫状を書くことだってできたはずだろう。主犯の人間が安全な場所にいたままでな！　実際にそうだったとはわたしも言わない。ただ、賭《か》けてもいいが、ノックスの弁護団はかならずその点を突いてくるし、そうなったとき、ほかの人間を除外していってノックスひとりを残すおまえの論証はどうなる？　ふん！　あんな論理はひとたまりもないぞ」

エラリーは神妙にうなずいた。「さすがだね、父さん、やっぱりすごいよ。願わくは――まだだれもそれに気づいてないと思いたいものだ」

「まあな」警視はむっつりと言った。「ヘンリーも気づいてはいまい。気づいていたら、すぐに乗りこんできて、声をかぎりにがなり立てるだろうからな。ともかく、それが慰めだよ……。なあ、エル。おまえはわたしの指摘した穴など、最初から承知だったはずだぞ。なぜいまからでも穴を埋めない？　――手遅れになって、わたしやヘンリーの首が飛ぶ前に」

「なぜ穴を埋めないかって？」エラリーは肩をすくめ、大きく伸びをした。「ああ、疲れたな！　……苦労の絶えない先輩に理由を教えようか。単純なことさ――埋める気がないからだよ」

警視は首を左右に振った。「とうとう気がふれだしたか」とつぶやく。「なんだ、その――埋める気がないというのは。それが理由になると？　いいだろう――ノックスが犯人だとしよう。しかし、起訴事由だ！　何かもっと決定的なのを見つけてくれ。おまえが正しいと確信しているなら、わたしは力のかぎり支えていくぞ」

「それはじゅうぶんわかってる」エラリーは微笑んだ。「父の愛というのは、いいものだね。それを越えるのは母の愛ぐらいだよ……。父さん、いまはまだ、大事なところは話せない。でもひとつ言っておくよ、ぼくみたいな信用ならないやつのことばじゃ、慰めにもならないだろうけど……このとんでもなく厄介な事件の最大の山場は、まだこれからなんだ！」

33 啓発

父子のあいだに大きな溝ができたのは、この数時間のことだった。警視の心境はわからないでもない。積もった心労が船べりまで迫って、感情の波に洗われたすえ、生々しい自我が表に姿を現していた。何時間ものあいだほぼずっとだまりこくったままのエラリーがかすかでも身じろぎするたびに、それがいまにも歯をむこうとする。何かがおかしいと感じ、その繊細な指で形あるものにふれられないもどかしさから、警視は本性をむき出しにした。だれかれかまわず怒鳴り散らして、部下に耐えがたい思いをさせながらも、怒りのほんとうの矛先は、うなだれている息子の頭に向けていた。

その日、警視は何度か部屋を出ていこうとした。そういうときだけエラリーはわれに返り、ふたりのあいだでいっそう苛立《いらだ》たしいひと幕が演じられた。

「父さん、部屋を離れないで。ここにいなきゃいけない。頼むよ」

一度は警視も頼みを聞かずに出ていった。すると、獲物を狙う猟犬ばかりに身構えて、電話の前で背をまるめていたエラリーが、緊張に耐えかね、血が出るほどに唇を嚙《か》みしめるのだった。しかし、警視の決然とした態度も長つづきはしなかった。何かに備えて待機しているらしい息子に付き合うべく、紅潮した顔で、ぶつぶつ言いながらもどってきた。エラリーはたちまち明るい顔になり、また電話のそばに陣どって、前に劣らず緊張しながらも満足そうに、ひたすら待つという、見たところ大変な忍耐を要する仕事に全力を傾けるのだった……。

電話は単調に一定の時間をおいてかかってきた。だれからなのか、何を知らせる電話なのかは警視にはわからなかったが、ベルが鳴るたびにエラリーは、刑の執行延期の知らせを待つ死刑囚のように電話に飛びついた。そのたびに失望した顔になり、粛々と耳を傾け、うなずき、あたり障りのないことばを返して受話器を置いた。

一度、警視はヴェリー部長刑事を呼び出そうとした。そして、いつも頼りになる部長刑事が、前夜から警察本部になんの連絡もよこさず、居所をだれも知らず、夫人すら夫の不在の理由を説明できないことを知った。ただごとではない。部長刑事の身に何かあったのではという悪い予感に、警視の鼻が伸び、顎《あご》が鳴った。ただ、経験上そういうこともあると思ったので、騒ぎはしなかった。そしてエラリーは、自分をいぶかしむ父親にいささか腹を立てているらしく、何も説明しなかった。その午後のあいだに、警視はグリムショー事件に関係のない用で部下の何人かを呼ぼうとしたが、ますます驚いたことに、とりわけ信頼している面々——ヘイグストローム、ピゴット、ジョンソン——までもが、理由なく行方をくらましていた。

　エラリーは静かに説明した。「ヴェリーとその三人は重要任務で出かけてる。ぼくの命令で」うろたえる警視をもはや見ていられなくなったのだ。

「おまえの命令だと！」警視は声にならぬ声で言った。頭のなかに真っ赤な怒りのもやがかかる。「だれかを追っているのか」やっとのことで言った。

　エラリーはうなずいたが、その目は電話に注がれていた。

　一時間刻み、ときに三十分刻みで、エラリー宛に謎の電話連絡があった。警視は暴れ出す腹の虫をかろうじて押さえつけていた——やがて暴徒化の危険も去り——猛烈な勢いで日常の仕事の海を進んだ。時は経過し、エラリーが軽食を届けさせて、父子で黙々と食べた。エラリーは電話のそばを片時も離れなかった。

　夕食もまた、警視の執務室でとった——食欲が湧かず、料理をただ口に運ぶだけの、恐ろしく陰気な食事だった。ふたりとも、電灯のスイッチを入れることに思い至らず、闇がどんどん濃くなり、警視はうんざりして仕事をほうり出した。ふたりはただそこにすわっていた。

　やがて、閉めきったドアの内側で、エラリーは父親への懐かしい愛情を見いだし、ふたりのあいだで何かが通じ合った。そしてエラリーはしゃべりはじめた。早口で確信のこもったその話しぶりは、何時間も冷静な思考を繰り返したあとで、そのことばが頭のなかで形をなしたかのようだった。話が進むにつれて、警視の腹立ちは跡形もなく消え、無感覚になっていたその老いた顔の深く刻まれた皺《しわ》のあいだから、まれにしか表れない驚きの表情が浮かんできた。警視はつぶやきつづけていた。「信じられない。ありえない。どうしてそんな」

そして、エラリーが話を結ぶと、警視の目に一瞬、詫《わ》びるような色が浮かんだ。それは一瞬のことで、目にはすぐ輝きがもどり、そのあとは警視もいっしょに、まるで念力が通じるかのように電話を見守った。

通常の終業時刻になると、警視は秘書を呼んで奇妙な指示を出した。秘書は出ていった。

それから十五分と経たぬうちに、クイーン警視はもう退庁した——というより、帰宅して、差し迫ったジェイムズ・J・ノックスの弁護団との法廷戦に備えて英気を養っている——との噂が、警察本部の廊下を駆けめぐった。

だがクイーン警視は、暗くなった執務室の、いまや専用回線で警察の中央交換台につながれた電話の前で、エラリーとともに待機していた。

署の外の歩道脇には、ふたりの刑事の乗ったパトカーがエンジンをかけたまま、午後じゅう停まっていた。

鉄の忍耐力を等しく持って待つことこそ、この灰色の石造りの建物の高みにある、施錠した真っ暗な一室にいるふたりに課せられた使命のようだった。

待ちに待った電話がかかってきたのは、夜半を過ぎてからだった。

クイーン父子はいざという瞬間のために収縮させていた筋肉を使って、跳ぶようにすばやく反応した。電話はけたたましく鳴った。エラリーが受話器を引っつかみ、大声で応答する。「どうだ?」

低く重々しい男の声が返ってきた。

「すぐ行く!」エラリーは叫びつつ、受話器を置いた。「ノックスの屋敷だ、父さん!」

ふたりは警視の執務室を飛び出し、走りながらコートを着た。階下へおりて、待機していた車に乗りこみ、エラリーが力強い声で指示を出すと、その車もまた、すばやく反応した……黒い鼻面を北へ向け、サイレンをうならせながら、アップタウンをめざして疾走する。

しかしエラリーの指示で、リバーサイド・ドライブのジェイムズ・ノックス邸には行かずに、五十四丁目通り――ハルキス邸と教会のある通り――のほうへ車は曲がっていった。サイレンは数ブロック手前で鳴りをひそめた。車はゴムの足音を忍ばせて暗い通りを進み、音もなく歩道脇に停まった。エラリーと警視がすばやく跳びおりた。ふたりは脇目もふらずにハルキス邸の隣のノックスの空き家へ向かい、地下室の入口付近の暗がりへと進んだ……。

ふたりは幽霊のようにひっそりと動いた。ヴェリー部長刑事の巨大な肩が、朽ちた階段の下の暗闇からぬっと出てきた。懐中電灯がクィーン父子を一瞬照らしてすぐに消え、部長刑事が小声で言った。「中です。さっさとかかりましょう。うちの連中がそこらじゅうを張っています。逃げられっこありません。さあ、警視！」

警視はいまや落ち着きを取りもどしてうなずいた。そしてヴェリーは、地下室のドアをそっと押しあけた。はいってすぐにヴェリーが立ち止まると、どこからともなく、もうひとりの男が現れた。その男の差し出した二本の懐中電灯を、クィーン父子はだまって受けとった。警視のひとことで、ヴェリーとエラリーが懐中電灯の先端をすべてハンカチで覆い、それから三人で人気《ひとけ》のない地下室の奥へと進んだ。室内を猫並みに知りつくしているらしい部長刑事が先頭を行った。懐中電灯の淡く小さな光が、うっすらと闇を照らす。略奪に出かけるかのごとく、三人は忍び足で床を横切り、不気味な暖房炉の前を通って、一階へ至る階段をのぼった。階段のてっぺんで、部長刑事はふたたび足を止めた。そこに配置されていたもうひとりの男と小声でことばを交わしたのち、無言で父子を手招きし、先に立って一階の広間の闇のなかへ進み入った。

廊下を爪先で歩いていた三人は、音を立てずにぴたりと足を止めた。前方のどこかで、ドアらしきものの上下の隙間から、かすかな明かりが漏れていた。

エラリーがヴェリー部長刑事の腕に軽くふれた。ヴェリーが大きな頭を振り向ける。エラリーは何やらささやいた。すると、はっきりとは見えなかったが、ヴェリーが闇のなかで非難めいた苦笑いを浮かべ、コートのポケットに手を突っこんだ。出てきた手にはリボルバーが握られていた。

ヴェリーが懐中電灯でごく近くを照らす――するとただちに、慎重に動く別のいくつかの人影がそこへ集まってきた。ヴェリーは、声からするとピゴット刑事らしい男と、押し殺した声で話をした。すべての出入口に見張りがいるらしい……。一団は部長刑事の合図で、前方のかすかな明かりのほうへ忍び寄った。ドアのそばで立ち止まる。ヴェリーが深く息を吸い、ピゴットともうひとりの刑事――細身の体型からすると、ジョンソンだ――に合図して両脇につかせた。「いまだ！」の叫び声とともに、三人はヴェリーの鋼鉄の肩を中心にしてドアへ体あたりし、粉々に打ち破って、室内に突入した。エラリーと警視も、まっしぐらに飛びこんだ。いまや覆いをはずされた懐中電灯のまぶしい光が、室内の方々を広く照らし、何かをとらえた。すべての光が瞬時に、追っていた獲物にほかならぬ、硬直した人影に集中した――家具もないほこりだらけの部屋の真ん中で、小型の懐中電灯を手に、床にひろげたそっくりな二枚のカンバスを見比べていた人影に……。

その瞬間、いっさいの音が消えた。そして、耳を疑うほど唐突に、静寂の魔法は解けた。顔を隠したその人影の胸のあたりから、獣めいた、威嚇的なうなりと、哀れっぽい嘆声と、苦しげな叫びが押し出された。人影が豹《ひょう》のように身をひるがえし、白い手をすばやくコートのポケットへ伸ばすと、青味を帯びたセミオートマティック拳《けん》銃《じゅう》がいきなり現れた。そして、まぎれもなく、ただひとりにまつわる惨事が起こった。

惨事が起こったのは、その黒い人影が、出入口に固まった一団のなかから、背の高いエラリー・クイーンの姿を魔法のようにずばりと見分け、陰険なまなざしでねめつけたときだった。人影は一瞬の躊躇《ちゅうちょ》もなく、拳銃の引き金にかけた指に力をこめ、引き絞った。ほぼ同時に、刑事たちのリボルバーが咳《せ》きこむように火を噴いた。激怒で顔を蒼白《そうはく》にしたヴェリー部長刑事が、急行列車の速度で黒い人影に突進していった……。人影は、紙人形《パピエ・マシエ》を思わせる異様な動きで床にくずおれた。

エラリー・クイーンは、弱々しい驚愕《きょうがく》のうめき声をあげて、目を大きく見開いたあと、立ちすくむ父親の足もとに倒れた。

十分後には、懐中電灯の光が、先刻の大騒動のときに変わらぬ明るさでその場を照らしていた。がっしりした体軀《たいく》のダンカン・フロスト医師が、横たわったエラリーの上にかがみこんでいた。床が汚いので、エラリーの体の下には刑事たちのコートが敷いてある。クイーン警視は、流れる雲のように白い顔と、陶器のように冷たく硬く脆《もろ》い表情で医師の後ろに立ち、血の気の失《う》せたエラリーの顔をまばたきもせずにのぞきこんでいた。だれひとりことばを発しなかった。部屋の中央の床にぶざまに伸びている男——エラリーを撃った男を取り囲む者たちさえも。

フロスト医師が頭をねじ向けて言った。「へたな撃ち手だな。心配要りません。肩を軽くかすっただけです。ほら、もう意識がもどりましたよ」

警視が大きく息をついた。エラリーが目をしばたたいて開き、急に痛みが襲ってきたのか、左肩を手で探った。包帯が巻いてある。警視がそばにしゃがみこんで言った。「おい、エラリー——だいじょうぶか、気分はどうだ」

エラリーは無理に微笑んだ。気力を振るい、いたわりのこもった手に支えられながら、どうにか立ちあがる。「ふう!」顔をしかめて言った。「どうも、先生。いつからっしゃったんですか」

周囲を見まわし、無言で寄り集まっている刑事たちの姿をとらえた。エラリーがふらつきながら近づいていくと、ヴェリー部長刑事が子供のようにぼそぼそと詫《わ》びを述べながら、脇へ退いた。エラリーは右手でヴェリーの肩につかまり、上体を深くかがめて、床の上の死体を見おろした。その目に勝利の色はうかがえないが、懐中電灯の光と、ほこりと、苦い顔をした面々と、炭色の暗がりとが溶け合った、果てしない憂鬱《ゆううつ》をたたえている。

「死んだのか」エラリーは唇を湿らせて尋ねた。

「腹に四発あたってます」ヴェリーが答えた。「完璧《かんぺき》に死んでますよ」

エラリーはうなずいた。そして視線を移し、だれかがほうり出したまま、ほこりだらけの床にみすぼらしく転がっている二枚のカンバスに目を留めた。「これで」乾いた薄笑いを浮かべて言う。「少なくともあの二枚は手にはいった」ふたたび死体を見おろす。「運が悪かったな。実に運が悪かったよ、きみは。不敗を誇るナポレオンのように、最後の最後で負けた」

エラリーはしばらく死者の開いた目をのぞいていたが、軽く身震いして振り向くと、小柄な警視がそばに立って、憔悴《しょうすい》した目で息子を見つめていた。

エラリーは力なく微笑んだ。「ところで、父さん、気の毒なノックスさんをもう釈放してあげてくれ。あの人は進んで犠牲になって、役目を果たしてくれたんだ……。父さんの犯人は、ノックスさんの空き家のほこりだらけの床に横たわって、もう悪さもしない。終始一貫、一匹狼だったよ――恐喝者、窃盗犯、殺人者……」

全員が死体を見おろした。まるで見えているかのように一同を見返し、床に横たわっているのは――その獰猛《どうもう》な顔に、不敵でよこしまな笑みがたしかに消し去りがたく刻まれている――ペッパー地方検事補の死体だった。

34　核心

「ぜんぜんかまわないよ、チェイニーくん」エラリーは言った。「きみだってきちんとした説明を聞く権利がある――もちろんだよ、それに――」そこで呼び鈴が鳴ったので、エラリーはことばを切った。ジューナがドアのほうへ駆けていく。居間の入口にジョーン・ブレット嬢が姿を現した。

ジョーン・ブレット嬢はアラン・チェイニー氏がいるのを見て驚いたようだったが、チェイニー氏も同じくらい、ブレット嬢が来たことに驚いていた。アランはクイーン家自慢のクルミ材のウィンザーチェアーから腰をあげて曲げ木の背をつかみ、ジョーンのほうは急に支えがほしくなったかのように入口の柱につかまった。

これで――左肩に包帯を巻いたエラリー・クイーンは、寝そべっていたソファーから身を起こしながら思った――これで、おさまるべきところにおさまったぞ……。エラリーは少し顔色が悪かったが、何週間ぶりかで穏やかな表情をしていた。そのときいっしょに立ちあがった三人組――妙にきまり悪そうな父親と、前夜の驚愕が目からまだ抜けていない地方検事と、少しばかり檻《おり》のなかで過ごしたわりには元気そうな、青白い肌の勇気ある大富豪ジェイムズ・J・ノックス氏という三人の紳士――はうやうやしく頭をさげたが、入口の若い女性はにこりともしなかった。椅子の背につかまったまま同じように硬直している青年に、催眠術でもかけられたかのようだった。

やがてジョーンの青い目が揺らぎ、微笑みをたたえたエラリーの目を探りあてた。

「わたくしはてっきり……あなたから頼まれた――」

エラリーはジョーンのかたわらへ行き、親しげに腕をとって、座面の奥行がある椅子へといざなった。ジョーンは困惑顔で、ためらいながら腰をおろした。「てっきり――ぼくから頼まれた……なんですか、ブレットさん」

ジョーンはエラリーの左肩に目を留めた。「お怪我なさったのね！」と叫ぶ。

「それには」エラリーが言った。「輝かしい英雄の常套句《じょうとうく》でお答えしますよ。〝こんなもの、かすり傷です〟。チェイニーくんも、どうぞすわって！」

アランは腰をおろした。

「さあさあ！」サンプソンが待ちかねて言った。「ほかのみなさんについてはわからんが、エラリー、きみはまちがいなく、わたしに説明する義務があるぞ」

エラリーはまたソファーでゆったりと横になり、片手でどうにか煙草に火をつけた。

「みなさんも、お楽に」そこでジェイムズ・ノックスの視線をとらえ、冗談めかした馴《な》れ合いの微笑みを交わす。「説明……。もちろんしますよ」

エラリーは話しはじめた。それから三十分、エラリーのことばがポップコーンのようにはじけつづけるあいだ、アランとジョーンはともに両手を組んでじっとすわったまま、一度も互いの顔を見なかった。

「四つ目の解答――つまり、犯人説が四つありましたが」エラリーは切り出した。「ハルキス犯人説では、ペッパー氏がぼくを意のままに操りました。スローン犯人説では、ペッパー氏とぼくは互角に渡り合ったと言えます。ぼくはその説を信じていなかったけれど、スイザがあの告白をしにくるまでは、確証をつかめませんでしたからね。ノックス犯人説では、ぼくがペッパー氏を意のままに操りました――お気づきのように、ここまでは同点です。そしてペッパー犯人説、これが正解だったわけで――四つ目にして最終のこの解答は、みなさん全員を仰天させせましたが、実は、哀れなペッパー氏が二度と目にすることのできない、燦々《さんさん》と照る太陽の光に劣らず明白な答でした……」そこで少し間を置く。「一見信頼できそうな青年地方検事補が、この一連の犯罪の主犯として、豊かな想像力とこの上ないふてぶてしさをもって犯行を重ねたことは、そうするに至った事情や理由を知らなければ、たしかに理解しがたいでしょう。しかし、ペッパー氏も結局、ぼくの古くからの無情な盟友である〝論理〟、ギリシャ語で言う〝ロゴス〟の罠《わな》にはまって、多くの陰謀家たちと似たような破滅を迎えたのだと思います」

エラリーはジューナがきれいに掃除した敷物に煙草の灰をはじき落とした。「ここで白状すると、事件の中心がリバーサイド・ドライブの広大なノックス邸に移るまで――脅迫状騒ぎや絵の盗難といった出来事が起こるまで――ぼくには犯人の正体がうっすらとも見えていませんでした。言い換えれば、ペッパーがスローン殺しを最後に手を引いていれば、うまく逃げおおせたはずなんです。しかし、ほかのもっと地味な犯罪と同様、この犯罪においても、犯人はおのれの貪欲《どんよく》さの犠牲になりました。そしてペッパーは、みずからの手で編んだ網にかかったのです。

したがって、推理の要となるのはリバーサイド・ドライブのノックス邸で起こった一連の出来事ですから、そこからお話ししましょう。ぼくがきのうの朝、犯人の満たすべきおもな条件をあげたのを覚えていらっしゃいますね。ここでもう一度、その条件をおさらいします。第一に、ハルキスとスローンを陥れる濡《ぬ》れ衣《ぎぬ》工作ができたこと。第二に、二通の脅迫状を書いた張本人であること。そして第三に、ノックス邸にいて、二通目の脅迫状を打つ機会があったことです」

エラリーは微笑んだ。「さて、きのうの朝はこんなふうに説明しましたが、この第三の条件は、欠点をつつかれかねないものでした――理由はのちほどお話ししますが、わざとそうしたのです。ぼくが警察本部で、あの愛すべき偽の理論を唱えたあと、明敏なるわが父は、あの説明のどこがだめなのかを、ぼくにだけ指摘してくれました。ぼくは、ノックス邸の一員という意味で、意図的に〝ノックス邸にいて〟という言い方をしましたが、〝ノックス邸にいて〟というのは明らかに、もっと広い意味にとれることばです。というのも、〝ノックス邸にいて〟というのは、ノックス邸の一員であろうとなかろうと、だれにでも該当しうる言い方だからです。言い換えれば、二通目の脅迫状を書いた人物は、ノックス邸で常時過ごしている人間である必要はなく、ノックス邸にはいりこめた外部の人間でもいい。この点を覚えておいてください。

というわけで、この論点からはじめましょう。つまり、二通目の脅迫状を書いたのは、諸事情から考えて、そのときノックス邸にいた何者かにちがいなく、その何者かが犯人であるという論点です。しかし、聡明《そうめい》なるわが父は、これもまた絶対的な真実ではないと指摘しました。つまり、脅迫状を書いたのは、犯人に金で誘いこまれたであろう共犯者で、犯人自身はノックス邸に近づかずにいた可能性もある、と。もちろんその場合は、犯人がノックス邸にはいりこめなかったことになります。それができたなら、自分で脅迫状をタイプしたでしょうから……。非常に適切で、鋭い指摘ですが――きのうの朝、ぼくがその問題にあえてふれなかったのは、ペッパーを罠にかける目的を果たせなくなるからでした。

では、ふれましょう！　ここで犯人がノックス邸の人間のなかから共犯者を調達しえなかったことを証明できれば、犯人は二通目の脅迫状をみずからタイプし、そのときノックスさんの仕事部屋にいたことになります。ただし、この事件で共犯者が存在しなかったことを証明するには、まずノックスさんの潔白を証明しなくてはなりません。でないと、論理上の問題が解決できませんから」

エラリーはのんびりと煙草の煙を吐いた。「ノックスさんの潔白はいたって簡単に証明できます。みなさんには意外ですか？　でも、ばかばかしいほど明白なことなんです。それは、世界じゅうでたった三人、ノックスさんとブレットさんとぼくだけが知っている、ある事実によって証明されます。結果としてペッパーは——じきに説明しますが——この重要な事実を知らなかったために、一連の謀《はかりごと》においてはじめてのまちがいを犯すことになりました。

その事実というのはこうです。ギルバート・スローンが一般に犯人と考えられていたころ、ノックスさんはみずから進んで——この点に注意してください——ブレットさんもいる前で、ぼくにあることを話してくれました。グリムショーといっしょにハルキスを訪ねた夜、ハルキスがノックスさんから千ドルを借りて、手形による支払いに先立つ前金としてグリムショーに渡した、という話です。ノックスさんは、グリムショーがその千ドル札を小さくたたんで、自分の懐中時計の裏蓋《うらぶた》の奥にしまいこみ、その時計を携帯したままハルキス邸を出たのを見ています。ノックスさんとぼくがすぐ警察本部へ行ってたしかめると、時計のなかには札がそのまま残っていました——まちがいなく同じ札です。その場で通し番号を照合して、その札がノックスさんの言うとおり、ハルキス邸に行った当日に銀行から引き出されたものだと確認しましたから。ところで、この千ドル札をたどればノックスさんに行き着くという事実は、ご本人がだれよりもよくご存じでした。ですから、もしノックスさんがグリムショーを殺したのなら、考えうるかぎりの手を使って、その札が警察の手に落ちないようにしたはずです。ノックスさんがグリムショーを手にかけたとすれば、それにはなんの苦労も要りません。相手がその札を持っていることも、どこにしまったかも承知していたんですから、その場で時計のなかの札を取りもどしたでしょう。それにまた、少しでも犯人とかかわりがあるなら——たとえば共犯者なら——その時計はしばらく犯人の手もとにあったわけですから、どうにかして札を取りもどそうとしたはずです。

ところが問題の札は、ぼくたちが警察本部で時計のなかを調べたとき、そのままそこにあったのです！　では、もしノックスさんが犯人なら、なぜいま言ったような方法で札を回収していなかったのでしょう。その点は別にしても、なぜノックスさんは、札がそこにあることを自分からぼくに教えたのでしょう——あの時点でぼくは、ほかの警察や検察の関係者と同様、そんな札が存在することすら知らなかったんですからね。そうしてみると、ノックスさんの行動は、犯人か共犯者であればとったはずの行動とまったく矛盾します。だからあのとき、ぼくはこう考えざるをえなかったんです。〝だれが犯行にかかわっていたにせよ、ジェイムズ・ノックスは確実にその線からはずれる〟と」

「わたしは運がよかったな」ノックスがしゃがれた声で言った。

「ところで」エラリーはつづけた。「その時点では、非建設的でたいして意味を持たないように思えたその発見から、どんな結論が導き出されたかをお話ししましょう。あの脅迫状を書くことができたのは、犯人か、もしいるならその共犯者だけです——脅迫状は約束手形の半切れにタイプしてあったんですからね。ノックスさんが犯人でも共犯者でもないとすると、きのうぼくがポンド記号の推理によって指摘したように、ノックスさんがお持ちの特徴あるタイプライターで打ってあるという事実があるにしても、自分であの脅迫状を書いたはずはありません。したがって——驚くべきことですが——二通目の脅迫状をタイプした人物は、わざわざノックスさんの機械を使ったということになります！　しかし、その目的は？　これは、3の打ち損じによってポンド記号の痕跡《こんせき》を残すことで——意図的な打ち損じだったといまではわかりますが——そこからノックスさんのタイプライターが割り出され、ゆえにノックスさんが脅迫状を書いた真犯人であるように見せかけるつもりだったにちがいありません。これは新たな濡れ衣工作――つまり、失敗に終わった最初のふたつ、ゲオルグ・ハルキスとギルバート・スローンに対するものにつづく、第三の濡れ衣工作です」

エラリーは考えこむように眉《まゆ》を寄せた。「ここからは、さらにきびしい論証にはいります。みなさん、ご覚悟を！　真犯人がジェイムズ・ノックスさんを、殺人と、そのあと犯す予定だった窃盗の容疑者に仕立てにかかったのは、ノックスさんが容疑者として警察に目をつけられる可能性があると考えたからにちがいありません！　警察がけっして容疑者と見なさないとわかっている人間を犯人に仕立てようとするなんて、ばかげていますからね。したがって、真犯人は千ドル札の話を知らなかったはずです。もし知っていれば、ノックスさんを陥れようとはしなかったでしょう。さて、この時点で、さらにひとりの人物を厳然たる論理によって容疑者から除外することができました。その人物がヴィクトリア美術館に信任された調査員であるという事実は、何よりも有利に働きますが――その事実は、潔白を支える根拠にはなっても、その人を容疑者から決定的に除外しうるものではありません。その人物とは、ここにいる美しいお嬢さん――たびたび頰を赤くしていらっしゃるようにお見受けする――ブレットさんです。ブレットさんは、ノックスさんがぼくに千ドル札の話をしているとき、その場にいましたから、もし犯人かその共犯者だとしたら、ノックスさんを陥れたり、犯人にノックスさんを陥れさせるような真似はしないはずです」

ジョーンはこれを聞いて居住まいを正し、おずおずと微笑して、また椅子に沈みこんだ。アラン・チェイニーが目をしばたたいた。足もとの敷物に目を落とし、まるでそれが、若い古物商がきびしく吟味すべき貴重な織物の見本であるかのように、しげしげと見つめている。

「したがって――〝したがって〟を積み重ねた結果」エラリーはつづけた。「二通目の脅迫状をタイプすることができた人たちのなかから、ノックスさんとブレットさんのふたりを除外しました。同時におふたりは、犯人からも共犯者からも除外されます。では、ほかのノックスさんの屋敷の正式な構成員――使用人たち――のなかに、犯人自身がいるでしょうか。いません。というのも、使用人たちのなかに、ハルキス邸でハルキスやスローンを陥れる偽の手がかりを仕込むことができた人は、ひとりもいないからです――ハルキス邸を訪れた人たちの名前は漏れなく記録されていますが、そのリストに、ノックスさんの使用人の名前はいっさいありません。一方、ノックスさんの使用人のだれかが、ただノックスさんのタイプライターに近づけるというだけで、外部の犯人の共犯者として利用された可能性はあるでしょうか」

エラリーは微笑んだ。「ありません。それは証明できます。ノックスさんのタイプライターがご本人を陥れるために使われたという事実は、犯人が最初からそのタイプライターを使うつもりだったことを示しています。つまり、ノックスさんに不利なただひとつの具体的証拠を残そうと思った犯人の狙いは、二通目の脅迫状がノックスさんのタイプライターで打ったものとして発見されることにあったのです。この点が濡《ぬ》れ衣《ぎぬ》工作の要でした（注意していただきたいのは、犯人がノックスさんに罪を着せる方法の詳細を前もって考えていなかったとしても、少なくともあのタイプライターの特殊性は利用するつもりだったという点です）。ところで、タイプライターを使ってノックスさんを陥れるからには、脅迫状は二通ともあのレミントンで打ったほうが、犯人にとっては明らかに有利になったでしょう。ところが、あの機械でタイプされたのは二通目の脅迫状だけでした――一通目はノックス邸の外でアンダーウッドのタイプライターによって打たれていて、ノックス邸には、レミントンのタイプライターが一台しかなかった……。したがって、犯人が一通目の脅迫状を打つのにノックスさんのレミントンを使わなかったということは、その時点ではノックスさんの機械に近づけなかったからにちがいありません。けれども、その時点で、使用人は全員、ノックスさんのレミントンに近づくことができました――実のところ、全員が五年以上ノックスさんに仕えています。だから、使用人のだれかが犯人の共犯者であった可能性はありません。共犯者がいたなら、犯人はその人間に、ノックスさんのレミントンで一通目の脅迫状をタイプさせていたでしょうからね。

ともあれ、これでノックスさん、ブレットさん、使用人の全員が犯人または共犯者から除外されました！　しかし、こんなことがありうるでしょうか？　二通目の脅迫状は、現実にノックスさんの屋敷で書かれたというのに」

エラリーは煙草を暖炉に投げこんだ。「いまわかっているのは、脅迫状を書いた人間は、二通目はどうにかしてノックスさんの仕事部屋で書いたものの、一通目を書いたときは、ノックスさんの仕事部屋に――あるいは屋敷にも――いなかったということです――いたとすれば、一通目の脅迫状にもレミントンを使ったはずですからね。それから、一通目の脅迫状が届いて以後、外部の人間がノックス邸への出入りを許されなかったこともわかっています――正確には、あるひとりを除いた外部の人間がです。さて、ノックス邸の外で書かれた一通目の脅迫状は、たしかにだれにでも書けましたが、二通目の脅迫状を書けた人物はひとりしかいません――二通目の脅迫状が届く前にあの屋敷に近づくことができた唯一の人物です。これで、また別の点がはっきりしました。ぼくはずっと疑問に思っていたんですが、あの一通目の脅迫状は、ほんとうに必要だったのでしょうか。冗長で、ほとんど目的を達しないような内容でした。恐喝者というのはふつう、最初の手紙で、ずばりと要求を突きつけるものです――小生意気な文章をくどくど書き連ねたりはしません。最初の手紙で自分は恐喝者だと宣言したうえで、つぎの手紙で金を要求するなんて真似はしません。でも、この説明なら、心理的にも矛盾はないと思います――あの一通目の脅迫状は犯人にとって欠くことのできないもので、ある目的は達したのです。目的とは何か？　もちろん、ノックス邸にはいりこむことです！　なぜノックス邸にはいりこむ必要があったのか？　その立場を利用して、ノックスさんのタイプライターで二通目の脅迫状を打つためです！　これですべてが符合しました……。

では、一通目の脅迫状が届いたあと、二通目が来るまでのあいだにノックス邸にはいりこめた、ただひとりの人物はだれでしょうか。それがわかったときは、解せなくて、信じがたくて、突拍子もないことに思えましたが、その訪問者が、いっしょに捜査している仲間――すなわちペッパー地方検事補だという事実に目をつぶることはできませんでした。ペッパーは（ご記憶のとおり、自分から言い出して）数日間ノックス邸で過ごしました。表向きには、二通目の脅迫状を待つという目的で！

実に頭がいい！　悪魔のような狡知《こうち》です。

それを知ったぼくは最初、当然の反応をしました――どうしても信じられなかったんです。そんなことはありえないように思えました。しかし、ぼくにとっては驚くべき新発見でもあったのです。ペッパーを容疑者として考えてみたのも、そのときがはじめてだったので」エラリーはつづけた。「進むべき道は明らかでした。理性で考えた結果を感情が受けつけないという理由だけで、もはや単なる容疑者ではなく、理論上は犯人となっている人物を無視することはできません。なんとしても調べるしかない。ぼくは事件の発端にもどって、ペッパーがいろいろな事実にあてはまるかどうか、どんなふうにあてはまるのかを調べていきました。

ペッパーは、グリムショーの死体を確認したときに、五年前にこの男を弁護したことがある、とみずから認めています。もちろん、ペッパーを犯人と考えるなら、あえてそうすることで先手を打ったのだと言えます。グリムショーを知っていることを認める機会があったのにそれを避けたとなると、あとになって自分たちのつながりが発覚したときに怪しまれるからでしょう。これは些細《ささい》な点で、決定的なものではありませんが、大きな意味をはらんでいるのはたしかです。ふたりの付き合いは、少なくとも五年前の、弁護士と依頼人の関係からはじまったものと考えられます。グリムショーは、ヴィクトリア美術館からあの絵を盗み出したあとでペッパーのもとへ来て、自分が刑務所にいるあいだ、ハルキスの手もとにある代金未回収のその絵に目を光らせていてくれと頼んだのでしょう。グリムショーが出所してすぐに、ハルキスのもとへ代金を回収しにいったのは当然のことでした。ペッパーはその黒幕だったにちがいなく、それからつづくすべての事件の黒幕として、自分はつねに正体を隠して舞台裏にいたのです。グリムショーとペッパーの関係については、以前ペッパーと共同で法律事務所をやっていたジョーダンにたしかめれば、はっきりするかもしれません。ジョーダンはまったくの潔白でしょうがね」

「その男ならいま調べている」サンプソンが言った。「評判のいい弁護士だ」

「悪党と公然と手を組んだりはしないでしょうね」エラリーはあっさりと言った。「しかし、ぼくたちはいま、確証を探しているんです。ペッパーがグリムショーを絞殺した犯人だと考えた場合、動機の問題はどうなるでしょうか……。

あの金曜の夜、ノックスさんとハルキスとグリムショーが会合を持ったとき、グリムショーが持参人払いの約束手形を受けとったあとで、ノックスさんはグリムショーといっしょにハルキス邸を出ましたが、ノックスさんが家路に就いたあとも、グリムショーは屋敷の前に残っていました。なぜでしょう？　おそらく共謀者と会うためです――これは、グリムショー自身が〝ただひとりの相棒〟について言及したことから考えても、妥当な推論ではないでしょうか。そのとき、ペッパーはどこか近くでグリムショーを待っていたはずです。そしてふたりで物陰にはいって、ハルキス邸での会合の一部始終を、グリムショーがペッパーに報告したのでしょう。ペッパーは、もはやグリムショーの存在は不要であるばかりか、自分にとって危険にさえなったこと、グリムショーを始末すればハルキスから回収する金をひとり占めできることに気づいて――そのとき、相棒を殺そうと決意したにちがいありません。約束手形ももうひとつの動機になったでしょう。持参人払いで、そのときハルキスはまだ生きていたので、あの約束手形を持っている人間には、五十万ドルの現金が近々手にはいるはずでした。さらに、ハルキスの背後にいるジェイムズ・J・ノックスさんをも、のちのち恐喝の種にできるわけです。ペッパーは、ハルキス邸の隣の空き家の、暗がりになった地下室の入口付近か地下室のなかでグリムショーを殺したはずで、そのために前もって合鍵《かぎ》を用意していたにちがいありません。いずれにせよ、あの地下室でグリムショーの死体を探って、約束手形と懐中時計を奪い（時計のほうは、いずれ濡《ぬ》れ衣《ぎぬ》工作に使えるかもしれませんし）、その前夜にスローンがグリムショーに街を出ていかせようと渡した五千ドルも、すべて着服したんでしょう。グリムショーを絞殺したとき、ペッパーは死体を始末する方法についても何か考えていたにちがいありません。あるいは、あの地下室に永久に放置するつもりだったかもしれませんがね。けれどもその翌朝、ハルキスが急死したことで、ハルキスの棺にグリムショーの死体を隠せるまたとない機会だと、即座に気づいたわけです。それからのペッパーは運をうまく使って動きました。ハルキスの埋葬の日、ウッドラフがみずから地方検事局に助力を求めてきたので、ペッパーは自分から――サンプソンさん、あなたがそう言ったんですが、いつだったか、ブレットさんに執心しすぎだとペッパーをたしなめているさなかに――遺言状を探す役目を買って出たのです。この行動もペッパーを指し示す心理上の手がかりですね。

さて、ハルキス邸に自由に出入りできるようになってからは、ペッパーにとってあらゆる行動が容易になったでしょう。葬儀のすんだ水曜の夜、ペッパーは、ノックスさんの空き家へ行って、地下室の古い保管箱に詰めてあったグリムショーの死体を持ち出すと、暗い中庭を通ってさらに暗い墓地へ運び入れ、土を掘り返して、埋葬室の水平扉を開き、中へ跳びおりてハルキスの棺をあけた――そしてすぐに、遺言状のはいった鉄の手提げ金庫を見つけた。そのときまでは、おそらくペッパー自身も遺言状のありかは知らなかったでしょう。ペッパーはその遺言状が、この悲劇のもうひとりの登場人物であるスローンをゆする材料としていつか役立つかもしれないと考えました。スローンが、そもそも遺言状を盗んで葬儀の前に棺のなかに隠す動機を持つ、唯一の人物に見えたでしょうからね。それでペッパーは、将来の新たな恐喝の道具にと思って、遺言状を着服したにちがいありません。そのあと、グリムショーの死体をハルキスの棺に詰め、蓋《ふた》をして、埋葬室から這《は》い出して扉をおろし、穴を埋めもどし、使った道具と遺言状と手提げ金庫を持って、墓地を去ったのです。偶然ながら、ペッパー犯人説にはもうひとつ、ちょっとした裏づけがあります。ペッパーはあの夜――水曜の夜更けに――ブレットさんがハルキスの書斎で何かを探しまわっているのを見たと、自分でぼくたちに言いました。つまりペッパーは、あの夜、遅くまで起きていたことをみずから認めたわけですから、ブレットさんが書斎を出ていったあとで、あの忌まわしい埋葬作業に出かけたと考えても、そう無理はないと思います。

　これで、あの夜、スローンが墓地へはいっていくのを見たという、ヴリーランド夫人の話にも筋が通ります。スローンはきっと、ペッパーが屋敷のなかで不審な行動をとっているのに気づいて、墓地まであとを尾《つ》け、そこでおこなわれたことをすべて――死体の始末やら遺言状の着服やらを――目撃して、ペッパーが殺人犯だと悟ったんでしょう……。とはいえ、埋められたのがだれの死体かまでは、暗くてわからなかったでしょうけど」

　ジョーンが身を震わせた。「あの――あの感じのいい若い人がそんなことをするなんて。信じられませんわ」

　エラリーは重々しく言った。「あなたが肝に銘じるべき教訓ですよ。たしかに信じられるものを放すなという……。どこまで話しましたっけ。そう！　そのとき、ペッパーはもう安全だと考えました。死体は埋めたし、あの棺をあけようとする人間などいるはずがないと。ところが、つぎの日、遺言状が棺に隠されたかもしれないとぼくが言い出し、墓を掘り起こしてみてはと提案したので、ペッパーはあわてて対策を考えたにちがいありません。いまや殺人の発覚を防ぐには、また墓地へ行って死体を掘り出すしかなく、そうしたらそうしたで、死体の始末をはじめから考えなおさなくてはいけないし、すべての面で危険が大きすぎる。でも考えようによっては、殺人の発覚をうまく利用できるかもしれない。そこでペッパーは、ハルキス邸までひとっ走りして、故人が——ハルキスのことですが——殺人犯だと示す手がかりを残しました。ペッパーはぼくの得意とする推理パターンを知って、わざとぼくを翻弄《ほんろう》した——わかりやすいものではなく、ぼくでなくては気づかないような、微妙な手がかりをいくつも仕込んだのです。ペッパーが殺人犯の役にハルキスを抜擢《ばってき》した理由は、おそらくふたつです。ひとつは、まさにぼくの想像力に訴えそうな解答だから。もうひとつは、ハルキスは死人なので、ペッパーの仕込む偽の手がかりが示すものをいっさい否定できないから。さらに具合のいいことには——もしハルキス犯人説が受け入れられれば、生きている人間はだれも苦しまずにすむ。ペッパーは殺しに無感覚な常習犯ではなかったということですね。

さて、はじめに指摘したように、ペッパーがハルキスに罪を着せる偽の手がかりを仕込んだのは、ノックスさんは盗品の絵を所有しているために沈黙を守らざるをえず、あの夜の三人目の人物だったことを認めないと考えたからでした——というのも、ハルキスを陥れる偽の手がかりは、あの夜、ハルキス邸で話し合いをした人間がふたりだけだったということを前提にしていたからです。ただ、ノックスさんが絵を所有しているのを知っていたからには、何度も繰り返しているとおり、ペッパーはグリムショーの相棒だったはずですし、ゆえに、グリムショーにたくさん訪問客があったあの夜、本人と連れ立ってホテルの部屋にはいった謎の人物だったにちがいありません。

ブレットさんがティーカップのことを思い出して矛盾を指摘し、意図せずしてハルキス犯人説を打ち砕いたとき、ペッパーはきっとがっくりきたでしょう。でも同時に、自分の計略がまずかったわけではないと自分を慰めもしたはずです——ペッパーが機会を見つけてカップの工作をする前に、だれかがカップのもとの状態に気づいていた可能性は、つねにあったわけですからね。ところが、思いがけずノックスさんが、自分がハルキス邸にいた三人目の人物だったと告白したとき、ペッパーは、すべての工作がぶち壊しになったばかりか、すべての手がかりが偽りで、見つかるようにわざと残したものであることも悟られると思ったでしょう。それまでのペッパーは、ぼくの知っていることはつねに自分も知っているという、けっこうな身分だったわけで——ぼくがうぬぼれて鼻高々に弁舌を振るっていたとき、ペッパーは必死に笑いをこらえていたと思います。そのときペッパーは、自分の特殊な立場を利用して、ぼくの理論を裏づける出来事をつぎつぎとでっちあげようと決意したにちがいありません。ハルキスが死んで、ペッパーの手にある約束手形は紙切れと化しました。ではほかに、どんな金蔓《かねづる》が残っていたでしょうか。盗品の絵を持っていることを種にノックスさんをゆすることはもうできません。予想に反してノックスさんが、絵にまつわる事情を警察に話したからです。ご本人は、あの絵は模写なのでほとんど値打ちがないと言いましたが、ペッパーはそのことばを信じようとせず、ノックスさんがうまく身を守ろうとしているだけだと思いこみました——その読みは正しかったんですね、ノックスさん。ペッパーはあなたが嘘をついていると鋭く推察したんです」

ノックスはうめくような声をあげた。ばつが悪くてことばが出ないらしい。

「ともかく」エラリーは穏やかにつづけた。「結局、ペッパーに残された金蔓は、ノックスさんからレオナルドを盗むことだけでした。ノックスさん所有のレオナルドは模写ではなく原画だとペッパーは確信していました。しかし、絵を盗み出すには、邪魔者を追い払う必要があった。警察が至るところで、殺人犯を探しまわっていたからです。

そこで起こったのがスローン事件です。なぜペッパーは、ふたり目の身代わりにスローンを選んだのか。いまではこの質問にじゅうぶん答えうる事実と推論があります。そう、このことは少し前にちょっと話したじゃないか、父さん——あの夜のことを覚えてるかな」警視が無言でうなずく。「もしスローンが墓地でペッパーの姿を見て、グリムショー殺しの犯人だと察したのであれば、スローンはペッパーの罪を知っていたことになります。しかし、スローンに知られたことが、どうしてペッパーにわかったのか。スローンはペッパーが棺から遺言状を持ち出すのを見ました。はっきりとは見ていないにしても、後日、警察の命で棺があけられたとき、手提げ金庫ごと遺言状がなくなっていた事実から、そのことを推察できたでしょう。スローンは遺言状の破棄を望んでいましたから、ペッパーに会いにいって、人殺しと非難し、だまっている代わりに遺言状をよこせと要求したはずです。深刻な身の危険にさらされたペッパーは、スローンにこう言い渡したにちがいありません。おまえを確実にだまらせておく武器として、遺言状は預からせてもらう、と。けれども内心では、自分の犯行の唯一の生き証人であるスローンを抹殺しようと考えていたことでしょう。

そこでペッパーは、スローンの〝自殺〟を偽装し、スローンがグリムショー殺しの犯人だったように見せかけました。スローンはうまい具合に、すべての動機に合致しました。それでペッパーは、燃え残りの遺言状を地下室に、地下室の鍵《かぎ》をスローンの部屋に、グリムショーの懐中時計をスローンの壁の金庫に仕込んで、身代わりを陥れる証拠をみごとにでっちあげたんです。ちなみに、父さん、部下のリッター刑事がノックスさんの空き家で暖房炉のなかの遺言状を〝見落とした〟のは、本人のせいじゃない。リッターが調べたときには、あの紙片はあそこになかったんだから！　リッターが捜索したしばらくあとで、ペッパーは遺言状を、ハルキス自筆のアルバート・グリムショーの名前を残すようにして燃やし、その灰と燃え残りを暖房炉に入れた……。スローン殺害に使われた本人のリボルバーは、まちがいなくペッパーがハルキス邸のスローンの部屋から持ち出したもので、煙草壺《つぼ》のなかの地下室の鍵もそのとき仕込んだはずです。

とにかく、ペッパーは口封じのためにスローンを殺さなくてはならなかった。その一方で、〝なぜスローンは自殺したのか〟と警察が疑問を呈することも予想していた。自殺の理由としてわかりやすいのは、地下室で発見された手がかりのせいで逮捕されそうだと知ったから、というものです。そこでペッパーは自問しました。なぜスローンがそれを察知したのか、警察はおそらくそこを追及するだろう。ならば、警告を受けたことにすればいい。ペッパーはそんなふうに考えたのではないでしょうか。では、スローンが警告されたと推定できる形跡をどうやって残そうか。そうだ、簡単な方法がある！　ここで、スローンが〝自殺〟した夜にハルキス邸から発信されたことが判明した、謎の電話が出てくるのです。

覚えていますか――スローンが警察の動きを知らされたと推定する根拠になった、あの電話のことを。それと、あのときペッパーがぼくたちの目の前で、燃え残りの遺言状が本物かどうか確認するために会いたいと言って、ウッドラフに電話をかけたことを。ペッパーは、ダイヤルしてしばらくで受話器を置いて、話し中だと言い、ふたたびダイヤルをまわして、こんどは、ウッドラフの自宅の従者をつかまえました。実は、ペッパーが最初にかけたのは、ハルキス画廊の番号だったのです。あとで電話の発信元を突き止められるのを見越してやったことで、ペッパーの目論見《もくろみ》にはうってつけの方法でした。だから、画廊にいたスローンが応答したとき、ペッパーは無言で電話を切るだけでよかったのです。スローンにはわけがわからなかったでしょう。けれど、ハルキス邸から画廊に電話がかけられたという事実を作るには、それでじゅうぶんでした。ぼくたちの見ている前でやってのけたことといい、実に抜け目がない。電話がダイヤル式だったので、相手の番号を声に出して交換手に伝えずにすんだのです。これもまた、ペッパー犯人説のちょっとした心理的裏づけです。何しろだれもが、特にスローンに警告しそうな面々が、電話をかけた覚えはないと証言したのですからね。

ペッパーは、ウッドラフをつかまえて遺言状の件をたしかめるという口実で、すぐにハルキス邸を出ていきました。ウッドラフのところへ行く前に画廊に寄って、事務室へ迎え入れたであろうスローンを射殺し、あとは、自殺らしく見えるように少々の小細工をするだけでよかった。スローン自殺説を打ち崩すことになった、ドアが閉まっていたという事実は、ペッパーの手抜かりではありませんでした。銃弾がスローンの頭を貫通して、開いたドアの向こうへ飛んでいったことに、ペッパーは気づいていなかったのです。スローンは弾の出ていった側を下にして、頭を机に載せていましたし、当然ペッパーも、スローンの死体を少しはいじったとしても、必要以上に動かしはしませんでした。飛び出した銃弾は壁に掛かった厚い絨毯《じゅうたん》にめりこんだので、外の展示室のほうからはなんの音も聞こえてこなかったでしょう。よって、状況の犠牲者となったペッパーは、出ていくとき、ふつうに考えられることを――殺人犯がほとんど本能的にすることを――しました。つまり、ドアを閉めたわけです。そして図らずも、自分の計画を自分で台なしにしてしまったのです。

スローン犯人説は、二週間近くものあいだ認められていました――もはや万事休すと思って自殺したものと信じられていたのです。これでノックスさんから絵を盗むにあたっての障害は何もなくなったとペッパーは考えました。警察がこの殺人事件を解決ずみとして片づけたため、ペッパーのつぎなる計画は、ノックスさんを殺人犯に仕立てるのではなく、美術館へ返さなくていいように自分で自分の絵を盗んだように見せかけて、ノックス邸から絵を盗み出すというものだったはずです。ところがそこへ、スイザが名乗り出てきて、スローン自殺説を突き崩す目撃証言を提供し、その事実が公にされて、警察がまだ殺人犯を追っていたことをペッパーは知ったのです。そこで、ノックスさんには、自分の絵を盗んだ泥棒のみならず、グリムショーとスローンを殺した犯人にもなってもらおう、と考えたわけです。このペッパーの計画は不首尾に終わりましたが――これも本人の失策によるものではなく――ノックスさんが理論上、殺人犯として申し分ない条件を備えているとペッパーが考えても、なんの不思議もなかったのです。ノックスさんを犯人に仕立てる作戦は――動機をこじつけるのはむずかしいにせよ――ノックスさんがぼくにあの千ドル札の話をしていなかったら、成功していたかもしれません。そのときのぼくは、ノックスさんの話を父に伝えるまでもないと思っていました——スローン犯人説が受け入れられていた時期ですからね。そういうわけで、ペッパーは、ぼくが真相に迫りつつあるのも知らずに、張りきってノックスさんを殺人犯兼窃盗犯に仕立てにかかりました。ただ、そのときはぼくにもまだ、ペッパーが真犯人だという確信はありませんでした。しかし、ノックスさんが二通目の脅迫状を書いた濡《ぬ》れ衣《ぎぬ》を着せられたとき、ぼくはノックスさんの潔白を知っていたので、それがでっちあげだと見抜くことができ、すでに示したような推理で、ペッパーが真犯人だという結論にたどり着いたんです」

「おい、エラリー」警視がはじめて口を開いた。「何か飲め。喉《のど》が渇いたろう。肩はだいじょうぶか」

「まずまずかな……。さてこれで、なぜ一通目の脅迫状がノックス邸以外の場所で書かれなくてはならなかったのか、そしてその解答がまたもやペッパーを指し示していることがおわかりになったでしょう。ペッパーには、絵の隠し場所を探ったり、二通目の脅迫状を書いたりできるほど長い期間、ノックス邸にいる正当な口実がありませんでしたが、一通目の脅迫状を送ったことによって、捜査官として邸内に張りこむ機会を得たのです。それはペッパー自身の提案だったことを思い出してください、サンプソンさん。これもやはり、ペッパー犯人説に少しばかり重みを加える事実です。

ノックスさんのタイプライターで打った二通目の脅迫状を送ることは、ペッパーの陰謀の最終目的ではありません。最終目的は、言うまでもなく、絵を盗むことでした。ノックス邸に配置されていたあいだに、ペッパーは絵を探しました。絵が二枚あるなどとは、もちろん夢にも思っていません。ペッパーは展示部屋の壁の滑り戸を見つけ、絵を盗んで屋敷の外へこっそり持ち出し、五十四丁目通りのノックスさんの空き家に隠しました――うまい隠し場所ではありませんか！　それから、二通目の脅迫状の作成にかかりました。ペッパーの立場からすれば、目的はすべて果たされたわけです――あとはただ、サンプソンさんの優秀な部下のひとりとして厳然と控え、ぼくがあのポンド記号の示すところに気づかなかった場合には、横からヒントを与えてノックスさんを罪に陥れ、最終的には、ほとぼりが冷めたころ、あの絵をあまりやかましくない蒐集《しゅうしゅう》家に売りつけるなり、故買屋を通して金に換えるなりするだけでよかったんです」

「盗難警報装置の件はどうだね」ジェイムズ・ノックスが尋ねた。「あれはなんのためだったんだ」

「ああ、あれですか！　ご存じのように、ペッパーは絵を盗み出したあとで」エラリーは答えた。「脅迫状を書き、警報装置を壊しておきました。ぼくたちがタイムズ・ビルでの犯人との〝待ち合わせ〟に出かけて、会えずにもどってくるのがわかっていたからです。ペッパーはぼくたちがこう推察するはずだと見込んでいたんです――あの脅迫状は、窃盗犯が絵を盗みにはいるあいだ、屋敷の外へ捜査官を誘い出しておくのが目的で、ぼくたちはまんまとしてやられたのだと。これはもっともらしい理屈に思えますが、ノックスさん、ぼくたちはあなたを犯人と決めつけて、こう責め立てたかもしれません。〝見ろ！　ノックスは自分で警報装置を壊して、今夜外部の人間に絵が盗まれたと思わせようとしている。ほんとうは盗まれてなんかいないのに〟とね。まわりくどい計画で、完全に理解するにはずいぶん集中して考えなくてはいけません。しかし、このことは、ペッパーの思考過程の並はずれた細やかさを示しています」

「何もかもはっきりしたようだな」地方検事が唐突に言った。「だが、わたしが知りたいのは、あの二枚の絵についての真相と――きみがノックスさんを逮捕した理由――そのすべてだ」

ここではじめて、ノックスのいかつい顔に笑みがひろがったので、エラリーは声をあげて笑った。「ぼくたちはノックスさんに〝潔く〟なれと言いましたが、ノックスさんが〝潔く〟なった経緯がそのまま、いまの質問への答になると思いますよ、サンプソンさん。お話ししておくべきでしたが、来歴のたしかな古い絵が二枚存在して、人物の肌の色でしかちがいを判別できないという古い〝記録〟にまつわる、あの長話は――まったくの大ぼらであり、お芝居だったんです。二通目の脅迫状が届いた午後、ぼくは推理によってすべてを知りました――ペッパーの計画も、犯罪も、魂胆も。しかし、ぼくは特異な立場にいました。ただちに起訴して逮捕したとしても、ペッパーを有罪にしうる証拠を何ひとつ持っていなかった。おまけに、あの貴重な絵はペッパーがどこかへ持ち去ってしまった。もしペッパーの正体を暴けば、絵の行方はおそらくわからないままになりますし、あのレオナルドを見つけて、正当な所有者であるヴィクトリア美術館に返還されるようにするのはぼくの義務でした。一方、もしペッパーを罠《わな》にかけて、盗んだレオナルドを手にしている現場を押さえることができれば、絵を持っている事実そのものが有罪の証拠になるうえに、絵を奪還することもできるじゃありませんか！」

「肌の色合いがどうとかいうあれは、全部作り事だったってことか」サンプソンが訊《き》いた。

「ええ、サンプソンさん――あれはぼくのちょっとした計略で、ペッパーがぼくをもてあそんだように、ぼくもペッパーをもてあそんでやったんです。ぼくはノックスさんを信じて、いっさいを話しました――ノックスさんが、だれに、どんなふうにはめられようとしているかを。そのときノックスさんは、ハルキスからレオナルドの真作を買ったあとで、その模写を描かせたとぼくに話し、もし警察の圧力がきびしくなったら、ハルキスから買ったのはこれだと言って、その模写を美術館に返すつもりだったと打ち明けました。そうなった場合は、もちろん専門家によって、出来の悪い模写だとたちまち見破られたことでしょう——それでも、ノックスさんの主張を崩すのはむずかしく、おそらく処罰は免れたはずです。つまり、ノックスさんがその模写を暖房器の偽のパイプコイルのなかに、原画を展示部屋の羽目板の奥に保管していたので、ペッパーは原画のほうを盗み出したのでした。しかし、この話を聞いて、ぼくの頭にはある妙案がひらめきました——わずかな真実と、多大な作り事を利用する案です」

ひらめきの瞬間を思い出して、エラリーは目を躍らせた。「ぼくはノックスさんに言いました——ペッパーを満足させるためだけに——あなたを逮捕しようと思う、あなたを陥れる工作がみごと成功したとペッパーに信じこませるために、あなたの罪をとがめ、不利な証拠をあげ、必要と思われるあらゆる策を弄《ろう》するつもりだ、と。それに対するノックスさんの反応は、まさに見あげたものでした。自分を悪事に利用しようとしたペッパーを少しは懲らしめたいし、美術館に模写をつかませようとした自分自身も不埒《ふらち》な心を改めたいから、喜んで犠牲者の役を演じようと言ってくださったんです。そこで、ぼくたちはトビー・ジョーンズを呼び出して——すべて金曜の午後のことですが——ペッパーがかならずや引っかかるであろう話を、三人で考え出しました。ちなみに、ペッパーが餌に食いつかなかったときに備えて、そのときの会話はすべて口述録音機で録《と》ってあり、協力して作り話を細部まで練りあげたのがはっきりわかるようになっていまして……ノックスさんの逮捕は、実際に罪を問うものではなく、真犯人を罠にかけるための大がかりな計略の一部だったことを証拠立てるためのものだったのです。

さて、あのほら話を聞いたときのペッパーの心境を想像してください。著名な美術評論家が、二枚の絵の〝わずかな差異〟に言及した〝記録〟にまつわる話を、よく知られた史実や、イタリアの同時代画家の名前などをちりばめつつ、巧みなことばで語っていくわけです——その話は何から何まででたらめなのですがね。この場面を主題にした古い油彩画は一枚しか存在しません——そして、それはレオナルドの真作なのです。古い記録だの、〝同時代の画家による〟模写だのはけっして存在しないのです。ノックスさんが描かせた模写は、現代ニューヨーク製のお粗末な絵で、美術通ならひと目でがらくたとわかるような代物でした。あれはすべて、ぼくの思いつきから生まれた、ちょっと趣向を凝らした対抗策にすぎなかったのです……。こうしてペッパーは、ジョーンズの重々しい解説によって、レオナルドの原画と〝同時代の作家による模写〟を判別するには、実際に二枚の絵を並べてみるしかないと思わされました。ペッパーはぼくの狙いどおり、胸の内でこうつぶやいていたにちがいありません。〝そうか、ぼくの手もとにあるのが原画と模写のどちらなのかは、単体ではたしかめようがないわけか。ノックスのことばなど信用できない。となると、二枚の絵を突き合わせてみなくては――それも大急ぎで。いま出てきた一枚は、おそらく地方検事局に保管されるだろうから、長くはここにないだろう〟とね。ペッパーはまた、二枚を見比べてどちらがレオナルドの原画かわかったら、模写のほうを保管庫に返せば、自分の身は安全だと考えたはずです――プロの鑑定人でさえ、二枚いっしょに見なければどちらか判定できないと認めているんですからね！

われながら実に天才的な一撃でした」エラリーは小声で言った。「大満足ですよ。あれっ――拍手が聞こえないな……。もちろん、相手にしているのが芸術家とか、芸術愛好家とか、画家だったら――あるいはただの素人評論家であっても――ジョーンズにあんな突拍子もない話をしてくれとは頼めなかったでしょう。けれど、ぼくの知るかぎりずぶの素人であるペッパーが、あの話を鵜呑《うの》みにしない理由はなかった。何しろ、ほかの状況がすべて真に迫っていたんだから――ノックスさんの逮捕と収監、派手な新聞記事、ロンドン警視庁への通知――申し分なしだ！　サンプソンさんも父さんも、あれがほら話だと見抜けなかったのはわかってますよ。おふたりの犯人捜査の能力は尊敬に値しますけど、美術のこととなると、ここにいるジューナ並みに疎いんですからね。ぼくが心配だったのはブレットさんのことだけでした――でも、あの午後に、ぼくの計略についてじゅうぶん説明しておいたので、ノックスさんが〝逮捕〟されたときに、ブレットさんはそれらしく驚き、うろたえてくれたんです。ついでながら、もうひとつ自分で大満足な点がありました——ぼくの演技です。ちょっとした悪魔の化身だったでしょう?」エラリーはにやりとした。「ぼくの才能を認めてもらえないみたいだな……。ともかくペッパーは、やってみて何も損はないと思ったんでしょう、二枚の絵を並べて、五分でいいから見比べたいという欲求に抗《あらが》えなくなりました……。まさに、ぼくの予想どおりです。

ノックスさんを屋敷で責め立てたころ、ぼくはすでに、ヴェリー部長刑事にひそかに指示して——警視の信頼にそむくと考えるだけであの巨体を震わすほど、ぼくの父に忠実な刑事なので、本人は不承不承だったんですが——ペッパーのアパートメントと事務所を捜索させていました。そのどちらかに絵を隠しているかもしれないと、はかない望みをかけていたんです。予想どおり、どちらからも絵は見つかりませんでしたが、どうしても確認する必要があったのですよ。金曜の夜、ペッパーがあの絵を託されて地方検事局に持っていったのをぼくは知っていました。これでペッパーは、いつでもあの絵を持ち出せます。ペッパーもさすがに、その夜ときのうまる一日は、鳴りをひそめていました。けれども、みなさんもご存じのとおり、きのうの夜中になって、ペッパーは検事局の保管庫から絵を持ち出し、ノックスさんの空き家の隠し場所へ向かいました。そこでぼくたちは、あの二枚の絵を——原画と、値打ちのない模写を――前にしたペッパーを取り押さえたわけです。もちろん、ヴェリー部長刑事とその部下たちが猟犬のように一日じゅうペッパーを付けまわして、ぼくはペッパーの動きについて頻繁な報告を受けていました。レオナルドの隠し場所がわからなかったのでね。

ペッパーはぼくの心臓を狙って発砲しましたが」エラリーはそっと肩を叩《たた》いた。「後世にとってはさいわいなことに、ただのかすり傷ですみました。これは、あの苦悶《くもん》に満ちた発見の瞬間、ペッパーが最後にぼくの逆転勝利を悟った証拠ではないかと思います。

ではこれで、〝一巻の終わり〟としましょう」

みなが息をつき、体を動かした。まるで事前に示し合わせていたかのように、ジューナがお茶を運んできた。雑談に埋もれて、いっとき事件は忘れられ――そのやりとりに、ジョーン・ブレット嬢もアラン・チェイニー氏も加わらなかったことを、いちおう記しておこう――やがてサンプソンが口火を切った。「はっきりさせてもらいたいことがあるんだがね、エラリー。きみは共犯者がいた可能性を説明するために、ずいぶん苦心して脅迫状をめぐる出来事を分析してくれた。すばらしかったよ！　しかし――」いかにも検察官らしく、人差し指を誇らかに宙に突き立てて言う。「きみの最初の分析はどうなんだ。たしかこう言っていたな――脅迫状を書いた者の第一の条件は、ハルキス邸にいて、ハルキスを陥れる濡《ぬ》れ衣《ぎぬ》工作ができたことであり、そいつが殺人犯にちがいない、と」

「そうです」エラリーは考えこむようにまばたきをした。

「ところがきみは、あの手がかりを仕込んだ人間が殺人犯の共犯者だった可能性については ふれなかった！　なぜ、あの手がかりを仕込んだのは殺人犯だと推定できて、共犯者である可能性さえも除外できるんだ」

「そう興奮しないで、サンプソンさん。たいしてむずかしい説明の要る話じゃないんです。グリムショーは自分で、ひとりだけ相棒がいると言いました――いいですね？　ぼくたちはほかのさまざまな点から、その相棒がグリムショーを殺したことを証明しました――これもいいですね？　そのあとぼくはこう言いました。グリムショーを殺したその相棒は、最初のハルキス事件で、その罪をほかの人間に着せようとする、だれよりも大きな動機を持っていたと――だからぼくは、あの偽の手がかりを仕込んだのは殺人犯だと言ったんです。なのにあなたは、あれを仕込んだのが共犯者である可能性はなぜないのかと訊《き》く。その理由は簡単です。犯人はグリムショーを殺すことで、故意に共犯者を厄介払いしたんですよ。せっかく共犯者を片づけたのに、すぐにまた、偽の手がかりを仕込むために別の人間を引き入れたりするでしょうか。それに、ハルキスに不利な手がかりを仕込んだのは、犯人にとっては、まったく自発的な行動だったのです。言い換えれば、殺人犯として警察が〝納得しそうな〟人物を選び出すのには、まったく事欠かなかったんです。ならばまた、いちばん陥れやすい人間を選べばいいだけのことです。共犯者をひとり消してから、また別のだれかを引き入れるなんて、なんとも要領の悪いやり方じゃないですか。だからぼくは、頭のいい犯人の頭脳を信用して、偽の手がかりを仕込んだのは犯人自身だと言いきったんです」

「わかった、わかった」そう言ってサンプソンは両手をあげた。

「ヴリーランド夫人の件はどうなんだ、エラリー」警視が興味ありげに尋ねた。「わたしは夫人とスローンが愛人関係にあるとにらんでいた。それが事実なら、なぜ夫人が、あの夜スローンが墓地にいるのを見たと話しにきたのか不思議でな」

エラリーは新たな煙草を振り出した。「つまらないことさ。スローン夫人が〈ホテル・ベネディクト〉まで夫のあとを尾《つ》けていったという話から、スローンとヴリーランド夫人が道ならぬ関係《アフェール・ドゥ・クール》を持っていたことは明らかだ。ただ、父さんにもわかると思うけど、ハルキス画廊は夫人を通してしか相続できないと気づいたとたんに、スローンは愛人を捨てて、今後はせっせと妻のご機嫌をとろうと決めたんだよ。もちろん、ヴリーランド夫人はああいう気性だから、ふられた愛人にありがちな反応を示して、できるかぎりスローンを傷つけてやろうとしたのさ」

アラン・チェイニーがはっとわれに返った。そして藪《やぶ》から棒に——相変わらずジョーンと目を合わせないようにしながら――尋ねた。「あのワーズ先生はどうなんだい、クイーンくん。あの野郎はどこへ消えたんだ。なぜ逃げ出した？　もしこの事件に関係してるなら、いったいどういう役まわりなんだ」

ジョーン・ブレットは自分の手をしげしげと見つめている。

「たぶん」エラリーは肩をすくめて言った。「その質問にはブレットさんが答えてくれるんじゃないかな。ぼくもずっと気になってたんだ……どうです、ブレットさん」

ジョーンは目をあげて、とびきり愛らしく微笑んだが――アランのほうへは目を向けなかった。「ワーズ先生はわたくしの協力者でした。そうなんです！　そして、ロンドン警視庁でも指折りの捜査官でした」

これは、アラン・チェイニー氏にとって、何よりの朗報だったようだ。仰天して咳《せ》きこんだのち、前にも増して熱心に敷物を見つめた。「おわかりのように」ジョーンは愛らしく微笑みながらつづけた。「ワーズ先生のことをあなたにお話ししなかったのは、クイーンさん、ご本人から口止めされていたからですの。あのかたは当局の監視や干渉を受けずにレオナルドの絵を探すために、姿を隠されたんです――こんなことになってしまって、ひどくうんざりしていらしたわ」

「すると、やはり計画的にあの人をハルキス邸に潜入させたんですね」エラリーは尋ねた。

「ええ。わたくしでは力不足だとわかってきて、美術館にその旨を手紙で知らせたところ、美術館がロンドン警視庁に助力を求めたのです。先方はそれまで、あの絵が盗難に遭ったことも関知していなかったのですけれど——美術館の理事たちが、騒ぎになることをなんとしても避けたがっていたので。ワーズ先生はほんとうに医師免許をお持ちで、以前にも何度か、医師として事件の捜査にあたられたことがあるんです」

「例の夜、ワーズ医師は〈ホテル・ベネディクト〉にグリムショーを訪ねていったんでしょう？」地方検事が尋ねた。

「ええ、たしかに。あの夜、わたくし自身はグリムショーを尾行できなかったので、ワーズ先生にお願いしたのです。先生はグリムショーのあとを尾行して、謎の男と落ち合うのを見たそうです……」

「もちろん、ペッパーだ」エラリーはつぶやいた。

「……それで、グリムショーとペッパーがエレベーターに乗ったとき、先生はホテルのロビーをぶらついていました。そのあとスローンさん、スローン夫人、オデルが立てつづけに上階へあがっていくのを見てから——最後にご自分もあがられたのですが、グリムショーの部屋へははいらず、ただ偵察していたのです。それで、最初の人を除いた全員が出ていくところを見届けたそうです。このことをあなたがたにお話しするには、当然、ご自分の身分を明かさなくてはなりませんし、そういうわけにはいかなかったのです……。結局ワーズ先生は、めぼしい発見もなく、ハルキス邸に帰ってきました。そのつぎの夜、グリムショーとノックスさんが訪ねていらしたとき——そのときはまだノックスさんとは存じませんでしたけれど——ワーズ先生はあいにくヴリーランド夫人とお出かけでした。先生が夫人と親しくしようとなさっていたのは——情報を得られそうな——なんと言ったらいいか——予感があったからですわ！」

「いまはどこにいるんだろう」アラン・チェイニーが敷物の柄を見つめたまま無関心に言った。

「きっと」ジョーンが煙った空気に向かって言った。「いまごろはイギリスへもどる船の上だわ」

「ああ」まさに期待どおりの答が聞けたかのように、チェイニーが言った。

ノックスとサンプソンが帰ったあと、警視は大きく息をついて、父親らしいいやさしさでジョーンの手を握り、アランの肩を軽く叩いてから、何か用事がある様子で出ていった——おそらく、記事に飢えた新聞記者の群れの相手をするか、もっと心躍る説明としては、グリムショー＝スローン＝ペッパー事件の電光石火のどんでん返しで著しく神経をすり減らしたお偉方たちに会うためだったのだろう。

残ったのが自分の客だけになると、エラリーは怪我をした肩の包帯をやたらと気にしだした。およそ紳士らしくない主人役だった。そんな様子なので、ジョーンとアランはぎこちなく立ちあがって、別れの挨拶《あいさつ》を口にしかけた。

「おや！　まだ帰らないでしょう？」エラリーはやっと気づかいを見せ、大仰に言った。そして、ソファーから這《は》いおりて、ふたりにまぬけな笑みを向けた。ジョーンの象牙《ぞうげ》色の鼻はほんのかすかに震えていて、アランは一時間近くずっと目を注いでいた敷物の複雑な柄を、こんどは一心に片方の足でなぞっていた。「まあ、まあ！　まだ帰らないで。待ってください。ブレットさん、あなたが特に興味をお持ちになりそうなものがあるんです」

エラリーは何やら急いで居間を出ていった。エラリーがいないあいだ、ふたりはひとことも口をきかずに、喧嘩《けんか》中のふたりの赤ん坊のように突っ立って、ちらちら相手を見やっていた。そして、エラリーが一枚のまるめた大きなカンバスを右の脇にかかえて寝室から出てくると、ふたり同時に深く息をついた。

「これが」エラリーはまじめくさってジョーンに言った。「あれだけの騒ぎを引き起こした、なんとかいうやつです。さんざんな目に遭ったこのレオナルドは、ぼくたちにはもう必要ありません――ペッパーが死んだので、裁判もないでしょうし……」

「あなたは、まさか――まさかそれを、わたくしに――」ジョーンがゆっくりと口を開いた。アラン・チェイニーが目を瞠《みは》った。

「そうですとも。あなたはロンドンへ帰るおつもりでしょう？　だから、あなたにふさわしい栄誉をぼくから提供させてください、ブレット副官——つまり、あなたの手でこのレオナルドを美術館に返す特権を」

「まあ！」ジョーンの薔薇《ばら》色の唇が、かすかに震えながら楕円《だえん》をかたどったが、さほど感激しているふうには見えなかった。ジョーンはまるまったカンバスを受けとると、右手から左手へ持ち替え、また右手にもどして、どうしていいかわからない様子だった——何しろ、絵の具を塗りたくったこの古びたカンバスのために、命を落とした者が三人もいるのだから。

エラリーはサイドボードへ歩み寄り、ボトルを一本取り出した。上品にきらめく、古めかしい褐色のボトルだ。小声でジューナに声をかける。千金に値する働き者の少年は、台所へ駆けこんで、ほどなくサイフォンなどの酒の道具一式を持ってもどってきた。「スコッチ・アンド・ソーダですか、ブレットさん」エラリーは明るく尋ねた。

「いえ、そんな！」

「じゃあ、カクテルでも」

「ご親切にどうも。でもわたくし、あまりいただけないんですの。クイーンさん」この困惑にはつづきがあった。ブレット嬢がいつもの冷ややかな態度にもどったのだが、どういうわけでそうなったのかは、男の鈍感な目では見てとれなかった。

アラン・チェイニーが飲みたそうにボトルを見つめていた。エラリーはグラスや道具を忙しくいじっていた。まもなく、琥珀《こはく》色に泡立つ液体を背の高いグラスに注ぎ、世慣れた紳士同士のような気安さでアランに勧めた。

「絶品だよ」エラリーは小声で言った。「きみはこういうの、好きだろう……おや、どうした――」エラリーはわざと大げさに驚いてみせた。

というのも、ジョーン・ブレット嬢のきまじめできびしい視線をまともに受けたアラン・チェイニーが――自他ともに認める、大酒飲みのアラン・チェイニー氏が――この香り高いカクテルを本気でことわろうとしていたのだ！「いや」アランは頑として言った。「遠慮するよ、クイーンくん。酒はやめたんでね。誘惑しても無駄だ」

ジョーン・ブレット嬢の顔にあたたかい光が差したようだった。言語感覚に乏しい者なら、ジョーンの顔は発光していた、とでも言うところだろう。細かく言えば、冷ややかさを魔法のように消し去り、ふたたびどういうわけか頰を赤らめ、床に目を落とし、そしてジョーンの足も爪先で敷物の柄をなぞりはじめた。百万ドルでカタログに載るレオナルドの絵も、腕から滑り落ちかけ、安っぽいカレンダーか何かのように完全に無視されていた。

「ふう！」エラリーは言った。「なんだ、そうなのか――ああ！」失望したかのようにわざとらしく肩をすくめる。「ブレットさん、これって、レパートリー劇団の通俗劇そのままですよ。主人公がいきなり酒を断つとか――三幕の終わりに心を入れ換えるとか、そういうたぐいのね。それどころか、聞くところによるとチェイニー氏は、いまやかなりの資産家になられた母上を実務の面で支えていくことになさったそうですよ――でしょう？ チェイニーくん」アランが息を詰めてうなずく。「それに、法律上の混乱が片づいたら、チェイニーくんはおそらく、ハルキス画廊の経営も担うことになりますよ」

エラリーはしゃべりつづけた。そして、はたとやめた。ふたりともまったく聞いていなかったからだ。ジョーンが衝動にまかせてアランのほうを向き、理解――呼び方はどうあれ――のようなものが、ふたりの目と目を隔てる隙間を埋めた。するとジョーンはまた赤くなり、しょんぼりとふたりをながめているエラリーのほうを向いた。「やっぱり」ジョーンは言った。「ロンドンへはもどらないことになりそうですわ。あなたには――ほんとうによくしていただきました……」

そしてエラリーは、ふたりの背後でドアが閉まったときに床に転がったカンバスを――ジョーン・ブレット嬢の柔らかい腕から滑り落ちたのだ――しげしげと見つめ、ため息を漏らした。そして、まだ子供ながら厳格な禁酒主義の徴候を見せているジューナ少年のどことなくとがめるような視線を受けながら、手のなかにあるスコッチ・アンド・ソーダをひとりで飲みほした……。そのほっそりした顔にひろがった、牛のように満足げな表情からすると、不快な儀式というわけではなさそうだった。

解説　ダ・ヴィンチ・ゲーム

飯城勇三

——世界で最も有名な殺人の物語は、レオナルド・ダ・ヴィンチに関する謎めいたメッセージを残した被害者で幕を開ける。この趣向はダン・ブラウンによって巧みに扱われているが、その元祖は、『ダ・ヴィンチ・コード』よりずっと前にさかのぼる。ダイイング・メッセージは、博学で知的な探偵エラリー・クイーンによって、何度も巧みに扱われているのだ。

(NYタイムズ紙二〇〇五年五月六日号のクイーン百周年記事より)

その刊行——運命のライバル登場！

デビュー以降の好評を受け、クイーンは作家専業に踏み切りました。そして、この圧倒的な人気がもたらしたものは、それだけではありません。他の出版社も、クイーンのような本格ミステリを出そうとしたのです。当然のことながら、その大部分はクイーンの足もとにも及ばない作品ばかりでした——が、老舗《しにせ》のヴァイキング社が「今日《こんにち》出版されている最高の長篇推理小説に勝るとも劣らない」と自信満々で送り出した作家のデビュー作だけは例外でした。NYタイムズ紙一九三二年四月三日の書評欄で「ヴァイキング社がこれまで出した探偵小説の中で最高のもの」と評されたこの作は、目の肥えた本格ミステリ・ファンたちにも、「クイーンに匹敵する」と認められたほどの傑作だったのです。

その作家の名はバーナビー・ロス。そのデビュー作の題は『Xの悲劇』——。

もちろん、現代のみなさんは、バーナビー・ロスの正体がエラリー・クイーン、すなわちマンフレッド・リーとフレデリック・ダネイであることは、ご存じでしょう。フルタイムの作家になったクイーンは、その時間《タイム》をフルに活用すべく、もう一つの筆名を生み出したわけです。しかし、この二人二役トリックは、当時の読者は誰も気づかなかった、というよりは、想像もつきませんでした。まったく別の作家だと考え、両者の作品の優劣を比べたりもしたそうです（「クイーンの『アメリカ銃の秘密』はロスの『Xの悲劇』のトリックをパクっている」という批判もありました）。

しかし、もっと驚くべきは、クイーンが二つのペンネームを駆使して一九三二年に発表した四作が、すべて、〝歴史に残る名作〟だったことです。例えば、二〇一二年に選ばれた『週刊文春臨時増刊　東西ミステリーベスト１００』（文藝春秋）では、クイーンは50位までに四作が入っていますが、2位『Yの悲劇』、14位『Xの悲劇』、23位『ギリシャ棺の秘密』、42位『エジプト十字架の秘密』と、すべて一九三二年の作品でした。ベスト50位までに一作家が四作もランクインするだけでもすごいのに、それが同年刊行というのは、驚異的と言うしかありません。ファンがこの年を〝奇跡の年〟と呼ぶのも、当然のことでしょう。

その魅力——多重推理と虚構推理と極限推理

『ギリシャ棺』の魅力といえば、若きエラリーの自惚《うぬぼ》れっぷりとか、ジョーン・ブレットのヒロインぶりとか、レオナルド・ダ・ヴィンチの絵がからむとか（余談ですが、本書を訳した越前氏は『ダ・ヴィンチ・コード』の訳者でもあります）、いろいろ挙げられます。しかし、読み終えた読者の脳裡《のうり》に刻まれているのは、空前絶後の〝多重推理〟の趣向に違いありません。

〝複数の推理〟というと、凡人警官の平凡な推理の後に、名探偵が名推理を披露するパターンを思い浮かべるかもしれませんが、本作は違います。複数の推理は、すべてエラリーが行い、しかもすべてが名推理なのです。

また、〝多重推理〟というと、アントニイ・バークリーの『毒入りチョコレート事

「レーン四部作」初刊本の表紙

件』のように、並列的な推理（複数の推理の提示順を変えても問題はない）を思い浮かべるかもしれませんが、本作は違います。直列的な推理（二番めの推理は一番めより優れている）なのです。この「後から提示される推理は前の推理より優れている」というロジックを考えるのが途方もなく難しいことは、みなさんもおわかりでしょう。そして、その難しいことを成し遂げたからこそ、『ギリシャ棺』は、歴史に残る名作になったわけです。

しかし、この直列的な多重推理は、本格ミステリに大きな問題をもたらしました。その問題とは何か——を述べる前に、ファン向けの小ネタを挙げておきましょう。

〔その1〕本書が捧《ささ》げられた「M・B・W」氏とは、モーリス・B・ウォルフ博士のこと。氏は『オランダ靴』の医学的な不満点を指摘したのがきっかけとなり、クイーンの医学関係のアドバイザーを務めることになったそうです。では、なぜ頭文字だけになっているのでしょうか？　実は、氏は『Xの悲劇』の毒薬関係のアドバイスにより、この長篇をも捧げられていたのです。おそらく、本作にも名前を出すと、クイーンとロスの関係に気づかれる危険性があるので、頭文字だけにしたのでしょうね。

〔その2〕本作で描かれるデミーの色盲は、「赤と緑を逆に認識する」となっています。私の知る限りでは、現在の「赤緑色盲（赤と緑の区別がつかない）」とは異なるようです。デミーの症状は、正式には「色名呼称障害」という名で、眼ではなく脳の

『ギリシャ棺の秘密』初刊本の表紙

障害とのこと。一九三二年当時は、まだそこまで区別されていなかったのでしょう。

その難問――〈後期クイーン的問題〉とは?

みなさんが本格ミステリ・ファンならば、〈後期クイーン的問題〉という言葉を聞いたことがあるに違いありません。この〝問題〟は、一九九五年に法月綸太郎《のりづきりんたろう》氏が「初期クイーン論」(『複雑な殺人芸術』収録)の中で、『ギリシャ棺』を例として、「本格ミステリのスタティックな構造を揺るがす問題」だと指摘しました。その後、笠井《かさい》潔《きよし》氏が、この問題がクイーンの後期作品にくり返し現れることから、〈後期クイーン的問題〉と命名。それ以降も、笠井潔『探偵小説と二〇世紀精神』、小森健太朗《こもりけんたろう》『探偵小説の論理学』、諸岡卓真《もろおかたくま》『現代本格ミステリの研究』、飯城勇三《いいきゆうさん》『エラリー・クイーン論』などの評論書が、この問題を取り上げています。また、実作でも、氷川透《ひかわとおる》『最後から二番めの真実』、瀬名秀明《せなひであき》『デカルトの密室』、貫井徳郎《ぬくいとくろう》『ミハスの落日』、笠井潔『青銅の悲劇』、芦辺拓《あしべたく》『綺想宮《きそうきゅう》殺人事件』、麻耶雄嵩《まやゆたか》『隻眼《せきがん》の少女』といった作品が、この問題に挑んでいます。

これだけの数の本が出ていることからわかるように、この問題は、現在ではかなり拡散してしまいました。本稿は『ギリシャ棺』の解説なので、「初期クイーン論」でも引用されている、私の説を紹介しましょう。

本書の15章で、探偵エラリーは完璧《かんぺき》に見える推理を披露します。しかし、それは間違いでした。エラリーの推理パターンを読んだ犯人が、偽の手がかりをばらまき、エラリーが誤った犯人を指摘するように仕向けたのです。そしてこの瞬間、本格ミステリは禁断の領域に踏み込んでしまいました……。

従来のミステリの犯人は、凡庸な警官を欺こうとしていました。そして、名探偵ならば、凡庸な人間を騙《だま》すための偽の手がかりなどは、簡単に見破ることができたわけです。しかし、名探偵に匹敵する頭脳を持つ犯人が、名探偵を騙そうと偽の手がかりをばらまいた場合、名探偵はそれが偽物だとわかるのでしょうか？　いいえ、わからないのです。

なぜわからないのでしょうか？　それは、犯人の立場が作者と同じだからです。作中の探偵にとっては、犯人と作者の区別がつかないからです。

本格ミステリの作者は、名探偵が突きとめる真相を考え、その真相を解き明かす推理を考え、その推理を導く手がかりを作中にばらまきます。

一方、本作の犯人は、名探偵に突きとめてほしい偽の真相を考え、その真相を解き明かす偽の推理を考え、その推理を導く偽の手がかりをばらまきます。

――どうですか？　真偽を除けば、まったく同じ行為であることがわかるはずです。

この状況で、作中人物に過ぎない名探偵が、どうすれば手がかりの真偽を判断できるというのでしょうか？　作品の外にいる作者と、作品の中で作者を装う犯人を、どうすれば区別できるというのでしょうか？

この問いに対して、「できない」と答える人が大部分ですが、「できる」と答える人もいないわけではありません。

本書を読み終えた後で、どちらが正しいかを、みなさんも考えてみてください。エラリーの推理は真の犯人を指し示すことができたのでしょうか？　それとも、狡猾《こうかつ》な犯人に欺かれている可能性が否定できないのでしょうか？

その映画――「スパイ組織対エラリー・クイーン」

『オランダ靴』の解説では、この作の映画版を紹介しましたが、『ギリシャ棺』にも映画化作品が存在します。同じコロンビア映画のシリーズで、一九四二年に公開された「Enemy Agents Meet Ellery Queen」がそうです。警視（チャーリー・グレープウィン）、ヴェリー（ジェイムズ・バーク）、ニッキー・ポーター（マーガレット・リンゼイ）という配役は『オランダ靴』と変わりませんが、エラリーがラルフ・ベラミーからウィリアム・ガーガンに交代。ガーガンはそこそこ有名だったらしいのですが、日本では知られた主演作はなく、また、TVで私立探偵を演じた「マーチン・ケイン」は、わが国では一九五七年に放映されたようですが、時の流れに勝てませんでした。

内容の方は、『オランダ靴』よりさらに脚本が劣化し、もはや別物と言ってもかまいません。こちらもエラリー・クイーン・ファンクラブの例会で上映したのですが、一人を除いて酷評の嵐でしたよ。その一人も、爆睡していたから文句が言えなかっただけですし……。

では、どこまで別物になっているのか、再びみなさんに判断してもらいましょう。

コネティカットからニューヨークに戻るエラリーとニッキーは、列車の中で、リースというスパイを護送中のヴェリー部長に会う。だがその直後、ヴェリーはスパイ団に襲われ、リースは殺されてしまう。

この失態のせいでクビ寸前のヴェリーを救うべく、エラリーは捜査を開始。まずは怪しげな宝石商ヴァン・ドーンの店を調査。そこにポールという客がドーンを訪ねて来る。と、ニッキーは、列車の乗車時に彼を見かけたことを思い出す。彼女が一人でポールを尾行すると、〈ハルキス美術館〉に入って行った。美術館の外に駐《と》まっているトラックには、エジプトのミイラを輸送した箱が載っている。

出てきたポールに偶然を装って近づくニッキー。だが、あっさり見破られ、「ナチスのスパイだな」と言われて監禁されてしまう。何とか隙を見つけてエラリーに電話するニッキー。エラリーは、電話から聞こえる工事と時計台の音から彼女の監禁場所を突きとめ、救出する。

〈ハルキス美術館〉を調べると、ミイラの入った棺《ひつぎ》が盗まれていた。そして、ポールがこの美術館を訪れた時に関心を示したのも、その棺だった。エラリーは「棺の中にはミイラ以外の価値ある何かが隠されているのでは？」と考え、さらに、「棺を隠すなら墓地だ」と推理し、美術館近くの納骨堂を調べる。そこでミイラの入った棺を発見。だが、中にあったのは——ポールの死体だった！

手柄を譲るため、ニッキーがヴェリーに電話をかける。名誉挽回とばかりに、クイーン警視たちを引き連れて、意気揚々と墓場に出向くヴェリー。だが、棺を開けると、見張りをしていたはずのエラリーが押し込められていた！　ニッキーの電話がスパイに盗聴されていたのだ。

エラリーは、ポールの知人を装ってドーンの店を訪れる。騙されたドーンは、ミイラの棺には宝石が隠されていることや、その宝石は、ドイツからオランダを解放するための軍資金であることを話す。そこにポール死亡の報が入り、エラリーは危機に陥《おちい》るが、本当の身分を明かして切り抜ける。

ドーンの話に出た〈リド・クラブ〉が怪しいとにらんだエラリーは、客のふりをして入り込む。だが、このクラブはスパイ団の巣窟《そうくつ》だったのだ。支配人はとぼけて誤魔化そうとするが、エラリーは手荷物預かり係の変色した手を指差す。エラリーの書類には、特殊なインクが塗ってあったのだ。客の手荷物を勝手に調べるのは、スパイの証拠ではないか。

正体を見破られたスパイ団と、エラリーの大立ち回りが始まった。多勢に無勢で苦戦するエラリーだったが、警官と客の水兵が加勢して形勢逆転。スパイを全員叩《たた》きのめし、宝石も取り戻し、ヴェリーの汚名も返上できた。フラフラと立ち上がったスパイの首領が「ハイル・ヒットラー」と叫びながら倒れて、ジ・エンド。

いかがでしたか？　どうにか『ギリシャ棺』らしいと言えるのは、

①ハルキスという名の美術商／美術館が出てくる。

②警視の部下（小説ではフリント、映画ではヴェリー）が降格される。

③棺に価値のある物が隠されていると思って調べると、中には予期せぬ人物の死体が入っていた。

といったあたりでしょうか。どこにもクレジットされていないにもかかわらず、海外の評論で「原作は『ギリシャ棺の秘密』」と書かれている理由は、①にあると思わ

↑映画版「ギリシャ棺」より。
エラリーとニッキー

↓棺の中で眠るエラリー

↑ナチスのスパイと
間違えられるニッキー

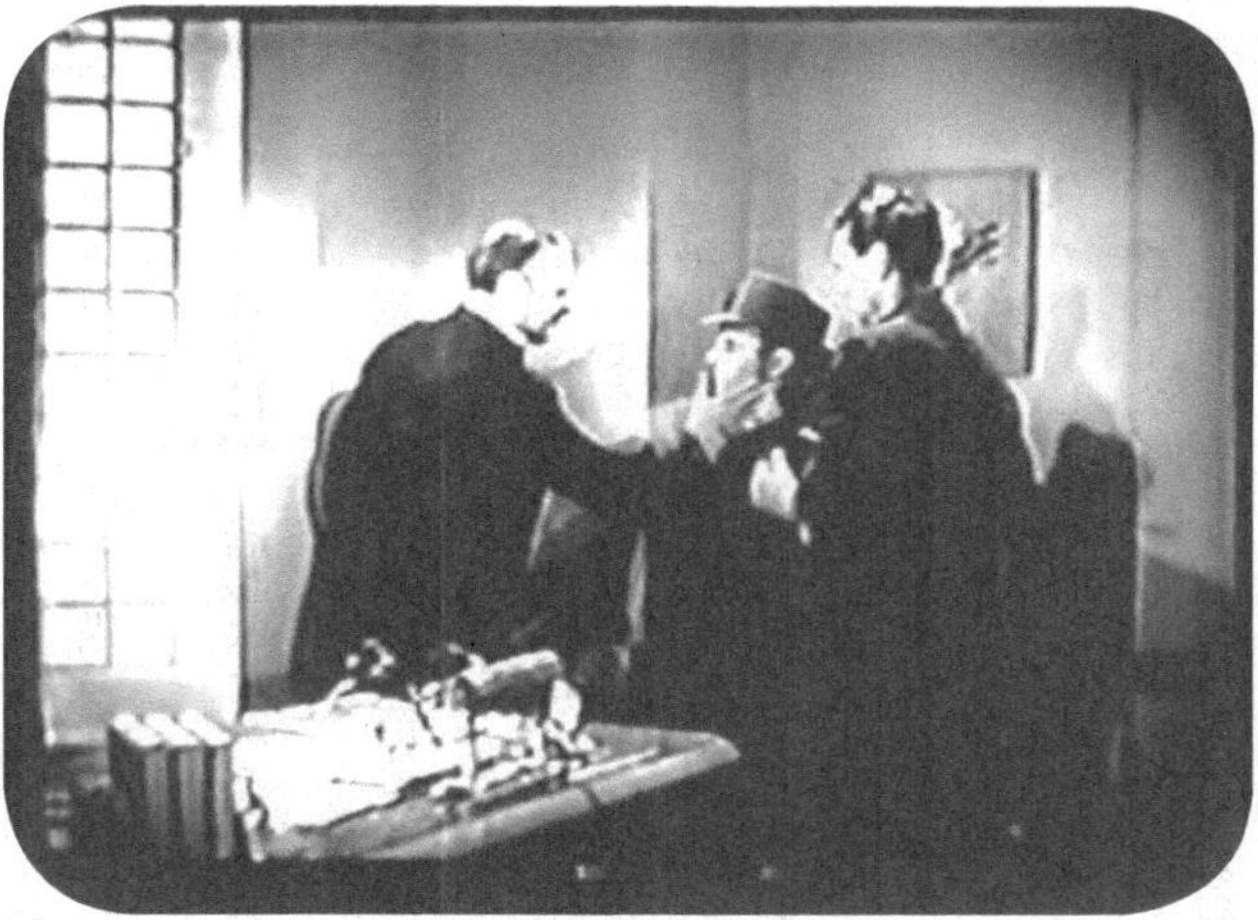

スパイ団にたった一人で挑むエラリー

エラリーもニッキーも警視もヴェリーもハッピーエンド

れます。しかし、脚本家エリック・テイラーの狙いは、どう考えても、〝探偵ヒーロー対スパイ〟の活劇を描くことだったのでしょうね。

その来日――過ちはなかったことに……

※注意!!　以下の文は本篇を先に読んだ方が楽しめます。

本作は、「ギリシヤ棺の秘密」という題で、ミステリ専門誌「ぷろふいる」の一九三四年四月号から八月号まで連載されたのが初紹介。『フランス白粉《おしろい》の秘密』の解説で述べたように、この雑誌は〝犯人を変えた翻訳〟を平気で載せるので、本作もまともな扱いを期待してはいけません。今回は、（雑誌が休刊したわけでもないのに）途中で打ち切りという醜態。ただし、打ち切りの際に、訳者が単行本で出すことを約束し、実際にそれは果たされました。一九三六年にサイレン社より刊行された『希臘《ギリシャ》柩《きゅう》の秘密』がその本です。

訳者の伴大矩《ばんだいく》は、『オランダ靴』の解説に書いたように、ミステリ翻訳のセンスに欠けていました。そして、その無能ぶりは、本作の翻訳でも遺憾《いかん》なく発揮されています（発揮しなくていいのに）。まずは、本書の15～16章に対応する部分の翻訳を見てみましょう。エラリーがハルキスを犯人だと指摘した直後のシーンです。ルビは一部を除いて省略しました。

クヰイン老警部にしても、サムソンと同じやうに感じたらしく、『エレリイ、お前は何《ど》う云《い》ふ根拠で、そんな断定をしたのか知らないが、兎《と》も角《かく》、ノックスさんに、そのわけを説明する義務があるだらう。』

『それはさうです。』と、エレリイは、つと椅子から起《た》ち上がつて、『殊《こと》に、ノックス氏は、個人的にこの事件に余程関心を持たれてゐるやうですから。』と、きつぱり云《い》つて老警部の机《デスク》の端に、片尻《かたしり》をかけながら、『これは全く奇々怪々の問題でして、若干《じやくかん》感銘させられる点があるのです。』

かうして検事局での評定《ひやうじやう》最中、驚くべきことが突発した。それは、アラン・チエニイが行方不明になつたことだった。

これは考へやうによつては、事件の連累《れんるゐ》を恐れたか、それとも嫌疑の手を逃れんため逃亡したのだらう。検事局は、直ちにアランの捜査を電命《でんめい》したのであるが、果して彼の嫌疑は、可成《かな》り濃厚となつて来た。

この後は、本書でいうと17章の冒頭に続きます。

さあ、どこが問題かわかりましたね。エラリーがハルキス犯人説を導き出した推理と、その推理をくつがえす新事実の発見と、犯人がエラリーに仕掛けた巧妙な罠《わな》の分析が、すべてカットされているのです。それなのに、湯沸かしとネクタイに関するデータは、きちんと訳しているので、珍訳と言うしかないですねえ。

『希臘柩の秘密』は、半分ほどの抄訳であり、前記のカット箇所は、全体の一割にも満たない分量に過ぎません。しかし、この第一の推理とその崩壊が、『ギリシャ棺』を傑作の域に高めているのです。そこを削ってしまうということは、訳者のミステリのセンスが皆無としか思えませんね。おそらく訳者は、「ここは〝間違った推理〟なのでカットしてもかまわない」と考えたのでしょうけど……(ひょっとして、この部分を訳すと〈後期クイーン的問題〉が生じてしまうので、日本の本格ミステリを守るために、あえて削除したという可能性も——あるわけないか)。

これ以外にも、〈読者への挑戦状〉がカットされているとか、重要な手がかりの訳がいくつも間違っているとか、そのくせアランとジョーンのラブロマンスだけはしっかり訳しているとか、誉めるところがありません。クイーンの戦前訳の例にもれず、本作もまた、不幸な紹介だったと言えるでしょう。

その新訳——章題と登場人物表の秘密

※注意!!　以下の文は本篇読了後にお読みください。

本書の目次を見た読者は、章題の頭文字が「THE GREEK COFFIN MYSTERY BY

CONTENTS

『ギリシャ棺』原書の目次より

いった「作品の内容とは関係のない趣向」にもこだわっているのです。『オランダ靴』の「章題をすべて『～ATION』で終わる単語で揃える」という趣向も見事ですが、本作の趣向は、さらにその上をいったと言えるでしょうね。しかし、ここで指摘したいのは、本作の登場人物表に隠された仕掛けについてです。

クイーンの長篇の登場人物表は、基本的に、前半部が事件関係者、後半部が捜査関係者となっています（『ローマ帽子の秘密』などの例外もありますが）。他の作家の長篇でも同じ分け方をしたものが多いので、これが人物表の標準形なのでしょう。では『ギリシャ棺』の犯人はというと、この二グループの境目《さかいめ》、つまり、事件関係者と捜査関係者の間に載っているのです。このため、読者は最初、「この人物は捜査関係者のグループに属するのでこの位置に名前が載っているのだ」と考えますが、真相を知った後で見直すと、この人物は事件関係者のグループに属するのでこの位置に名前が載っていたのか」と変わるわけです。クイーンは、〝捜査関係者でありながら事件関係者〟という、犯人のコウモリのような立ち位置を、登場人物表に隠していたわけですね。まったくもって巧妙ではありませんか。

本文庫の新訳シリーズでは、目次も登場人物表も、原書の初刊バージョンを用いています。こういったさまざまなクイーンの趣向を、みなさんも楽しんでください。

ギリシャ棺《ひつぎ》の秘《ひ》密《みつ》

エラリー・クイーン　越前敏弥《えちぜんとしや》・北田絵里子《きただえりこ》＝訳

平成25年 6月20日　初版発行
令和7年 9月30日　19版発行

発行者●山下直久

発行●株式会社KADOKAWA
〒102-8177　東京都千代田区富士見2-13-3
電話　0570-002-301（ナビダイヤル）

角川文庫 18014

印刷所●株式会社KADOKAWA
製本所●株式会社KADOKAWA

表紙画●和田三造

●お問い合わせ
https://www.kadokawa.co.jp/（「お問い合わせ」へお進みください）
※内容によっては、お答えできない場合があります。
※サポートは日本国内のみとさせていただきます。
※Japanese text only

ISBN978-4-04-100795-2　C0197

◆◇◇

角川文庫発刊に際して

角川源義

第二次世界大戦の敗北は、軍事力の敗北であった以上に、私たちの若い文化力の敗退であった。私たちの文化が戦争に対して如何に無力であり、単なるあだ花に過ぎなかったかを、私たちは身を以て体験し痛感した。西洋近代文化の摂取にとって、明治以後八十年の歳月は決して短かすぎたとは言えない。にもかかわらず、近代文化の伝統を確立し、自由な批判と柔軟な良識に富む文化層として自らを形成することに私たちは失敗して来た。そしてこれは、各層への文化の普及滲透を任務とする出版人の責任でもあった。

一九四五年以来、私たちは再び振出しに戻り、第一歩から踏み出すことを余儀なくされた。これは大きな不幸ではあるが、反面、これまでの混沌・未熟・歪曲の中にあった我が国の文化に秩序と確たる基礎を齎らすためには絶好の機会でもある。角川書店は、このような祖国の文化的危機にあたり、微力をも顧みず再建の礎石たるべき抱負と決意とをもって出発したが、ここに創立以来の念願を果すべく角川文庫を発刊する。これまで刊行されたあらゆる全集叢書文庫類の長所と短所とを検討し、古今東西の不朽の典籍を、良心的編集のもとに、廉価に、そして書架にふさわしい美本として、多くのひとびとに提供しようとする。しかし私たちは徒らに百科全書的な知識のジレッタントを作ることを目的とせず、あくまで祖国の文化に秩序と再建への道を示し、この文庫を角川書店の栄ある事業として、今後永久に継続発展せしめ、学芸と教養との殿堂として大成せんことを期したい。多くの読書子の愛情ある忠言と支持とによって、この希望と抱負とを完遂せしめられんことを願う。

一九四九年五月三日